Perry Rhodan

H. G. Francis

Die Einmann-Operation
Der Galaktische Spieler

D1922744

PERRY RHODAN-Planetenromane
© 2015 dieser Lizenzausgabe Zaubermond-Verlag, Hamburg
www.zaubermond.de
Lektorat: Rainer Nagel
Titelbild: Arndt Drechsler
Satz: Zaubermond-Verlag
Druck und Bindung: scandinavian books
Printed in Germany September 2015
© Originalausgaben 1978/1979 by Pabel-Moewig Verlag KG, Rastatt.
Internet: www.perry-rhodan.net

Perry Rhodan ® ist ein eingetragenes Warenzeichen
der Pabel-Moewig Verlag KG, Rastatt.
Nachdruck, auch auszugsweise, sowie gewerbsmäßige Weiterverbreitung
in Lesezirkeln nur mit vorheriger Zustimmung des Verlages.

Inhaltsverzeichnis

H. G. Francis

Die Einmann-Operation

Einsatz auf Lashat, der Seuchenwelt

Milchstraße in Aufruhr

65 Jahre nach dem Zerfall des Vereinten Imperiums und der Galaktischen Allianz – man schrieb das Jahr 2395 n. Chr. – verfügte Terra über 1112 Planeten in 1017 Sonnensystemen. Dazu kamen noch 1220 Welten der sogenannten Außenringgattung. Die Heimatwelt Terra, Sitz der Solaren Regierung und Lebenskeim des Sternenreichs, wies eine Bevölkerung von 7 Milliarden Menschen auf. Die Auswanderung zu neu entdeckten oder noch nicht voll erschlossenen Planeten wurde mit allen Mitteln gefördert.

Nach der Vernichtung von Arkon III hatte sich das alte Arkonidenreich im Verlauf der 65 Jahre in mehr als tausend Interessenverbände aufgesplittert. Ehemalige Gouverneure machten ihre Besitzansprüche geltend.

Die Akonen bemühten sich mit allen Mitteln, die Arkonidenkolonien zu übernehmen. Springer, Aras, Antis und etwa zweitausend andere Völker, die aus den Arkoniden hervorgegangen waren, versuchten zu retten, was noch zu retten war.

Das Großraumgebiet der Milchstraße war zu einem gefährlichen Dschungel zwischen den Sternen geworden. Es war eine Kunst für sich, Bedrängten zu helfen, Mächtige in ihre Schranken zu weisen und die Interessen der Menschheit zu wahren.

Offene militärische Aktionen verboten sich unter diesen Umständen von selbst, da jede Demonstration der Stärke neue Machtballungen unter den Gegner des Solaren Imperiums hätte provozieren können.

(Aus: Meeca Netreok: »Zahlen, Zenturien, Ziele und Zeugnisse – aus der Arbeit des USO-Historischen Korps.« Sonderdruck, Powder City, Mars/Sol 4; V. Kapitel: Die Situation in der Galaxis vor dem Kontakt mit den Meistern der Insel)

1.

Der Hautflügler stob kreischend auf und flog flatternd bis unter das Dachgestell des Verkaufsstands. Dort kauerte er sich auf eine Holzleiste, fletschte die Zähne und gab ein lautes Zischen von sich.

Gorman Gould legte die Hände vor der Brust zusammen, sodass die Fingerspitzen sein bärtiges Kinn berührten. Er verneigte sich vor dem Reptil.

»Euer Gnaden mögen mir verzeihen«, sagte er ironisch. »Ich war etwas unachtsam.«

Seine Blicke wanderten zu dem Arkoniden, der in einem schattigen Winkel des Verkaufsstandes saß und vor sich hin döste. Der Arkonide hatte schulterlanges Haar, das fettig aussah. Die rötlichen Augen lagen tief in den Höhlen unter schweren Lidern. Bekleidet war der Händler mit ärmlich wirkendem Zeug, das mit primitiven Mitteln geflickt worden war.

»Was willst du, Terraner?«, fragte der Arkonide.

»Eine Audienz, Moran«, erwiderte Gorman Gould. »Ich möchte den Handelsfürsten von Lumber sprechen. Es ist wichtig.«

»Wichtig für dich, nehme ich an. Ist es auch wichtig für mich?«

»Ich denke schon.«

Moran erhob sich seufzend. Er war so groß, dass sein Kopf das Dachgestell des Verkaufsstands berührte. Der Hautflügler sprang zischend auf ihn zu und grub seine Krallen in das Haar des Arkoniden. Dieser umfing das Reptil und hob es vorsichtig an, bis sich die Krallen aus dem Haar lösten.

Gorman Gould wartete vor dem Stand, der mit Obst, Gemüse und Gewürzen beladen war. Durch einen Spalt in der Zeltplane kam ein junger Akone. Der Terraner schätzte ihn auf etwa acht Jahre. Geschäftstüchtig winkte der Akone einige Frauen zu sich heran und versuchte, ihnen einige Waren zu verkaufen.

Gorman Gould folgte dem Arkoniden in ein Hochhaus, das

sich unmittelbar hinter den Verkaufsständen erhob. Während Moran am Türschloss herumhantierte, blickte der Terraner sich um.

Er befand sich auf einem Markt, der einen Platz von etwa vier Quadratkilometern einnahm. Zelt reihte sich an Zelt. Intelligenzen aus allen Bereichen der Galaxis drängten sich von Stand zu Stand. Auf diesem Handelsplatz gab es alles zu kaufen, was auf den verschiedenen Welten der Milchstraße an Waren produziert wurde. Die Palette der Güter reichte von Gewürzen über Halbfertigwaren bis hin zu so hochwertigen Produkten wie Raumschiffen, von Pelzen seltener Tiere über Genussgifte bis hin zu kompletten Fabrikationsanlagen. Gorman Gould wusste, dass in einigen Zelten Diebesgut angeboten, in anderen gar mit Sklaven gehandelt wurde.

Er wusste aber auch, dass dieser Handelsplatz auf Lumber von Geheimagenten der verschiedenen Machtbereiche geradezu wimmelte, denn nicht nur materielle Güter wurden hier umgeschlagen, sondern auch Dienstleistungen aller Art – und dazu gehörten auch Informationen.

Die Tür des Hochhauses sprang auf. Moran gab dem Terraner einen Wink.

»Komm her zu mir«, sagte er. »Es gibt gewisse Sicherungen gegen ungebetene Gäste in diesem Haus. Deshalb ist es besser, wenn du neben mir bist, wenn der Individualtaster mich erfasst.«

»Sicherungen dieser Art?«, fragte Gould, während er zu dem Arkoniden ging. »Und du musst dich ihnen beugen? In deinem eigenen Haus?«

Moran lachte schallend auf.

»Mein eigenes Haus? Wovon sollte ich es wohl erworben haben? Aus den Gewinnen, die ich beim Verkauf von Gewürzen, Obst und Gemüse erziele?«

Er führte den Terraner zu einer Tür, die sich vor ihm öffnete.

»Tritt ein in meine bescheidene Hütte«, sagte er.

Gould ging an ihm vorbei in einen ärmlich eingerichteten

Raum. In der Mitte des Raumes stand ein Holztisch, dessen Platte sich verzogen hatte. Ein Tischbein war auf halber Höhe abgebrochen. Moran hatte Bücher unter den Stumpf gelegt, um den Tisch abzustützen. Auf dem Boden lagen Hunderte von Päckchen und Paketen, die teilweise noch gar nicht geöffnet waren. Eine faustgroße Spinne hatte ein Netz errichtet, das quer über das ganze Fenster reichte. Dutzende von Insekten hatten sich darin verfangen und waren der Spinne zum Opfer gefallen. Staub wirbelte unter den Füßen des Terraners auf.

Die Tür schloss sich hinter Moran.

»Wir sind allein«, sagte er. »Niemand kann uns hören. Was gibt es?«

»Ich brauche Informationen«, erwiderte Gould. »Tausende von terranischen Handelsraumern sind im Verlauf des letzten Jahres auf ihrem Flug zu den Handelswelten des Solaren Imperiums verschwunden. Spurlos.«

»Ich weiß auch nicht, wo sie geblieben sind«, entgegnete der Arkonide gelangweilt.

»Mag sein«, sagte Gould. »Aber wie steht es mit den Waren? Tausende von Handelsraumern haben Warenmassen größten Umfangs mit sich geführt. Die meisten von ihnen lassen sich klar identifizieren. Sie können also nicht so ohne Weiteres verkauft werden, wenn sie zum Beispiel hier auf Lumber angeboten werden.«

Moran schüttelte den Kopf.

»Was soll der Unsinn?«, fragte er. »Ich weiß nichts von solchen Waren.«

Die Gestalt des Terraners straffte sich. Gorman Gould strich sich das Haar aus der Stirn. Seine blauen Augen nahmen einen stählernen Glanz an.

»Sollte ich mich nicht deutlich genug ausgedrückt haben, Arkonide?«, fragte er mit unüberhörbarer Schärfe in der Stimme. »Die Abwehrorganisationen Terras befinden sich in höchster Alarmbereitschaft. Hier geht es um Raumschiffsverluste von größten

Dimensionen. Sie lassen sich nicht mehr mit Unfällen erklären. Für uns ist eindeutig, dass es eine Macht gibt, die für das Verschwinden der Schiffe verantwortlich ist.«

»Du spricht von der CORSA?«

»Ich spreche von keiner bestimmten Organisation, weil ich nicht weiß, welche Organisation verantwortlich ist. Sollte es die CORSA sein?«

Moran schüttelte den Kopf.

»Das wüsste ich«, erwiderte er. »Nein, die CORSA ist es nicht.«

Er fuhr sich mit beiden Händen durch das fettige Haar und atmete schnaufend durch die Nase.

»Ich habe etwas munkeln gehört«, fuhr er fort. »Man spricht von Schwierigkeiten der Terraner. Allerdings wusste ich nicht, dass sie so groß sind. Tausende von Raumschiffen! Nur die Terraner können einen derartigen Verlust verkraften. Niemand sonst in der Galaxis.«

»Sie sind aber nicht bereit, das noch länger zu tun«, erklärte Gould. »Ich will die Information, von wo die Waren kommen, die aus diesen Raumschiffsentführungen stammen.«

Er griff sich unter seine Bluse und reichte dem Arkoniden eine magnetisierte Folie.

»Darauf sind die Identifikationszeichen von etwa zwanzig Prozent der Waren enthalten«, erläuterte er. »Ich will wissen, ob diese Waren hier auf Lumber aufgetaucht sind.«

»Woher sollte ich das wissen?«, fragte der Arkonide überrascht. »Bin ich ein Gott, dass ich solche Fragen beantworten könnte?«

Gorman Gould griff sich erneut unter die Bluse. Er zog einen Energiestrahler darunter hervor, der kaum größer als sein Mittelfinger war. Drohend richtete er ihn auf den Händler.

»Nun mach schon«, forderte er ihn auf. »Oder muss ich wirklich böse werden?«

Moran zögerte, doch dann erkannte er, dass der Terraner es ernst meinte. Seine Augen begannen vor Erregung zu tränen.

»Wir sind Freunde, Gorman«, sagte er mit belegter Stimme.

»Seit mehr als zehn Jahren wissen wir, dass wir einander vertrauen dürfen. Hast du das vergessen?«

»Ich nicht, aber du scheinst es vergessen zu haben. Also – worauf wartest du noch? Die Entführer der Raumschiffe haben Zehntausende von Terranern ermordet. Ich werde nicht zulassen, dass es noch mehr werden.«

Moran senkte den Kopf.

»Ich beuge mich der Gewalt«, erklärte er. »Hoffentlich bereust du nicht, was du getan hast.«

Er schob eines der Pakete mit dem Fuß zur Seite. Knirschend versank eine Wand des Raumes im Boden. Dahinter wurde ein hell erleuchteter Raum sichtbar, an dessen Wänden sich Computerbänke modernster Bauart erhoben.

Gorman Gould pfiff anerkennend durch die Zähne.

»Ich wusste, dass du einer der reichsten Männer von Lumber bist«, sagte er. »Aber das habe ich nicht geahnt. Von hier aus kannst du ein ganzes Imperium überwachen und verwalten.«

»Allerdings.« Moran nahm die Folie und legte sie in ein Computerfach. Im gleichen Augenblick leuchteten auf mehreren Bildschirmen Zahlen- und Buchstabenkolonnen auf. »Die Waren sind hier auf Lumber. Sie sind durch meine Häuser gegangen.«

»Ich habe nicht daran gezweifelt«, bemerkte der Terraner. »Würdest du nun die außerordentliche Güte haben, den Computer zu befragen, woher die Waren gekommen sind, bevor sie bei dir eingelagert wurden?«

»Das solltest du nicht tun«, erwiderte Moran. »Verzichte darauf. Bei unserer Freundschaft.«

»Auf keinen Fall.«

»Du hast es nicht anders gewollt.« Der Arkonide drückte eine Taste am Computer. Ein Name leuchtete auf einem der Bildschirme auf. »Ich werde diese Information sofort wieder löschen. Du weißt jetzt, was du wissen wolltest. Hoffentlich genügt es dir.«

»Es genügt«, antwortete Gorman Gould. Er hob grüßend die

Hand und verließ den Raum. Der Arkonide blickte ihm nach, bis die Tür hinter ihm zugefallen war. Dann drückte er eine andere Taste am Computer. Ein Gesicht erschien auf einem der Bildschirme.

»Gorman Gould«, sagte Moran. »Er ist zu neugierig geworden. Gerade in diesen Sekunden verlässt er mein Haus.«

Der Arkonide schaltete ab und kehrte in das staubige Büro zurück. Durch das Spinnennetz hindurch blickte er auf den Marktplatz hinaus. Er sah, wie Gorman Gould zwischen den Verkaufsständen auftauchte. Der Terraner verschwand im Gewühl vor den Ständen.

Aus dem Schatten eines Zeltes löste sich eine Gestalt, deren Gesicht durch einen Schleier verhüllt war. Sie schloss sich dem Agenten an.

Sekunden später blitzte es sonnenhell auf. Moran fuhr geblendet zurück.

»Ich hatte dich gewarnt, Terraner«, sagte er leise.

Ronald Tekener befand sich zu dieser Zeit 564 Lichtjahre von Lumber entfernt. Er lag bäuchlings unter einigen blühenden Büschen auf der Kuppe eines Hügels. In der Armbeuge hielt er ein schweres Strahlengewehr, das unter den atmosphärischen Bedingungen, wie sie auf Costler herrschten, eine Reichweite von mehr als 3000 Metern hatte. Er blickte auf ein Gebäude hinab, das sich als Kuppel an einem Bach erhob. Durch das transparente Material der Außenwände konnte er in einige Räume sehen. Über den meisten Räumen wölbte sich allerdings verspiegeltes Material, das nur einen Durchblick von innen nach außen erlaubte.

Die Blicke des Leutnants wanderten zu einem anderen Hügel in der Nähe. Er sah dort den USO-Spezialisten Chris Challenger liegen. Unter einigen Bäumen parkte ein großer Gleiter, mit dem er und fünf weitere Spezialisten gekommen waren.

Ronald Tekener zweifelte nicht daran, dass die Aktion erfolgreich sein würde. Er wusste, dass sich in der Kuppel eine Transmitterstation befand, die irgendwann an diesem Tage aktiv werden würde. Eine Sendung eines hochgiftigen Stoffes würde eintreffen, der für verschiedene pharmazeutische Unternehmungen der Erde unentbehrlich war. Doch der Stoff wurde nicht auf legalen Bahnen transportiert. Er stammte aus unbekannten Quellen und sollte unter Umgehung aller gesetzlichen Bestimmungen auf der Erde eingeschleust werden.

Tekener vermutete, dass der Stoff gestohlen worden war oder von einem der verbotenen Planeten stammte und keinen ausreichenden Reinheitsgrad aufwies.

Bei dieser Aktion kam es jedoch nicht in erster Linie darauf an, das Gift sicherzustellen, sondern einen Verbrecher zu verhaften, dessen Name Law Barton war.

Ein Licht leuchtete am Armkombigerät Tekeners auf.

»Achtung – Energiemessung«, wisperte eine Stimme aus dem winzigen Lautsprecher. »Der Transmitter ist eingeschaltet worden.«

Tekener wusste, dass es sich bei dem Mann, den es zu verhaften galt, um eine namhafte Persönlichkeit der Verbrecherorganisation CORSA handelte und dass dabei auch militärische Fragen eine Rolle spielten. Das genügte.

Das Antigravtriebwerk auf seinem Rücken sprang an. Sein Körper spannte sich. Die Hände umklammerten den Energiestrahler. Das kuppelartige Gebäude war etwa einhundertfünfzig Meter von ihm entfernt. Deckungsmöglichkeiten gab es bis dahin nicht mehr. Die letzte Distanz musste im Sturmangriff überwunden werden, wobei niemand wusste, ob die Kuppel über Kampfstationen verfügte. Darüber hatte der V-Mann der USO nichts mitgeteilt.

Tekeners Finger glitten über den Schalter der Individualsphäre. Diese bot einen gewissen Schutz, sofern sich das gegnerische Feuer nicht zu stark auf einen Punkt konzentrierte.

»Aktion«, hallte es aus dem Lautsprecher.

Ronald Tekener schaltete sein Fluggerät ein. Ohne nach links oder rechts zu sehen, raste er auf die Kuppel zu. Neben ihm flogen die anderen USO-Spezialisten.

Kurz bevor Tekener das Gebäude erreichte, löste sich auf der ihm entgegengesetzten Seite ein Gleiter von der Kuppel und entfernte sich von ihr.

»GF-3«, klang es aus dem Lautsprecher.

Tekener meldete sich.

»Bringen Sie den Gleiter auf, GF-3«, befahl Oberstleutnant Tresehr.

Ronald Tekener bestätigte den Befehl, schaltete das Fluggerät um und flog hinter dem Gleiter her, während bei der Kuppel die ersten Schüsse fielen. Krachende Explosionen zeigten an, dass die Angreifer neuralgische Punkte des CORSA-Stützpunkts getroffen hatten.

Ronald Tekener holte schnell auf.

Im Gleiter saß nur eine Person. Sie trug eine Kappe, die den Kopf eng umschloss. Die Maschine flog schnell, aber nicht mit Höchstgeschwindigkeit. Tekener blieb dicht über dem Boden, sodass sich der Gleiter stets deutlich über ihm befand. Tekener hoffte, dass der Pilot der Maschine ihn auf diese Weise nicht so leicht entdeckte.

Tatsächlich gelang es ihm, so weit aufzuholen, dass er sich schließlich direkt unter dem Gleiter befand und sich mit gleicher Geschwindigkeit wie er in östlicher Richtung bewegte. Er stieg jetzt langsam auf, schob sich an die Unterseite des Fahrzeugs heran und zog seinen Kombistrahler. Danach arbeitete er sich seitlich an der Maschine hoch, bis er durch die Scheibe in das Innere der Kabine sehen konnte.

Er erschrak nicht weniger als der Insasse des Gleiters, der entsetzt zurückfuhr.

In keiner Phase der Verfolgungsjagd war ihm der Gedanke gekommen, dass eine Frau hinter dem Steuer des Gleiters sitzen könnte. Jetzt raste er neben der Maschine her und blickte wie gelähmt durch die Scheibe auf eine Frau, die von einem eigenartigen Reiz war.

Sie war nicht schön. Ihre Augen standen zu weit auseinander, die Wangenknochen waren zu ausgeprägt, die Nase ein wenig zu lang und die Lippen zu schmal. Sie wirkte etwas eckig und ungelenk, und doch war etwas an ihr, was ihn faszinierte.

So verstrichen kostbare Sekunden, während er seine Entscheidung hinauszögerte. Ihm fehlten noch das blitzartige Reaktionsvermögen und die Übersicht, die ihn in späteren Jahren auszeichnen sollten. Erst als das Mädchen sich nach vorn warf und die Schaltungen des Gleiters zu verändern suchte, um ihn stärker zu beschleunigen und Tekener dadurch abzuschütteln, riss dieser die Tür auf. Er stieß das Mädchen zur Seite und zog sich in das Innere der Kabine. Da hier der Luftwiderstand fehlte, schleuderte ihn sein eigenes Fluggerät nach vorn. Er schaltete es aus und fiel in die Polster. Dabei richtete er den Projektor seines Kombistrahlers auf das Mädchen, das bleich vor ihm zurückwich.

Er veränderte die Schaltungen des Gleiters, ließ die Maschine absinken und landete schließlich neben einem See.

»Das wär's dann wohl«, sagte er. Er streckte dem Mädchen die Hand entgegen. »Geben Sie die Waffe heraus, oder muss ich Sie nach Waffen untersuchen?«

Sie deutete stumm auf ein Fach am Armaturenbrett. Er öffnete es und nahm einen zierlichen Desintegratorstrahler heraus.

»Klein, aber tödlich«, sagte er und steckte die Waffe ein. »Wer sind Sie?«

»Das frage ich Sie«, antwortete sie und presste ärgerlich die Lippen zusammen. »Und was wollen Sie von mir? Ich habe kein Geld bei mir.«

Ronald Tekener startete den Gleiter wieder und flog in Richtung der Kuppel zurück. Die Verwirrung des Mädchens steigerte sich noch mehr.

»Sie fliegen zurück?«, fragte sie. »Haben Sie den Verstand verloren? Mein Vater wird Ihnen den Kopf von den Schultern schießen.«

Tekener lächelte kaum merklich.

»Das glaube ich Ihnen aufs Wort«, sagte er. »Wer ist denn Ihr Vater?«

»Mein Vater ist Law Barton.«

Tekener blickte sie überrascht an.

»Law Barton? Damit habe ich allerdings nicht gerechnet. Dann sind Sie Sharon Barton?«

»Allerdings.« Ihre Augen funkelten zornig. »Wollen Sie mir jetzt endlich verraten, was das alles zu bedeuten hat?«

»Wenn Sie Sharon Barton sind, dann sollte ich wohl kein Geheimnis daraus machen. Wir haben soeben Ihren Vater und die anderen Mitglieder seiner Organisation verhaftet. Ich hoffe, dass er sich nicht zur Wehr gesetzt hat, denn wir hatten den Befehl, scharf zu schießen, wenn die Bande zur Waffe greift.«

»Sie müssen den Verstand verloren haben«, erwiderte sie. Tekener sah ihr an, dass sie völlig durcheinander war. »Was, zum Teufel, wirft man meinem Vater überhaupt vor? Er kann nichts getan haben, was einen derartigen Befehl rechtfertigt.«

»Soweit ich informiert bin, spricht die Anklage von Mord, Anstiftung zum Mord, Entführung, Erpressung, Rauschgifthandel und einige Kleinigkeiten mehr.«

Sharon Barton lachte hysterisch. Sie schlug die Hände vor das Gesicht.

»Das ist eine Gemeinheit«, sagte sie mit bebender Stimme. »Irgendjemand hat ein Lügengespinst um meinen Vater herum aufgebaut, und Sie sind dumm genug, darauf hereinzufallen.«

»Sicher«, entgegnete er ruhig.

Der Gleiter näherte sich der Kuppel, die jetzt nur noch eine brennende Ruine war. Davor lagen Law Barton und seine Helfer auf dem Boden. Die USO-Spezialisten standen vor ihnen und bewachten sie.

Sharon Barton schrie ängstlich auf.

Ronald Tekener beobachtete sie. Immer mehr gewann er den Eindruck, dass sie über den wahren Charakter ihres Vaters nicht Bescheid wusste. Er glaubte jetzt auch nicht mehr, dass sie über seine Verbrechen informiert war. Ganz sicher aber schien zu sein, dass sie nichts über die CORSA wusste.

»Beruhigen Sie sich«, sagte er. »Und machen Sie sich auf einige schwere Tage gefasst. Man wird Sie verhören.«

Er verzögerte. Der Gleiter trieb nur noch langsam auf die Kuppel zu.

»Aber warum denn?«, fragte sie. »Ich habe doch nichts getan, was man mir vorwerfen könnte.«

»Sie werden beweisen müssen, dass Sie nichts mit der CORSA zu tun haben.«

Sie schüttelte stumm den Kopf.

»Sie werden weiterhin beweisen müssen, dass Sie nichts mit der Giftsendung zu tun haben, die vor wenigen Minuten mit dem Transmitter hier angekommen ist.«

»Ihr verdammten Narren«, entgegnete sie. »Wusstet ihr denn nicht, was mein Vater wirklich vorhatte?«

»Klären Sie mich auf. Ich lasse mich gern überraschen.«

»Also gut.« Sie senkte den Kopf. »Ich wusste, dass eine Giftsendung mit dem Transmitter kommen würde. Mein Vater hat es mir gesagt. Danach aber sollte ein Mann kommen, der uns etwas über die verschwundenen Handelsraumschiffe hätte erzählen können. Es war verabredet, dass mein Vater ihm nach dem Eintreffen der Giftsendung ein Signal geben sollte. Dieses Signal sollte ihm anzeigen, dass alles in Ordnung ist, und dass er kommen kann. Jetzt ist er bestimmt nicht gekommen.«

Ihre Augen füllten sich mit Tränen.

»Mein Vater hasst diese Organisation, die für das Verschwinden der Raumschiffe verantwortlich ist. Er würde alles tun, um sie zu vernichten. Und jetzt haben Sie die erste Chance verspielt, die sich seit mehr als einem Jahr geboten hat, wenigstens einen dieser Gangster zu fassen.«

»Wer ist es?«

»Das wissen wir nicht, und das werden wir jetzt wohl auch nicht mehr erfahren.«

»Sie behaupten also, dass Ihr Vater sich nur auf diese Giftaktion eingelassen hat, weil er etwas gegen diese Organisation erreichen wollte?«

»Das behaupte ich nicht. Das weiß ich.«

»Welchen Grund sollte er haben?«

»John und Efraym. Meine Brüder. Sie sind verschwunden. Die Bande hat sie umgebracht.« Diese Worte brachen förmlich aus ihr heraus und verrieten etwas von der Verzweiflung, die sie erfüllte. »Glauben Sie mir. Wir wissen es genau, dass es die Bande war.«

»Es tut mir leid«, erwiderte Tekener. »Verabschieden Sie sich jetzt von Ihrem Vater. Es ist das letzte Mal, dass Sie ihn in Freiheit sehen.«

»Sie glauben diese gemeinen Lügen?«

»Wir haben Beweise, die ausreichen, Ihren Vater bis an das Ende seines Lebens hinter Gitter zu bringen.«

Ihre Finger krallten sich in seinen Arm. Ihre Augen weiteten sich.

»Wie ich Sie hasse.«

»Warum hassen Sie mich? Warum nicht Ihren Vater? Ich habe die Verbrechen nicht begangen. Er war es. Ich habe ihn noch nicht einmal verhaftet.«

Tekener beschleunigte und landete wenig später neben der brennenden Kuppel. Er stieg aus.

»Es ist Sharon Barton«, sagte er. »Die Tochter von Law Barton.«

2.

Einige Tage später betrat Allan D. Mercant die Arbeitsräume Atlans in Terrania City, der Hauptstadt der Erde. Der Chef der Solaren Abwehr war klein und schmächtig von Gestalt. Er wirkte unscheinbar auf den flüchtigen Beobachter, und das stille Lächeln, das fast immer auf seinen Lippen lag, täuschte diejenigen, die ihn nicht kannten, darüber hinweg, zu welcher Entschlusskraft und Härte er fähig war.

Mercant trug eine Akte unter dem Arm. Er begrüßte den Arkoniden, der hinter seinem Arbeitstisch saß, mit einem flüchtigen Nicken. Er setzte sich Atlan gegenüber in einen Sessel.

»Drei weitere Verlustmeldungen«, sagte er. »Drei Handelsraumer auf einen Schlag. Die Schiffe flogen im Konvoi und sind vermutlich gleichzeitig in die Falle gerasten. Wie üblich kein Notsignal. Keine Spur. Kein Hinweis. Nichts. Dafür aber drei Verlustmeldungen unserer Agenten, die versucht haben, herauszufinden, wo die Ware bleibt, und aus welchen Quellen sie auf die Märkte kommt.«

Atlan erhob sich erregt. Seine Augen wurden feucht.

»Damit sind also mehr als zweitausend Handelsraumer verloren gegangen«, sagte er zornig. »Und wir haben nicht einen einzigen davon wiedergefunden. Und das, obwohl wir uns permanent im Alarmzustand befinden, und obwohl überall in der Galaxis unsere Spezialisten im Einsatz sind.«

»Richtig«, entgegnete Mercant. »Der Erfolg bleibt aus. Wohin sich unsere Leute auch wenden, sie stoßen überall auf Angst und Misstrauen.«

»Und jetzt?«, fragte Atlan. »Was geschieht jetzt? Sollen wir zusehen, wie wieder und wieder Raumschiffe verschwinden? Irgendwo muss es einen Ansatzpunkt geben.«

Seit einem Jahr liefen die Organisationen der SolAb und der USO auf Hochtouren. Beide konzentrierten sich fast ausschließlich auf das Projekt GHOST, das sie vor größere Rätsel und

Schwierigkeiten stellte als jedes andere zuvor. Die Verluste, die die terranische Handelsraumfahrt hatte hinnehmen müssen, erreichte astronomische Höhen. Zahllose Reedereien waren in Konkurs gegangen, und viele hielten nur noch dank massiver staatlicher Unterstützung durch. Überraschenderweise verschwand nicht ein einziges militärisches Raumschiff auf diese Weise. Verluste traten ein, aber sie wurden alle restlos aufgeklärt, während die Handelsraumer sich buchstäblich in Nichts aufzulösen schienen.

Atlan hatte mehrere Male versucht, die geheimnisvollen Feinde der terranischen Raumfahrt mit präparierten Raumschiffen hereinzulegen, aber auch das war nicht gelungen.

Die Raumschiffe verschwanden in praktisch allen Bereichen der Milchstraße, sodass sich auch aus einer eventuellen Konzentration der Verluste auch keine Spur ergab. Viele der gestohlenen Güter tauchten auf den verschiedenen Märkten der Galaxis wieder auf, ohne dass es möglich gewesen wäre, ihren Weg zurückzuverfolgen.

Die Raumschiffsbesatzungen wurden brutal getötet. Daran zweifelte niemand mehr in der USO und der SolAb. Das bedeutete, dass die Raumpiraten für den Tod von Zehntausenden von Menschen verantwortlich waren.

»Ich bin hier, weil ich einen Gedanken zur Diskussion stellen möchte«, sagte Allan D. Mercant. »Mit den bisherigen Methoden kommen wir nicht weiter. Der Güterverkehr bricht zusammen. Die Reedereien finden keine Mannschaften mehr, weil alle sich vor den Überfällen im All fürchten. Begleitschutz können wir nur in beschränktem Maße anbieten, wobei ich noch nicht davon überzeugt bin, dass er tatsächlich weitere Überfälle verhindern würde.«

»Ich bin mit jedem Vorschlag einverstanden, der uns weiterhilft«, erwiderte der Arkonide.

»Wir wissen mittlerweile, dass die überall im Solaren Imperium tätige Gangsterorganisation CORSA nicht für das Geschehen verantwortlich ist.«

»In der Tat. Die CORSA fühlt sich in ihren Aktionen vielmehr empfindlich gestört. Dummerweise haben wir das einzige Unternehmen gegen die Raumpiraten vereitelt, zu dem sich die CORSA bisher bereitgefunden hat.«

»Eben da möchte ich einhaken«, sagte der SolAb-Chef. »Ich habe den Bericht eines gewissen …«

Allan D. Mercant runzelte die Stirn und schnippte mit den Fingern. Für einen kurzen Moment schien es, als wolle ihn sein Gedächtnis verlassen. Dann jedoch fuhr er fort: »… Leutnant Ronald Tekener gelesen, und dabei ist mir der Gedanke gekommen, die Raumpiraten auf dem Umweg über die CORSA anzugehen. Vielleicht können wir da zwei Fliegen mit einer Klappe schlagen. Die Stärke der CORSA ist zu unserem Leidwesen, dass man den wirklich Mächtigen dieser Organisation keine illegalen Aktionen nachweisen kann – oder doch nur in Ausnahmefällen. Leutnant Tekener war an der Verhaftung eines solchen Ausnahmefalls beteiligt. Law Barton können wir mehrere Morde und andere Delikte nachweisen, die ausreichen, ihn für alle Zeiten aus dem Verkehr zu ziehen.

Sonst sieht es ganz anders aus. Über Bagatellfälle wie Steuerhinterziehung, Zollvergehen oder Verletzung der Devisenbestimmungen kommen wir nicht hinaus. Deshalb werden bei der Bekämpfung von CORSA keine entscheidenden Fortschritte erzielt. Wir müssen uns mit der Existenz dieser Organisation wohl ebenso abfinden, wie es im zwanzigsten Jahrhundert die Vereinigten Staaten von Amerika mit der Mafia oder Cosa Nostra mussten.«

»Das wird sich zeigen«, erwiderte Atlan.

»Ich sehe eine Möglichkeit, die CORSA zu zerbrechen und gleichzeitig die Raumpiraten zu treffen. Wir könnten fingiertes Beweismaterial zusammentragen und die wichtigsten Männer der CORSA verhaften. Wir könnten der CORSA das Verschwinden der Handelsraumer in die Schuhe schieben. Selbstverständlich bin ich mir darüber klar, dass wir einen derartigen Schwindel nur ein paar Wochen lang durchhalten können. Das aber könnte genügen. Wenn wir die CORSA auf diese Weise massiv unter Druck setzen, wird sie ihre Fühler ausstrecken und in panischer Hast nach den Raumpiraten suchen. Und ich bin fest davon überzeugt, dass sie die Informationen einholen, die unsere Agenten nicht erhalten, weil sie die Händler auf den verschiedenen Handelswelten nicht so in der Hand haben wie die Mittelsmänner der CORSA.«

Atlan dachte einige Sekunden lang nach. Dann schüttelte er den Kopf.

»Das funktioniert nicht«, erklärte er dann. »Wir haben mittlerweile einen neuen Galaktischen Ankläger. Es ist Professor Dr. Thomas G. Robinson. Schon von ihm gehört?«

»Allerdings. Ich wusste aber nicht, dass er im Amt ist.«

»Sein Vorgänger Jefferson Morgan ist vor drei Stunden bei einem Gleiterabsturz ums Leben gekommen.«

»Verdammt«, sagte Mercant. »Thomas G. Robinson. Ich kann den Kerl nicht riechen, und er mich auch nicht. Bei ihm komme ich mit diesem Plan auf keinen Fall durch.«

Atlan nickte.

»Dennoch sollten wir nicht aufgeben. Vielleicht geht es auch anders. Vielleicht können wir einige führende Männer der CORSA für eine Mitarbeit gewinnen?«

Allan D. Mercant winkte ab.

»Freiwillig arbeiten die nie mit uns zusammen.« Der SolAb-Chef schlug seine Akte auf und warf einen Blick hinein. Als er den Kopf hob, lag ein feines Lächeln auf seinen Lippen. »Da ist der Bericht von Leutnant Tekener. Darin steht, dass die CORSA-Mitglieder Angehörige verloren haben, die auf Raumschiffen gearbeitet haben. Das ist vielleicht ein Ansatzpunkt.«

»Genau das meine ich«, sagte Lordadmiral Atlan. »Die CORSA hat ein Interesse daran, dass die Raumpiraten ausgeschaltet werden. Und das müssen wir nutzen.«

»Die Frage ist – wie?«

»Ich habe den Bericht von Leutnant Tekener auch gelesen«, erklärte der Arkonide. »Er hat Kontakt mit Sharon Barton gehabt. Daraus lässt sich vielleicht etwas machen. Sharon Barton könnte uns helfen, George ›Limp‹ Coates für ein Gespräch zu gewinnen. Coates ist einer der Bosse der CORSA. Er ist verantwortlich für das Transportwesen. Er könnte für uns zu einer interessanten Zentralfigur werden.«

Der Arkonide tippte einige Buchstaben in die Tastatur seines Tischcomputers. Der Name des Verbrechers leuchtete auf dem Bildschirm vor ihm auf. Dazu kamen einige Angaben zur Person.

»Ich habe mich nicht geirrt. George ›Limp‹ Coates sitzt auf Persith, dem dritten Planeten der Sonne Connour im Gefängnis. Connour ist 368 Lichtjahre von der Erde entfernt. Coates ist wegen Zollvergehens, Transportgefährdung und Versicherungsbetrug zu vierzig Jahren Freiheitsentzug verurteilt worden. Der Mann ist siebzig Jahre alt. Vierzig Jahre hinter Gitter, das ist für ihn so gut wie lebenslänglich.«

»Was hat Sharon Barton mit Coates zu tun?«, fragte Mercant.

»Er ist ihr Onkel«, erwiderte Atlan. »Wir könnten uns direkt an ihn wenden, doch das hätte wenig Sinn. Er würde uns nicht als Gesprächspartner akzeptieren. Anders sieht es schon aus, wenn ein Mädchen wie Sharon Barton sich mit ihm in Verbindung setzte und ihm empfiehlt, mit uns zu reden. Das sieht unverfänglich aus, da sie ein gutes Motiv hat. Zwei ihrer drei Brüder sind den Piraten zum Opfer gefallen.«

Allen D. Mercant lächelte.

»Dann weiß ich auch schon den Mann, der sich um Sharon bemühen wird«, sagte er. »Leutnant Ronald Tekener. Dabei könnte dieser junge Mann beweisen, dass er das Leutnantspatent nicht zu Unrecht erhalten hat.«

Der Arkonide lächelte ebenfalls.

»Leutnant Ronald Tekener ist durch eine gute Schule gegangen«, antwortete er. »Er war die Nummer 1 seines Lehrgangs und hat schon einige Male bewiesen, dass etwas in ihm steckt. Ich glaube, dass dieser junge Mann Zukunft hat.«

Einige Tage später legte Ronald Tekener seine Hand auf den Schaft einer Armbrust, während seine Blicke zum grünen Himmel von Decwash hinaufglitten. Er war 631 Lichtjahre von der Erde entfernt, und doch hatte er nicht das Gefühl, auf einem fremden Planeten zu sein. Die Siedler von Decwash hatten sich zahllose Pflanzenkeime von der Erde mitgebracht und hier eine terranische Flora aufgezogen.

Tekener stand unter einer Fichte, deren Nadeln dunkelgrün waren, deren Austriebe aber hellblau leuchteten.

»Wenn Sie schießen wollen, dann zahlen Sie endlich«, sagte der Mann, der hinter dem Tisch saß und die Waffen herausgab. »Oder machen Sie Platz für andere.«

Ronald Tekener warf eine Münze auf den Tisch.

»Stimmt so«, versetzte er. »Der Rest ist für die Stiftung.«

Er nahm die Armbrust und einen Pfeil an sich. Erst jetzt merkte er, dass die Waffe nicht aus Holz, sondern aus einem Material bestand, das ihn an Elfenbein erinnerte. Sie war leicht, lag aber dennoch so gut in der Hand, dass er damit zielen konnte, ohne dass sich seine Pulsschläge auf die Waffe übertrugen.

Er schob sich an der Blaskapelle vorbei, die einen infernalischen Lärm veranstaltete, und näherte sich einem dunkelhaarigen Mädchen, das dicht neben dem Schießstand unter einem Laubbaum wartete, bis es an der Reihe war.

»Sie können mir sicherlich sagen, aus was für einem Material diese Waffe hergestellt worden ist«, sagte er.

Das Mädchen drehte sich gelangweilt um. Ihr Gesicht verfärbte sich, als sie ihn sah.

»Sie wagen es …«, sagte sie. Alle weiteren Worte erstickten an ihrem Zorn.

»Miss Sharon Barton. Wie nett. Und welch eine Überraschung«, bemerkte er. »Ich wünsche Ihnen einen guten Tag.«

Sie bückte sich und nahm die Armbrust auf, die am Baumstamm lehnte. Blitzschnell legte sie den Pfeil ein, spannte die Waffe und richtete sie auf Tekener, der kühl lächelnd vor ihr stand. Die Abschusskerbe zeigte genau auf sein Herz.

Sie zögerte, und sie suchte seine Blicke. Seine Ruhe verwirrte sie.

»Ich hasse Sie«, sagte sie mit bebender Stimme. »Ich hasse Sie wie niemanden sonst auf der Welt. Gehen Sie. Verschwinden Sie von hier, oder ich töte Sie.«

»Darauf steht lebenslänglich oder Persönlichkeitsmanipulation«, erwiderte er. »Wofür würden Sie sich entscheiden?«

Zwei Männer eilten auf sie zu. Sie packten Tekener an den Armen und rissen ihn zurück.

»Lass das Mädchen in Ruhe, Freundchen«, sagte einer von ihnen. »Verschwinde.«

»Sie wollen, dass ich gehe, ohne dass ich gesagt habe, weshalb ich hier bin?«, fragte er das Mädchen.

»Was wollen Sie?«

Tekener blickte die beiden Männer, die ihn festhielten, an. Sharon Barton begriff, was er damit sagen wollte.

»Lasst ihn los«, befahl sie. »Ich rufe euch, wenn ich euch brauche.«

Die beiden Männer gehorchten und entfernten sich. Ronald Tekener lächelte anerkennend.

»Sie machen Karriere, Sharon«, sagte er. »Jetzt haben Sie schon Leibwächter, und die parieren sogar aufs Wort.«

»Kommen Sie zur Sache, sonst rufe ich sie zurück, und dann geht es Ihnen schlecht.«

Der Schiedsrichter pfiff und wies auf den Terraner.

»Sie sind an der Reihe«, brüllte er Tekener zu.

Dieser war zwanzig Meter weiter vom Ziel entfernt als die anderen Schützen, die von einem Holzgestell aus auf eine aus Kristallstücken zusammengesetzte Figur schossen. Dabei kam es darauf an, Kristallsplitter von niederem Wert wegzuschießen und einen hochwertigen Diamanten herauszulösen. Dieser durfte auf keinen Fall beschädigt werden. Wer ihn zerschoss, musste für den Schaden aufkommen. Wer ihn heil herunterholte, durfte ihn als Preis behalten.

Ronald Tekener spannte die Armbrust und legte an.

»Angeber«, sagte das Mädchen. »Warum gehen Sie nicht zum Gestell? Müssen Sie mir unbedingt beweisen, was für ein toller Kerl Sie sind?«

Tekener schoss. Pfeifend verließ der Pfeil die Leitkerbe. Krachend schlug er gegen die Kristallfigur und fetzte mehrere Stücke heraus. Der Diamant lag frei, fiel aber noch nicht.

Der Schütze, der nach Tekener kam, riss die Arme jubelnd hoch. Er war davon überzeugt, dass ihm der Diamant nicht mehr zu nehmen war.

»Schade«, sagte Tekener. »Ich hätte Ihnen den Stein gern geschenkt.«

Er beobachtete den Schützen, der nach ihm kam. In seiner Freude und in seinem Übereifer schoss er vorbei. Wütend schleuderte er die Armbrust zur Seite. Sharon lachte.

»Dieser Narr«, sagte sie. »So etwas konnte auch nur ihm passieren.«

Der darauf folgende Schütze holte sich den Stein. Während er sich von der jubelnden Menge feiern ließ, betrachtete Tekener die Armbrust in seinen Händen.

»Wissen Sie, was das für ein Material ist?«, fragte er. »Es scheint wertvoll zu sein.«

»Es ist aus den Panzerplatten einer Echsenart entnommen«, erklärte sie. »Die Tiere gibt es in den Urwäldern im Süden.«

»Einzigartig«, sagte er. »Ich werde eine Waffe kaufen.«

»Was wollen Sie von mir?«, fragte sie kühl.

Er blickte sie an, als erinnere er sich erst jetzt wieder daran, weshalb er überhaupt hier war.

»Ich brauche Ihre Hilfe, Sharon«, entgegnete er. »Es geht um die Raumpiraten. Werden Sie mir helfen?«

»Ihnen helfen? Haben Sie den Verstand verloren? Sie haben meinen Vater hinter Gitter gebracht. Ich weiß mittlerweile, dass er keine Chance hat, je wieder freizukommen. Dafür hasse ich Sie, und ich werde Ihnen auf keinen Fall helfen.«

»Es ist das alte Spiel vom Räuber und Gendarm, das alle lieben«, sagte er. »Die meisten möchten lieber den Räuber dabei spielen, aber sie werden böse, wenn sie erwischt werden. Kann ich etwas dafür, dass Ihr Vater den Pfad der Gesetze verlassen hat?«

»Das ist mir egal. Ich werde Ihnen nicht helfen. Niemals.«

»Ihre beiden Brüder sind das Opfer dieser Piraten geworden. Jetzt haben Sie noch einen Bruder. Ist er auch in der Handelsraumfahrt?«

»Das würde ich niemals zulassen.«

»Sie haben Freunde, Verwandte und Bekannte, die auf Handelsraumern fliegen. Zahllose Planeten der Galaxis sind auf die Handelsraumfahrt angewiesen. Viele könnten gar nicht existieren, wenn sie nicht laufend von der Erde oder von anderen Welten aus versorgt würden. Denken Sie nur an diesen Planeten, auf dem wir uns hier befinden, an Decwash.«

»Was ist mit ihm?«, fragte sie unwirsch.

»Alle Bewohner von Decwash müssen in regelmäßigen Abständen von etwa acht Wochen mit einem Antibiotikum versehen werden, das hier nicht hergestellt werden kann. Ohne die Handelsraumfahrt müsste der Planet geräumt werden.«

»Dann sorgen Sie dafür, dass die Handelsraumfahrt funktioniert, aber lassen Sie mich damit in Ruhe.«

»Das würde ich gern tun, wenn Sie bereit wären, mir zu helfen.«

Sie blickte zu den beiden Männern hinüber, die Ronald Tekener für CORSA-Mitglieder hielt.

»Sie wissen mittlerweile, dass die Anklage gegen Ihren Vater zu Recht besteht. Er hat getan, was man ihm vorwirft. Im Grunde genommen ist niemandem damit geholfen, dass er zu einer Freiheitsstrafe verurteilt wird. Sein Vermögen reicht nicht aus für die

Schadensleistungen an seine Opfer. Sie aber könnten einen Beitrag leisten, der wertvoller ist als das Geld, das Ihr Vater zahlen muss.«

Sie verzog das Gesicht und wandte sich ab. Mit einem Handzeichen gab sie den beiden CORSA-Männern zu verstehen, dass sie eingreifen sollten. Die beiden Leibwächter eilten heran. Ronald Tekener blieb ruhig stehen und wartete auf sie. Die anderen Besucher des Schützenfests zogen sich schnell zurück. Ihr Verhalten bewies Tekener, dass sie genau wussten, was jetzt geschehen würde.

Der Leutnant fühlte sich in bester Verfassung. Kühl sah er dem unvermeidlichen Kampf entgegen. Er wusste, dass die beiden CORSA-Männer zunächst fintieren würden. Daher reagierte er auf den ersten Angriff überhaupt nicht. Wie erwartet, wurde sein Gegner davon überrascht. Der Schlag blieb aus.

Dafür griff der andere Leibwächter um so entschlossener an. Er versuchte, Tekener mit Handkantenschlägen und einer Ellenbogen-Knie-Kombination außer Gefecht zu setzen. Dem Terraner gelang es jedoch mühelos, auch diesen Angriff zu parieren.

Seine Fäuste zuckten vor. Und sie trafen. Einer der beiden Gegner stürzte zu Boden. Der andere aber hielt plötzlich eine Armbrust in den Händen und schlug sie ihm gegen die Brust, ohne dabei erkennbar auszuholen. Tekener konnte diesem Schlag nicht ausweichen. Vor seinen Augen flimmerte es. Er hatte das Gefühl, dass sein Herzschlag aussetzte.

Die beiden CORSA-Männer nutzten den Vorteil, den sie errungen hatten. Sie stürzten sich auf Tekener und deckten ihn mit einer Reihe von Schlägen ein, die ihn nahezu kampfunfähig machten, ihn aber noch nicht von den Beinen rissen.

Mit dem Instinkt eines geschulten Kämpfers versuchte der Leutnant, die am meisten gefährdeten Regionen seines Körpers abzudecken, um einige Sekunden Zeit zu gewinnen, in denen er sich erholen konnte. Die Leibwächter des Mädchens gaben ihm jedoch keine Chance. Eiskalt vollendeten sie ihr Vernichtungswerk. Ihre Fäuste und Handkanten trommelten auf Tekener ein, bis ihn endlich ein Schlag am Kinn traf, der ihn zu Boden schleuderte.

Ihm schwanden die Sinne.

Er wusste nicht, wie viel Zeit vergangen war, als er wieder zu sich kam. Er hörte das Gemurmel von Stimmen, aber er konnte sich nicht darauf konzentrieren. Er versuchte sich zu bewegen, doch auch das gelang ihm nicht. Schmerzen überfluteten seinen Körper und drohten, ihn in eine erneute Ohnmacht absinken zu lassen.

Er kämpfte gegen das Verlangen an, sich der Müdigkeit hinzugeben. Er wollte die Augen öffnen und bei klarem Bewusstsein bleiben. Das Stimmengemurmel versiegte, und ihm wurde bewusst, dass er sich getäuscht hatte. Das Rauschen seines Blutes hatte ihm den Eindruck vermittelt, dass Menschen in seiner Nähe waren, die miteinander sprachen.

Je mehr sich seine Sinne aber klärten, desto deutlicher wurde er sich dessen bewusst, dass es völlig ruhig in seiner Umgebung war. Irgendwo in der Ferne sang ein Vogel.

Er schlug die Augen auf und sah sich um.

Er befand sich in einem Raum, dessen Wände mit Fellen und Waffen verziert waren. Durch ein offenes Fenster fiel sein Blick auf einen See. Ein Mädchen stand in der Nähe des Fensters.

Es war Sharon Barton.

Die Schwäche übermannte Tekener. Er konnte nicht verhindern, dass er das Bewusstsein erneut verlor.

3.

Tekener richtete sich mühsam auf, als er glaubte, sich genügend erholt zu haben. Er presste die Zähne zusammen und versuchte, die Schmerzen nicht zur Kenntnis zu nehmen. Als er vor dem Bett stand, auf dem er gelegen hatte, fühlte er sich schon ein wenig besser.

Es war dämmerig. Daraus schloss Tekener, dass er wenigstens einige Stunden bewusstlos gewesen war. Er atmete einige Male tief durch und ging dann zur offenen Tür. Er blieb stehen, als er sie erreicht hatte, und lehnte sich gegen den Türrahmen.

Sharon Barton saß einige Schritte von ihm entfernt auf einer Bank, die aus einem grob behauenen Baumstamm bestand. Eine Bohle knarrte unter seinen Füßen. Sie hörte es und fuhr herum. Als sie ihn sah, stand sie eilig auf, strich sich die Röcke glatt und kam zu ihm.

»Ich dachte, Sie würden nie wieder aufstehen«, sagte sie verlegen.

»Und ich wusste nicht, dass Sie die Geschäftsmethoden Ihres Vaters ebenso perfekt beherrschen wie er selbst«, erwiderte er. »Fast wäre ich auf Ihr unschuldiges Gesicht hereingefallen. Ich verstehe jetzt, dass Sie empört darüber sind, dass wir Ihren Vater aus dem Verkehr gezogen haben.«

»Was wollen Sie damit sagen?«, fuhr sie ihn an.

»Es geht auch ohne Sie«, erklärte er verächtlich. »Ich hätte wissen müssen, dass von Leuten Ihres Schlages keine Hilfe zu erwarten ist.«

Er blickte auf den See hinaus. Farbenprächtige Fische durchbrachen die Wasseroberfläche, breiteten die flügelartigen Flossen aus und segelten wie schwerelos über das Gewässer. Die Sonne stand als grünlicher Lichtball über dem Horizont und schuf eigenartige Lichtreflexe auf dem See.

Tekener löste sich von der Tür und ging zu einem Gleiter, der unter einigen tannenartigen Bäumen parkte. Er identifizierte die

Maschine schon von Weitem als diejenige, die er am Raumhafen gemietet hatte. Er öffnete die Tür und stieg ein.

Plötzlich stand Sharon neben ihm und riss die Tür wieder auf.

»Steigen Sie aus«, rief sie. »Sie dürfen nicht wegfliegen. Sie sind noch nicht dazu in der Lage.«

Tekener fuhr sich mit dem Handrücken über die Lippen. Vor seinen Augen flimmerte es, und er fürchtete, abermals bewusstlos zu werden. Störrisch schüttelte er den Kopf.

»Ich bin dazu in der Lage«, sagte er. »Und nichts wird mich hier zurückhalten.«

»Die beiden Männer hätten Sie totgeschlagen, wenn ich Ihnen nicht geholfen hätte«, erklärte Sharon heftig.

»Soll ich Ihnen dafür dankbar sein? Ihnen ist es zuzuschreiben, dass ich mich so fühle, als hätte ich keinen heilen Knochen mehr im Leib.«

»Sie sind nicht tot.«

»Da bin ich nicht so ganz sicher. Wie fühlt man sich als Toter? Aber das sollte ich Sie wohl nicht fragen.«

»Sie sind widerlich und gemein«, sagte sie. Ihre Augen füllten sich mit Tränen. »Mein Vater ist ein Gangster. Aber was habe ich damit zu tun? Was kann ich dafür, wenn mir die Organisation zwei Wachen an die Seite stellt? Ich habe Sie jedenfalls nicht aufgefordert, mich zu belästigen.«

»Das ist zweifellos richtig«, erwiderte er. »Doch das führt alles zu nichts. Ich hätte mir die Mühe sparen können.«

Er wollte die Tür schließen, doch sie legte rasch ihre Hand auf seinen Arm.

»Hören Sie zu, Leutnant«, sagte sie leise und senkte den Kopf. »Ich bin wohl ziemlich ungerecht gewesen. Es tut mir leid, was geschehen ist. Und deshalb werde ich Ihnen helfen. Was soll ich tun? Erklären Sie es mir, und ich werde es tun.«

Ronald Tekener stieg wieder aus.

»Später«, sagte er. »Jetzt will ich erst einmal baden, damit ich wieder zu mir komme. Ich hoffe doch, dass man im See baden kann, ohne dass einem irgendwelche Ungeheuer die Füße abbeißen?«

»Baden Sie nur«, entgegnete sie. »Es ist völlig ungefährlich. Vorausgesetzt, Sie können schwimmen.«

Tekener war sich darüber klar, was der Befehl bedeutete, den er erhalten hatte. Wenn man einen Offizier seines Ranges mit einer derartigen Aufgabe bedachte, dann war dies der Ausdruck vorsichtigen Taktierens.

Lordadmiral Atlan wusste, mit wem er es bei George »Limp« Coates zu tun hatte.

Ronald Tekener verließ das Raumhafengebäude von Persith, dem dritten Planeten der Sonne Connour, etwa vierzehn Tage nach seinem Treffen mit Sharon Barton und deren Begleitern. Die Wunden, die er bei der Schlägerei davongetragen hatte, waren ausgeheilt. Von den Quetschungen, Blutergüssen und Schrammen war nichts mehr zu sehen, und er konnte auch wieder frei atmen, ohne dass sich Schmerzen in der Brust einstellten.

Tekener blieb unwillkürlich stehen, als er hörte, wie hinter ihm ein Stahlschott einrastete. Er drehte sich um und sah, dass sich als zusätzliche Sicherung ein Energieschirm aufbaute. Somit lag der Raumhafen mit sämtlichen Einrichtungen unter einer undurchdringlichen Energieglocke.

Das bedeutete nicht, dass der Rest von Persith eine freie Welt war. Im Gegenteil. Nur innerhalb der Energiekuppel gab es normalerweise freie Menschen. Alle anderen verbüßten eine Freiheitsstrafe.

Tekener entschied sich für einen roten Gleiter, der neben anderen auf dem Parkplatz vor dem Raumhafengelände stand. Er tippte die Daten ein, die ihm ein verantwortlicher Offizier gegeben hatte. Lautlos stieg die Maschine auf und raste in südlicher Richtung davon.

»Machen Sie sich auf einiges gefasst«, hatte der Offizier im Kontrollgebäude gesagt. »Die Gefängnisse auf Persith sehen anders aus, als die Öffentlichkeit sie sich vorstellt. Aber täuschen Sie sich nicht. Es sind Gefängnisse.«

Ronald Tekener lehnte sich in den Polstern zurück. Er blickte nach vorn. Weites, fruchtbares Land dehnte sich vor ihm, das nur teilweise kultiviert worden war. Schwärme von Vögeln zogen über silbern schimmernde Flüsse und Seen hinweg. In der Ferne erhob sich eine Bergkette bis in eine Höhe von etwa viertausend Metern. Die Gipfel der Berge leuchteten weiß.

Das Land war von beispielhafter Schönheit.

Einen Gefangenenplaneten hatte Tekener sich anders vorgestellt. Das Gefühl, von Atlan nicht ausreichend vorbereitet ins Feuer geschickt zu werden, verstärkte sich.

Der Lordadmiral spielte die Bedeutung des Treffens mit Georg »Limp« Coates herunter. Der Gangsterboss sollte von Anfang an wissen, dass diese Begegnung zwar wichtig war, aber sich im Rahmen eines großen Geschehens bewegte, in dem andere Ereignisse weit höher rangierten.

Sharon Barton hatte sich die größte Mühe gegeben, Coates zur Zustimmung zu bringen. Dass sie es überhaupt geschafft hatte, erschien wie ein kleines Wunder, da sie ihm keine Gegenleistung hatte bieten können. Wäre jetzt Lordadmiral Atlan selbst bei Coates erschienen, hätte dieser fraglos versucht, ihn zu erpressen. Er hätte seine Forderungen uferlos ausgeweitet. Und gleichzeitig hätte er für eine weltweite Publizität gesorgt. Reporter und Journalisten aus dem gesamten Imperium wären auf Persith gewesen, um Zeuge des Treffens zu werden.

Tekener war allein. Er vermutete, dass Coates mit der Hilfe Sharons versucht hatte, die Presse für dieses Treffen zu interessieren, dass es ihm jedoch nicht gelungen war. Ein Leutnant Ronald Tekener war in keiner Kartei der Presseimperien verzeichnet. Einen Ronald Tekener konnte Coates nicht erpressen. Er konnte ihm nur zuhören.

Tekener näherte sich einem turmartigen Gebäude, das auf der Kuppe eines Hügels an einem Fluss errichtet war. Ein flimmernder Energieschirm wölbte sich über dem Turm, der von einem blühenden Garten umgeben war. Tekener sah einen von der Sonne gebräunten Mann in einem Liegestuhl neben einem Swimmingpool liegen. Vor dem Mann stand ein Fernsehgerät.

Tekener betätigte eine Taste am Armaturenbrett. Der Gleiter landete vor dem Energieschirm. Aus dem Turm kam ein Roboter hervor, der auf ihn zu eilte. Als er den Energieschirm erreichte, entstand eine Strukturlücke.

Tekener zeigte seine ID-Karte.

Der Roboter prüfte sie und ließ ihn eintreten.

»Mr. Coates erwartet Sie, Sir«, sagte der Automat. »Möchten Sie etwas zu trinken?«

»Danke«, entgegnete Tekener. »Nichts.«

»Dann erlauben Sie mir, Sie zu Mr. Coates zu führen.« Der Roboter drehte sich um und stolzierte vor Tekener her. Er blieb einige Meter vor George »Limp« Coates stehen und zeigte stumm mit der Hand auf den Gefangenen, der keinerlei Notiz von seinem Besuch nahm.

Coates blieb im Liegestuhl. Er wandte Tekener den Rücken zu und tat, als habe er seine Ankunft noch nicht bemerkt. Der Leutnant ging um den Liegestuhl herum, bis er dem Gefangenen ins Gesicht sehen konnte.

George »Limp« Coates war ein schwergewichtiger Mann. Er war untersetzt und hatte ein ausdrucksloses Gesicht mit tief liegenden Augen und buschigen Augenbrauen.

Als er Tekener sah, strich er sich mit dem Daumen über die Sattelnase, und ein flüchtiges Lächeln glitt über seine aufgeworfenen Lippen.

»Zeigen Sie schon her«, forderte er.

Tekener reichte ihm seine ID-Karte, doch Coates beachtete sie kaum. Ihm genügte es, dass ein Leutnant der USO bei ihm erschien und sich auswies. Der Inhalt der Identifikationskarte war nicht mehr so wichtig. Entscheidend war die Geste.

George »Limp« Coates grinste.

»Es ist also wahr«, sagte er selbstgefällig. »Die USO erscheint bei mir im Gefängnis, um vor mir einen Kniefall zu machen.«

»Gefängnis?« Tekener blickte sich um. Das Licht der Sonne spiegelte sich im Wasser des Schwimmbeckens. Die Blumen der Büsche verströmten einen angenehmen Geruch. Das Fernsehgerät produzierte die dreidimensionalen Bilder einer prominenten Band. Aus den Lautsprechern tönten die Rhythmen, die diese Band in aller Welt berühmt gemacht hatten.

»Es ist ein Gefängnis«, beteuerte der Gangster. »Für uns kommt es nicht darauf an, uns an Ihnen zu rächen, hat mir der Richter erklärt. Wir wollen nur, dass Sie aus dem Verkehr gezogen werden. Deshalb werden Sie keine Verbindung mehr zur Öffentlichkeit haben.«

Das Gesicht des Gefangenen verzerrte sich.

»Oh, meine Unterkunft ist hervorragend. Ich habe alles, was ich will. Dafür bezahle ich auch. Richtiger – meine Freunde sorgen dafür, dass ich eine erträgliche Unterkunft habe. Aber was hilft das alles? Von außen kommt alles zu mir. Ich sehe Filme. Ich höre Musik. Ich verfolge die Nachrichten aus der ganzen Galaxis. Ich weiß sogar, dass Perry Rhodan eine leichte Infektion überstanden hat. Ich weiß alles, was draußen passiert. Aber von mir dringt kein einziges Wort nach draußen. Es ist, als ob ich nicht mehr existierte. Zu niemandem habe ich Kontakt, Sharon und Sie sind die einzigen Menschen, mit denen ich seit Jahren gesprochen habe. Ich bin ein Einsiedler. Ebenso gut könnte ich in einem Raumschiff leben, das durch die Unendlichkeit fliegt. Oder ich könnte in einem Haus unter Wasser dahinvegetieren. Dies ist ein Gefängnis. Glauben Sie es mir.«

George »Limp« Coates hielt es nicht mehr im Liegestuhl aus. Er erhob sich und ging bis zum Rand des Schwimmbeckens. Er trug einen Anzug aus einem seidigen Stoff.

»Der Richter wusste genau, was er tat, als er mich zu diesem Leben verurteilte«, fuhr er fort und ging einige Schritte weiter. Sein rechtes Bein war kürzer als das linke. Er hinkte stark. Das war auch der Grund dafür, dass man ihm in Kreisen des organisierten Verbrechens den Namen Limp gegeben hatte.

Er streckte den Arm aus und zeigte zu den Bergen hinüber.

»Dort drüben in den Bergen ist ein anderer Turm. Ich weiß, dass dort ein Gefangener lebt. Hin und wieder, wenn das Wetter klar ist, kann ich die Energiekuppel sehen. Dann weiß ich: Da ist noch jemand auf Persith. Ich bin nicht allein. Und der andere denkt wahrscheinlich so wie ich. Glauben Sie mir, Leutnant, mir wäre es lieber gewesen, wenn ich irgendwo in einem Steinbruch mit anderen Menschen zusammenarbeiten müsste. Wenn ich hin und wieder mit einem Menschen sprechen könnte, wäre das schon eine wesentliche Hafterleichterung für mich. Dies ist die Hölle.«

Hinkend kehrte er zum Liegestuhl zurück und setzte sich. Sein Gesicht wurde wieder ausdruckslos. Er ließ die Unterlippe hängen.

»Also – was wollen Sie von mir?«, fragte er.

»Ihre Mitarbeit im Kampf gegen die Raumpiraten«, antwortete Tekener.

»Was bieten Sie mir?«

Der junge Terraner antwortete nicht. Er wartete darauf, dass Coates Forderungen stellen würde. Sharon hatte ihn längst darüber informiert, dass es um eine Zusammenarbeit im Kampf gegen die Raumpiraten ging.

Tekener zweifelte auch nicht daran, dass Coates genau wusste, welche Gegenleistungen er haben wollte. Ihn überraschte ein wenig, dass der Gefangene sich so ausführlich über seine Situation ausgelassen hatte. Tekener war trotz seiner Jugend ausgebildeter Kosmo-Psychologe. Er hatte sich ausgiebig mit allen Informationen über George »Limp« Coates befasst. Gerade deshalb hatte er nicht erwartet, von ihm derartige Äußerungen zu hören. Coates war ein Taktiker, der stets genau wusste, was er wollte. Tekener war sich klar darüber, dass der Gangster sich ebenso sorgfältig auf dieses Treffen vorbereitet hatte wie er selbst auch.

Coates blickte ihn forschend an.

»Sie erwarten doch wohl nicht, dass ich etwas ohne Gegenleistung tue?«

Tekener schwieg auch jetzt. Coates stutzte. Dann winkte er den Roboter heran und befahl ihm, einen Stuhl für seinen Besucher zu bringen. Wenig später setzte Tekener sich in einen gepolsterten Gartenstuhl. Coates blickte ihn fragend an, doch Tekener schwieg auch jetzt.

»Verdammt noch mal«, sagte der Gefangene. »Ich werde nichts tun, wenn ich nicht regelmäßig Besuch von meinen Freunden bekomme.«

Das war schon fast eine Zusage, dachte Tekener. Er beugte sich nach vorn.

»Zunächst einmal werden Sie Persith verlassen. Sie kommen nach Mischham, dem vierten Planeten der Sonne Zwunen. Die Entfernung zur Erde beträgt dann nur noch 180 Lichtjahre. Zwunen ist ein Planet, auf dem es zahlreiche Gefangenenstädte gibt. Sie werden unter Menschen sein, und es fällt vor allem nicht so auf wie hier, wenn Sie Besuch bekommen.«

Coates musterte ihn mit verengten Augen.

»Wir reden weiter, wenn ich auf Mischham bin«, erklärte er.

Tekener erhob sich. Er wusste, dass es sinnlos war, noch länger mit Coates zu verhandeln. Dabei hätte der Gangster Vorteile für sich herausgeschlagen, die Tekener ihm nicht einräumen wollte.

»Packen Sie Ihre Sachen«, sagte er. »Ich begleite Sie nach Mischham.«

Coates stand auf, ergriff den Liegestuhl und schleuderte ihn ins Wasser.

»Das ist ein Wort«, sagte er. »Wir können gehen. Ich habe nichts, was ich mitnehmen möchte.«

»Versuchen Sie keine Tricks«, warnte der Leutnant. »Ich hätte keine Hemmungen, Sie zu erschießen, wenn Sie fliehen wollen. Also versuchen Sie es gar nicht erst.«

»Halten Sie mich nicht für einen Narren?«, entgegnete der Gefangene. »Ich bin mir klar darüber, was Sie können. Zu mir schickt man keine Versager.«

Er blickte Tekener durchdringend an.

»Das war ein Kompliment«, sagte er.

»Es lässt mich kalt«, erwiderte der USO-Spezialist.

Coates nickte.

»Das ist mir klar.«

Die beiden Männer gingen auf den Gleiter zu. Tekener überreichte dem Roboter eine Karte, die eine Reihe von Informationen enthielt. Der Automat schob sie in einen Schlitz an seiner Brust. Einige Sekunden verstrichen, dann entstand eine Strukturlücke im Energieschirm. Die beiden Männer schritten zum Gleiter und stiegen ein. Die Strukturlücke schloss sich wieder. Tekener startete.

»Sie sagen kein Wort«, befahl der Leutnant, als sie sich dem Raumhafen näherte. »Sie überlassen alles mir.«

»Das könnte Ihnen so passen«, entgegnete Coates. »Ich rede, wann ich will und was ich will.«

Tekener zog den Gleiter herum und ging auf Gegenkurs. Der Mann neben ihm blickte ihn überrascht an, sagte jedoch nichts. Wenig später landete die Maschine vor dem Energieschirm, der den Turm überspannte. Der Roboter näherte sich. Tekener drückte eine Taste am Armaturenbrett und zeigte nach vorn auf die Strukturlücke, die entstanden war.

»Sie können aussteigen, Mr. Coates«, sagte er gelassen. »Finden Sie sich mit dem Gedanken ab, dass dies das letzte Mal in Ihrem Leben war, dass Sie mit jemandem reden konnten.«

»Sie bluffen doch nur.«

»Ich mache Sie darauf aufmerksam, Mr. Coates, dass Sie diesen Gleiter nicht wieder betreten werden, wenn Sie ihn erst einmal verlassen haben. Wenn Sie ausgestiegen sind, ist das Kapitel abgeschlossen, und Sie haben Ihre Chance verpasst.«

»Moment mal«, sagte Coates heftig. »Hier geht es nicht um mich. Sie wollen meine Hilfe. Sie stecken in der Klemme. Sie kommen nicht weiter. Sie werden von den Raumpiraten ausgeplündert. Ich kann da drinnen ganz gut leben.«

Er zeigte auf den Turm.

»Wenn Sie dieser Ansicht sind, dann lassen Sie sich nicht aufhalten.«

George »Limp« Coates stieß die Tür auf. Er beobachtete Tekener. Doch dieser zeigte nicht, wie es in ihm aussah. Coates wusste nicht, wie groß die Schwierigkeiten der USO tatsächlich waren. Er ahnte es nur. Er wusste auch nicht, von welcher Bedeutung diese Unterredung für Tekener war.

»Sie stehen unter Erfolgszwang, Leutnant. Was sagen Sie Ihren Vorgesetzten, wenn Sie zurückkehren und gestehen müssen, dass Sie gescheitert sind?«

Ronald Tekener lächelte. Es war ein eigenartiges Lächeln. Es zeigte Gelassenheit und innere Ruhe, barg aber gleichzeitig eine gewisse Drohung in sich. Es war ein Lächeln, das den Gangster verunsicherte.

»Starten Sie«, sagte er ärgerlich.

»Sie sind mir noch eine Erklärung schuldig«, erinnerte ihn Tekener.

»Ich wüsste nicht, was ich Ihnen erklären sollte.«

»Ich denke schon.«

»Also gut«, erwiderte Coates fluchend. »Ich werde den Schnabel halten, wenn wir am Raumhafen sind. Ich werde alles Ihnen überlassen. Im Raumhafen, beim Flug, bei der Ankunft. So lange jedenfalls, wie Sie darauf bestehen. Sind Sie jetzt endlich zufrieden?«

»Ich mache Sie darauf aufmerksam, dass ich Sie sofort hierher zurückbringe, wenn Sie diese Vereinbarung brechen.«

»Das glaube ich Ihnen sogar«, sagte Coates seufzend. »Leutnant, Sie sind ein verdammt harter Bursche. Sie imponieren mir. Leider stehen Sie im falschen Lager.«

»Ihre Komplimente lassen mich kalt. Das sagte ich bereits.«

»Schon gut«, entgegnete Coates stöhnend. »Ich glaube Ihnen,

dass Sie sich nicht von Ihrem Weg abbringen lassen. Ich werde nicht einmal versuchen, Sie mit fünf Millionen Solar zu ködern.«

Ronald Tekener lächelte.

Das versteckte Angebot des Gangsters ließ ihn kalt.

Als Tekener am Raumhafengebäude landete, war kein weiteres Wort zwischen ihm und Coates gefallen. Der Gangster hatte ein Blatt Papier aus der Tasche hervorgeholt und sich eine Reihe von Notizen gemacht. Tekener hatte ihn dabei nicht gestört.

Er ging um den Gleiter herum. Coates stieg aus.

»Ich hoffe, Sie verzichten auf Handfesseln«, sagte er.

»Ich verzichte«, antwortete Tekener. »Bleiben Sie dicht bei mir. Niemand darf sich zwischen uns drängen. Aufsehen dürfen wir auf keinen Fall erregen.«

»Sie brauchen sich keine Sorgen zu machen, Leutnant, ich weiß, wie ich mich zu verhalten habe.«

Auf dem Parkplatz und vor dem Kontrollgebäude hielt sich niemand auf. Doch dass sie sorgfältig beobachtet wurden, zeigte sich, als sie sich dem Energieschirm näherten. Eine Strukturlücke bildete sich. Das Stahlschott glitt zur Seite, obwohl Tekener niemandem ein Zeichen gegeben hatte.

Die beiden Männer betraten eine Halle, in der sich nur ein einzelner Mann befand. Er saß in einer gläsernen Kabine an einem Hyperkom und verfolgte die Nachrichten, die einmal täglich von Terra ausgestrahlt wurden. Er blickte auf und sah Tekener mit seinem Begleiter. Seine Augen weiteten sich. Eilig sprang er auf und stürzte aus seiner Kabine, wobei er über seine eigenen Beine stolperte. Tekener fing ihn auf.

Der Mann war kleiner als er, wog aber sicherlich mehr. Die Kleidung spannte sich über seinem Bauch.

»Das darf doch nicht wahr sein«, sagte er kurzatmig. »George ›Limp‹ Coates verlässt Persith, und ich weiß nichts davon. Weshalb haben mir diese Narren von der Redaktion nichts gesagt? Wieso sind Sie frei, Limp? Vierzig Jahre sollen Sie hier absitzen. Jetzt sind noch nicht einmal drei Jahre um. Erklären Sie mir das.«

»Wer ist das?«, fragte Coates.

»Ich bin Jerry Williams von der *Terrania News*. Sie kennen mich doch, Limp. Dies ist ja nicht das erste Mal, dass wir miteinander reden.«

»Ich gebe keine Interviews«, antwortete der Gangster. »Wenn Sie etwas wissen wollen, fragen Sie Leutnant Tekener.«

Williams musterte Tekener.

»Ich will alles wissen«, erklärte er. Seine Augen waren hellblau. Aus ihnen schlug Tekener eine eisige Kälte entgegen. »Wenn Sie mir keine Informationen geben, veranstalte ich einen Riesenwirbel. Dann wird morgen auf allen wichtigen Planeten bekannt sein, dass Limp Persith verlassen hat, und aus Ihrer Geheimmission wird nichts.«

Ronald Tekener lachte ihm ins Gesicht.

»Hören Sie auf, Williams«, sagte er. »Rufen Sie lieber bei Ihrer Redaktion an. Der Anwalt von Mr. Coates hat neue Fakten ins Spiel gebracht, und es ist ihm gelungen, eine Hafterleichterung für Mr. Coates durchzudrücken. Die Anwälte prüfen zur Zeit, ob eine neue Verhandlung möglich ist.«

»Ich werde mich erkundigen.« Der Reporter kehrte in seine Kabine zurück.

»Ein gefährlicher Bursche«, sagte Coates leise. »Nehmen Sie sich vor ihm in acht. Der legt Sie glatt aufs Kreuz.«

»Ein Mann, der selbst auf dem Kreuz liegt, hat es schwer bei mir«, antwortete Tekener.

Williams kehrte aus seiner Kabine zurück. Er machte einen niedergeschlagenen Eindruck.

»Es stimmt«, sagte er. »Verdammt noch mal, warum hat mich keiner informiert? Warum erfahre ich so etwas nicht? Wozu sitze ich denn hier auf diesem verfluchten Planeten alternder Gangster?«

»Das sollten Sie sich selbst fragen«, antwortete Tekener. »Mr. Coates wird Ihnen jedenfalls kein Interview geben, oder glauben Sie, dass er sich seine eigenen Chancen verdirbt?«

Williams fluchte nur. Er zog sich in seine Kabine zurück.

Tekener führte Coates durch die Halle.

»Ein Gefangenentransport kommt in fünf Minuten«, erklärte er. »Wir gehen in die Wartehalle und lassen alle vorbei. In einer Stunde starten wir.«

4.

Ronald Tekener war es nicht gewohnt, in einer so prominenten Runde zu reden wie in jener, in der Atlan ihn zum Bericht aufforderte. Unter den Anwesenden war Solarmarschall Allan D. Mercant, der Chef der Solaren Abwehr. Hinzu kamen hohe Offiziere und Spezialisten von der SolAb und der USO. Alle siebzig Sessel des Konferenzraums waren besetzt.

Tekener saß zusammen mit Atlan und Allan D. Mercant an einem Tisch vor den anderen. Der Arkonide hatte ihn zum Rapport nach vorn gebeten. Dabei bewies der Leutnant eine erstaunliche Selbstsicherheit und Ruhe. Er verhielt sich so, als habe er schon häufig vor einer derartigen Zuhörerschaft referiert.

»George Coates hat mir gestern seine Zustimmung gegeben«, erklärte er. »Entsprechend meiner Ermächtigung habe ich danach einigen seiner Freunde erlaubt, ihn zu besuchen. Coates hat vier Stunden lang mit ihnen gesprochen. Abhörvorrichtungen waren nicht in dem Raum vorhanden, in dem er sich mit seinen Freunden befunden hat.«

»Darf man wissen, was das für Freunde waren?«, fragte einer der älteren Offiziere. Er sprach in auffallend scharfem Ton.

Tekener blickte Atlan fragend an.

Dieser nickte zustimmend.

»Wir machen kein Geheimnis daraus«, sagte der Arkonide.

»Es waren Edward Colombo, Jerome Ardenne, Gordon Eastman und Walter P. Stevenson«, antwortete Tekener.

Ein Raunen ging durch den Raum.

»Wenn ich Sie recht verstanden habe, dann waren also die vier Paten der CORSA bei Coates, der in informierten Kreisen als das Oberhaupt der Organisation gilt«, sagte der Offizier. »Sie haben diesem Gespräch zugestimmt, obwohl Sie sich darüber klar sein müssen, dass es dabei ausschließlich um geschäftliche Dinge ging, also um das organisierte Verbrechen.«

»So ist es«, erwiderte Atlan kühl. »Wir haben keine andere

Wahl. Wir wissen, dass diese Männer die Besuche bei Coates dazu missbrauchen, Geschäfte zu besprechen. Das ist das kleinere Übel, das wir in Kauf nehmen müssen, wenn wir das größere Übel – die Raumpiraten – abstellen wollen. Je mehr Freiheit wir Coates und seinen Leuten lassen, desto schneller wird alles vorbei sein.«

»Hin und wieder muss man eben völlig unkonventionelle Wege gehen, wenn man zum Ziel kommen will«, fügte Allan D. Mercant hinzu. »Und es ist nun einmal eine Tatsache, dass die CORSA die bestimmende Macht auf allen bedeutenden Handelsmärkten in der Galaxis ist. Die CORSA hat überall ihre Leute. Wir wissen das, können ihnen aber nichts nachweisen, solange niemand den Mut hat, sich den CORSA-Leuten entgegenzustellen. Auf allen Märkten ist die Situation gleich. Die CORSA beherrscht die Transportarbeitergewerkschaft, hat die Handelsrechte erworben, hat die alleinigen Verpachtungsrechte für die Verkaufseinrichtungen, sitzt in den Handelsagenturen oder stellt die zwingend vorgeschriebene Versicherung. Die CORSA hat unzählige Möglichkeiten der Erpressung gefunden. Da es dabei für den Einzelnen immer nur um kleine Beträge geht, will dafür niemand sein Leben riskieren. Man zahlt lieber ein paar Solar und schlägt sie auf den Handelspreis drauf, um so den Verlust wieder auszugleichen, als dass man sich gegen die CORSA stellt und dabei Kopf und Kragen riskiert.«

»Wir haben den Kampf gegen die CORSA keineswegs aufgegeben«, erklärte Atlan. »Wir haben auch nicht resigniert, sondern wir sind davon überzeugt, dass es uns in einem langen, mühseligen Kleinkrieg gelingen wird, die CORSA zu zerschlagen. Jetzt aber kommen wir ohne die Hilfe dieser Organisation nicht mehr weiter.«

»Ich verstehe nicht, wieso sich die Handelsgüter nicht zurückverfolgen lassen«, bemerkte einer der Offiziere.

Tekener blickte auf das Namensschild an seiner Brust. Er las den Namen: P. R. Horman.

»Bei der Anzahl der verschwundenen Raumschiffe ergibt sich eine wahre Flut von Waren, über die Angaben aller Art bei den Reedereien vorhanden sind. So etwas kann doch nicht einfach verschwinden.«

»Offenbar taucht nur ein Bruchteil der Waren auf unseren Märkten wieder auf«, erwiderte Tekener. »Der größte Teil wird auf die Märkte von anderen Zivilisationen geschleust, beispielsweise auf Welten, die ausschließlich von Akonen, Arkoniden oder Aras bewohnt werden. Viele Güter aber werden offensichtlich in veränderter Form angeboten, sodass sie nicht mehr identifiziert werden können. Eben deshalb benötigen wir die Hilfe der CORSA. Diese Organisation befasst sich mit ähnlichen Geschäften. Es liegt ihr daran, eine gefährliche Konkurrenz loszuwerden. Wir haben also zur Zeit die gleichen Feinde. Das ist der Grund dafür, dass wir vorübergehend Verbündete sein werden.«

»Gibt es dazu noch Fragen?«, erkundigte sich Atlan.

»Vorläufig nicht«, erwiderte Horman. Die anderen verhielten sich ruhig.

»Dann möchte ich Ihnen mitteilen, dass wir bereits eine Information von der CORSA erhalten haben«, fuhr der Arkonide fort. Wiederum wurde es unruhig im Raum. Diese Eröffnung schlug bei vielen Konferenzteilnehmern wie eine Bombe ein. Atlan sah ihnen an, dass sie der Zusammenarbeit mit der Organisation der Verbrecher ablehnend oder doch zumindest skeptisch gegenüberstanden. Sie hatten nicht damit gerechnet, dass er ein greifbares Ergebnis vorweisen konnte. Jetzt aber hatte er den Beweis dafür, dass die CORSA zu einer Mitarbeit bereit war.

Atlan schlug die Akte auf, die vor ihm lag.

»Die CORSA hat uns mitgeteilt, dass sie eine Teilinformation über die Arbeitsweise der Raumpiraten beschaffen konnte. Die Raumschiffsdiebe verfügen danach über eine uns bislang unbekannte Technik, mit der sie die Kursprogrammierung der Handelsraumschiffe beim Eintauchen in den Hyperraum verändern können. Die Schiffsführung scheint gegen diese Manipulation völlig hilflos zu sein.«

Atlan unterbrach sich und blickte auf. Im Raum war es totenstill geworden. Gebannt verfolgten die Mitglieder des Arbeitsstabs den Bericht des Arkoniden.

»Die Folge der Manipulation ist, dass die Raumschiffe an einem völlig anderen Ziel ankommen, an dem sie offenbar direkt in eine tödliche Falle fliegen. Wir vermuten, dass die Schiffsbesatzungen dabei so schnell mit einer Neutronen-Waffe getötet werden, dass ihnen keine Zeit mehr für eine Verteidigung bleibt. Bei den gestohlenen Raumschiffen handelt es sich fast ausschließlich um Schiffstypen, die mit Transitionstriebwerken fliegen. Gerade bei diesen Raumern hat die Neutronen-Waffe in der Phase der Materialisierung eine durchschlagende Wirkung.«

Atlan schob die Akte zur Seite.

»Wir haben diese Information überprüft, soweit das möglich war. Wir zweifeln nicht daran, dass sie zutreffend sind«, schloss der Arkonide seinen Bericht ab. »Leutnant Tekener wird versuchen, weitere Informationen über die Technik der Raumschiffsdiebe zu beschaffen. Wir hoffen, dass sich dann endlich Fortschritte einstellen werden.«

Schon am nächsten Tag verließ Ronald Tekener die Erde. Er flog an Bord eines Handelsraumers mit dem Ziel Teillon im System Vierghel. Vierghel war eine kleine, gelbe Sonne, die 114 Lichtjahre von der Erde entfernt war. Teillon, der zweite Planet, wurde von Terranern, Arkoniden, Akonen, Aras und Springern gemeinsam genutzt. Teillon war eine freie Welt, die keinem Sternenreich angeschlossen war und von einer Gruppe von gewählten Männern und Frauen aus verschiedenen Völkerschaften der Galaxis verwaltet wurde.

Tekener flog allein. Er hatte den Auftrag, sich mit einem Arkoniden zu befassen, der als Positronikspezialist galt und der auf Teillon eine Forschungsstätte betrieb. Die CORSA hatte erklärt, dass dieser Mann für die USO interessante Informationen hatte.

Unterlagen über Teiszcon, den Arkoniden, gab es weder auf der Erde noch in Quinto-Center, dem Hauptquartier der USO.

Als die FIRE das Solsystem verlassen hatte, suchte Tekener die Offiziersmesse des Handelsraumers auf, zu der alle Passagiere Zutritt hatten. Er trug einen schlichten, grauen Anzug, der keinerlei Rückschlüsse auf seinen Beruf zuließ. In der Messe hielten sich zwei Offiziere auf. Sie diskutierten über das Risiko, das sie bei der Handelsraumfahrt eingingen. Einer von ihnen vertrat die Ansicht, dass die FIRE nicht gefährdet war, da sie über das moderne Lineartriebwerk verfügte.

»Über neunzig Prozent der verschwundenen Raumer hatten das veraltete Transitionstriebwerk«, erklärte der Offizier. »Das muss doch einen Grund haben. Ich vermute, dass die Bande diese Raumschiffe leichter erwischt.«

Tekener setzte sich an einen der Tische und tippte seine Bestellung in die Tastatur. Er gab dem Offizier recht.

Ein kegelförmiger Roboter rollte zu ihm an den Tisch. Die obere Wölbung klappte auf, und er hob die Teller mit den Speisen heraus, die Tekener bestellt hatte.

»Sie scheinen Hunger zu haben«, sagte eine helle Stimme hinter dem Leutnant.

Tekener drehte sich überrascht um. Sharon Barton stand hinter ihm. Sie zeigte auf einen der beiden anderen freien Sessel am Tisch.

»Erlauben Sie, dass ich mich zu Ihnen setze?«

»Ich würde mich freuen.« Er erhob sich. Sie reichte ihm ihre Hand. Dann setzte sie sich und tippte ebenfalls eine Bestellung ein.

Tekener hatte den Eindruck, dass sie reifer und selbstsicherer geworden war. Sie schien nicht so widerspenstig zu sein wie bei ihrer ersten Begegnung, wenngleich er glaubte, dass sie genau wusste, was sie wollte.

»Was führt Sie nach Teillon?«, fragte sie. Dann lächelte sie spöttisch. »Geheimmission? Ich hätte vielleicht nicht fragen sollen.«

»Wenn ich Ihnen sage, dass ich dort Urlaub machen will, glauben Sie es mir ja doch nicht«, entgegnete er freundlich. »Ich habe dort geschäftlich etwas zu erledigen.«

Ihr Essen kam. Sie nahm es entgegen, stocherte dann jedoch lustlos darin herum.

»Ich habe etwas zu überbringen«, erklärte sie. Ihre Hände begannen plötzlich zu zittern, beruhigten sich dann jedoch schnell. »Glauben Sie, dass ich solche Kurierdienste machen sollte?«

»Das bleibt einzig und allein Ihnen überlassen.«

Sie schüttelte den Kopf.

»Ich habe bisher nichts mit diesen Geschäften zu tun gehabt, und ich will auch in Zukunft nichts damit zu tun haben«, sagte sie. Ihre Augen verdunkelten sich. Tekener erkannte, dass sie Hilfe benötigte und sie von ihm erwartete. »Was soll ich tun? Ich kann mich nicht dagegen wehren. Ich kann das, was ich zu überbringen habe, nicht einfach wegwerfen. Aber ich könnte Sie bitten, einen Blick darauf zu werfen und mir danach einen Rat zu geben.«

»Auf einmal?«, fragte er. »Woher kommt dieses Vertrauen?«

Sie schlug die Augen nieder.

»Ich habe nachgedacht«, gestand sie. »Ich habe viel über mich und über das nachgedacht, was die anderen tun, mit denen ich lebe. Es war falsch, Ihnen Vorwürfe zu machen. Ich weiß es jetzt.«

»Ich kann mir nicht ansehen, was Sie zu überbringen haben.«

»Warum nicht? Das schadet niemandem.«

»Sie wissen, weshalb ich mit George Coates sprechen wollte. Wir haben eine Vereinbarung getroffen, und ich würde das Vertrauen missbrauchen, das man in mich setzt, wenn ich jetzt gegen Coates und seine Leute arbeite.«

»Das verstehe ich nicht«, sagte sie niedergeschlagen. »Ich habe versucht, Ihnen zu erklären, dass ich mich in einer gefährlichen Situation befinde. Ich bitte Sie um Ihre Hilfe, aber Sie schlagen sie mir ab.«

Sie erhob sich.

»Vergessen Sie, was ich gesagt habe«, bat sie ihn mit tonloser Stimme und eilte hinaus. Ronald Tekener blickte ihr nach. Er war versucht, ihr zu folgen. Doch er ging nicht. Er blieb in der Messe. Die hämischen Bemerkungen einiger Offiziere, die die Situation missverstanden, überhörte er.

Sharon tat ihm leid. Er hätte ihr gern geholfen, aber er konnte es nicht.

Ein wolkenbruchartiger Regen ging über Teisz, der Hauptstadt des Planeten Teillon, nieder. Er fiel so dicht, dass Ronald Tekener die Fahrt seines Gleiters drosseln musste, weil er nicht mehr sehen konnte, wohin er flog.

Teisz lag auf einem Plateau, das einer Bergkette vorgelagert war. In der Dunkelheit konnte Tekener jedoch nur anhand vereinzelter Lichter die Ausdehnung der Stadt abschätzen.

Ein Gleiter schoss mit hoher Geschwindigkeit an ihm vorbei und entfernte sich in der gleichen Richtung, in der auch er flog. Tekener erwog erst, ihm zu folgen, beschloss dann jedoch, das Ende des Wolkenbruchs abzuwarten. Er ließ den Gleiter absinken, bis er den Boden berührte. Nahezu im gleichen Moment blitzte es vor ihm auf. Er glaubte, die Maschine, die ihn überholt hatte, im Feuer sehen zu können, doch dann wurde es schon wieder dunkel.

Tekener fühlte, wie es ihm kalt über den Rücken lief. Er war überzeugt davon, dass die Maschine mit einem Hindernis zusammengeprallt war, nachdem die positronische Flugsicherung versagt hatte. Voller Unbehagen blickte er auf das Armaturenbrett seines Gleiters. Es sah nicht besonders vertrauenerweckend aus. An einigen Stellen war die Verkleidung aufgeplatzt. Eines der Instrumente funktionierte überhaupt nicht. Ob die anderen richtig anzeigten, war nicht festzustellen. Tekener sank ins Polster zurück. Er hörte, wie die Regentropfen auf das Dach trommelten. Der Ventilator der Klimaanlage fiel aus. Die Temperatur in der Kabine stieg an.

Teillon war eine Welt mit Durchschnittstemperaturen von über 30 Grad Celsius. Die Stadt Teisz befand sich in der gemäßigten Zone nördlich des Äquators.

Tekener fluchte.

Hitze machte ihm sonst nichts aus. In Teisz aber herrschte eine feuchte Hitze, die den Kreislauf stark belastete. Er begriff nicht, dass die Stadt ausgerechnet in einer solchen Klimazone errichtet worden war, obwohl sich auf Teillon sicherlich geeignetere Gebiete für eine Stadt gefunden hätten.

Endlich ließ der Regen nach. Tekener fuhr die Fenster herunter, um frische Luft hereinzulassen. Er startete, aber noch nicht einmal der Fahrtwind war erfrischend.

Die Wolkendecke riss auf und ließ das Licht der beiden Monde durch, die Teillon umkreisten. Tekener sah, dass die Stadt durch einen reißenden Fluss in zwei Hälften geteilt wurde. Der Fluss stürzte am Rand der Stadt über die Kante des Plateaus und verschwand irgendwo in der Tiefe.

Am nördlichen Rand des Plateaus, an dem die Berge höher aufstiegen, ragte eine rötlich schimmernde Felsnadel aus dem Häusermeer empor. Sie diente Tekener als Orientierungspunkt. Er flog zu ihr hin und landete unmittelbar neben ihr. Dann stieg er aus und blickte sich um. Seine Füße versanken im Schlamm.

Der Kontaktmann der CORSA auf der Erde hatte ihm diese Stelle beschrieben und ihm gesagt, dass er zu einem Haus mit auffallend spitzem Giebel gehen sollte. Es gab nur ein Haus dieser Bauart in der Nähe. Es war nur etwa fünfzig Meter von ihm entfernt.

Er beschloss, den Gleiter stehen zu lassen und zu Fuß zu gehen, obwohl der Regen große Pfützen hinterlassen hatte.

Im Haus brannte Licht. Die Tür stand offen. Daher trat Tekener ein. Er durchquerte einen kleinen Vorraum und klopfte an eine Innentür, die nur angelehnt, aber nicht geschlossen war. Er hörte, dass sich jemand im Raum befand und erschreckt herumfuhr.

Er stieß die Tür auf. Überrascht blickte er Sharon Barton an. Sie stand mitten in einem nüchtern eingerichteten Raum. In der Hand hielt sie eine Tasche. Sie war allein.

»Sie hier?«, fragte er und trat ein. »Wieso erschrecken Sie so?«

»Wieso folgen Sie mir?«, fuhr sie ihn an. »Was bezwecken Sie eigentlich damit?«

»Dies ist also der Kontaktmann, dem Sie etwas überbringen sollten«, stellte er ruhig fest.

»Das ist es, was Sie herausfinden wollten?«

»Nein. Eigentlich hätte ich es mir denken können, dass wir das gleiche Ziel haben. Es ist naheliegend, dass es hier nur wenige Geschäftsfreunde Ihres Onkels gibt. Was mich stört, ist, dass wir hier zum gleichen Zeitpunkt eintreffen.«

»Das ist Zufall«, beteuerte sie. »Eigentlich hätte ich schon vor zwei Tagen hier sein sollen. Ich habe mich verspätet, weil Law Barton gestorben ist.«

»Ihr Vater? Das habe ich nicht gewusst.« Er wunderte sich, dass sie von Law Barton sprach und nicht von ihrem Vater, doch er sagte nichts darüber. Er vermutete, dass sie sich von ihrem Vater distanziert hatte, nachdem sie erfahren hatte, wie erdrückend die Beweislast des Galaktischen Anklägers gegen ihn war.

»Und jetzt scheint noch jemand gestorben zu sein«, sagte sie.

Er blickte sich im Zimmer um. Alles sah so aus, als habe der Bewohner den Raum erst vor kurzer Zeit verlassen. Nichts deutete auf einen Kampf oder auf Durchsuchung hin.

»Wie kommen Sie darauf?«

»Ich habe ein Videogespräch mit Teiszcon gehabt«, erklärte sie. »Er sprach von einem Gleiter aus und war auf dem Flug hierher. Mitten im Satz geriet er in Panik. Er schrie etwas, und dann brach das Gespräch ab. Seitdem habe ich nichts mehr von ihm gehört.«

Er berichtete ihr von dem Absturz des Gleiters.

»Das muss er gewesen sein«, schloss er.

Sie schleuderte ihre Tasche wütend auf den Boden.

»Und was mache ich jetzt?«, fragte er. »Ich habe mich auf diesen Kurierdienst eingelassen. Irgendetwas muss doch geschehen? Was soll ich tun?«

Ronald Tekener streckte die Rechte aus.

»Geben Sie mir die Tasche.«

Sie stieß ihm die Tasche mit dem Fuß hin, und er nahm sie auf.

»Es sind drei Magnetplatten«, erklärte sie. »Sie stecken in dem dunklen Umschlag.«

»Wir müssen sie uns ansehen«, sagte er. »Ich brauche die Information, die mir der Kontaktmann geben sollte. Vielleicht ist sie darauf enthalten.«

Ronald Tekener erkannte, dass ihr Widerstand in sich zusammengebrochen war. Jetzt war sie zu einer Zusammenarbeit bereit. Das wusste sie selbst jedoch noch nicht. Tekener war sich dessen sicher, dass sie wütend protestiert hätte, wenn er es ihr gesagt hätte.

»Warten Sie«, sagte er. »Ich möchte mich ein wenig umsehen. Wenn Sie ihm Magnetplatten bringen sollten, dann müsste hier eigentlich auch irgendwo ein Computer vorhanden sein, mit dem wir die Informationen abrufen können.«

Er verließ das Zimmer und begann damit, das Haus zu durchsuchen. Sharon folgte ihm.

»Er ist verunglückt. In einer Stadt wie Teisz erregt so etwas Aufsehen. Die Polizei wird also bald hier erscheinen. Es könnte unangenehm sein, wenn wir dann noch hier sind.«

»Vollkommen richtig«, erwiderte er. »Dennoch können wir noch nicht verschwinden, oder wissen Sie, wo wir in Teisz einen geeigneten Computer finden, den wir benutzen können, ohne eine Horde von Neugierigen auf dem Hals zu haben?«

Er stieß eine Tür auf.

»Hier ist ja, was wir suchen«, erklärte er und schaltete das Licht an. In einem Kellerraum stand ein kleiner Computer. Ronald Tekener hatte das Modell bei seinen Ausbildungslehrgängen in Quinto-Center kennengelernt, sodass es ihm keine Schwierigkeiten machte, damit zu arbeiten. Er legte die Magnetplatten ein, und der Apparat begann, die Informationen auf ein Papierband zu drucken.

Sharon legte ihm die Hand auf den Rücken. Sie deutete nach oben.

»Jemand kommt«, flüsterte sie. »Wollen wir uns zeigen?«

»Lieber nicht«, erwiderte er. »Es ist besser, wenn wir den Fragen aus dem Weg gehen.«

Schweigend warteten sie ab, bis der Computer seine Arbeit einstellte. Tekener nahm die Magnetplatten und das beschriftete Band an sich. Dann schaltete er den Computer und das Licht aus. Er wies auf eine Stahltür, die am Ende eines Ganges lag.

Über ihnen ertönten die Stimmen mehrerer Männer. Sie waren nicht zu verstehen.

Tekener führte das Mädchen bis zur Stahltür. Er legte den Finger an die Lippen, um ihr zu bedeuten, dass sie ruhig sein sollte. Dann untersuchte er die Tür, die mit gefährlichen Fallen gesichert war. Er benötigte mehrere Minuten, bis er sie entschärft hatte, wobei ihm zugutekam, dass die Fallen sich ausschließlich gegen Eindringlinge von außen richteten.

Als er die Tür öffnete, vernahm er Schritte auf der Treppe. Er schob sich durch den Türspalt hinaus, blickte sich kurz um und zog Sharon dann hinter sich her. Lautlos schloss er die Tür wieder.

»Mein Gleiter steht dort drüben«, flüsterte er. »Ich habe glücklicherweise darauf verzichtet, ihn direkt vor der Haustür zu parken.«

»Und ich habe meine Maschine zurückgeschickt, weil ich dachte, dass ich sie nicht mehr benötige.«

Sie eilten in die Dunkelheit hinaus. Vor dem Haus standen vier Antigravgleiter.

»Es sind keine Polizeimaschinen«, stellte er fest. »Unter diesen Umständen ist es wohl richtig, sich davonzustehlen.«

Sie erreichten den Gleiter, und wenig später startete Tekener mit abgeblendeten Lichtern. Er führte die Maschine über einige Häuser hinweg bis an den Rand des Plateaus und ließ ihn dann abfallen. Hin und wieder blickte er zurück, doch bald stand fest, dass sie nicht verfolgt wurden.

»Wohin fliegen Sie?«, fragte Sharon.

»Wir müssen die nächsten Stunden irgendwo verbringen, wo wir ungestört sind. In ein Hotel können wir nicht gehen, ohne Aufsehen zu erregen. Man würde uns als Passagiere des Handelsraumers erkennen und sich fragen, wo wir in der Zwischenzeit gewesen sind. Das könnte unangenehm werden.« Er landete auf einer Lichtung an einer steil aufsteigenden Felswand. Nachdem er das Triebwerk ausgeschaltet hatte, berührte er eine Sensortaste. Licht flammte auf. Er zog die Papiere aus der Brusttasche hervor. »Ich muss alles lesen. Wollen Sie auch …?«

Das Mädchen schüttelte den Kopf.

»Je weniger ich von den Plänen der Gangster weiß, desto besser ist es für mich«, erwiderte sie.

»Ein vernünftiger Standpunkt«, sagte er lobend, während er damit begann, die Aufzeichnungen des Computers durchzulesen. Schon bei den ersten Zeilen stellte er fest, dass fast alle Nachrichten verschlüsselt waren, sodass Tekener sie nicht entziffern konnte. Einige Informationen wurden jedoch im Klartext gegeben. Darunter war der Hinweis, dass der *Bote von dem Weißhaarigen* sich mit den Forschungsarbeiten von Duke Haenser befassen sollte.

Tekener tippte mit dem Finger auf das Papier.

»Damit bin ich gemeint«, sagte er. »Ich bin der Bote Atlans. Haben Sie schon mal was von Duke Haenser gehört?«

»Noch nie«, antwortete sie.

Er blickte sie nachdenklich an.

»Und was jetzt?«, fragte er.

»Ich bleibe bei Ihnen und helfe Ihnen. Was könnte ich denn sonst tun?«

5.

Der Gleiter leistete ihm unerwartete Hilfe. Als Ronald Tekener die Frage nach Duke Haenser in den Informationsspeicher der Maschine eingab, erschien wenig später eine Karte im Auswurfschlitz. Sie trug den Namen Duke Haenser auf der einen Seite, zusammen mit einigen Angaben über Beruf und Werdegang, und auf der anderen Seite einen Lageplan der Forschungsanstalt, die Haenser sein eigen nannte. Danach war Haenser ein Positronikspezialist, der besondere Leistungen auf dem Gebiet der Hyperkomforschung und des Transmittertransports erbracht hatte.

Tekener tippte auf das Gebäude der Forschungsanstalt, das wie ein liegender Anker aussah.

»Dorthin fliegen wir«, entschied er. »Bis zur Dämmerung haben wir noch vier Stunden. Das muss ausreichen.«

»Sie wollen da einsteigen?«, fragte das Mädchen.

»Das muss ich wohl«, erwiderte Tekener. »Ich glaube kaum, dass mir Duke Haenser die Informationen freiwillig gibt, die ich haben will.«

Er löschte das Licht und startete die Maschine. Als er in die Nähe der Stadt kam, schaltete er die Scheinwerfer an, um sich besser orientieren zu können. Das Bordchronometer zeigte ein Uhr nachts an. In der Stadt herrschte Ruhe. Nur an wenigen Stellen brannte Licht. Anhand einer Stadtkarte, die auf den Videoschirm projiziert wurde, fand Tekener das Forschungsgebäude schnell. Es lag am östlichen Rand des Plateaus und wurde von mehreren Scheinwerfern angestrahlt, sodass es weithin sichtbar war.

»Was kann ich dabei tun?«, fragte Sharon.

»Dies ist keine leichte Sache«, sagte er. »Und gefährlich werden könnte es auch.«

»Denken Sie nur, das ist mir auch schon klar geworden«, spöttelte sie.

»Sie haben nicht die Ausbildung genossen wie ich«, versetzte Tekener. »Ich kann mir in vielen Situationen noch helfen, in denen andere nichts mehr tun können. Sie werden mir dadurch helfen, dass Sie mit dem Gleiter auf mich warten. Wahrscheinlich werde ich nach Ablauf einer gewissen Zeit vor, neben oder auf dem Gebäude erscheinen. Dann benötige ich dringend einen Gleiter, der mich abholt. Werden Sie das übernehmen?«

Sie blickte ihn nachdenklich an.

»Sie wollen mich abschieben.«

»Sie irren sich«, widersprach er. »Es erfordert viel Konzentration, im Dunkeln zu warten und das Gebäude nicht aus den Augen zu lassen, damit Sie dann beim geringsten Anzeichen einer Bewegung sofort mit dem Gleiter zustoßen und mich herausholen können. Vergessen Sie nicht, dass wir es mit einer Organisation zu tun haben, die ohne die geringsten Skrupel Tausende von Menschen getötet hat.«

»Sie können sich auf mich verlassen«, sagte sie. »Ich werde da sein, wenn Sie mich brauchen.«

Sie blickte zum Gebäude des Forschungsinstituts hinüber.

»Ich weiß nur nicht, wie Sie hineinkommen wollen«, fuhr sie kopfschüttelnd fort. »Alles ist hell erleuchtet. Man würde Sie sofort sehen. Oder? Das heißt – dort sind ein paar Büsche. Dort ist es dunkel. Dort können Sie an das Gebäude herangehen, ohne bemerkt zu werden.«

Tekener lächelte.

»Sicherlich gibt es noch zwei oder drei weitere Stellen, die so verlockend aussehen«, entgegnete er. »Das sind die Fallen, die man ungebetenen Gästen wie mir gestellt hat. Man hofft, dass der Einbrecher es gerade dort versucht, wo es so leicht aussieht – und schon hat man ihn erwischt.«

Sie lehnte sich im Sessel zurück.

»Ich glaube, es ist ganz gut, wenn ich im Gleiter bleibe«, sagte sie. »Ich wäre glatt in so eine Falle gelaufen, und wahrscheinlich wäre mir noch nicht einmal klar geworden, weshalb.«

»Dann sind wir uns einig. Fliegen Sie jetzt über das Gebäude hinweg. Gehen Sie so weit wie möglich herunter, damit ich über dem Dach abspringen kann. Und dann drücken Sie mir die Daumen.«

Er stieg über die Lehne des Sitzes hinweg nach hinten. Sharon Barton rutschte zur Seite ans Steuer. Er entriegelte die hintere Tür, sodass er sie auch während des Fluges öffnen konnte.

»Haben Sie keine Angst«, sagte er. »Fliegen Sie ruhig schnell. Und kehren Sie nicht gleich um. Rasen Sie über die ganze Stadt hinweg, und kehren Sie dann in weitem Bogen zurück.«

Sie nickte nur. Vorsichtig beschleunigte sie. Tekener beugte sich nach vorn und gab ihr Anweisungen.

»Das ist doch viel zu schnell!«, rief sie, als sie sich dem Gebäude näherten.

»Das ist gerade richtig.«

»Bei diesem Tempo können Sie unmöglich abspringen.« Sie wollte verzögern, aber Tekener hielt ihren Arm fest, sodass sie die Einstellung am Armaturenbrett nicht ändern konnte. Mit geweiteten Augen blickte sie auf das von Scheinwerfern angestrahlte Gebäude, das förmlich auf sie zuzuspringen schien.

Tekener korrigierte mit ruhiger Stimme die Höhe. Dann lehnte er sich zurück. Der Türverschluss klickte.

»Weiterfliegen«, brüllte er, während er sich aus der Maschine fallen ließ.

Er stürzte aus etwa zwei Meter Höhe auf das Dach des Gebäudes, das weitgehend im Dunkeln lag. Er kam mit der Schulter auf und rollte sich ab. Sprünge dieser Art hatte er einige tausendmal geübt, ohne dass er sich dabei verletzt hatte. Die einzige Gefahr bestand in Hindernissen auf dem Dach, die er nicht sehen konnte.

Doch er hatte Glück. Während er sich mehrfach überschlagend über das Dach rollte, prallte er weder gegen einen Schornstein noch gegen eine Antenne.

Er blickte dem Gleiter nach, der in der Dunkelheit verschwand.

Alles blieb ruhig. Niemand erschien auf dem Dach. Nirgendwo flammte ein Scheinwerfer auf.

Tekener erhob sich und eilte einige Schritte weiter bis zu einem Dachfenster. Er blickte hinein und stellte fest, dass es mehrfach gesichert war, sodass er es nicht öffnen konnte, ohne einen Alarm auszulösen.

Lautlos bewegte er sich zum Rand des Daches hin. Er erinnerte sich, dicht unter dem Dach ein Fenster gesehen zu haben, das nicht ganz geschlossen war. Er fand es innerhalb weniger Minuten wieder. Es lag etwa anderthalb Meter unter der Dachkante, öffnete sich allerdings so, dass er von oben nicht einsteigen konnte. Tekener sah ein, dass er dieses Fenster nicht benutzen konnte. Ihm blieb keine andere Wahl. Er musste einen Weg beschreiten, auf dem er deutliche Spuren hinterließ. Gerade das hatte er vermeiden wollen, aber er sah keine anderen Möglichkeiten mehr, in das Gebäude zu kommen, nachdem er das ganze Dach nach einem Einstieg abgesucht hatte. Daher legte er sich schließlich neben ein Dachfenster. Es war mit mehreren elektronischen Sicherungen versehen.

Tekener identifizierte die Sicherungssysteme mühelos, so wie er es im Training auch häufig gemacht hatte. Dann schnitt er mit einem Desintegratormesser das Dach auf. Der grüne Energiestrahl löste die Materie bis in eine Tiefe von mehreren Zentimetern auf. Auf diese Weise durchtrennte der USO-Spezialist mehrere eingeschweißte Drähte, ohne einen Alarm auszulösen.

Nach Ablauf von etwa fünf Minuten öffnete er das Fenster. Warme, trockene Luft schlug ihm entgegen.

Er schob sich durch das Fenster und ließ sich bis auf einen Stahlträger abfallen, der sich etwa drei Meter tiefer befand. Er fing sich geschickt ab, indem er sich auf die Knie sinken ließ. Dann sah er sich in der Halle um.

Er entdeckte nur einen Roboter, der fast fünfzig Meter von ihm entfernt durch die Halle schritt. Die Maschine wandte ihm den Rücken zu.

Tekeners Gesicht spannte sich. Er war versucht zu lächeln. Ein derart einfaches Wachsystem, wie es durch einen Roboter repräsentiert wurde, passte nicht zu einem Forschungsinstitut, in dem mit modernster Technik gearbeitet wurde.

Der Roboter war Teil eines Täuschungssystems, mit dem Eindringlinge überlistet wurden, die nicht konzentriert genug dachten.

Als Tekener dies erkannt hatte, machte er fast mühelos die neuralgischen Punkte des Alarmsystems aus, mit dem die Halle gesichert wurde.

Er kroch bis zu einem Stützpfeiler und ließ sich an ihm herunter, nachdem er ermittelt hatte, wie er vorgehen musste. Danach konnte er sich auf die maschinellen Einrichtungen des Forschungsinstituts konzentrieren.

Zunächst erschien ihm alles wie ein chaotisches Durcheinander. Maschinen der verschiedensten Art schienen wahllos zusammengestellt und miteinander verbunden worden zu sein. Erst nach Ablauf von fast einer Stunde gelang es ihm, eine Art System auszumachen. Damit war allerdings noch nicht geklärt, um was es sich bei den Maschinen eigentlich handelte.

Tekener sah ein, dass er keine andere Wahl hatte, als in das Informationszentrum einzudringen. Nur dort konnte er herausfinden, was die Aufgabe des Forschungsinstituts war.

Bislang hatte er nur einen Verdacht.

Er glaubte, dass in diesem Gebäude jene geheimnisvolle Maschinerie entwickelt wurde, mit der es gelang, die Kursprogrammierung der Handelsraumer über Lichtjahre hinweg zu verändern, während die Raumschiffe entmaterialisierten. Eine Vermutung genügte Tekener jedoch nicht. Er wollte nicht nur einen Beweis, er wollte auch wissen, wie die Raumpiraten die Manipulation durchführten, damit die Raumschiffe sich gegen Angriffe dieser Art schützen konnten.

Er wich zur Seite aus und verbarg sich hinter einer Maschine, als der Roboter auf seinem Rundgang bei ihm vorbeikam. Dann schlich er lautlos hinter ihm her bis in die Nähe eines Konstruktionsraums, in dem technische Zeichnungen an den Wänden hingen. Hier allerdings stellten sich ihm unüberwindliche Hindernisse entgegen. Der Durchgang war mit positronischen Einbruchssicherungen versehen, die er ohne entsprechende Mittel nicht entschärfen konnte.

Er errechnete, dass er wenigstens vier Stunden benötigte, vorausgesetzt, dass es ihm gelang, Spezialwerkzeug in der Halle zu finden. So viel Zeit blieb ihm nicht mehr.

Durch eine Glastür konnte er in das Konstruktionsbüro sehen. Seitlich an der Tür stand ein Kleinstcomputer, wie er bei vielen Einrichtungen dieser Art als Vorstufe für den Hauptcomputer benutzt wurde. Tekener kam zu der Einsicht, dass es unmöglich für ihn war, die Information zu gewinnen, die er suchte. Dazu hätte er die Hilfe eines Kontaktmanns gebraucht, wie er ihn fast gehabt hätte. Jetzt aber war er auf sich allein gestellt.

Er entschloss sich, entgegengesetzt vorzugehen und die Raumpiraten zu behindern.

Er wartete ab, bis der Roboter wieder an ihm vorbeiging. Dann glitt er aus seiner Deckung hervor und stach dem Automaten das Desintegratormesser in die durch eine Stahlplatte abgedeckte Programmierungsscheibe. Der Roboter blieb stehen. Tekener führte das Materie auflösende Energiefeld blitzschnell um den Kopf der Maschine herum und zerstörte dabei alle Wahrnehmungssysteme.

Eine Alarmsirene heulte auf. Der Roboter kippte um und stürzte scheppernd auf den Boden. Ronald Tekener trennte ihm den Kopf gänzlich vom Rumpf, nahm den Kopf dann auf und schleuderte ihn durch die Glastür des Konstruktionsbüros. Das Glas zersplitterte, und aus einem verborgenen Projektor zuckte ein Energieblitz, der den Robotkopf in Asche verwandelte.

Eine weitere Sirene heulte auf.

Tekener nahm eine Metallstange und warf sie gegen den Kasten einer Einbruchssicherung an der Tür. Der Kasten zerbrach. Blaue Blitze zuckten draus hervor.

Der USO-Spezialist rannte auf die Tür zu und schnellte sich im Hechtsprung hindurch. Im Flug bemerkte er, dass diesmal – wie erwartet – kein Energiebeschuss erfolgte.

Er sprang auf und eilte zum Computer.

Auch dieses Modell war ihm vertraut. Ruhig und mit sicherer Hand schaltete er.

Aus verborgenen Lautsprechern hallten Stimmen. Sie ließen ihn kalt. Er wusste, dass die Stimmen vom Tonband kamen und den Eindruck erwecken sollten, dass die Sicherheitstrupps bereits in der Halle waren.

Vor ihm auf einem quadratischen Bildspiegel liefen Zahlen ab.

Tekener richtete sich auf. Er lächelte zufrieden. Die Zahlen bestätigten ihm, dass in diesen Sekunden alle Informationen gelöscht wurden, die im Computer gespeichert waren. Das konnte bedeuten, dass die Arbeit der Konstrukteure für einige Wochen unterbrochen war. Möglich war sogar, dass die Arbeit für ein Jahr oder noch mehr eingestellt werden musste, wenn die Informationen nicht irgendwo auf anderen Speichern festgehalten worden waren. Tekener gab sich aber keinen Illusionen hin. Er wusste, dass die meisten Computerspezialisten sich durch eine Kopie gegen derartige Zwischenfälle absicherten.

Er rannte durch die Glastür hinaus und stürmte zu einigen Maschinen hinüber, die mehr als drei Meter hoch waren. Hier hatte er eine ausreichende Deckung gegen alle, die durch die Eingänge hereinkamen. Er befand sich direkt an der Hallenwand.

Während er die Sicherungsmannschaften herannahen hörte, schnitt er eine Öffnung in die Wand. Mithilfe des Desintegratormessers erledigte er diese Arbeit in wenigen Sekunden. Er stieß das herausgeschnittene Stück Kunststoff nach außen und kletterte durch die Öffnung.

Er musste sich vollends auf Sharon Barton verlassen.

Als er im Scheinwerferlicht vor der Halle stand, sah er, dass etwa hundert Meter von ihm entfernt sieben Gleiter standen.

Mehrere Männer liefen von ihnen hin zur Halle. Zwei weitere Gleiter schwebten gerade in diesem Moment über ihn hinweg und landeten auf dem Dach.

Einer der Männer bei den sieben Gleitern entdeckte ihn und schoss mit einem Energiestrahler auf ihn. Die Waffe hatte jedoch nur eine Reichweite von etwa fünfzig Metern. Danach verschwand der Energiestrahl im Nichts. Eine Hitzewelle flutete über Tekener hinweg.

Er blickte mit verengten Augen in die Dunkelheit.

Wo blieb Sharon?

Er wusste, dass er sich nur noch einige Sekunden lang halten konnte. Zu Fuß zu fliehen, war absolut sinnlos.

Zwei hundeähnliche Tiere rannten auf ihn zu. Sie kamen direkt aus dem Licht eines Scheinwerfers, sodass er sie wie riesige Schatten sah, die sich auf ihn stürzen wollten.

Der Gedanke durchfuhr ihn, dass Sharon Barton ihn getäuscht hatte und dass sie in diesen Sekunden Rache an ihm nahm, indem sie ihn den Wachmannschaften des Forschungsinstituts überließ.

Er war versucht, einfach irgendwohin zu rennen, als plötzlich ein Gleiter heranraste. Das Innere der Kabine war erleuchtet, sodass er das Gesicht Sharons sehen konnte. Die Maschine verzögerte stark, kurz bevor sie ihn erreichte. Tekener rannte auf sie zu. Sharon stieß eine Tür auf. Er warf sich hinein und klammerte sich an den Sitzen fest, während das Mädchen mit der vollen Leistungskapazität des Antigravs beschleunigte.

Er kroch in die Kabine und zog die Tür hinter sich zu.

»Danke«, sagte er keuchend. »Das hätte kaum besser klappen können.«

»Lügen Sie nicht«, entgegnete sie. »Ich habe Ihnen angesehen, dass es Ihnen zu lange gedauert hat. Sie haben gezweifelt. Sie wollten gerade fliehen.«

»Die Situation war nicht gerade angenehm«, bemerkte er und blickte durch das hintere Fenster hinaus. Sie befanden sich über der Stadt Teisz. Jetzt erst stiegen bei der hinter ihnen liegenden Halle einige Gleiter auf.

»Landen Sie hier irgendwo zwischen den Häusern und löschen Sie die Lichter«, befahl er.

Sie gehorchte. Der Gleiter sank wie ein Schatten in das Dunkel zwischen einigen mehrstöckigen Gebäuden. Tekener lehnte sich beruhigt zurück.

»Die finden uns nie«, sagte er. »Besten Dank, Sharon, das haben Sie gut gemacht.«

»Was haben Sie da drinnen in der Halle gemacht?«, fragte sie.

Er erstattete ihr einen ausführlichen Bericht.

»Zu dumm«, sagte sie schließlich. »Jetzt sind wir genau wieder da, wo wir vorher waren. Auf jeden Fall wissen wir nicht, wo wir weitersuchen müssen.«

»Wir?«, fragte er.

»Wir«, bestätigte sie. »Ich kenne alle wichtigen Männer bei der CORSA, wenngleich ich geschäftlich nichts mit ihnen zu tun habe. Ich werde dafür sorgen, dass die Informationen nicht nur über George ›Limp‹ Coates weiterfließen.«

»Ich bin einverstanden«, erwiderte er, nachdem er kurz überlegt hatte. »Gibt es hier auf Teillon noch jemanden, den Sie kennen oder zu dem Sie Kontakt aufnehmen könnten?«

»Man hat mir gesagt, wo ich die Platten ablegen soll, falls wider Erwarten irgendetwas nicht so laufen sollte wie vorhergesehen. Etwas mehr als fünfhundert Kilometer südlich von Teisz fließen zwei große Flüsse zusammen. Dort gibt es einen Felsen, auf dem ich die Magnetplatten ablegen sollte.«

»Wir fliegen hin«, sagte Tekener.

Er wechselte ans Steuer über und startete. Geschickt führte er den Gleiter durch die Stadt, wobei er stets so niedrig flog, dass er in der Deckung der Häuser blieb. Wie gut er daran tat, merkte Sharon, als sie einige Gleiter beobachtete, die über sie hinwegrasten. Wenig später überquerte Tekener einen Platz. Dabei sah sie, dass überall über Teisz Gleiter patrouillierten.

»Sie wissen, dass wir noch hier sind.«

»Aber sie werden uns nicht finden.« Er lenkte die Maschine auf den Strom hinaus, der die Stadt in zwei Hälften teilte. Er drückte die Maschine tief herunter, sodass sie sich bis an die Türen ins Wasser senkte. Wie ein Stück Holz schwamm der Gleiter in Richtung Wasserfall weiter.

»Glauben Sie wirklich, dass die das nicht merken?«, fragte sie.

»Das Wasser ist dunkel. Der Gleiter auch. Er ist schwer auszumachen.«

Sharon hielt den Atem an, als sie einen Gleiter beobachtete, der den Fluss überquerte und kaum dreißig Meter von ihnen entfernt vorbeiflog. Sie konnte die Insassen der Maschine gegen den hellen Himmel deutlich erkennen, und sie wunderte sich, dass diese sie nicht sahen. Doch die Flugkabine zog ruhig vorbei, ohne dass etwas geschah.

»Festhalten«, rief Tekener.

Der Gleiter erreichte die Abbruchkante des Wasserfalls. Deutlich spürte Sharon, wie er durch das Wasser beschleunigt wurde. Der Gleiter kippte nach vorn. Tekener drückte den Bug fast senkrecht nach unten. Inmitten schäumender Wassermassen stürzte der Gleiter in die Tiefe, sorgfältig ausgesteuert von dem USO-Spezialisten.

Das Mädchen an seiner Seite schrie auf.

Sie konnte nichts erkennen. Ihr schien, als rasten sie direkt in die Felsen, die irgendwo unter ihnen lagen.

Tekener aber orientierte sich an einem weißen Fleck unter ihnen, während er die Flugkabine in die Tiefe führte. Er wusste, dass dieser weiße Fleck nur schäumendes Wasser sein konnte. Solange er es sah, konnte kein Hindernis zwischen ihm und dem Wasser sein.

Als der Fleck rasend schnell größer wurde, zog der Spezialist den Bug der Maschine hoch. Unmittelbar darauf brachen die Wolken auf, und es wurde ein wenig heller. Tekener sah, dass sie sich etwa fünfzig Meter über einer Felsenbarriere befanden, über die das Wasser noch einmal ungefähr hundert Meter tief stürzte. Es verschwand in unergründlicher Schwärze. Er vermutete, dass es sich durch einen Cañon wälzte, denn er selbst befand sich auf der Höhe einer bewaldeten Ebene, die sich bis in die Unendlichkeit zu erstrecken schien.

Tekener beschleunigte. Der Gleiter raste dicht über die Wipfel der Bäume dahin. Durch das Fenster blickte der Terraner nach oben. Er entdeckte zwei Maschinen, die hoch über ihm in der Nähe des Wasserfalls verharrten.

»Wir haben es geschafft«, sagte er. »Man hat unsere Flucht nicht bemerkt.«

Sharon Barton atmete erleichtert auf.

»Ich hatte Angst«, gestand sie.

Tekener lächelte nur.

Er beschleunigte mit der Höchstleistung der Maschine. Dabei beobachtete er die Instrumentenanzeigen. Er traute dem Gleiter nicht besonders viel zu und wollte daher mit der Belastung zurückgehen, sobald sich irgendwo ein kritisches Zeichen bemerkbar machte. Doch das Triebwerk arbeitete gleichmäßig und ruhig, sodass der USO-Spezialist eine Geschwindigkeit von mehr als dreihundert Stundenkilometern halten konnte.

Der neue Tag zog herauf. Es wurde fast übergangslos hell. Unter der Maschine dehnten sich endlose, tropische Wälder, die nur hin und wieder von Flüssen durchschnitten wurden.

Als sich die Tachometeranzeige der Zahl fünfhundert näherte, wies Sharon mit ausgestrecktem Arm nach vorn.

»Dort fließen zwei Flüsse zusammen«, sagte sie. »Der Kurs stimmt bis auf eine kleine Abweichung von etwa zwei Kilometern. Lernt man so etwas bei der USO?«

»Das und noch einiges mehr.«

»Was meinen Sie damit, Ronald? Etwa wie man eine Gangsterbraut umdreht?« Ihre Blicke wurden unstet. Tekener sah, dass ihre Unterlippe bebte.

»Unter einer Gangsterbraut verstehe ich etwas vollkommen

anderes«, erwiderte er. Dabei lenkte er den Gleiter zu einer weit vorspringenden Landzunge, die sich am Zusammenfluss der beiden Ströme gebildet hatte. Eine Felskuppe erhob sich auf ihr aus dem undurchdringlich erscheinenden Dschungel.

Tekener landete auf der Spitze der Kuppe.

»Ich werde aussteigen und hier warten«, sagte er. »Dann werden wir ja sehen, was passiert. Halten Sie sich drüben am Flussufer auf und beobachten Sie. Sobald Sie den Eindruck haben, dass ich Hilfe benötige oder schnell verschwinden muss, holen Sie mich nach bewährtem Muster ab. Einverstanden?«

»Einverstanden«, entgegnete sie und setzte sich wieder hinter das Steuer, während er die Flugkabine verließ. Sie startete sofort wieder, nachdem sie ihm die Magnetplatten übergeben hatte.

Ronald Tekener stellte sich auf die höchste Erhebung des Felsens und blickte sich um. Die Flüsse glänzten silbern im Licht des neuen Tages. Große Tiere wälzten sich am nahen Ufer in den Fluten. Sie erinnerten den Terraner an Nilpferde, und er bedauerte, sie nicht aus der Nähe betrachten zu können. Die Bäume waren fremdartig. Sie glichen riesigen Büschen. Keiner von ihnen hatte den Aufbau, dem man sonst überall in der Galaxis begegnete – mit der Wurzel, dem Stamm und der Krone. Vielmehr bildete sich unter dem Blätterdach ein dicht verschlungenes Gewirr von Ästen, sodass einzelne Stämme nicht mehr auszumachen waren.

Tekener erschien es unmöglich, dass sich ein Mensch durch dieses Gewirr bewegen könnte. Doch er irrte sich. Er hatte noch keine zehn Minuten auf dem Fels gewartet, als sich plötzlich eine schlanke Gestalt aus dem Unterholz löste und sich ihm näherte. Sie war mit einem staubgrünen Anzug bekleidet, der ihre Figur vorteilhaft unterstrich. In den Händen trug sie einen langläufigen Energiestrahler, wie er für die Jagd bevorzugt wurde.

Die Frau blieb etwa dreißig Meter von Tekener entfernt stehen, legte das Strahlengewehr an die Schulter und zielte auf ihn. Der USO-Spezialist wusste, dass sie ihn mit einem einzigen Schuss töten konnte. Er hob die Arme.

»Legen Sie es auf die Felsen«, rief die Frau. »Und dann rufen Sie den Gleiter und verschwinden.«

Tekener setzte sich. Er schüttelte den Kopf. Ein nadelfeiner Energiestrahl schoss sengend heiß an seinem Hals vorbei. Tekener warf sich zur Seite und rollte sich hinter einen Felsen.

Die Frau schoss abermals. Sie traf den Felsen, hinter dem er lag. Tekener spürte den Gluthauch, und er sah, wie sich das Gestein verfärbte. Glutflüssiges Material spritzte hoch.

Er schob sich zur Seite in einen Felsspalt, den er schon Minuten vorher als Fluchtweg ausgemacht hatte. Geduckt rannte er davon und schnellte sich über einen Felsbuckel hinweg. Er sah, dass die Frau langsam zurückwich, während sie in kurzen Abständen auf die Felsen feuerte.

Lautlos eilte er weiter, bis er den Waldrand fast erreicht hatte. Dann richtete er sich aus der Deckung eines Felsens auf. Die Frau näherte sich ihm rückwärtsschreitend. Das Gewehr hielt sie im Anschlag.

Vom jenseitigen Flussufer her raste Sharon Barton mit dem Gleiter heran.

Ronald Tekener trat einen Schritt vor und legte der Frau die Hände auf die Schultern.

»Nicht doch«, sagte er freundlich. »Ich habe doch gar nichts Böses mit Ihnen vor.«

Sie schrie auf und verlor ihr Gewehr, während sie herumfuhr. Er hielt sie fest. Sie schlug mit beiden Fäusten auf ihn ein, ohne jedoch eine Wirkung zu erzielen.

»Er ist tot«, sagte Tekener. »Deshalb sind wir hier. Sie und ich.« Er deutete auf den Gleiter, der sich ihnen näherte.

Die Fäuste der Frau sanken nach unten. Ihr Gesicht veränderte sich in erschreckendem Maß. Die Augen schienen in den Höhlen zu versinken, und das Blut wich aus ihren Wangen.

Ronald Tekener zeigte ihr die Magnetplatten.

»Dann sind Sie nicht …?«, fragte sie stammelnd.

Er schüttelte den Kopf.

»Wen auch immer Sie meinen«, erwiderte er, »das sind wir nicht. Wir brauchen Ihre Hilfe. Lassen Sie uns miteinander reden.«

Sie senkte den Kopf. Ihre Finger krallten sich in ihren Gürtel.

»Man hat ihn umgebracht. Stimmt's?«

»Wir vermuten es. Genau wissen wir es nicht.«

»Kommen Sie«, sagte die Frau. »Wir werden miteinander reden.«

Drei Stunden später flogen sie zusammen mit Grace Ramirez nach Teisz zurück. Die junge Frau, die als Jagdführerin auf Teillon arbeitete, hatte sie mit allem versorgt, was dazu dienen konnte, sie unverdächtig erscheinen zu lassen. Das reichte von einer Jagdlizenz bis zu einem erledigten Tigerbiber, dessen kostbares Fell im Kofferraum mitgeführt wurde.

Tatsächlich wurden sie nur flüchtig kontrolliert. Niemand schien auf den Gedanken zu kommen, dass sie mit den Ereignissen der letzten Nacht in Verbindung zu bringen waren. Grace Ramirez begleitete sie bis zum Raumhafen und wartete dort, bis sie mit einem Linienraumer gestartet waren.

Sie hatte ihnen nicht viel sagen können. Sie wusste lediglich, dass bei einigen Gesprächen immer wieder vom Handelsplaneten Lumber im Corbett-System die Rede gewesen war. Sie wusste, dass der Mann, den sie geliebt hatte, zur CORSA gehört hatte, und dass die Organisation erhebliche Schwierigkeiten mit einer anderen Organisation hatte, die darauf spezialisiert war, besonders große Warenpartien umzuschlagen. Dabei konnte es sich nur um die Raumpiraten handeln. Daran bestand für Tekener kein Zweifel.

6.

Der Mann sah jung und unscheinbar aus. Er trat an Tekener heran, als dieser die Tür der Antigravlift-Kabine geschlossen hatte, und zeigte ihm eine SolAb-Marke.

»In einer Stunde wird dieses Schiff auf Lumber landen«, sagte er mit gedämpfter Stimme. Er sprach schnell, weil er nur etwa eine Minute Zeit hatte, bis der Lift an seinem Ziel angekommen war. »Wir haben ein weitverbreitetes Netz von Mitarbeitern auf Lumber, kommen jedoch trotz der Hilfe, die uns CORSA gibt, nicht entscheidend weiter. George ›Limp‹ Coates lässt sich nicht lumpen. Er setzt seine Leute wirklich für uns ein. Das Ergebnis ist jedoch mager. Sie haben den Auftrag, sich nicht mit uns in Verbindung zu setzen, sondern auf eigene Faust zu recherchieren. Hier haben Sie eine Informationskapsel.«

Er reichte Tekener einen kleinen Plastikbeutel, in dem eine Kapsel lag, die etwa einen Millimeter Durchmesser hatte.

Der Liftkorb hielt.

Die beiden Männer standen nebeneinander und blickten ins Leere, als sich die Tür öffnete. Sie verhielten sich so, als gäbe es keinerlei Berührungspunkte zwischen ihnen. Vor dem Lift stand Sharon Barton. Sie lächelte, als sie Tekener sah.

»Es reicht noch für einen kleinen Imbiss«, sagte sie.

Er ging auf den Plauderton ein, den sie anschlug, legte ihr den Arm um die Schulter und begleitete sie in den Speiseraum.

Während des Essens schob Tekener die Informationskapsel unauffällig in einen Schlitz an seinem Armbandkombigerät. Er plauderte mit Sharon, nahm hier und da mal einen Bissen zu sich und ließ die Nachrichten und Instruktionen auf dem winzigen Videoschirm des Kombigeräts aufblitzen. Dabei verhielt er sich so geschickt, dass nicht einmal Sharon etwas merkte.

Als er auf Lumber den Raumhafen verließ, wusste der Leutnant, welche Schritte er zunächst unternehmen musste.

Zusammen mit Sharon suchte er eine Wohnung auf, die von

der USO als Ausrüstungsstützpunkt eingerichtet worden war. Sie ließ sich mithilfe der ID-Karte Tekeners öffnen. Tekener entnahm den Schränken einige Spezialinstrumente, die er in den Taschen seines Anzugs verstaute. Sharon reichte er einen kleinen Kombistrahler.

»Der Paralysator hat eine Reichweite von etwa zwölf Metern«, erklärte er ihr. »Das sollte normalerweise ausreichen. Auf Energiestrahlwirkung schalten Sie bitte nur dann um, wenn Sie gar keine andere Möglichkeit haben, sich zu verteidigen.«

»Ich habe keine Lust, irgendjemanden umzubringen«, erwiderte sie.

Mit einem Antigravgleiter flogen sie wenig später nach Westen. Die Maschine gehörte zum öffentlichen Taxidienst. Tekener hatte keine Bedenken gehabt, sie in der Nähe der USO-Wohnung zu mieten.

Wenig später tauchte eine gigantische Stadt vor ihnen auf. Hochbauten reichten bis in eine Höhe von fünfhundert Metern und mehr hinauf. Kugelraumschiffe, die mithilfe ihrer Antigravtriebwerke manövriert hatten, parkten mitten in der Stadt, deren Leuchtreklamen kilometerweit zu sehen waren.

»Waren Sie schon einmal hier?«, fragte sie.

»Noch nie«, antwortete sie.

»Die Stadt erstreckt sich über mehr als vierhundert Kilometer Länge nach Westen. In nordsüdlicher Richtung hat sie einen Durchmesser von wenigstens zweihundert Kilometern. Lumber-City ist einer der größten Handelsplätze in der Galaxis. Hier können Sie sich alles kaufen, was Sie sich nur vorstellen können. Von der Stecknadel bis zum Raumschiff, und vom Sodawasser bis hin zu ganzen Planeten gibt es alles.«

Sharon sah, dass zwischen den Hochhäusern riesige Plätze lagen, die mit Zelten, Verkaufsständen und primitiven Hütten gefüllt waren. Auf einem der Plätze stand ein Walzenraumer der Springer. Die Schleusen waren geöffnet, und ein Strom von Interessenten ergoss sich in das Innere des Raumschiffs.

»Lumber-City ist nicht die einzige Handelsstadt auf diesem Planeten«, sagte er. »Wenn man es ein wenig großzügig betrachtet, ist im Grunde genommen der ganze Planet von einer einzigen Stadt bedeckt. Und wo keine Stadt ist, dort befinden sich die Raumhäfen, auf denen die Güter aus allen Teilen der Milchstraße umgeschlagen werden.«

»Es muss märchenhaft reiche Menschen auf Lumber geben«, bemerkte sie.

»Lumber gehört zu den reichsten Welten der Galaxis«, bestätigte er. »Hier leben mehr Milliardäre als auf der Erde oder sonst irgendwo.«

Er landete auf dem Dach eines Verwaltungsgebäudes und fuhr zusammen mit Sharon im Lift nach unten.

»Wohin gehen wir jetzt?«, fragte sie.

»Wir sehen uns nur ein wenig um«, erwiderte er leichthin, so als habe er kein bestimmtes Ziel. Sie blickte ihn überrascht an, stellte jedoch keine weiteren Fragen.

Wenig später ließ sie sich von dem Marktleben gefangen nehmen, das zwischen den Hochbauten herrschte. Händler aus allen Völkerstämmen der Galaxis hatten ihre Verkaufsstände aufgestellt. Bei einigen lagen Waren aus, bei anderen war kaum mehr als ein Verhandlungspult vorhanden. Was aber auch immer angeboten wurde, es hatte einen Wert, der so hoch lag, dass es sich lohnte, das Objekt über Lichtjahre hinweg mit einem Raumschiff zu transportieren.

Sharon entdeckte schnell eine Reihe von Dingen, die sie sich am liebsten gekauft hätte. Mit einem wahren Feuereifer stürzte sie sich in eine Verkaufsausstellung, in der Musikinstrumente primitiver Volksstämme gezeigt wurden. Mit erstaunlichem Geschick verstand sie es, diesen kleinen Kunstwerken Töne zu entlocken.

Ronald Tekener ließ sie gewähren. Er war überzeugt davon, dass sie beobachtet wurden. Er wusste, dass die CORSA-Leute überall auf Lumber waren und jeden Neuankömmling argwöhnisch unter die Lupe nahmen.

Aber auch die Vertreter der Organisation der Raumpiraten mussten hier sein, wenn die Hinweise richtig waren, die er erhalten hatte. Er ging davon aus, dass sie nicht nur besonders rücksichtslos und brutal arbeiteten, sondern auch mit größtem Geschick, da sie immerhin nicht nur die Sicherheitsorgane des Solaren Imperiums gegen sich hatten, sondern auch die CORSA. Diese kämpfte hart und kompromisslos um ihre Machtposition auf Lumber.

Tekener war sich klar darüber, dass die Besprechungen der Gangsteroberen mit George »Limp« Coates in wesentlichen Teilen auch dazu dienten, die Strategie dieses Kampfes festzulegen.

»Ich muss dieses Instrument haben, Ronald«, sagte das Mädchen und hielt ihm ein kompliziert aussehendes Gebilde aus rotem Kristall entgegen. »Hören Sie nur, wie es klingt.«

Sie strich mit der Zungenspitze über eine Feder, die aus dem Gebilde hervorragte, und entlockte dem Instrument damit eine Reihe von Tönen, die überraschend klar waren. Sharons Augen glänzten.

»Dies ist ein Kunstwerk, wie ich es noch nie zuvor gesehen habe«, sagte sie begeistert. »Ich muss es einfach haben. Können Sie mir Geld leihen?«

Kaum waren diese Worte über ihre Lippen gekommen, als sich ihre Augen verdunkelten.

»Natürlich können Sie es nicht«, sagte sie enttäuscht. »Woher sollten Sie so viel Geld haben?«

»Was kostet es denn?«

»Viertausend Solar«, erwiderte ein Arkonide, der hinter einem kastenförmigen Instrument hervortrat. Er hatte sich das silberhelle Haar von allen Seiten zur Kopfmitte hin gekämmt und es mit einem Zierband zusammengebunden. Das darüber hinausragende Haar bildete eine Haube, die beim leisesten Windzug in Bewegung geriet.

»Das ist wohl zu viel – oder?«, fragte Sharon schüchtern.

»Das Ding ist das Fragment einer siganesischen Musikhalle«, erwiderte Tekener. »Woher haben Sie es?«

Der Arkonide blieb unbeeindruckt.

»Wenn Sie meinen, dass es so ist, bleiben Sie bei Ihrem Glauben«, sagte er und nahm Sharon das Gebilde aus den Händen. »Ich habe von diesen Dingen mehr Ahnung als Sie.«

»Ach, tatsächlich?«, fragte der Leutnant. »Sollte das Stück nicht zufällig von einem Handelsraumer stammen, der in letzter Zeit verschwunden ist?«

Der Arkonide blickte den Terraner überrascht an. Er schüttelte den Kopf.

»So etwas sollten Sie nicht sagen«, mahnte er. »Jedenfalls nicht, wenn Sie kein Selbstmörder sind. Ich habe mit diesen Verbrechen nichts zu tun, und ich glaube auch nicht, dass irgendjemand hier in der Nähe darin verwickelt ist. Also sollten Sie besser den Mund halten. Damit imponieren Sie dieser jungen Dame bestimmt nicht.«

Das klang erstaunlich vernünftig. Ronald Tekener hatte nicht mit einer so ruhigen Entgegnung gerechnet, sondern mit einer heftigen und unbedachten Reaktion. Der Arkonide gefiel ihm plötzlich wesentlich besser als zuvor.

»Schon gut«, sagte er. »Vermutlich haben Sie recht.«

Er nickte ihm zu, legte Sharon den Arm um die Schulter und verließ zusammen mit ihr den Stand.

»Warum haben Sie das gesagt?«, fragte sie leise, als sie so weit entfernt waren, dass der Arkonide sie nicht mehr hören konnte.

»Jemand hat mir einen Tipp gegeben«, erwiderte er. »Dabei wurde der Stand dieses Arkoniden erwähnt. Ich weiß nicht, ob er tatsächlich etwas mit den Piraten zu tun hat. Mir kam es darauf an, ihn zu provozieren.«

»Das ist Ihnen nicht gelungen.«

»Das kann ich noch nicht beurteilen.« Er blieb stehen, lachte und zeigte auf einen anderen Stand. »Sehen Sie dort, Sharon, das müssen wir uns unbedingt ansehen.«

»Waffen?«, fragte sie. »Interessieren Sie sich für Waffen?«

»Waffen haben etwas ganz Besonderes an sich«, entgegnete er, während sie sich dem Stand näherten. »Waffen stehen am Anfang der Entwicklung einer jeden Intelligenz. In dem Moment, in dem Tiere nach irgendeinem Gegenstand greifen, um sich damit gegen einen Angreifer zu wehren oder selbst einen Angriff zu führen, haben sie einen entscheidenden Schritt auf ihrem Weg in der Entwicklung hin zur Intelligenz getan. Waffen werden von nun an stets eine wichtige Rolle in ihrem Leben spielen. Sie werden lernen, dass Waffen sie allen anderen Lebewesen in ihrer Umgebung überlegen machen, und sie müssen eines Tages erkennen, dass es auch andere Intelligenzen gibt, die Waffen haben. Diese Waffen sind vielleicht besser, vielleicht weniger wirksam, auf jeden Fall aber spielen sie wiederum eine entscheidende Rolle in der Auseinandersetzung zwischen den Intelligenzen.

Es gibt zahllose Beispiele in der Geschichte der galaktischen Völker, bei denen Waffen in ihrem Äußeren so umgestaltet wurden, dass allein ihr Anblick die Feinde in die Flucht jagte. Und auch umgekehrt gibt es Waffen, die so unscheinbar sind, dass sich der Gegner durch sie zum Angriff verleiten und damit in eine tödliche Falle locken ließ.

Waffen sagen oft mehr über den Charakter eines Volkes und seine Mentalität aus als ganze Berge von Büchern und Magnetbändern.«

Sie hatten den Stand erreicht. Tekener lachte laut auf.

»Sehen Sie hier, Sharon«, fuhr er fort und griff nach einem monströsen Gebilde, das auf den ersten Blick gar nicht als Waffe zu erkennen war. Auf dem ausgebleichten Schädel eines Raubtiers drehte sich der bizarr geformte Kopf eines Drachen, der über und über mit Korallen aller nur denkbaren Farben bedeckt war. Faustgroße Augen aus blutroten Edelsteinen stellten die Augen dar. Sie blickten Tekener und Sharon funkelnd an, als ob wirkliches Leben in ihnen sei. Der Rachen stand offen, sodass sie das Gebiss aus fingerlangen und messerscharfen Korallen sehen konnten.

»Das soll eine Waffe sein?«, fragte sie verblüfft.

»Es ist eine«, bestätigte er, bevor der Verkäufer, ein rothaariger Springer, sich äußern konnte. »Und sie bestätigt, was ich eben gesagt habe. Diese Waffe soll den Feind allein durch ihr Äußeres erschrecken und von einem Angriff abhalten.«

»Aber – was für eine Waffe ist es denn?«, fragte das Mädchen verwirrt.

»Ein Geschütz«, antwortete Tekener. Er griff nach einem Kasten, der in der Nähe stand, und öffnete ihn. Blutrote Granaten von etwa zwanzig Zentimeter Länge und vier Zentimetern Durchmesser lagen darin. Tekener nahm eine heraus, wirbelte den Korallenkopf herum und schob die Granate in eine Öffnung an der Hinterseite des Kopfes.

»Nicht. Hören Sie auf«, brüllte der Springer.

»Keine Sorge«, entgegnete Tekener lachend. »Ich habe nicht vor, hier Schießübungen zu veranstalten. Außerdem weiß ich gar nicht, wie so ein Ding abgeschossen wird.«

»Am Ohr …«, begann der Springer. Dann stockte er erschreckt.

Tekener wirbelte die Kanone herum, berührte das rechte Ohr des Drachenkopfes und spürte, wie einige Korallen unter dem Druck seiner Finger nachgaben.

Mit einem ohrenbetäubenden Krachen explodierte der Treibsatz der Granate. Das Geschoss raste in einer blauen Wolke aus dem Rachen des Drachenkopfes hervor, jagte quer durch den Verkaufsstand, durchschlug die rückwärtige Zeltwand und zertrümmerte unmittelbar darauf die Glasscheibe eines der Büros in einem der Hochhäuser.

»Verzeihen Sie«, sagte Tekener. »Jetzt habe ich wohl für Unruhe gesorgt …«

Fluchend stürzte sich der Springer auf ihn. Tekener schob ihm die Munitionskiste in den Weg, sodass er darüber stolperte, ergriff die Hand Sharons und flüchtete zusammen mit dem Mädchen. Der Schuss löste einen ungeheuren Lärm auf dem Markt aus. Die Vertreter der verschiedensten Völkerstämme eilten aus allen Richtungen herbei, um sich nichts entgehen zu lassen. Der Springer brüllte und fluchte. Eine Sirene heulte auf, und irgendjemand schoss mit einem Energiestrahler über die Köpfe der Marktbesucher hinweg.

»Sind Sie verrückt geworden, Ronald?«, rief Sharon, als sie merkte, dass er in das Gebäude flüchten wollte, das er mit dem Geschoss beschädigt hatte. »Sie wollen doch nicht dort hinein?«

»Natürlich will ich das«, antwortete er. »Schlagen Sie mir Ihre Handtasche über den Kopf und laufen Sie weg. Bleiben Sie aber in der Nähe. Wenn ich wieder herauskomme, brauche ich Ihre Hilfe.«

Sie blickte ihn an, und er sah, dass sie begriffen hatte.

»Sie hatten sich alles genau überlegt«, sagte sie.

»Natürlich. Nun machen Sie schon.«

Sie reagierte, wie es besser nicht hätte sein können. Sie schrie auf ihn ein, beschimpfte ihn, riss sich los und hieb ihm ihre Handtasche über den Kopf. Ronald Tekener schützte sich, indem er die Arme über dem Kopf kreuzte und flüchtete in das Verwaltungsgebäude.

Sie rief ihm noch einige böse Worte nach, dann bemerkte sie, dass einige Männer von dem Verkaufsstand kamen, an dem Tekener geschossen hatte. Sie wusste, dass sie ihnen nicht in die Hände fallen durfte, und rannte weg. Es gelang ihr, im Gewühl der Menge unterzutauchen.

Sie war völlig verwirrt. Sie wusste nun zwar, dass Ronald Tekener den Zwischenfall mit der Kanone nur inszeniert hatte, weil er in das Gebäude eindringen wollte, das er beschossen hatte. Erklären konnte sie sich jedoch nicht, warum er es getan hatte.

Ronald Tekener schoss aus nächster Distanz, nachdem er den Energiestrahler in seiner Hand auf kleinste Wirkung eingestellt hatte. Der Türverschluss glühte auf und zerplatzte. Im gleichen Moment stieß Tekener die Tür mit dem Fuß zur Seite. Sie gab nach. Er betrat einen Vorraum, von dem mehrere Türen abzweigten. Im Hintergrund befanden sich die Öffnungen der Antigravlifte.

»Keinen Schritt weiter«, hallte eine Stimme aus einem verborgenen Lautsprecher über ihm. »Hier gibt es Sicherungen gegen ungebetene Besucher.«

Tekener blieb stehen. Kein Muskel bewegte sich in seinem Gesicht.

»Ich warte«, sagte er.

Ein blassblauer Energiestrahl zuckte quer vor ihm durch den Raum.

»Der Weg ist frei. Sie können gehen«, verkündete die Stimme über ihm. Alles verlief innerhalb weniger Sekunden. Tekener hörte, wie die aufgebrachte Menge sich dem Eingang näherte. Er ging weiter. Eine Tür öffnete sich vor ihm. Er sah einen Arkoniden mit tief liegenden Augen und fettigem Haar.

»Kommen Sie herein, Sie Meisterschütze«, sagte der Arkonide. »Ich denke, wir haben etwas zu besprechen.«

Ronald Tekener folgte der Aufforderung. Die Tür schloss sich hinter ihm.

»Oh, verdammt«, sagte er, als er sah, welche Verwüstungen das Geschoss angerichtet hatte. Die geringsten Zerstörungen befanden sich am Fenster. Im Innenraum war jedoch so gut wie nichts heil geblieben. Stühle, Tische und eine unübersehbare Zahl von Paketen und Päckchen waren zerrissen worden. Darüber hinaus klaffte ein Loch von mehr als einem Meter Durchmesser in der Rückwand. Durch diese Öffnung hindurch sah Tekener einen Großcomputer modernster Bauart.

»Ich habe Glück gehabt, dass ich nicht im Raum war«, sagte der Arkonide. »Wenn ich hier gewesen wäre, hätte es mich erwischt.«

»Es war ein Versehen«, erklärte Tekener. »Der Schuss hat sich von selbst gelöst. Natürlich war es dumm von mir, eine Granate einzulegen. Tut mir leid.«

»Wer sind Sie?«

»Mein Name ist Ronald Tekener. Und Sie?«

»Ich bin Moran.«

Tekener zeigte auf die Öffnung in der Wand. Er trat näher heran und blickte grinsend hindurch.

»Sie bluffen ganz schön, wie?«, fragte er. »In diesem Büro mimen Sie den armen Knaben, während Sie tatsächlich Riesengeschäfte machen. Nicht schlecht.«

Überraschenderweise schien sich der Arkonide nicht über den Zwischenfall zu empören, er schien ihn sogar zu amüsieren. Lediglich das Loch in der Wand betrachtete er mit einigem Unwillen.

»Warum sind Sie hierher geflüchtet?«, fragte er. »Sie hätten überallhin laufen können. Warum gerade hierher?«

»Das wäre ein Ding«, erwiderte Tekener. »Jemandem das Büro zerbomben und dann weglaufen, als ob nichts wäre. Wie weit wäre ich denn gekommen, Moran?«

»Nicht weit.«

»Sehen Sie. Das dachte ich mir.«

»Warum haben Sie sich das gedacht?« Moran blickte ihn mit verengten Augen an. Misstrauen zeichnete sein Gesicht.

»Nun, es ist ein offenes Geheimnis, dass die CORSA Macht und Einfluss hat auf Lumber. Ich bin fremd hier und habe eine Dummheit gemacht, durch die leicht gefährliche Missverständnisse aufkommen können. Und die CORSA möchte ich zumindest nicht gegen mich haben.«

»Sie glauben also, dass ich mit der CORSA unter einer Decke stecke?«

Tekener wies erst auf das Büro mit seiner zertrümmerten Einrichtung, dann auf den Computer.

»Ein Mann, der auf Lumber Geschäfte macht, weiß der CORSA wenigstens zu erklären, was ich nicht erklären kann. Glauben Sie, jemand glaubt mir, dass dies ein reiner Zufallsschuss war, wenn ich versuche, auf Lumber unterzutauchen? In einer solchen Situation hilft mir nur Offenheit. Ich habe nicht die geringste Lust, mich von der CORSA abknallen zu lassen. Den Schaden, den ich angerichtet habe, mache ich wieder gut. Und dann verschwinde ich von Lumber. Einverstanden?«

Moran schlug mehrmals mit dem Fuß gegen eines der Pakete, bis es endlich zur Seite glitt. Knirschend versank die Wand vor dem Computer im Boden. Moran ging zu dem Computer hin und führte eine Reihe Tests durch. Schließlich wandte er sich Tekener wieder zu.

»Sie haben Glück gehabt, Ronald«, sagte er. »Der Computer ist nicht beschädigt worden. Über das andere wollen wir nicht reden. Das ist kein großer Verlust. Mit einem kleinen Dienst können Sie alles ausgleichen, wenn Sie wollen.«

Er drückte eine Taste am Computer. Wenig später leuchtete einer der Bildschirme auf. Das Gesicht des Springers erschien, bei dem Tekener die Kanone abgeschossen hatte. Offenbar konnte der Springer den Terraner nicht sehen, denn auf seinem Gesicht zeichnete sich keine Regung ab.

»Ich habe nur eine Frage«, erklärte Moran. »Was ist das für eine Kanone gewesen, die da abgefeuert worden ist?«

»Es war eine Korallenkanone vom Planeten Esfaphat. Ein einmaliges Stück.«

»War dem Schützen die Funktion der Kanone bekannt oder nicht?«

»Er wusste, wo die Granate einzuschieben ist, aber das hätte wohl jeder halbwegs intelligente Mensch herausgefunden. Dass er auch wusste, wie sie abgefeuert wird, halte ich für einen puren Zufall.«

»Danke«, sagte Moran und schaltete ab. Er drehte sich zu Tekener um, und jetzt sah dieser, dass der Arkonide einen winzigen Energiestrahler in der Hand verborgen hielt.

Moran warf die Waffe hoch, fing sie wieder auf und steckte sie in seine Hosentasche.

»Abermals Glück gehabt«, sagte der Arkonide. »Sie wären ein

toter Mann gewesen, wenn der Springer etwas anderes geantwortet hätte.«

Ronald Tekener strich sich stöhnend mit der Hand über den Mund.

»Oh, verdammt«, versetzte er. »Lumber scheint mir gefährlicher zu sein, als ich dachte.«

»Lumber hat einen guten Ruf. Trotz allem«, korrigierte der Arkonide ernsthaft. »Man weiß zwar, dass die CORSA und gewisse andere Leute hier ihre Geschäfte machen, aber ansonsten gilt Lumber als eine friedfertige Welt.«

»Gewisse andere Leute?«, fragte Tekener. Überraschung zeichnete sich auf seinem Gesicht ab. »Wie meinen Sie das?«

»Schon gut. Es war nur so eine Bemerkung. Jetzt zu Ihnen. Sie werden mir einen Dienst erweisen. Sind Sie allein hier oder in Begleitung?«

»Ein Mädchen ist mit mir gekommen. Wir verstehen uns ganz gut.«

Die Lider des Arkoniden zuckten kaum merklich. Tekener beobachtete diese Reaktion. Er hatte sie vorhergesehen. Moran wusste also, dass er nicht allein gewesen war. Tekener vermutete, dass er aus dem Fenster gesehen oder dass der Springer ihm ein Zeichen gegeben hatte. Es wäre ein tödlicher Fehler gewesen, Sharon zu verschweigen.

»Nun gut«, sagte Moran. »Sie werden einen Besuch für mich machen.«

Er öffnete ein Fach am Computer und nahm daraus eine Metallschachtel hervor. Diese reichte er Tekener.

»Morgen findet in Lumber-Darphin ein Fest statt. Der arkonidische Handelsherr Temmerthan ist der Gastgeber. Er hat auch mir eine Einladung geschickt. Ich kann ihr nicht folgen. Ich eigne mich auch nicht für solche Feste. Sie werden mit Ihrer Freundin dorthin gehen und Temmerthan dieses Geschenk überreichen. Wenn Sie das getan haben, ist diese Sache vergessen.«

Er wies auf das zertrümmerte Büro.

Ronald Tekener streckte die Hand aus und nahm die Schachtel entgegen. Ein seltsames Lächeln erschien auf seinem jungen Gesicht. Es strahlte keine Heiterkeit aus, sondern eine tiefe innere Ruhe und eine deutliche Drohung.

»Ich hoffe, Moran, Sie wollen mich damit nicht hereinlegen.«

Der Arkonide lachte dröhnend.

»Sie gefallen mir, Ronald«, erwiderte er. »Keine Sorgen. Es ist kein Trick. Sie werden bald wissen, was es ist, und ich garantiere Ihnen, die Augen werden ihnen aufgehen. Wenn Sie so klug sind, wie ich denke, dann werden Sie erkennen, dass Sie heute einen Glücksschuss getan haben. Und jetzt gehen Sie. Ich lasse Sie heraus. Sie werden das Haus über das Dach mit einem Antigravgleiter verlassen. Ihre Freundin werden Sie schon wiederfinden.«

Er reichte Tekener eine Karte. Es war die Einladung für das Fest des arkonidischen Handelsherrn Temmerthan.

»Werden Sie gehen?«, fragte Moran.

»Ich gehe«, antwortete Tekener.

7.

Erst am nächsten Tag fand Ronald Tekener Sharon Barton wieder. Sie hielt sich in der Nähe des Verwaltungsgebäudes von Moran auf und beobachtete den Eingang. Offenbar war sie davon überzeugt, dass er das Gebäude noch nicht verlassen hatte.

Überrascht über so viel Treue und Zuverlässigkeit ging er zu ihr.

»Man hat mich über das Dach weggeschickt«, sagte er, als er hinter ihr stand. Sie fuhr herum.

Für einen kurzen Moment schien es so, als würde sie in Tränen ausbrechen. Freude und Erleichterung drohten, sie zu überwältigen. Doch sie fing sich.

»Ich bin zufällig hier vorbeigekommen«, schwindelte sie. »Glauben Sie nur nicht, dass ich wie ein alleingelassener Hund Wache gehalten habe, bis der Herr sich wieder blicken lässt.«

»Kommen Sie, Sharon«, sagte er. »Ich habe eine Einladung für uns beide. Wir werden eine Riesenparty besuchen, und deshalb müssen wir unbedingt ein paar Sachen für Sie kaufen.«

»Wieso? Passt Ihnen nicht, was ich trage?«, fragte sie hitzig.

»Es gefällt mir, aber es ist nicht geeignet für eine Party bei einem der reichsten und mächtigsten Männer von Lumber. Das sehen Sie doch ein – oder?«

»Sie haben überhaupt nicht gefragt, ob ich diese blöde Party überhaupt besuchen will. Sie bestimmen einfach. Wir gehen. Basta. Und jetzt kaufen wir ein paar schöne Sachen. Basta. Was denken Sie sich eigentlich?«

Bestürzt blickte Tekener sie an. Er erkannte, dass sie vollkommen verwirrt war und unter der Angst gelitten hatte, er werde nicht mehr lebend aus dem Verwaltungsgebäude herauskommen. Er begriff, dass sie sich ihrer Gefühle schämte und ihn durch ihr abweisendes Verhalten wieder auf Distanz bringen wollte.

»Es tut mir leid, Sharon. Ich wollte nicht über Sie bestimmen. Ich war in meiner Freude, Sie wiederzusehen, wohl etwas überschwänglich. Entschuldigen Sie.«

»Wohin gehen wir?«, fragte sie, um einen kühlen Ton bemüht.

»Zu meinem Gleiter. Er steht auf dem Dach des Gebäudes dort.« Er zeigte auf ein leuchtend weißes Hochhaus, das sich aus dem Gewühl des Marktes erhob. »Wir sollten nicht länger hier bleiben. Es ist nicht ganz ungefährlich in dieser Gegend.«

Sie steckte den in diesen Worten verborgenen Vorwurf ohne Widerspruch ein und folgte ihm zu dem bezeichneten Gebäude. Als sie im Fahrstuhlkorb, der von Antigravfeldern bewegt wurde, nach oben glitten, zog sie sich in eine Ecke zurück und blickte beharrlich zu Boden.

»Wie Sie erkannt haben, war der Schuss mit der Kanone von mir geplant und genau gezielt. Er hat gesessen. Moran, ein Arkonide, hat mich zu sich ins zerstörte Büro gebeten. Er ist übrigens ein mächtiger und reicher Mann. Manche behaupten sogar, dass er der heimliche Herrscher von Lumber ist und das größte Handelsimperium befehligt, das es je gegeben hat. Dabei liebt er es, sich in der Maske eines heruntergekommenen Straßenhändlers unters Volk zu mischen.«

Sie löste sich allmählich aus ihrer Verkrampfung, machte sich nun aber Vorwürfe wegen ihres schroffen Verhaltens.

»Für mich war überraschend, dass Moran mich zu diesen Abendgesellschaften seines Konkurrenten eingeladen hat«, fuhr Tekener fort. »Ich habe mich inzwischen erkundigt. Temmerthan und Moran sind Feinde. Wir vermuten, dass einer von beiden eine wesentliche Rolle im Lager der Raumpiraten spielt. Die CORSA hat uns einige Informationen zugespielt. Wir wissen jedoch nicht, wer von beiden. Vieles spricht dafür, dass der andere sich darum bemüht, zu den Raumpiraten zu stoßen, um Geschäfte mit ihnen zu machen.«

Der Liftkorb hielt. Sie traten auf das Dach hinaus. Tekener führte das Mädchen zu einem Gleiter, überließ ihr das Steuer und setzte sich neben sie. Sharon startete, nachdem er das Ziel in die Programmtastatur getippt hatte.

»Geht Moran auch hin?«, fragte sie.

»Er schickt mich.«

»Das ist doch eine faule Angelegenheit.«

»Das ist es mit Sicherheit«, entgegnete er. »Vermutlich will er mir einen Denkzettel dafür verpassen, dass ich ihm die Bude zerschossen habe.«

Tekener zog die Schachtel aus der Tasche, die Moran ihm gegeben hatte, und zeigte sie dem Mädchen.

»Ich soll ihm dies hier geben«, erklärte er, »aber das werde ich natürlich nicht tun, ohne nachgesehen zu haben, was darin ist.«

Sie landeten in einer Gleiterparknische auf halber Höhe eines Verwaltungsgebäudes. Tekener führte das Mädchen über Gänge und verschiedene Treppen, an Geschäften und Restaurants vorbei bis zu einem Wohnmarkt. Hier betrat er eine Wohnung.

»Sie ist von uns eingerichtet worden«, sagte er. »Sie dient unseren Leuten als Stützpunkt und als Labor.«

Er öffnete eine weitere Tür, die zu einem nüchtern eingerichteten Wohnraum führte. Dahinter lag ein kleiner Raum, der mit positronischen Geräten aller Art bis unter die Decke gefüllt war, sodass Tekener sich kaum darin bewegen konnte.

Er begann nun mit einer Reihe von Untersuchungen, die sie sorgfältig beobachtete, von denen sie jedoch nichts verstand, obwohl er ihr alles erläuterte. Sie erfasste nur, dass er in der Schachtel eine Art Bombe sah und dass er fürchtete, sie zur Explosion zu bringen, wenn er nicht vorsichtig genug war.

»Ich glaube, jetzt habe ich es«, sagte er, nachdem er etwa eine Stunde lang gearbeitet hatte. Er schob die Schachtel in ein kleines Fach und berührte einige Tasten. Einer der Bildschirme erhellte sich. Zunächst erschienen nur die unscharf dargestellten Umrisse der Schachtel darauf. Nachdem er einige Einstellungen vorgenommen hatte, wurde die Schachtel erst deutlich und scharf abgebildet, dann wurde sie transparent, sodass verschiedene Dinge sichtbar wurden, die sich darin befanden.

Sharon erkannte einige Teilchen, die sie an positronische Bauteile erinnerten.

»Was ist das?«, fragte sie.

»Eine der raffiniertesten Bomben, die ich je gesehen habe«, erwiderte er. »Es ist eine Verbindung von hyperphysikalischen Modulelementen aus dem Handschen Erfassungsbereich mit …«

»Hören Sie auf«, bat sie lachend. »Davon verstehe ich kein Wort. Sie müssen es mir schon einfacher erklären. Was tut dieses Ding? Ich meine, ich weiß, dass es explodiert. Aber was ist daran so Besonderes?«

»Die Bombe ist mit einem mikrominiaturisierten ID-Taster gekoppelt. Er stammt aus siganesischer Fertigung. Weiß der Teufel, wie Moran an so ein Ding gekommen ist. Ich gehe jede Wette darauf ein, dass dieser ID-Taster auf die Daten des Arkoniden Temmerthan eingestellt ist.«

»Das würde bedeuten, dass die Bombe explodiert, wenn Sie Temmerthan die Schachtel überreichen?«

»Das könnte es bedeuten. Aber so einfach macht Moran es sich nicht. Sobald Temmerthan die Schachtel berührt, wird der Zünder entsichert. Das heißt also, dass ich mich ungefährdet entfernen kann. Moran geht davon aus, dass Temmerthan viele Geschenke erhalten wird, dass er sie entgegennehmen und zur Seite legen wird. Erst später wird er sich mit den einzelnen Geschenken befassen. Vielleicht am nächsten Tag oder am übernächsten. Wenn er die Schachtel dann berührt, explodiert die Bombe, und Temmerthan ist tot.«

»Unglaublich«, sagte Sharon.

»Verteufelt raffiniert«, entgegnete Sharon. »Ob Sie ihm die Bombe gegeben haben oder irgendjemand anderer, das wird man dann kaum noch feststellen können, falls Temmerthan nicht jedes Geschenk mit einem Namen versehen lässt.«

»Das pflegen reiche Arkoniden nicht zu tun«, erwiderte Tekener. »Das wäre gegen jeden guten Geschmack.«

Sharon setzte sich auf einen Hocker, den sie sich heranzog.

»Und jetzt?«, fragte sie. »Was geschieht? Werden Sie Temmerthan die Bombe überreichen?«

»Wir gehen hin. Ich werde ihm die Schachtel geben, aber die Bombe wird nicht explodieren«, antwortete er. Dabei nahm er wiederum einige Schaltungen vor. Sharon, die ihm über die Schulter blickte, beobachtete auf dem Bildschirm, dass in der Schachtel etwas zerbrach.

Aufatmend lehnte Tekener sich zurück.

»Das wär's«, sagte er. »Wollen wir jetzt ein hübsches Kleid für Sie kaufen?«

»Ich habe eine Schwäche für hübsche Kleider«, erwiderte sie lächelnd. »Vorausgesetzt, ich muss sie nicht bezahlen.«

Sharon war wie verwandelt, als sie neben Ronald Tekener die Insel Lumber-Darphin betrat. Sie trug ein langes, silbern schimmerndes Kleid, das in gestreckten, fließenden Linien die Anmut ihrer Figur unterstrich. Ein Haarkünstler hatte eine Frisur geschaffen, die alle Mängel ihres Gesichts ausglich und sie so schön aussehen ließ, dass Ronald Tekener sie immer wieder anblickte, als habe er sie zuvor nie gesehen. Sharon bemerkte es und verriet nur mit einem kleinen Lächeln, dass sie sich geschmeichelt fühlte.

Mit Edelmetallen und Edelsteinen verzierte Roboter empfingen die Gäste, die auf zahlreichen Parkplätzen landeten. Die Landeplätze waren geschickt in einer Parkanlage errichtet worden, sodass Hunderte von Maschinen parken konnten, ohne dabei aufzufallen.

Ein mit glitzernden Edelsteinen bedeckter Roboter führte Tekener und seine Begleiterin durch den Park.

»Geschmack scheint der Hausherr nicht gerade zu haben«, wisperte Sharon und deutete auf den Automaten.

Der Leutnant verzog das Gesicht. Die kitschig ausstaffierten Roboter zeigten allzu aufdringlich den Reichtum ihres Besitzers. Sie machten auf ihn keinen Eindruck, sondern riefen Verachtung bei ihm hervor. Er war der Ansicht, dass es dort an Persönlichkeit fehlte, wo Reichtum allzu deutlich in den Vordergrund gestellt wurde.

Aus versteckt angebrachten Lautsprechern ertönte dezente Musik. Tekener trug einen Anzug von unauffälliger Eleganz. Er hatte ein paar Zugeständnisse an die modische Eitelkeit gemacht. Er musste es tun, weil er sonst unter den mit Schmuck und anderen Attributen des Reichtums prunkenden Besuchern aufgefallen wäre. So hatte er Schultern und Brust mit einigen Howalgoniumstickereien verziert und Stiefel angezogen, die mit Mikroprojektoren versehen waren. Diese ließen um seine Füße herum das dreidimensionale Bild von Gräsern und Blumen entstehen, sodass es aussah, als ob er über eine blühende Wiese schreite. Modische Gags dieser Art erfreuten sich zur Zeit auf Lumber größter Beliebtheit. Von Sharon musste er sich einige spöttische Bemerkungen gefallen lassen, da sie von derartigen Dingen nichts hielt.

»Sie haben völlig recht«, flüsterte er ihr zu. »Dieser Aufzug ist lächerlich. Aber was soll ich machen? Es geht nun mal nicht anders.«

Über eine von innen heraus leuchtende Treppe schritten die Gäste, die aus allen Richtungen zu einem palastartigen Gebäude kamen, in eine Halle, in der sie von der Familie des Handelsfürsten empfangen wurden. Hierbei zeigte sich, dass die Gäste von zierlich gebauten Robotern schon vorher in verschiedene Bahnen gelenkt wurden, sodass nur wenige zu Temmerthan selbst gelangten, der sich in einem Nebenraum befand.

»Sie werden nicht bis zu ihm durchdringen«, wisperte Sharon, als sie beobachtete, wie die Roboter die Gäste einteilten. »Uns kennt hier niemand. Vielleicht dürfen wir nur einem Dienstboten die Hand reichen.«

»Abwarten.«

Tekener reichte einem der Roboter die Karte, die er von Moran erhalten hatte. Der Automat nahm sie entgegen. Er war mit einer golden schimmernden Folie überzogen worden, die den Eindruck entstehen ließ, dass er aus einem einzigen Stück Metall geformt war. Er hatte weibliche Formen und trug einen hautengen Rock, der von den Hüften bis knapp über die Hälfte der Oberschenkel reichte. Das Gesicht war nur angedeutet. Die optischen Systeme verbargen sich unter der Folie, die nur in einer Richtung durchsichtig zu sein schien.

Es schien, als sei der Automat unschlüssig, als zögere er. Doch Tekener wusste, dass in diesem Moment Funksignale mit einem in der Nähe verborgenen Computer ausgetauscht wurden. Dann streckte die Maschine ihren Arm aus und zeigte auf den Zugang zum Nebenraum, in dem der arkonidische Handelsherr seine Gäste begrüßte. Während Sharon ihre Überraschung nicht verbergen konnte, blieb Ronald Tekener so gelassen, als ob er diese Entscheidung erwartet hätte.

Er bot Sharon den Arm. Sie legte ihm ihre Hand an den Ellenbogen, so wie es Sitte war auf Lumber, und schritt graziös neben ihm her in den Raum. Sharon spürte die Blicke der anderen Gäste auf sich ruhen, die neidisch verfolgten, welche Gunst ihnen eingeräumt wurde, obwohl sie doch völlig unbekannt waren. Sharon hörte, wie eine Arkonidin ihren Begleiter pikiert fragte, wer sie seien.

»Nur keine Aufregung«, murmelte Tekener, der das Beben ihrer Hand an seinem Arm fühlte. »Das machen wir schon.«

Zwei Springer, die vor ihnen an der Reihe waren, wichen zur Seite. Ronald Tekener und seine Begleiterin standen dem Handelsherrn Temmerthan gegenüber. Der Terraner sprach die Begrüßungsformel, in der er sich auch für die Gnade bedankte, an dem Fest teilnehmen zu dürfen. Dann überreichte er dem Arkoniden das Geschenk, das dieser mit einem herablassenden Lächeln entgegennahm.

Temmerthan war ein kleinwüchsiger Mann mit tief liegenden, rötlichen Augen und dünnem Haar. Er hatte einen fast lippenlosen Mund. Sein Gesicht war hart und kantig geschnitten.

Die Frau neben ihm unterschied sich in dieser Hinsicht nicht von ihm. Sie war größer und sah bei Weitem anziehender aus, aber auch so strahlte sie eine Kälte aus, die Sharon erschauern ließ.

»Sagen Sie Moran, dass ich ihm für das Geschenk danke«, sagte Temmerthan. »Es ist entgegenkommend von ihm, dass er mir endlich verrät, wer sein Schatten ist.«

Tekener begriff, dass Moran noch weitaus geschickter war, als er angenommen hatte. Er hatte Temmerthan offenbar die Information zugespielt, dass sein Vertrauter und Stellvertreter auf das Fest kommen werde. Dieser Mann spielte, wie es schien, eine wichtige Rolle auf Lumber, obwohl er stets aus dem Hintergrund heraus zu handeln und niemandem außer Moran bekannt zu sein schien.

»Die Zeiten ändern sich«, antwortete Tekener, nachdem er die Zusammenhänge blitzschnell erfasst hatte. »Manchmal ist es notwendig, sich ihnen anzupassen.«

Er verneigte sich höflich und führte Sharon durch einen festlich geschmückten Gang in einen Saal, in dem nach einem Grätenmuster Tische aufgestellt worden waren. Ein Roboter führte sie zu ihrem Platz an einem der Tische.

»Wir sitzen nur einen Tisch von Temmerthan entfernt«, flüsterte er Sharon zu. »Man scheint uns noch weit höher einzustufen, als ich erwartet habe.«

»Und einen so jungen Mann wie Sie hält Temmerthan für eine Graue Eminenz«, erwiderte sie.

»Was ich noch nicht einmal als schmeichelhaft empfinde«, bemerkte er.

Sharon Barton war sich dessen ebenso bewusst wie der USO-Spezialist, dass sie sich auf einem äußerst gefährlichen Pflaster bewegten und sich jeden ihrer Schritte genau überlegen mussten. Sie erkannte, dass er ihr aufgrund seiner Ausbildung vieles voraus hatte, und sie überlegte sich jedes Wort, bevor sie es aussprach. Voller Bewunderung beobachtete sie, mit welcher Leichtigkeit es ihm gelang, ein Gespräch mit den Gästen in ihrer Umgebung anzuknüpfen und dieses von ersten banalen Sätzen rasch auf ein hohes Niveau zu bringen. Dabei hatte er keine Mühe, von der Mentalität eines schwerblütigen Springers auf jene eines Aras umzuschalten, der ebenso empfindlich wie arrogant war. Und er zog sich geschickt aus der Affäre, als plötzlich ein siganesisches Paar zwischen den Tellern und Tassen auftauchte und einen Streit mit dem Ara anzettelte, wobei es versuchte, ihn miteinzubeziehen.

Sharon wurde abwechselnd heiß und kalt, während ihr mit einem Mal in aller Deutlichkeit aufging, in welch gefährlicher Situation sie sich befanden.

Bis zu diesem Augenblick hatte sie nicht daran gedacht, dass einer von Temmerthans Leuten das *Geschenk* überprüfen könnte, das sie dem Arkoniden mitgebracht hatten. Dabei wurde ihr bewusst, dass die Spezialisten des Handelsherrn die Bombe ebenso entdecken würden, wie Tekener es getan hatte.

Gleichzeitig merkte sie, dass sie zwischenzeitlich völlig vergessen hatte, wer Temmerthan eigentlich war und wie er einzuordnen war. Ihre Blicke suchten den Handelsherrn, von dem Tekener vermutete, dass er zu den Raumpiraten gehörte oder doch zumindest ihr Hehler war. Sie dachte daran, dass sie in Temmerthan einen der Mörder ihrer Brüder sehen musste und dass sie zusammen mit dem USO-Spezialisten nur in diesem Palast war, weil Tekener hoffte, Beweise für die Verbrechen des Arkoniden zu finden.

Sie erinnerte sich daran, dass er sie vor diesem Besuch gewarnt und es ihr freigestellt hatte, sie zu begleiten. Doch erschreckte sie weniger die Bösartigkeit, die sich hinter der glänzenden Fassade dieses palastähnlichen Anwesens verbarg, als die Tatsache, dass sie sich vorübergehend von der festlichen Atmosphäre und den Gästen und ihrer Ausstaffierung hatte blenden lassen.

Sie hielt sich von nun an bei den Gesprächen noch mehr zurück und antwortete nur einsilbig, blieb aber freundlich und bemühte sich stets um ein entgegenkommendes Lächeln.

Ronald Tekener war sich dagegen in jeder Sekunde seines Aufenthalts im Hause des Arkoniden der Gefahr bewusst. Er glaubte nicht daran, dass Temmerthan ihn so ohne Weiteres akzeptierte, und er wartete ständig darauf, dass man versuchen würde, ihm eine Falle zu stellen. Dabei beobachtete er.

Während des Essens, bei dem die erlesensten Genüsse der verschiedenen Planeten der Galaxis aufgetischt wurden, beobachtete Tekener. Allein die gereichten Speisen und Getränke verrieten ihm vieles über Temmerthan. Der konnte sich eine Gesellschaft dieser Art nur leisten, wenn er über einen geradezu märchenhaften Reichtum verfügte. Tekener wusste, dass einige Delikatessen, die er verspeiste, so viel Geld kosteten, wie er in zehn Jahren nicht verdiente. Dabei wurden von diesen Spezialitäten Tausende gereicht. Auf den Tischen der Gäste, deren Zahl der Spezialist auf nahezu viertausend schätzte, stapelten sich die Genüsse, die sich viele Reiche des Solaren Imperiums selbst in kleineren Portionen kaum leisten konnten.

»Temmerthan scheut sich nicht, seinen Reichtum zur Schau zu stellen«, sagte Tekener, als er nach dem Essen mit Sharon durch die Hallen des Palasts schlenderte, um sich die verschiedenen Darbietungen anzusehen, die Temmerthan seinen Gästen präsentierte. »Ich habe mich über ihn informiert. Es gibt nicht viele Informationen über ihn. Sicher ist jedoch, dass er noch vor fünf Jahren kaum mehr Geld hatte als Sie oder ich. Niemand weiß zu erklären, wieso er praktisch über Nacht zu Mitteln kam, mit denen er sich ein ganzes Handelsimperium aufbauen konnte, das heute mit astronomischen Gewinnen arbeitet.«

»Gibt es hier nicht so etwas wie ein Finanzamt?«, fragte Sharon. »Soweit ich weiß, ist das doch sonst im Solaren Imperium eine Macht, die alle auf die Knie zwingt, die nicht nachweisen können, woher sie ihr Geld haben.«

»Lumber ist eine freie Handelswelt, die nicht zum Solaren Imperium gehört«, antwortete er. »Die Reichen haben einen Pool gegründet, aus dem alles finanziert wird, was an öffentlichen Ausgaben zu bestreiten ist. Niemand kontrolliert die Reichen. Sie können tun und lassen, was sie wollen.«

Ein korpulenter Terraner trat auf sie zu. Er trug kostbare Kleider. An seinen Fingern glitzerten wenigstens zwanzig Ringe. Er lächelte jovial.

»Ich muss Sie unbedingt sprechen, Tekener«, sagte er. »Temmerthans Freunde haben mir mitgeteilt, dass Sie ein enger Vertrauter von Moran sind.«

Sie befanden sich in einer dichten Gruppe von Zuschauern, die den exotischen Tänzen einer Schar von degenerierten Arkonidenabkömmlingen von einer tropischen Welt zusahen.

Ronald Tekener wollte den Mann zurückweisen, als dieser ihm plötzlich eine USO-Plakette zeigte, die er für den Bruchteil einer Sekunde aus seinem Ärmel rutschen ließ. Der korpulente Spezialist gehörte offenbar zu dem Kreis der niedriger eingestuften Gäste.

»Warum nicht?«, entgegnete er. »Wenn Sie mir etwas Interessantes mitzuteilen oder anzubieten haben?«

»Das habe ich«, beteuerte der Dicke.

Tekener gab Sharon ein Zeichen. Sie schloss sich ihnen nicht an, als sich die beiden Männer entfernten.

»Was gibt es?«, fragte Tekener, als sie sich in eine Weinlaube gesetzt hatten, die mitten in einem Saal errichtet war. Die Gäste tanzten nach den Klängen einer Akonen-Kapelle um sie herum. Die beiden USO-Spezialisten brauchten sich wegen einer Abhörgefahr keine Gedanken zu machen. Sie hatten beide winzige Störsender in ihrer Kleidung verborgen, die jede elektromagnetische Aufzeichnung im Umkreis von etwa zwei Metern um sie herum unmöglich machte. Die Geräte stammten aus siganesischer Fertigung und arbeiteten absolut zuverlässig.

»Die Lage spitzt sich zu«, erklärte der korpulente Spezialist, der sich als William Copham zu erkennen gab. »Wir haben überall dort, wo Sie im Einsatz waren, nachgefasst und wertvolle Informationen gewonnen. Alles deutet darauf hin, dass Temmerthan der Kopf der Organisation ist, mit der wir es zu tun haben.«

»Warum schlagen wir dann nicht zu?«

»Das können wir nicht, solange wir nicht wissen, wo jene Apparatur zu finden ist, mit der die Kursprogramme der Handelsraumer manipuliert werden. Wir wissen, dass die Anlage auf Teillon nicht mehr als eine Versuchsanlage gewesen ist. Sie ist uns überdies nicht heil in die Hände gefallen. Die Gangster hatten sie schon weitgehend zerstört, bevor wir sie erstürmen konnten. Auf jeden Fall war es nicht die Anlage, um die es uns geht. Doch deshalb bin ich nicht hier.«

»Sondern?« Tekener war beunruhigt. Er wusste, dass er die Spitze des Pfeiles war, mit der die USO gegen die Raumpiraten vorging. Daher war er mehr gefährdet als alle anderen. Jetzt schien es, als würde er von der Entwicklung überrollt werden, ohne etwas dagegen tun zu können.

»Aus zweierlei Gründen«, erwiderte Copham. »Wir sind gezwungen, noch in dieser Nacht einige der wichtigsten Männer der Organisation auszuschalten. Wir werden sie aus dem Palast entführen und zur Erde bringen. Dort werden sie vor Gericht gestellt. Zweifellos wird es einen Skandal geben, doch wir werden Lumber verlassen haben, bevor Temmerthan etwas unternehmen kann.«

In Tekener regte sich Widerstand. Er hatte das Gefühl, vor einem Abgrund zu stehen. Plötzlich wurde ihm klar, wie wenig er tatsächlich wusste. Bis zu diesem Augenblick hatte er geglaubt, derjenige zu sein, der am meisten über die Organisation der Raumpiraten und deren wichtigste Männer wusste. Jetzt stellte er fest, dass er nicht mehr als einen gewissen Verdacht gegen einige Männer hatte, ohne dabei handfeste Beweise anbieten zu können.

»Warum diese Eile?«, fragte er.

»Das wird Ihnen Atlan erklären«, erwiderte Copham. »Das ist der zweite Grund, aus dem ich hier bin. Der Lordadmiral trifft im Lauf der Nacht auf Lumber ein. Er erwartet Sie um 10 Uhr 30, Ortszeit, in Stützpunkt UTR 300.«

»Ich habe verstanden«, sagte Tekener. Er versuchte, sich nicht anmerken zu lassen, wie niedergeschlagen er war. »Was habe ich zu tun?«

»Wir sind überzeugt davon, dass es hier irgendwo im Palast eine Spur gibt, die zum Stützpunkt der Raumpiraten führt. Nur wenn wir diesen finden, haben wir eine vernünftige Chance, auch die Organisation zu besiegen. Räuchern wir ihn nicht aus, dann verschwinden nach einer gewissen Pause abermals Raumschiffe, und alles geht wieder von vorn los. Sehen Sie sich also im Palast um. Keiner von uns anderen hat die Möglichkeiten dazu. Sie aber gehören zu einem engen Kreis von privilegierten Gästen. Ihnen stehen sämtliche Räume offen. Ob man Ihnen wirklich vertraut, das können Sie besser beurteilen als ich. Auf jeden Fall haben Sie es mithilfe Morans geschafft, hautnah an Temmerthan heranzukommen.«

»Glauben Sie nur nicht, dass Moran das aus reinem Edelmut und völlig selbstlos getan hat«, entgegnete Tekener spöttisch. »Ich bin nichts als der Überbringer einer Bombe.«

Er schilderte rasch, was er herausgefunden hatte. Copham zeigte sich nicht beeindruckt. Er schien mit einer derartigen Entwicklung gerechnet zu haben.

»Tun Sie, was Sie können«, sagte er schließlich. »Schlagen Sie sich nicht den Magen mit Köstlichkeiten voll, die Sie sich vielleicht nie wieder in Ihrem Leben leisten können, sondern denken Sie an Ihre Aufgabe.«

»Sie sehen entschieden verfressener aus als ich«, antwortete der Leutnant abweisend, erhob sich und ging. Er lächelte freundlich, als Sharon ihm entgegenkam, und er tat, als sei er froh, endlich einem aufdringlichen Gesprächspartner entkommen zu sein.

8.

Ronald Tekener drehte sich um und blickte auf die Tafel, auf der die Geschenke der Gäste aufgereiht waren. Er erkannte augenblicklich, dass sie nach einem bestimmten System aufgebaut worden waren, das sich einerseits nach der Größe, andererseits nach der Reihenfolge richtete, in der die Gäste eingetroffen waren.

»Die Schachtel ist nicht mehr da«, flüsterte Sharon an seiner Seite, gerade als er dieselbe Feststellung treffen wollte.

Er führte das Mädchen aus dem Raum. In ihm krampfte sich etwas zusammen.

»Es wird Zeit für Sie, Sharon«, sagte er. »Sie müssen den Palast sofort verlassen. In einigen Minuten könnte es schon zu spät sein.«

Energisch schüttelte sie den Kopf.

»Ich bleibe«, widersprach sie. »Ich möchte mit Ihnen ein Spiel machen.«

Er blickte sie überrascht an.

»Ein Spiel? Ich verstehe nicht.«

»Ich habe vorhin gehört, dass im Obergeschoss ein Spielsaal ist. Man sprach davon, dass man dort oben märchenhafte Gewinne einstreichen kann.«

»Ich bin nicht an irgendwelchen Gewinnen interessiert, sondern zunächst einmal daran, dass Sie hier mit heiler Haut herauskommen, Sharon.«

Ihre Augen wurden feucht.

»Vielleicht haben wir später einmal Zeit, Nettigkeiten auszutauschen«, entgegnete sie. »Jetzt will ich spielen.«

Er erfasste, dass sie mehr gehört hatte, als sie zugeben wollte. Wortlos nahm er ihren Arm und ging mit ihr zu einer weit ausschwingenden Spirale, die nach oben führte. Als sie den Fuß des Bandes erreichten, das die Spirale bildete, erfasste sie ein Antigravfeld und schob sie sanft nach oben.

Erregtes Stimmengewirr schlug ihnen entgegen, als sie das obere Geschoss erreicht hatten. Auch hier boten sich ihnen überall Anzeichen großen Reichtums. Männer und Frauen standen dicht gedrängt um einige Spieltische, über denen sich dreidimensionale Farbfelder aufbauten. Mithilfe einer ausgefeilten Positronik konnten die unterschiedlichsten Farbkombinationen mitten im Raum erzielt werden.

Als Tekener und Sharon an einem der Lasertische stehen blieben, ertönte ein Gong. Eine Tür öffnete sich im Hintergrund. Es wurde still im Raum. Tekener hörte die Schritte eines Roboters, der sich ihm näherte. Kaum zwei Meter von ihm entfernt blieb er vor einem untersetzten Ertruser stehen. Er hielt einen mit Howalgonium verzierten Kasten in den Händen. Feierlich überreichte er ihn dem Gewinner.

»Sie haben gewonnen«, verkündete er. »Herzlichen Glückwunsch.«

Der Ertruser nahm den Kasten an sich, blickte einige Sekunden lang verzückt darauf und hob ihn dann hoch über den Kopf. Er stieß einen triumphierenden Schrei aus. Die Menge applaudierte.

»Ich möchte wissen, wie so etwas möglich ist«, sagte jemand hinter Tekener. Er blickte sich um und bemerkte, dass eine alte Arkonidin hinter ihm stand. Sie hatte nicht ihn gemeint, sondern einen Akonen, der sie begleitete.

»Ich kann es mir auch nicht erklären«, erwiderte der Akone, während die beiden sich entfernten. »Es ist bereits der fünfte …«

Mehr verstand Tekener nicht. Fragend blickte er Sharon an, aber sie zuckte nur mit den Schultern.

»Was mag in dem Kasten sein?«, wisperte sie.

»Ich habe keine Ahnung«, antwortete er. »Auf jeden Fall ist es sehr wertvoll, und was das in diesem Haus bedeutet, ist wohl klar.«

»Glauben Sie, dass er Millionen verschenkt?«

»Kaum vorstellbar«, sagte er. »Er muss dieser Gesellschaft jedoch etwas bieten. Die Einsätze sind klein. Wenn dabei ein Gewinn herauskommt, der dieses verwöhnte Volk so begeistert, dann muss schon was dran sein.«

Er beobachtete den Ertruser, der nur etwa 2,30 Meter groß, dafür in den Schultern aber besonders breit war. Der Umweltangepasste überragte die anderen Gäste deutlich. Manch neiderfüllter Blick streifte ihn, als er sich aus dem Saal zurückzog, wobei er sich einer Tür näherte, die dem Aufgang gegenüberlag.

»Kommen Sie, Sharon«, bat Tekener. »Wir wollen ihn nicht aus den Augen lassen. Vielleicht erfahren wir etwas.«

Unruhe entstand unter den Gästen. Aus den unteren Räumen klang ein Schrei herauf. Wenig später explodierte etwas. Einige der Gäste am Spieltisch lachten. Aus ihren Äußerungen entnahm Tekener, dass sie an ein Feuerwerk dachten, das zum Vergnügen der Gäste veranstaltet wurde. Er wusste es besser.

»Es geht los«, sagte er und beschleunigte seine Schritte. »Wir haben nicht mehr viel Zeit.«

Einige Bedienstete eilten an ihnen vorbei. Sie waren bleich und sahen verstört aus. Der Ertruser verschwand durch die Tür. Als Tekener diese wenig später erreichte, stellte er fest, dass sie verschlossen war. Inzwischen häuften sich die Schreie, die aus den unteren Räumen heraufklangen. An den Spieltischen wurde es unruhig. Die Spieler merkten, dass etwas nicht stimmte.

»Was ist los?«, fragte Sharon.

»Meine Leute greifen ein«, erklärte Tekener, während er fieberhaft versuchte, die Tür zu öffnen. Die Aufmerksamkeit der Gäste richtete sich völlig auf den Aufgang. Niemand achtete auf ihn, sodass seine Bemühungen nicht auffielen.

Unter ihnen explodierte etwas so heftig, dass der Boden unter ihren Füßen erzitterte. Eine Panik brach unter den Gästen im Spielsaal aus. Frauen und Männer schrien auf. Alle rannten in eine Richtung – zur Spirale hin, obwohl von dort die größte Gefahr zu kommen schien. Dort aber war der einzige Ausgang.

Das Türschloss knackte vernehmlich. Die Tür sprang auf. Tekener zog Sharon mit sich in einen mäßig erhellten Gang. Er drückte die Tür hinter sich zu.

»Wieso greifen Ihre Leute ein?«, fragte Sharon. »Was soll das? Sie bringen uns in Gefahr und erreichen überhaupt nichts damit.«

Er antwortete nicht, sondern eilte auf eine Tür am Ende des Ganges zu. Dort befand sich eine silbern schimmernde Tür. Tekener glaubte, sie leicht durchbrechen zu können, als er sich ihr näherte. Als er jedoch vor ihr stand, sah er, dass der optische Eindruck täuschte. Er vermittelte das Bild einer Tür. Tatsächlich befand sich jedoch ein unüberwindliches Energiefeld an dieser Stelle.

»Können Sie es nicht aufbrechen?«, fragte Sharon. »Das muss doch möglich sein.«

Tekener schüttelte den Kopf.

»Aussichtslos«, erwiderte er. »Die Projektoren befinden sich auf der anderen Seite. Das können Sie an den feinen Farbabweichungen hier am Rand erkennen. Hier kommen wir nicht weiter. Wir gehen zurück.«

Als sie durch die andere Tür in den Spielsaal zurückkehrten, hielten sich nur noch wenige Männer darin auf. Sie saßen an einem der Spieltische und waren völlig in ihr Spiel vertieft. Was sonst noch im palastartigen Gebäude Temmerthans geschah, schien sie nicht zu interessieren. In den unteren Räumen war es ruhig geworden. Tekener vernahm nur eine einzige Stimme. Jemand sprach beschwörend auf andere ein. Er vermutete, dass es der Hausherr war, der versuchte, seine Gäste daran zu hindern, das Haus zu verlassen.

Tekener gab seiner Begleiterin einen Wink. Langsam trat er an den Spieltisch heran, so unauffällig und lautlos, dass die Spieler erst aufmerksam wurden, als er hinter einem freien Sessel stand. Einer von ihnen blickte auf und lächelte.

»Ah, da ist noch jemand, der seine Nerven in der Hand hat«, sagte er. »Sind Ihre Nerven auch stark genug für ein Spielchen?«

»Ich denke schon«, erwiderte Tekener und setzte sich.

Er wusste, dass er nur noch eine Chance hatte, das Geheimnis des Hauptgewinns herauszufinden. Er musste ihn selbst gewinnen.

Er hielt es für zu gefährlich und als Methode zu ungenau, die Gäste zu befragen. Dabei konnten Dutzende von verschiedenen Antworten herauskommen, von denen nicht eine einzige wahr sein musste.

»Neue Karten«, forderte einer der anderen Spieler.

Tekener legte ein Bündel Solarscheine auf den Tisch, um zu dokumentieren, dass er in der Lage war, eintretende Verluste zu begleichen, so wie die anderen es auch getan hatten. Er bemerkte, dass Sharon blass geworden war. Sie blickte ihn flehend an, und er erriet ihre Gedanken. In ihren Augen war es sträflich leichtsinnig, dass er sich auf das Spiel einließ und damit noch mehr Zeit opferte. Sie glaubte, dass sie es sich nicht leisten konnten, noch länger im Palast zu bleiben. Nach der Aktion der USO, von der sie beide nicht wussten, welchen Umfang sie gehabt hatte und wie sie verlaufen war, wollte sie den Rückzug. Sie fürchtete den Zorn Temmerthans, obwohl dieser nicht wissen konnte, dass Tekener zur USO gehörte. Sie dachte daran, dass die Schachtel verschwunden war, die Tekener dem Arkoniden geschenkt hatte, und sie fürchtete, dass das Geheimnis der Schachtel bald geklärt sein würde.

Doch Ronald Tekener strahlte eine Ruhe aus, die unerschütterlich zu sein schien. Auf seinen jungen Lippen lag ein seltsames Lächeln, das sie erschauern ließ. Es war wie eine unsichtbare Wand, die sich zwischen ihnen erhob.

Die Spielkarten glitten wie farbige Schemen aus der Hand eines Arkoniden über den Tisch. Sie landeten millimetergenau vor den Fingerkuppen der Spieler. Es wurde still am Tisch. Kein Wort fiel. Es war, als ob die Spieler zu leblosen Puppen erstarrten.

Die Spielkarten waren Tekener ebenso bekannt wie das Spiel, bei dem es darauf ankam, bestimmte Farbkombinationen zu erzielen. Es hatte eine gewisse Ähnlichkeit mit Glücksspielen, die auch im Solaren Imperiums gespielt wurden, war jedoch von den Arkoniden entwickelt worden.

Die ersten beiden Spiele verlor der Terraner. Doch das war ihm unwichtig. Ihm kam es nur darauf an, die Karten kennenzulernen.

Er saß mit vier Arkoniden und einem Akonen am Tisch. Alle fünf Männer waren älter als er, und ihr Verhalten zeigte ihm, dass sie über ein beträchtliches Vermögen verfügten. Sie setzten Summen ein, die das Hundertfache seines Monatseinkommens überstiegen.

Aber auch das beeindruckte ihn nicht.

Ronald Tekener besaß die außerordentliche Fähigkeit, Unterschiede auf der Rückseite der Spielkarten zu erkennen, auch wenn diese nahezu mikroskopisch klein waren, um sie sich einzuprägen. Nachdem die Spielkarten einmal über den Tisch gegangen waren, wusste er mehr als die Hälfte von ihnen zu unterscheiden. Nach dem zweiten Spiel kannte er alle Karten. Er blickte flüchtig in die Runde und wusste danach genau, welche Karten seine Mitspieler in den Händen hielten. Ihm entging jedoch auch nicht, dass die Gäste aus den unteren Räumen in den Spielsaal zurückkehrten, wo sie von Bediensteten und Robotern mit Getränken und einem kleinen Imbiss versehen wurden. Sharon Barton stand hinter ihm. Sie war nervös, doch das beeinträchtigte seine Konzentration nicht.

Gelassen wartete er seine Chance ab. Sie kam bereits in diesem dritten Spiel.

Kühl und überlegt bluffte Tekener die anderen Spieler und führte damit einen Kartenaustausch herbei, bei dem er seine Chancen weiter erhöhen konnte. Noch aber saßen ihm zwei Gegner gegenüber, die die besseren Karten in den Händen hielten.

Der Terraner erhöhte den Einsatz und erzwang damit einen weiteren Kartenaustausch, bei dem er den Spielregeln entsprechend Karten aus den Händen seiner Gegner abrufen konnte. Er selbst legte die Karten zugedeckt vor sich auf den Tisch.

Nach dieser Runde hatte nur noch einer der beiden Spieler die besseren Karten als er. Tekener richtete seinen Hauptangriff jedoch nicht gegen ihn, sondern gegen einen anderen, der längst abgeschlagen war und keine Chance mehr hatte. Mit dieser Finte erreichte er, dass sich die Aufmerksamkeit aller auf ihn und diesen von ihm gewählten Kontrahenten richtete.

Damit verleitete er seinen wirklichen Gegner zu einem Leichtsinnsfehler.

Immer mehr Gäste drängten sich um den Tisch. An den anderen Tischen wurde nicht gespielt. Alle spürten, dass sich wirklich Aufregendes nur hier tat.

Tekener erhöhte die Einsatzsumme, die damit eine Höhe von mehr als vier Millionen Solar erreichte. Damit war die Summe, die ihm Lordadmiral Atlan genehmigt hatte, mehr als ausgeschöpft. Doch der Leutnant wusste, was er tat. Er hatte das Spiel im Griff.

Mit einem demonstrativen Verzicht auf einen Kartenaustausch verführte er seinen Hauptgegner zu dem Versuch, seine Karten noch zu verbessern. Das hatte Tekener erreichen wollen. Er kannte die Karte, die sein Gegenspieler wählen würde. Es war die einzige Karte, die infrage kam, und es war eine schlechte Karte, die nicht in die Farbkombination des anderen passte.

Das Lächeln auf dem Gesicht des USO-Spezialisten vertiefte sich, als er die Karte über den Tisch schob und dafür die Karte entgegennahm, die seine Überlegenheit endgültig machte.

Der Arkonide erbleichte, als er erkannte, dass er verloren hatte. Seine Finger bebten, als er die Karten aufdeckte. Die Menge applaudierte, als Tekener seine Karten dagegenhielt.

Vier Millionen Solar lagen plötzlich vor ihm.

»Das Spiel ist noch nicht zu Ende, junger Mann«, sagte der Akone. »Neue Karten.«

Dieses Mal kannte Tekener die Karten bereits nach dem ersten

Spiel, sodass er seine Möglichkeiten nach dem zweiten Spiel voll nutzen konnte.

Dieses Mal erlaubte er sich einige Einlagen, die nicht nur die Gegenspieler verblüfften, sondern auch die zuschauenden Gäste zu tosendem Gelächter und prasselndem Beifall verleiteten.

»Werden Sie nicht unverschämt«, warnte einer seiner Gegenspieler. Es war ein hohlwangiger Arkonide, dessen hochmütige Art die anderen am Tisch nervös machte. »Sie haben Glück. Weiter nichts.«

Ronald Tekener lächelte nur und konterte, indem er sich auf diesen Gegner konzentrierte. Als das Spiel zu Ende war, hatte er ihm drei Millionen Solar abgenommen. Die gesamte Gewinnsumme erhöhte sich damit auf neun Millionen Solar. Das war eine Summe, die selbst diese verwöhnte Gesellschaft beeindruckte. Tekener ließ sie kalt. Er hatte nicht die Absicht, am Spieltisch Geld zu verdienen. Er wollte den Höchstgewinn, weil er herausfinden wollte, was sich in dem Kasten verbarg.

Er wechselte die Gewinnsumme in dreihundert Einzelscheine um, von denen er zweihundert einsteckte. Den Rest ließ er auf dem Tisch liegen, um damit zu demonstrieren, dass er nicht daran dachte, das Spiel zu beenden. Herausfordernd blickte er in die Runde.

»Spielen wir weiter?«, fragte er.

Sharon stieß ihn an.

»Hören Sie doch auf«, flüsterte sie. »Es ist genug.«

»Selbstverständlich spielen wir weiter«, erklärte der Akone. »Sie haben neun Millionen gewonnen. Nun gut. Ich setze diese Summe dagegen.«

»Sie wollen in einem einzigen Spiel die Entscheidung?«

»Genau das.«

»Ich steige aus«, erklärte einer der Arkoniden. Zwei weitere schlossen sich ihm an.

Im Saal war es still geworden. Gebannt beobachteten die Zuschauer das Geschehen. Tekener blickte den Akonen an. Wieder zeigte er das eigenartige, fast drohend wirkende Lächeln. Er wollte sagen, dass er zu dem Spiel bereit war, als sich die Menge teilte.

Temmerthan trat an den Tisch heran. Tekener hörte, dass Sharon erschreckt die Finger in ihr Kleid grub, als suche sie Halt.

Der arkonidische Handelsherr war bleich. Die Haut an seinem Hals war schwärzlich verfärbt. Es war eine typische Verletzung, wie sie auftrat, wenn ein Energiestrahl allzu dicht vorbeistreift.

Mit einer Handbewegung verscheuchte Temmerthan den Akonen aus seinem Sessel. Er setzte sich Tekener gegenüber. Unverwandt blickte er ihn an.

»Es gab einige Unruhe in Ihrem Haus, Temmerthan«, sagte der Terraner. »Ich hoffe, Sie hatten keine Unannehmlichkeiten?«

»Jemand wollte uns stören«, erwiderte der Arkonide kühl. »Doch darum geht es mir nicht. Ich möchte mit Ihnen spielen. Sie scheinen ja ein hervorragender Spieler zu sein.«

»Ich hatte Glück«, bemerkte Tekener abwiegelnd.

Temmerthan schob seine Hand in die Tasche, zog etwas daraus hervor und legte es auf den Tisch.

Es war die Schachtel, die Tekener von Moran erhalten und die er Temmerthan überreicht hatte.

»Ihr Geschenk hat es in sich«, sagte der Arkonide. »Es ist mein Einsatz bei diesem Spiel.«

»Sie spielen um ein Geschenk?«, fragte Tekener, der keinen Moment daran zweifelte, dass der Arkonide den Inhalt der Schachtel genau kannte. »Nun, mir soll's recht sein. Ich halte mit. Was soll ich dagegensetzen?«

Temmerthan verengte die Augen. Er blickte Tekener an, als wolle er ihn mit purer Konzentration vernichten.

»Ebenfalls ein Geschenk«, antwortete er. »Das Geschenk der Götter: Ihr Leben!«

Einige Frauen schrien entsetzt auf. Die Männer begannen, erregt zu diskutieren. Temmerthan hob die rechte Hand. Diese Geste genügte, alle zur Ruhe zu bringen.

»Eine Schachtel gegen mein Leben«, stellte Ronald Tekener fest, und wiederum lächelte er. »Nun gut. Ich bin einverstanden.«

»Neue Karten«, forderte Temmerthan.

Zwei bewaffnete Arkoniden tauchten hinter ihm auf. Tekener erkannte, dass sie diejenigen waren, die den *Gewinn* des Handelsherrn einzustreichen hatten – sein Leben.

»Wer gibt?«, fragte der Terraner.

»Niemand«, antwortete Temmerthan. Ein Roboter trat an den Tisch heran und stellte eine Kartenmaschine ab. »Sie sollen sicher sein, dass ich nicht versuchen werde, das Spiel zu beeinflussen.«

»Sie sind außerordentlich zuvorkommend.«

Temmerthan presste die Lippen zusammen. Seine Augen wurden feucht. Das war ein deutliches Zeichen seiner Erregung. Tekener schloss, dass die Aktion der USO erfolgreich gewesen war. Die Organisation der Raumpiraten war angeschlagen, aber fraglos nicht tödlich getroffen, denn sonst hätte Temmerthan sich nicht an den Spieltisch gesetzt.

Der USO-Spezialist wusste, dass er nur eine Chance hatte. Er musste das Spiel verzögern und für einen möglichst häufigen Kartenaustausch sorgen, weil er nur auf diese Weise die Karten kennenlernen, die ausscheidenden Karten registrieren und dadurch die verbleibenden Chancen errechnen konnte.

»Worauf warten Sie?«, fragte Tekener, der wiederum ein Lächeln zeigte, in dem eine gewisse Drohung lag. »Haben Sie Angst, dass Sie verlieren?«

Temmerthan schlug mit der Hand auf einen Hebel an der Kartenmaschine, nachdem ein Roboter neue Karten in die Halterung gelegt hatte. Wie huschende Schemen glitten die Karten über den Tisch.

Tekener spürte, wie sich ihm eine Hand auf die Schulter legte. Sie war ruhig und gab ihm Kraft. Er berührte sie kurz, und Sharon zog sich zurück, um ihn nicht abzulenken.

Er nahm die Karten auf und stellte fest, dass er in der ersten Runde so chancenlos war wie noch in keiner zuvor.

Die Gäste drängten sich um den Tisch. Keiner wollte sich das Spiel entgehen lassen. Einige Zuschauer, die Tekeners Karten sehen konnten, gaben durch erstaunte Ausrufe zu erkennen, wie es um ihn stand.

Temmerthan richtete sich ruckartig auf. Zornig blickte er diese Männer und Frauen an.

»Stören Sie nicht«, rief er ihnen mit schneidend scharfer Stimme zu. »Ich brauche Ihre Hilfe nicht, um diesen Mann zu vernichten. Ich will, dass Sie absolut still sind. Wenn Sie es nicht sind, werde ich Sie aus dem Saal verweisen. Vergessen Sie nicht, dass dieser junge Mann um sein Leben spielt. Und seien Sie sich darüber klar. Ich werde ihn auf der Stelle töten lassen, wenn die letzte Karte gefallen ist und er verloren hat.«

»Halten Sie immer so lange Reden, wenn Sie spielen?«, fragte Tekener gelassen.

Temmerthan presste die Lippen zusammen.

»Wie viel?«, fragte er.

Tekener hob die Hand und zeigte ihm alle fünf Finger.

Wieder glitten die Karten über den Tisch. Einige schieden aus, einige wechselten von der Hand des Arkoniden in die Tekeners über. Die Chancen des Terraners verbesserten sich. Tekener gelang es, bei zwei weiteren Austauschrunden alle Karten so zu erfassen, dass er schließlich sicher war, jede einzelne Karte in den Händen Temmerthans zu kennen.

Der Arkonide hatte noch immer Vorteile, zweifelte jedoch.

Er wollte um jeden Preis gewinnen und dabei das Risiko so klein wie nur irgend möglich halten. Das fand Tekener schnell heraus. Daher war der Händler nur zu gern bereit, das Spiel hinauszuzögern, weil er hoffte, seine Basis mit jeder neu hinzugewonnenen Karte verbessern zu können.

An seinen Karten beobachtete Tekener, dass dieser Plan des Arkoniden keine entscheidenden Fortschritte machte.

»Verzögern Sie das Spiel nicht«, sagte Temmerthan plötzlich.

Tekener blickte auf.

»Ich kenne glänzende arkonidische Spieler«, erwiderte er. »Sie haben alle etwas miteinander gemein. Ihre Augen tränen nicht, wenn sie erregt sind. Sie gehören nicht zu diesem erlesenen Kreis von Könnern.«

Temmerthan war nahe daran, die Fassung zu verlieren. Er warf ein Bündel Geldscheine auf den Tisch.

»Erhöhen wir den Reiz des Spiels«, sagte er. »Ich setze eine Million.«

»Ich kann kaum mehr bieten als mein Leben«, entgegnete der Terraner. »Ich habe nur eines. Auf eine Million soll es mir jedoch nicht ankommen. Ich lege noch eine zu, wenn Sie zwei Karten mit mir tauschen.«

Temmerthan hielt sofort mit. Tekener spielte seine Fähigkeiten voll aus. Er rief die Karten ab, die er benötigte, um sein Spiel entscheidend aufzuwerten. Danach wusste er, dass er gewonnen hatte. Doch der Arkonide gab noch nicht auf.

»Sie täuschen sich«, sagte er und griff nach seinem Energiestrahler, um ihn auf die Tischplatte zu legen. »Noch ist dieses Spiel nicht zu Ende.«

»Decken Sie die Karten auf – oder erhöhen Sie!«

»Welchen Einsatz verlangen Sie?«

»Erhöhen wir den Wert auf eins zu eins«, antwortete der Leutnant. »Mein Leben gegen Ihr Leben!«

Temmerthan deckte seine Karten auf, ohne ein weiteres Wort zu verlieren. Tekener drehte seine Karten ebenfalls um. Ein Raunen ging durch den Raum. Die Zuschauer, die die Karten sehen konnten, teilten den hinter ihnen Stehenden flüsternd mit, dass Tekener gewonnen hatte.

Tekener streckte seine Hand nach der Schachtel und dem Geld aus und steckte beides ein.

Temmerthan griff nach seinem Energiestrahler.

In diesem Moment flog hinter ihm die Tür auf, durch die der Ertruser mit seinem Gewinn verschwunden war.

Laut lachend betrat der Umweltangepasste den Saal. Sofort

drehten sich die Gäste zu ihm um. Auch Temmerthan ließ sich ablenken.

»Temmerthan«, grölte der Ertruser, wobei er sich taumelnd dem Spieltisch näherte. »Ich habe nie einen besseren Gewinn erzielt als diesen.«

Ronald Tekener blickte wie gelähmt auf die Schulter des Umweltangepassten. Wie Schuppen fiel es ihm von den Augen.

Auf der rechten Schulter kauerte ein mit rötlichen Chitinflügeln versehener Traumkäfer!

Tekener erhob sich. Er blickte Sharon an, die sichtlich irritiert war.

»Traumkäfer!«, rief der Ertruser. »Einen besseren Gastgeber als dich gibt es in der ganzen Galaxis nicht, Temmerthan. Wer käme sonst schon auf den Gedanken, Traumkäfer als Höchstgewinn auszusetzen?«

Tekener schob Sharon vor sich her. Bereitwillig wichen die Gäste des arkonidischen Händlers vor ihnen zurück. Jeder schien zu spüren, dass es für den Terraner und seine Begleiterin darauf ankam, sich so schnell wie möglich aus dem Saal zurückzuziehen.

»Halte den Mund«, brüllte Temmerthan. »Werft ihn endlich hinaus. Roboter – hinaus mit ihm.«

Tekener nahm Sharons Hand. Er stürmte mit dem Mädchen die Spirale hinunter.

Als sich hinter ihnen im Spielsaal wütender Lärm erhob, hatten sie schon einen ausreichend großen Vorsprung. Nur am Eingang stellten sich ihnen einige Arkoniden entgegen, um sie aufzuhalten. Tekener paralysierte sie, bevor sie zur Waffe greifen konnten. Dann flüchtete er mit Sharon in die Nacht hinaus.

9.

Eine Stunde später stand Ronald Tekener Lordadmiral Atlan gegenüber. Er traf den Arkoniden, wie verabredet, in einer von der USO eingerichteten Wohnung, die als Einsatzbasis diente.

»Lashat«, sagte der Leutnant. »Ich bin davon überzeugt, dass Lashat der wichtigste Stützpunkt der Raumpiraten ist. Ich vermute, dass auf Lashat jene Maschinerie steht, mit der die Raumpiraten die Flugprogrammierung der Handelsraumschiffe manipulieren. Ich schlage daher vor, dass die Solare Flotte einen Angriff auf diesen Planeten fliegt und das Problem mit einem Schlag erledigt.«

Atlan ließ sich lächelnd in einen Sessel sinken. Er war allein mit Tekener.

»Leutnant«, erwiderte er. »Sie haben sich bravourös gehalten. Ihre Leistung bisher ist hervorragend und steht weit über dem Durchschnitt dessen, was Männer in Ihrem Alter zustande bringen. Wie Sie Temmerthan ausgespielt haben, das kann sich sehen lassen.«

Tekener blickte ihn verblüfft an.

»Das wissen Sie?«, fragte er.

»Nun, wir hatten unter den Gästen jemanden, der Ihnen zur Not geholfen hätte. Ich bin froh, dass er seine Identität nicht lüften musste. Er hat mir berichtet, was Sie getan haben. Leider haben wir nur wenige Männer wie Sie, die Derartiges leisten.« Er legte die Hände gegeneinander und drückte die Fingerspitzen gegen das Kinn. »Das Problem Lashat lässt sich jedoch nicht so lösen, wie Sie es sich vorstellen.«

Tekener stutzte, und dann begriff er.

»Ich bitte um Entschuldigung, Lordadmiral«, sagte er. »Ich wollte Ihnen keine Ratschläge erteilen.«

Atlan ging über diese Worte hinweg, als seien sie nicht gefallen.

»Wir haben uns durchaus überlegt, ob wir Lashat vernichten oder nicht. Dabei war für uns allerdings nur wichtig, dass auf

Lashat Bakterienstämme und Virenarten vorkommen, die das Leben in der ganzen Galaxis vernichten können, wenn sie auf andere Planeten verbreitet werden. Wir wissen, dass es immer wieder Abenteurer gibt, denen es gelingt, durch den Sperrgürtel der automatischen Überwachungsstationen zu kommen und auf Lashat zu landen. Dort erleben diese Menschen die Hölle. Nur einer von tausend überlebt. Die anderen werden von den Lashat-Pocken dahingerafft. Und nur verschwindend wenige von den Überlebenden schaffen es, Lashat wieder zu verlassen. Die Lashat-Pocken verunstalten die Menschen nicht nur äußerlich, sie zerbrechen die meisten, die davon befallen wurden, auch innerlich. Aus diesem Grund haben wir mehr als einmal den Antrag gestellt, Lashat zu vernichten.«

»Sie sind damit nicht durchgekommen?«, fragte Tekener.

»Wir sind damit nicht durchgekommen«, bestätigte der Lordadmiral. »Schließlich ist das Solare Imperium eine Demokratie, in der niemand selbstherrlich bestimmen kann, was zu geschehen hat. Derart entscheidende Maßnahmen wie die Vernichtung eines ganzen Planeten mit all seinem Leben muss von den demokratisch gewählten Organen des Staates genehmigt werden. Wäre das nicht so, stünde es schlecht um das Solare Imperium. Verwechseln Sie unseren Staat nicht mit einem Raumschiff. An Bord eines Schiffes ist alles anders. Dort trägt der Kommandant die alleinige Verantwortung und hat auch die höchste Befehlsgewalt. Er kann sich notfalls über die Bedenken aller Besatzungsmitglieder hinwegsetzen und seinen Willen durchdrücken. So ist es an Bord von Schiffen aller Art schon immer gewesen. Einer muss das Kommando haben, oder das Schiff ist früher oder später verloren.«

»Das verstehe ich«, sagte Tekener. »Ich verstehe jedoch nicht, dass die Vernichtung Lashats nicht genehmigt wurde.«

In seinem jungen Gesicht zeichnete sich eine gewisse Unsicherheit ab, die nicht so recht zu einem Mann passen wollte, der noch vor einer Stunde eiskalt um sein Leben gespielt hatte.

»Eine Demokratie hat auch Nachteile«, erklärte Atlan. »Aber sie ist stark genug, über diese Nachteile zu triumphieren, wenn es sein muss. Eine Demokratie muss sich beispielsweise mit einer Lobby auseinandersetzen, also mit den Interessenvertretern der verschiedenen gesellschaftlichen Gruppen. Die Reichen und die Superreichen haben ihre Lobby ebenso, wie sie die Arbeitnehmer haben. Und die Lobby der Reichen hat durchgesetzt, dass Lashat nicht vernichtet werden darf. Dass es dabei ausschließlich um Traumkäfer geht, dürfte wohl klar sein, denn nur Milliardäre können Traumkäfer bezahlen.«

Ronald Tekener stand auf. Er strich sich das tiefschwarze Haar aus der Stirn. Unruhig ging er einige Schritte auf und ab.

»Ich kann es nicht fassen«, sagte er dann. »Nur wegen der Traumkäfer müssen wir eine derartige Gefahr akzeptieren.«

»Traumkäfer sind eine geradezu unwiderstehliche Versuchung für alle, die es sich leisten können, dafür zu zahlen«, erwiderte der Arkonide. »Traumkäfer sind eine Rarität, die in der ganzen Galaxis gehandelt wird. Sie wissen, dass diese Insekten eine Individualstrahlung haben, die Wachträume hervorruft. Sie vermitteln durch ihre Körperstrahlung ein ungeheures Wohlbefinden und lassen auf Gedankenbefehl die fantastischsten Wunschvorstellungen entstehen. Sie sind durch ihre Eigenstrahlung wirkungsvoller als jedes bekannte Rauschgift in der Galaxis. Dabei sind sie erwiesenermaßen harmlos und ungefährlich. Man kann ein ganzes Leben in ständiger Gesellschaft mit Traumkäfern verbringen, ohne Schaden zu nehmen. Das Erstaunliche dabei ist, dass die Traumkäfer völlig immun gegen die gefährlichen Mikroorganismen von Lashat sind. Sie schleppen also die Erreger der verschiedenen Krankheiten nicht in die Galaxis hinaus. Wäre das der Fall, dann wäre Lashat längst nicht mehr existent.«

Lordadmiral Atlan ließ Tekener einige Minuten Zeit, über das nachzudenken, was er ihm mitgeteilt hatte.

»Finden wir uns also damit ab, dass wir Lashat nicht zerstören werden«, fuhr er dann fort. »Auch Lumber konnten wir schließlich nicht mit militärischen Mitteln ausschalten. Wir sind nur mithilfe der CORSA an einige wichtige Leute der Organisation der Raumpiraten herangekommen. Den vermutlichen Kopf, den Arkoniden Temmerthan, konnten wir nicht anfassen. Die Beweismittel reichen nicht einmal aus, ihn einen einzigen Tag festzuhalten.«

»Warum mussten Sie so überstürzt zugreifen?«, fragte Tekener. »Warum diese riskante Entführungsaktion, die mit Sicherheit überall in der Galaxis negative Schlagzeilen machen wird?«

»Das nehmen wir in Kauf. Der Grund für die Aktion ist bestürzend. Wie Sie wissen, haben wir auf der Mitarbeit des CORSA-Bosses George ›Limp‹ Coates aufgebaut.«

»Das ist mir bekannt.«

»Wir haben Coates die Zusage gemacht, dass er in absehbarer Zeit wegen guter Führung entlassen wird. Diese Zusage können wir jetzt nicht mehr einhalten.« Atlan erhob sich. Für einen kurzen Moment bemerkte Tekener Anzeichen von Erregung an ihm, und wiederum wurde er sich dessen bewusst, dass er nicht die zentrale Figur im Kampf gegen die Organisation der Raumpiraten war, sondern dass er sich irgendwo am Rande, jedoch noch immer im Feld wichtiger Ereignisse bewegte.

»Sie wissen, dass der Galaktische Ankläger Thomas G. Robinson noch nicht lange im Amt ist. Er versucht nun mit aller Gewalt, sich zu profilieren, und das kompromisslos.«

»Ich habe davon gehört.«

»Der Galaktische Ankläger will kurzen Prozess mit Coates machen. Es ist ihm gelungen, Coates Mord in zwei Fällen nachzuweisen. Die Morde sind auf dem Planeten Cushnour im Eres-System geschehen.«

Ronald Tekener zuckte zusammen.

»Das würde bedeuten, dass Coates mit der Todesstrafe zu rechnen hat«, sagte er.

»Genau das ist der Fall«, bestätigte Atlan.

»Ein Prozess gegen Coates würde in diesem Stadium der Entwicklung alles zerstören«, sagte der Leutnant. »Wir müssten sogar damit rechnen, dass die CORSA ihre Mitarbeit aufkündigt und mit der Lashat-Organisation zusammenarbeitet. Das wäre eine Katastrophe für das Solare Imperium.«

»Jetzt wissen Sie, weshalb wir schon heute zugeschlagen haben, obwohl wir noch lange nicht so weit sind, wie wir eigentlich hätten sein müssen. Ich habe den Galaktischen Ankläger um einige Tage Frist gebeten. Er ist nicht dazu bereit, auch nur einen einzigen Tag zu warten. Er wird so schnell wie möglich Anklage gegen Coates erheben. Wir müssen damit rechnen, dass die CORSA in den nächsten Tagen zuschlägt. Alle Kontakte müssen abgebrochen werden, da die Gefahr besteht, dass die Killer der Organisation unsere Leute einfach abknallen, wenn sie sich sehen lassen.«

»Schicken Sie mich nach Lashat«, bat Tekener.

Die beiden Männer blickten sich an. In den auffallend hellen Augen Tekeners glomm ein seltsames Licht. Es zeigte dem Arkoniden auf, welch innere Kraft in dem jungen Offizier wohnte.

»Ich habe damit gerechnet, dass Sie das sagen würden«, erwiderte er. »Wenn Sie einverstanden sind, erteile ich Ihnen den Befehl, nach Lashat zu gehen und dort in einer Ein-Mann-Aktion gegen einen eventuellen Stützpunkt vorzugehen.«

»Sie fragen mich, ob ich damit einverstanden bin, dass Sie mir den Befehl erteilen?«

»Das muss sein, Leutnant. Ich bin nicht bereit, Ihnen einen Befehl zu einem Unternehmen zu geben, bei dem Ihre Überlebenschancen allein durch die Pockenbedrohung erheblich eingeschränkt werden. Wir haben ein Pocken-Serum vorbereitet. Wir wissen jedoch nicht, ob es Sie ausreichend schützen wird, weil noch nicht genügend Erfahrungswerte darüber vorliegen. Die Prüfungsergebnisse *in vitro* sind ausgezeichnet, ob das Serum aber auch *in vivo* so gut wirkt, ist noch nicht in ausreichendem Maße bekannt. Ich betone, dass ich mit diesem Einsatz nicht einverstanden gewesen wäre, wenn wir mehr Zeit gehabt hätten. Wir haben jedoch keine Zeit. Wir müssen sofort handeln, oder alles ist zu spät.«

»Schicken Sie mich nach Lashat«, bat Tekener mit fester Stimme.

»Nur nicht so schnell«, mahnte der Arkonide. »So etwas muss man sich überlegen.«

»Das habe ich getan.«

»Sie sollten dennoch nicht überhastet entscheiden. Mir liegt nichts an einem Mann, der auf Lashat bereut, was er getan hat. Mir liegt nicht an einem Mann, der bei den ersten Anzeichen der Lashat-Pocken psychisch zusammenbricht.«

»Ich habe Angst«, gestand Tekener, »aber ich weiß, dass ich sie überwunden haben werde, wenn ich auf Lashat bin.«

Atlan erhob sich und ging zu einem Schrank. Er öffnete ihn und kam mit einem Injektionsapparat zu Tekener zurück. Dieser entblößte seinen Arm.

»Geben Sie mir das Serum«, bat er.

Der Arkonide setzte die Apparatur an den Arm des Leutnants und schoss ihm die Flüssigkeit unter die Haut.

»Sie haben noch eine Stunde Zeit. Dann wird das Serum wirksam. Sie werden einen Schutzanzug anziehen, den Sie dort im Schrank finden, und ihn zwölf Stunden lang nicht öffnen. Danach werde ich hierher zurückkehren und Sie abholen. Wir werden mit einem Gleiter zum nächsten Raumhafen fliegen. Von dort starten Sie direkt nach Lashat. Und jetzt – viel Glück. Ich verlasse mich auf Sie, Leutnant. Wenn Sie von Lashat zurückkehren und wider Erwarten von Lashat-Pocken gezeichnet sein sollten, dann überlegen Sie sich, dass diese Narben in der ganzen Galaxis als Zeichen Ihrer Furchtlosigkeit angesehen werden. Man wird den Mann in Ihnen sehen, der sich auch von der Gefahr der Lashat-Pocken nicht davon hat abschrecken lassen, die gefährlichste Organisation zu zerschlagen, mit der wir es je zu tun hatten, eine Organisation, die sich unter dem Schutzmantel tödlicher Mikroorganismen verkrochen hat.«

Atlan ging zur Tür. Dort blieb er noch einmal stehen.

»Wie Sie auf Lashat vorgehen, bleibt Ihnen überlassen. Sie müssen der Situation entsprechend entscheiden. Vielleicht sollten Sie versuchen, so lange wie möglich im Raumanzug zu agieren, falls das möglich ist. Aber täuschen Sie sich nicht. Lange können Sie es vermutlich nicht tun.«

Der Arkonide verließ den Raum. Ronald Tekener war allein. Er dachte an George »Limp« Coates, der CORSA-Boss, der ihm vertraut hatte. Coates war verloren. Tekener hatte schon von dem Galaktischen Ankläger Robinson gehört. Er wusste, dass dieser Coates in die Todeszelle bringen würde. Und er war sich klar darüber, dass die anderen Mitglieder der CORSA wütend kontern würden.

Sharon fiel ihm ein. Sie befand sich noch in der Nähe und wartete auf ihn, da er damit gerechnet hatte, bald zu ihr zurückkehren zu können.

Siedend heiß wurde er sich dessen bewusst, dass der CORSA ihre Kontakte bekannt waren.

Er eilte zum Interkom und drückte eine Taste. Atlan meldete sich fast augenblicklich. Er berichtete ihm von Sharon und schloss: »Ich bin sicher, dass sich eine der ersten Aktionen der CORSA gegen sie richten wird. Man weiß vermutlich genau, wie man mich damit treffen würde.«

»Was schlagen Sie vor?«

»Bringen Sie Sharon hierher«, bat Tekener. »Sie muss Lumber verlassen.«

»Das geht praktisch nur mit dem Raumschiff, mit dem Sie nach Lashat fliegen werden.«

»Dann soll sie mit an Bord gehen. Sie kann später irgendwo abgesetzt werden, wo sie sicher ist.«

»Einverstanden«, sagte der Lordadmiral. »Ich werde das regeln.«

Schon zwei Tage später raste Leutnant Ronald Tekener mit einem Shift durch die Luftmassen der Atmosphäre von Lashat. Intensive Gespräche mit Wissenschaftlern und Spezialisten aus allen Fachrichtungen lagen hinter ihm. Zahllose Informationen hatte er in sich aufgenommen. Jetzt wusste er so gut über Lashat Bescheid, als hätte er hier sein ganzes Leben verbracht.

Der Shift verringerte seine Geschwindigkeit auf unter zweihundert Stundenkilometer, als Tekener ihn bis auf eine Höhe von etwa dreihundert Metern herabgedrückt hatte. Der Bug des Allzweckpanzers zeigte nach Norden, dorthin, wo die USO die Geheimstation der Raumpiraten vermutete. Zwei Tage lang war der Planet per Fernortung abgesucht worden. Die modernsten Instrumente, die der USO zur Verfügung standen, waren eingesetzt worden. Perry Rhodan hatte mehrere Raumkreuzer abgestellt, die mit den neuartigen Linearantrieb-Elementen ausgerüstet waren, sodass die auf Lashat vermuteten Piraten die Raumschiffe nicht aufgrund der Transitionsschockwellen orten konnten.

Greifbare Ergebnisse waren nicht erzielt worden. Niemand konnte eindeutig sagen, dass auf Lashat ein geheimer Stützpunkt vorhanden war. Dennoch hatten sich durch die Beobachtung des Planeten mithilfe der Spezialfotografie und entsprechendem Bildmaterial gewisse Anhaltspunkte gegeben. Das war vor allem den Geologen und den Biologen an Bord der USO-Raumer zu verdanken.

Diese hatten auf den Fotografien ein Gebiet südlich des Äquators entdeckt, in dem allem Anschein nach umfangreiche Erdarbeiten vorgenommen worden waren. Diese hatten einen erheblichen Einfluss auf die Flora in der Umgebung gehabt, deren Grundumsatz nun deutlich von jener abwich, die weiter von diesem Gebiet entfernt war. Zudem war der Wasserhaushalt vieler Pflanzen gestört, sodass die Gefahr bestand, dass sie früher oder später eingingen. Das war anhand von Farbabweichungen auf dem Bildmaterial deutlich zu erkennen gewesen. Darüber hinaus waren Metalle geortet worden, die nur in diesem Gebiet vorkamen und die man für Bestandteile eines Stützpunkts hielt.

Tekener blickte auf das Bordchronometer. Es zeigte den 4.8.2395 an. Der Shift bewegte sich durch die Tagzone des Planeten. Die Sonne stand noch nicht sehr hoch über dem Horizont. Der Leutnant schätzte, dass er das Zielgebiet gegen Mittag erreichen würde.

Er erhob sich und streifte den Raumanzug ab. Er fühlte sich nicht gut. Ein Gefühl der Schwäche befiel ihn. Er wusste, dass es auf die Impfung zurückzuführen war und auf die Reaktion, die diese in seinem Körper ausgelöst hatte.

Gerade als er sich von den Instrumenten abwenden wollte, blitzte ein Licht auf einem der Bildschirme auf. Tekener kehrte zu seinem Sessel zurück und drückte eine Taste. Die Instrumente zeigten ihm an, dass der Shift einen Rafferimpuls aufgefangen hatte. Mithilfe des Bordcomputers entschlüsselte er ihn und spielte die Meldung danach ab.

Das Bild Atlans erschien auf einem der Bildschirme vor ihm.

»Ich habe eine schlechte Nachricht für Sie, Tek«, sagte der Arkonide. »Der Galaktische Ankläger hat sich auf ganzer Linie durchgesetzt. Er hat George ›Limp‹ Coates bereits nach Cushnour im Eres-System bringen lassen. Dort hat er Anklage erhoben. Coates wird noch heute vor Gericht gestellt. Es besteht kein Zweifel daran, dass er zum Tode verurteilt werden wird. Wahrscheinlich wird er schon morgen hingerichtet. Die CORSA hat uns bereits signalisiert, dass sie die Zusammenarbeit aufkündigt. Das ist alles. Viel Glück.«

Der Bildschirm erlosch, und routinemäßig vernichtete der Leutnant alle Aufzeichnungen über den Funkspruch.

Danach zapfte er sich etwas zum Trinken aus dem Automaten. Während er den Papierbecher mit dem Tee leerte, blickte er sich in der Kabine um.

Der Shift sah aus, als sei er schon einige Jahrhunderte alt. Er starrte vor Schmutz und Rost. Schrammen verunzierten Instrumente und Schränke. Die Polsterung des einzigen Sessels hing in Fetzen herunter. Einige Instrumente funktionierten nicht mehr.

Bei fast allen war die transparente Kunststoffscheibe, die als Schutz diente, zertrümmert.

Während Tekener seine Kleidung abstreifte und im Abfalldesintegrator vernichtete, blickte er durch die transparente Kugel nach draußen.

Der Shift glich einem fliegenden Trümmerhaufen. Die Desintegratorkanone und die beiden Impulsstrahler am Bug waren nur noch verbogene Stümpfe. Das Periskop bildete einen kopfgroßen Klumpen aus geschmolzenem und wieder erstarrtem Metall. Von der rechten Tragfläche fehlte die Hälfte, doch das beeinträchtigte die Flugeigenschaften der Maschine nur wenig, da mithilfe der Antigravtriebwerke alle Instabilitäten ausgeglichen wurden.

Tekener lächelte, als er sich einen Anzug aus gegerbtem Leder überstreifte. Das Material fühlte sich wunderbar weich an und war besonders leicht. Es glänzte jedoch an fast allen Stellen, und in zahllosen Nähten und Falten hatte sich Schmutz festgesetzt, als habe er diesen Anzug schon seit mehr als zehn Jahren nicht mehr abgelegt.

Nachdenklich blickte der Spezialist auf seinen Raumanzug. Er überlegte, ob er ihn anlegen sollte, entschied sich dann jedoch dagegen. Es hatte wenig Sinn, wenn er als Abenteurer auftrat, sich dann aber in einem Raumanzug vor der feindlichen Umgebung von Lashat versteckte.

Vor seinen Augen begann es zu flimmern. Tekener stöhnte. Ihn schwindelte. Er kehrte zum Sessel zurück, setzte sich hinein, kippte die Lehne nach hinten und streckte sich aus. Ihm wurde übel. Er wälzte sich auf die Seite und atmete mühsam. Er erholte sich vorübergehend, dann aber war ihm, als ob sich ihm ein stählerner Ring um seine Brust legte. Vor seinen Augen wurde es dunkel. Er kämpfte gegen eine aufsteigende Ohnmacht an, aber vergeblich.

Als er wieder zu sich kam, fühlte er sich besser. Sein Blick fiel auf das Bordchronometer. Es zeigte 11.08 Uhr Ortszeit an.

Tekener richtete sich hastig auf. Er wusste, dass er das verdächtige Gebiet fast erreicht hatte.

Er erhob sich, trank vier Becher Tee und stärkte sich mit etwas Konzentratnahrung, die er zu einem dünnflüssigen Brei auflöste. Danach kehrte er zu seinem Sessel zurück. Er fühlte sich nun schon so gut, dass er keine Bedenken mehr hatte, den Shift selbst zu lenken.

Endlos dehnten sich die Urwälder unter ihm. Lashat war eine heiße Dschungelwelt mit wenigen Gebirgszügen, die sich allerdings bis zu einer Höhe von mehr als achttausend Metern auftürmten. Entsprechend tief waren die Meere. Der überwiegende Teil der Kontinente aber war flach und feucht. Zahllose Flüsse durchschnitten die Dschungelgebiete. Sie weiteten sich teilweise zu gewaltigen Binnenmeeren aus, in denen es von Leben aller Art förmlich wimmelte.

Als der Shift eine Hügelkette überflog, geriet er in ein Schlechtwettergebiet. Regentropfen trommelten gegen die Maschine. Der Regen fiel so dicht, dass Tekener wieder auf Autopilot umschalten musste, um jegliches Risiko auszuschalten. Er beschränkte sich darauf, die Instrumente zu beobachten.

Als das Chronometer 11.32 Uhr anzeigte, leuchtete auf einem der Bildschirme ein blauer Punkt auf. Tekener stoppte den Shift und drehte ihn langsam herum. Der blaue Punkt rückte in die Mitte des Bildschirms. Er zeigte an, dass sich direkt vor dem Allzweckpanzer ein thermonukleares Aggregat befand. Auf einem der anderen Ortungsschirme erschien eine Zahl. Sie wies aus, wie hoch der Energieumsatz des Aggregats war. Tekener erkannte, dass er ein nur kleines Kraftwerk erfasst hatte. Seine Kapazität reichte gerade aus, drei Wohneinheiten mit einer Gesamtzahl von nicht mehr als zehn Personen zu versorgen.

Vorsichtig beschleunigte Tekener. Der Shift trieb auf das Kraftwerk zu. Es hörte auf zu regnen. Die Sicht klärte sich. Tekener bemerkte eine Schlucht, die in nordöstlicher Richtung verlief. Sie war etwa zweihundert Meter breit und schien grundlos tief zu sein. Er flog in sie hinein und bemerkte, dass der Grund bald zu ihm aufstieg und eine Erhebung mitten in der Schlucht bildete. Auf dem höchsten Punkt dieser Erhebung standen zwölf ärmliche Hütten. Eine aufsteigende Rauchfahne verriet, dass sich Menschen in ihnen aufhielten.

Der Leutnant näherte sich den Hütten bis auf etwa fünfzig Meter und umflog sie halbkreisförmig. Eine zerlumpte Gestalt kam unter dem Laubdach einer Hütte hervor, entdeckte den Shift und kehrte fluchtartig in die primitive Unterkunft zurück. Sekunden später tauchte er wieder daraus hervor. Er trug einen Kombistrahler in der Armbeuge. Vier verwegen aussehende Männer folgten ihm. Er verharrte mit dem Shift auf der Stelle. Mithilfe der Ortungs- und Beobachtungsgeräte untersuchte er die kleine Siedlung. Auf dem Infrarotschirm erkannte er, dass sich außer diesen fünf Männern niemand sonst hier aufhielt. Er brauchte also nicht zu befürchten, dass man ihn aus dem Hinterhalt heraus abschoss, sobald er gelandet war.

Langsam ließ er den Shift an die Gruppe herantreiben. Nebelschwaden trieben ihm entgegen, und es begann erneut zu regnen. Die Männer zogen sich unter das weit vorspringende Dach einer Hütte zurück.

Tekener landete. Er winkte den verwegen aussehenden Männern zu, und sie antworteten ihm mit freundlichen Gesten. Er konnte sich recht gut vorstellen, wie es in ihnen aussah. Er war vielleicht seit Jahren die erste Hoffnung für sie.

Er stülpte sich einen Lederhut über den Kopf und steckte sich einen Kombistrahler in den Gürtel. Doch dann fiel sein Blick auf einen Revolver, der zwischen einigen verrosteten Messern im Waffenfach lag. Dazu gehörte ein Gürtel mit Patronenschlaufen, die bis auf zwei gefüllt waren. Er legte den Kombistrahler zurück, nahm den Revolver und den Gurt und schnürte sich diesen um. Dann überprüfte er die altertümliche Waffe und stellte fest, dass sie in Ordnung war.

So ausgestattet stieg er aus der Kanzel und verließ den Shift.

Die fünf Abenteurer standen an der Leiter vor der Schleuse. Lachend blickten sie ihn an.

»Willkommen in der Hölle, Fremder«, sagte einer von ihnen. Er hatte grüne Augen, die in einem seltsamen Kontrast zu seiner tief braunen, von Narben übersäten Haut standen.

10.

»Mein Name ist Antoine«, sagte der Mann mit den grünen Augen. »Und das sind Audy, Marco, Giancarlo und Robert.«

Er zeigte der Reihe nach auf die anderen. Tekener blickte in von Lashat-Narben zerfressene Gesichter, die teilweise so entstellt waren, dass sie kaum noch etwas Menschliches an sich hatten.

Antoine streckte Tekener die Hand entgegen. Der Leutnant ergriff sie. In diesem Moment zückte Giancarlo einen Kombistrahler und richtete ihn auf Tekener. Dieser zog den Revolver mit der linken Hand aus dem Gürtel, während Antoine versuchte, ihn aus dem Gleichgewicht zu bringen. Fünf Schüsse ertönten. Die Kugeln peitschten jaulend durch die Luft, und fünf Lederhüte flogen in den Schlamm. Giancarlo ließ vor Schreck seine Waffe fallen. Antoine ging aufschreiend in die Knie.

Ronald Tekener schüttelte seine Hand ab, legte die Mündung des Revolvers an die Lippen, so wie er es in einem alten Film einmal gesehen hatte, und blies grinsend den Rauch hinweg, der daraus emporstieg.

»Welch freundliche Begrüßung«, sagte er. »Meine Herren, ich danke Ihnen, dass Sie mich willkommen heißen.«

»Du hast das falsch verstanden«, erwiderte Giancarlo stottern. »Ich wollte doch nur …«

»Ich weiß«, bemerkte Tekener und sprang vom Shift herunter auf den Boden. »Ein Lashat-Virus saß mir direkt auf der Nasenspitze, und du wolltest ihn nur herunterbrennen. Ich habe aber etwas gegen solche Methoden.«

Er schob den Revolver in den Gürtel zurück und blickte sich fragend um.

»Glaubt noch jemand von euch, mich in dieser Weise beschützen zu müssen?«

»Wir haben begriffen«, sagte Antoine. »So etwas wird nicht noch einmal vorkommen. Wir haben dich unterschätzt. Jetzt wissen wir, dass du ein ganzer Kerl bist. Du bist in Ordnung. Männer wie dich können wir hier gebrauchen.«

Ronald Tekener lächelte. Er blickte die Männer der Reihe nach an, und alle wichen ihm aus. Keiner von ihnen konnte seinem Blick standhalten. Sie waren Abenteurer, die auf Lashat ihr Glück versucht hatten und gescheitert waren, vielleicht hatten ihre Freunde sie verlassen, nachdem sie Traumkäfer gefunden hatten. Einige mochten vor dem Gesetz hierher geflohen sein, aber keiner von ihnen war eine Persönlichkeit, die sich mit Tekener messen konnte. Das bedeutete jedoch nicht, dass er sicher vor ihnen war. Jedem von ihnen traute er einen Mord zu.

Er deutete über die Schulter zurück auf den Shift.

»Bildet euch nicht ein, dass ihr damit etwas anfangen könnt«, sagte er. »Vielleicht könnt ihr das Ding fliegen, aber das hilft euch auch nicht weiter. Lashat könnt ihr damit nicht verlassen.«

»Weshalb bist du hier?«, fragte Marco, ein dunkelhäutiger Mann, der Mühe hatte, die Worte klar zu formulieren. Er machte einen unsicheren Eindruck auf Tekener und schien stark von Antoine abhängig zu sein, da er in auffallender Weise seine Nähe suchte.

Ronald Tekener schob sich den Hut ins Genick.

»Warum wohl?«, fragte er. »Ich habe mir sagen lassen, dass es hier Traumkäfer gibt, die sich da draußen ganz gut verkaufen lassen.«

Er zeigte zu den Wolken hoch.

Die fünf Abenteurer lachten schallend und schlugen sich vor Vergnügen auf die Schenkel. Tekener zeigte sich unbeeindruckt. Er ließ sie lachen.

»Du Narr«, sagte Antoine schließlich prustend. »Du bildest dir doch wohl nicht ein, dass du einfach nur so daherkommen und die Traumkäfer aufsammeln kannst? Hast du überhaupt schon einmal einen Traumkäfer gesehen?«

»Allerdings.«

Schlagartig wich das überlegene Grinsen aus ihren Gesichtern.

»Und wie willst du Lashat wieder verlassen?«

»Kein Problem. Ein Funkspruch genügt, wenn es so weit ist. An Bord des Raumschiffs, das uns abholen wird, sind noch fünf Plätze frei. Das gilt aber nur für Leute, die ich dabeihaben will.«

Antoine drehte sich um und ging in eine Hütte. Die anderen steckten die Köpfe zusammen und diskutierten leise, bis Antoine mit einem ausgehöhlten Kürbis zurückkehrte.

»Lashat-Schnaps«, verkündete er. »Es ist der beste Schnaps, den es auf diesem verfluchten Planeten gibt, und es ist garantiert das einzige Gesöff, das frei ist von Lashat-Viren.«

Er hielt Tekener das Gefäß hin.

»Trinkt zuerst«, forderte der Spezialist.

»Du misstraust uns noch immer«, stellte Antoine fest. »Na schön, ich kann es dir nicht verdenken.«

Er setzte den Kürbis an die Lippen und trank. Danach reichte er ihn an die anderen weiter, die dem Schnaps ebenfalls kräftig zusprachen. Tekener nahm nur einen kleinen Schluck. Die Flüssigkeit brannte in seiner Kehle und trieb ihm die Tränen in die Augen.

»Wenigstens das macht Eindruck auf ihn«, sagte Robert, ein bärtiger Mann mit schmalem Gesicht und ausdrucksvollen Augen.

Tekener fand es an der Zeit, seinen Namen zu nennen.

»Du scheinst in Ordnung zu sein«, sagte Antoine danach. »Wir nehmen dich bei uns auf. Dabei gebe ich zu, dass wir hoffen, von deinen Vorräten zu profitieren. Vielleicht finden wir mit deiner Hilfe sogar Traumkäfer, obwohl ich nicht so recht daran glauben will.«

»Warum nicht?«, fragte Tekener.

»Weil wir nicht allein sind«, antwortete der Abenteurer. »Ungefähr drei Tagesmärsche von hier …«

Er stockte, blickte auf den Shift und schüttelte den Kopf.

»Nein, etwa eine Flugstunde von hier entfernt haben Fremde einen Stützpunkt errichtet. Wir haben versucht, uns dorthin durchzuschlagen und Kontakt mit ihnen aufzunehmen. Das hat vier von uns das Leben gekostet. Sie haben unsere Freunde einfach abgeknallt, ohne sie überhaupt erst anzuhören.«

»Was sind das für Leute?«

»Wir wissen es nicht. Sie hatten Raumanzüge an, weil sie sich vermutlich vor einer Infektion fürchteten.« Antoine spuckte aus. »Jedenfalls haben diese Fremden die ganze Gegend abgegrast und überall Traumkäfer aufgesammelt. Hier gibt es keine Traumkäfer mehr.«

»Dann suchen wir eben woanders«, sagte Tekener. »Mit dem Shift kommen wir überall hin. Das ist kein Problem. Wenn ihr wollt, fliegen wir morgen weiter und errichten in einem besseren Gebiet einen Stützpunkt.«

Die Männer um Antoine jubelten. Begeistert umringten sie Tekener und hämmerten ihm ihre Hände auf die Schultern, bis er sie erschöpft zurückdrängte. Vor seinen Augen flimmerte es, und er verspürte eine unangenehme Schwäche in den Knien.

»Schlagt mich nicht tot, Leute«, bat er. »Wir wollen doch noch eine Weile zusammenbleiben.«

Grinsend wichen sie vor ihm zurück und führten ihn in eine der Hütten. Über einem Feuer hing ein Stück Fleisch, das mittlerweile jedoch restlos verschmort war, weil niemand es über dem Feuer gedreht hatte.

»Keine Sorge«, sagte Tekener. »Ich habe genügend Vorräte im Shift.«

»Vorsicht«, warnte Antoine. »Da vorn ist es. Ich weiß nicht, ob sie Ortungsgeräte haben, aber es könnte sein.« Ronald Tekener blieb stehen. Er fuhr sich mit der Hand über das Gesicht und wischte ein paar Insekten fort. Sie waren noch nicht einmal eine halbe Stunde durch den Urwald gegangen, und doch war er völlig erschöpft. Er hatte das Gefühl, sich nicht mehr auf den Beinen halten zu können.

Seit einer Woche war er jetzt bei den Gestrandeten von Lashat. Er hatte viel über diese Dschungelwelt erfahren. Seit mehreren

Tagen bereitete er zusammen mit seinen neuen Freunden den Umzug in ein anderes Camp vor. Dieses Mal sollte das Lager hoch an einem Berghang liegen, wo angenehme Temperaturen bei geringer Luftfeuchtigkeit herrschten. Mit dem Shift, so hatte er den Abenteurern eingeredet, war es kein Problem, in die Gegenden vorzudringen, in denen Traumkäfer zu finden waren, und anschließend wieder ins Camp zurückzukehren. So war die Gefahr geringer, sich mit gefährlichen Keimen zu infizieren.

Doch seine Beteiligung am Umzug in ein anderes Camp war nur ein Täuschungsmanöver. Ständig versuchte Tekener, den anderen klarzumachen, dass es entscheidend für sie alle war, die Macht der Fremden im Stützpunkt zu brechen.

Schließlich hatte er sich mit seiner Meinung durchgesetzt. Antoine hatte es übernommen, ihn zum Stützpunkt zu führen. Mit dem Shift waren sie bis auf wenige Kilometer an ihn herangeflogen. Aus Sicherheitsgründen hatten sie den Flugpanzer dann in einem Felsgrund abgesetzt, wo sie ihn außerhalb des Ortungsbereichs wussten.

Jetzt lagen sie hinter einigen Felsen, die von Moos und Gras überwuchert waren. Ronald Tekener schob sich noch etwas weiter vor. Dann blickte er in eine Schlucht. Etwa fünfzig Meter unter ihm befand sich eine grüne Kunststoffdecke, auf der sich schon Pflanzen angesiedelt hatten.

Eine Treppe, die mithilfe von Desintegratoren aus dem Fels geschnitten worden war, führte in die Tiefe. Sie endete an einer Kunststofftür, die sich dicht über der künstlichen Decke befand. Tekener konnte sich vorstellen, dass man durch die Tür in einen Felsgang gelangte und über diesen in den Stützpunkt, der auf dem Grund der Schlucht angelegt worden war.

Er schätzte, dass der Stützpunkt der Raumpiraten eine Länge von mehr als zweihundert Metern hatte und über fünfzig Meter breit war. Wie tief er herabreichte, war nicht auszumachen.

Der Leutnant atmete schwer. Er fühlte stechende Schmerzen in der Lunge.

»Weißt du, ob irgendwo Raumschiffe landen können?«, fragte er seinen Begleiter.

Antoine blickte ihn forschend an.

»Was ist los mit dir? Hast du Schmerzen in der Lunge? Stiche?«

»Ja, aber das hat nichts zu bedeuten. Der Marsch durch den Urwald hat mich etwas angestrengt.«

»Du solltest dir nichts vormachen, Tek«, erwiderte sein Begleiter. »Es hat dich erwischt.«

Tekener wurde übel. Er würgte. Rasch ließ er sich auf den Boden sinken, drehte sich auf den Rücken herum und atmete tief durch.

»Rede keinen Unsinn«, sagte er.

»Tut mir leid. Ich kenne ein wenig mehr davon als du. Es sind die Pocken. Wir müssen umkehren.«

Der Leutnant versuchte aufzustehen, doch es gelang ihm nicht. Die Beine gehorchten ihm nicht. Er hatte kein Gefühl mehr in ihnen, so als seien die Nerven abgestorben.

Er blickte Antoine an.

»Keine Angst«, sagte dieser. »Ich lasse dich nicht allein. Wir brauchen den Shift, und du verdammter Kerl hast ihn mit einem Individualtaster abgesichert, der auf deine Daten eingestellt ist. Ohne dich kommen wir nicht weiter. Also, komm hoch. Lege deinen Arm um meine Schultern. Ich helfe dir.«

»Das waren deutliche Worte«, murmelte Tekener. Mit äußerster Willensanstrengung kam er auf die Beine. Er fühlte sich so schwach, dass er die Arme nicht mehr heben konnte. Er sah nichts mehr, doch er fühlte die starken Arme Antoines, die ihn umfassten. Sein Begleiter hob ihn hoch und legte ihn sich über die Schultern.

Später erinnerte er sich schwach daran, dass er im Shift wieder zu sich gekommen war und die Instrumente der Maschine vor sich gesehen hatte. Antoine hatte auf ihn eingeschrien und ihn gezwungen, die Maschine zu starten. Tekener entsann sich jedoch nicht, wie er ins Camp gekommen war und ob er den Shift geflogen hatte.

Als er seine Umgebung das erste Mal wieder bewusst wahrnahm, lag er in einer Hütte, und Regentropfen trommelten auf das Dach. Eine Plastikbahn leitete das Regenwasser, das durch das Dach sickerte, in eine Ecke des Raumes, wo es verschwand. Vereinzelte Tropfen fielen dicht neben seinem Kopf auf sein Lager. Ihm war so heiß, und seine Kehle war so trocken, dass er den Kopf zur Seite schob, bis ihm das Wasser auf die spröden Lippen tropfte.

Die Bewegung hatte ihn so angestrengt, dass er darüber erneut das Bewusstsein verlor.

Doch dieses Mal kam er schon nach kurzer Zeit wieder zu sich. Er lag noch immer in der gleichen Haltung, und das Wasser benetzte seine Lippen. Das von Narben entstellte Gesicht Antoines tauchte über ihm auf.

»Mann«, sagte er. »Du lebst ja immer noch. Du bist ein verdammt harter Bursche. Wir hatten dich längst abgeschrieben.«

»Wie nett von dir«, flüsterte Tekener mühsam. Er hatte starke Kopfschmerzen. Auch der Rücken und die Gelenke schmerzten, sodass er sich kaum bewegen konnte. »Wie lange bin ich schon krank?«

»Zehn Tage«, erwiderte Antoine. »Es wird Zeit, dass du jetzt endlich etwas isst, sonst kommst du überhaupt nicht mehr auf die Beine.«

»Zehn Tage«, sagte Tekener entsetzt. »So lange?«

Antoine lachte laut auf.

»Du machst mir Spaß«, entgegnete er. »Audy, Robert, Marco, Giancarlo und ich haben die Lashat-Pocken gehabt. Und ich kenne noch einige andere mehr, die es ebenfalls erwischt hat und die längst hinüber sind. Keiner war schon nach zehn Tagen da, wo du jetzt bist. Wir haben ein Jahr und mehr gebraucht, um mit den verdammten Pocken fertig zu werden. Dass du jetzt schon wieder Fragen stellen kannst, ist für mich das reinste Wunder.«

»Über mich haben sich schon viele gewundert«, flüsterte Tekener mühsam lächelnd. »Warum sollten sich nicht auch die Lashat-Viren wundern?«

Antoine brüllte vor Lachen. Während Tekener erneut das Bewusstsein verlor, verließ er die Hütte, um die anderen zu informieren. Er kehrte nach einiger Zeit mit einer Brühe wieder zu dem Kranken zurück, der inzwischen die Augen wieder geöffnet hatte. Behutsam flößte er ihm etwas Brühe ein.

Tekener fühlte sich etwas besser, als er etwas gegessen hatte. Antoine lobte ihn und erklärte danach: »Wir werden dich jetzt für etwa zwei Stunden allein lassen. Wir haben uns erlaubt, einen der beiden Antigravs aus deinem Shift auszubauen und damit eine primitive Flugplattform auszurüsten. Wir müssen Material zu unserem neuen Camp bringen. Ich glaube, dass wir in spätestens zwei Tagen in das andere Camp umziehen können. Dann wird es auch für dich leichter.«

Tekener nickte nur. Die Männer verließen ihn. Er hörte, wie sie draußen miteinander sprachen. Holz knarrte, und dann entfernten sich die Stimmen. Tekener war allein.

»Zehn Tage«, murmelte er. »Eine Katastrophe.«

Er richtete sich mühsam auf und blieb aufrecht sitzen, bis das Schwindelgefühl nachließ. Er blickte an sich herunter und erschrak. Er war bis auf die Knochen abgemagert. Die Lederkleidung schlotterte ihm am Leib.

Er versuchte, aufzustehen, doch das gelang ihm nicht. Er war zu schwach. Er ließ sich von seinem Lager auf den Boden sinken. Auf allen vieren kroch er zum Ausgang. Er schob das Fell zur Seite, das die Tür bildete, und blickte hinaus. Der Shift stand nur etwa zehn Meter von ihm entfernt. Er sah äußerlich unbeschädigt aus.

Wieder setzte dichter Regen ein. Innerhalb weniger Sekunden bildete sich eine große Pfütze zwischen ihm und dem Flugpanzer.

Tekener ließ sich auf den Bauch sinken. Er wartete ab, doch der Regen ließ nicht nach. Ihm wurde kalt. Fieberschauer erschütterten seinen Körper. Er stemmte sich wieder hoch und kroch in den Regen hinaus, ständig von einem Schwächeanfall bedroht. Seine Hände und Knie versanken im Schlamm. Der Regen trommelte auf seinen Rücken, sodass er glaubte, von tausend Nadelstichen getroffen zu werden. Er kämpfte sich voran.

Der Weg kam ihm endlos vor. Vergeblich versuchte er, den Kopf zu heben und nach vorn zu blicken. Ihm fehlte die Kraft dazu. Immer wieder stieg die Versuchung in ihm auf, sich einfach fallen zu lassen, um sich ein wenig auszuruhen. Er war sich jedoch klar darüber, dass er nicht wieder hochkommen würde, wenn er sich erst einmal in das Wasser gelegt hatte.

Tage schienen vergangen zu sein, als seine Hände endlich die Panzerketten des Shifts berührten. Tekener hob den Kopf. Jetzt schaffte er es, nach oben zu sehen. Der Regen fiel ihm klatschend ins Gesicht. Die Leiter zur Schleuse stieg vor ihm auf. Er hatte das Gefühl, dass sie bis ins Endlose führte, und er verfluchte sich, dass er überhaupt den Versuch unternommen hatte, bis hierher zu kommen. Verzweifelt fragte er sich, warum er nicht einfach in der Hütte geblieben war.

Dann fiel ihm ein, dass zehn Tage verstrichen waren, zehn wertvolle Tage, in denen unendlich viel geschehen sein konnte. Er richtete sich auf. Seine mageren Hände klammerten sich um die Eisenstreben der Leiter. Er zog sich hoch. Sein Rücken schien zu zerbrechen. Er schrie vor Schmerz, doch er gab nicht nach, bis er endlich an der Leiter stand. Auch jetzt legte er keine Pause ein. Er kämpfte weiter, arbeitete sich Zentimeter um Zentimeter voran, bis er schließlich vornüber in die Schleusenkammer stürzte. Er rollte über den Boden und blieb keuchend liegen.

Er lag im Trockenen, und er wunderte sich, dass er das Bewusstsein nicht verlor. Nach den Anstrengungen, die hinter ihm lagen, so meinte er, wäre das nicht überraschend gewesen.

Nach einiger Zeit richtete er sich auf. Seine Blicke klärten sich. Das Schott zum Laderaum war geschlossen, doch er brauchte nur eine Hand auszustrecken, um es zu öffnen. Auf allen vieren kroch er weiter bis hin zum Medoschrank. Hinter ihm schloss sich das Schott. Er befand sich in einem beleuchteten klimatisierten Raum. Er zapfte sich einen mit Traubenzucker angereicherten Tee ab, schloss sich an den Medoroboter an und ließ sich eine kräftigende Injektion verabreichen. Metallene Arme fuhren aus der Wand aus. Sie legten eine mit einer isolierenden Metallfolie versehene Decke über ihn.

Er schloss die Augen und schlief ein.

Doch schon nach kurzer Zeit kam er wieder zu sich. Er fühlte sich schon viel kräftiger als vorher. Es gelang ihm, auf die Beine zu kommen, die Kleider abzustreifen und in den Hygieneraum zu gehen. Hier duschte er sich gründlich ab. Dabei hatte er Gelegenheit, sich zu betrachten. Bei einer Größe von 1,91 Metern hatte er ein Gewicht von annähernd 90 kg gehabt. Jetzt wog er nur noch knapp 50 kg. Er konnte sich nicht vorstellen, wie Lashat-Kranke überleben konnten, wenn sie wesentlich länger als er auf dem Krankenbett lagen und keine intensive Pflege genossen.

Erfrischt verließ er die Kabine, zog saubere Wäsche an und streifte sich eine moderne Kombination mit ausreichender Klimatisierung und aus wasserabstoßendem Material über. Er führte sich einen Konzentratbrei zu.

Danach erst klappte er einen Schrank auf, an dessen Innentür sich ein Spiegel befand.

Entsetzt aufstöhnend fuhr er zurück, als er sein Gesicht sah. Es war vollkommen verquollen und mit Beulen übersät, sodass Mund und Nase kaum zu erkennen waren. Auch die Augen lagen unter blutigroten Schwellungen verborgen. Der Schädel war kahl.

Ronald Tekener glaubte, einem Fremden gegenüberzustehen.

Er presste die Hände vor das Gesicht und sank ächzend auf den Boden. Endlich wurde ihm bewusst, dass er die Lashat-Krankheit weit unterschätzt hatte. Er hatte hoch gespielt – und verloren. Die entstellten Gesichter der Gestrandeten von Lashat stiegen vor seinem geistigen Auge auf. Würde er später auch so aussehen, wenn die Pockenbeulen abgeheilt waren? Würde sein Gesicht dann überhaupt noch mit einem menschlichen Antlitz zu vergleichen sein?

Was würde Sharon sagen, wenn sie ihn so sah?

Der Gedanke an sie rief Schmerzen in seiner Brust hervor, und ihm wurde bewusst, dass er weitaus mehr für sie empfand, als er bisher gewillt war zuzugeben.

Der Gedanke an sie machte aber auch neue Kräfte in ihm mobil und erinnerte ihn an seine Aufgaben. Er erhob sich und schleppte sich zur Kanzel hoch. Es regnete noch immer, und der Regen fiel so dicht, dass er keine zehn Meter weit sehen konnte. Er zweifelte daran, dass Antoine und die anderen unter diesen Umständen tatsächlich schon nach zwei Stunden zurückkehren würden. Er glaubte vielmehr, dass sie abwarten würden, bis es aufhörte zu regnen. So konnte er sich ganz auf seine Arbeit konzentrieren. Er stellte fest, dass die anderen den Shift untersucht, aber nichts Wichtiges gefunden hatten.

Er rief die eingegangenen Funksprüche ab. Sie waren als Rafferimpulse eingegangen. Insgesamt lagen fünf Funksprüche vor.

In dem ersten teilte ihm Atlan mit, dass George »Limp« Coates zum Tode verurteilt und hingerichtet worden war. Sein Tod hatte wütende Attacken der CORSA ausgelöst.

In den anderen Funksprüchen zeichnete sich die weitere Entwicklung der letzten Tage ab. Die CORSA hatte sich auf die Seite der Raumpiraten geschlagen und ihnen entscheidende Informationen zugespielt. Atlan war sich dessen sicher, dass die Raumpiraten mit dem Arkoniden Temmerthan an der Spitze mittlerweile wussten, wer auf dem Handelsplaneten Lumber Gast im Palast von Temmerthan gewesen war. Der Arkonide Temmerthan, dem man bisher trotz aller Bemühungen nichts nachweisen konnte, war verschwunden.

Gleichzeitig war Lashat in den Blickpunkt der Weltöffentlichkeit gerückt. Die mächtige Lobby der Reichen und der Superreichen machte sich für Lashat stärker denn je. Die Raumpiraten schienen zu wissen, dass eine Aktion der USO gegen diesen Planeten lief. Daher drängte Atlan zur Eile.

In seinem letzten Funkspruch teilte er mit, dass er nicht mehr länger warten könne. Nach Ablauf einer Frist von 48 Stunden wollte er einen Großeinsatz gegen die vermutete Raumstation der Piraten auf Lashat starten. Dabei war er sich dessen bewusst, dass er einen galaxisweiten Skandal auslösen würde. Die Völker der Galaxis wurden von Kräften, die man in den Kreisen der CORSA vermutete, gegen das Solare Imperium aufgehetzt. Unter den Völkern der Galaxis wuchs die Furcht, dass das Solare Imperium neue Machtansprüche stellen würde.

Diese Furcht hatte bereits zu einigen Blitzkonferenzen verschiedener Mächte geführt. Neue Machtballungen, die dem Solaren Imperium feindlich gesinnt waren, zeichneten sich ab.

Tekener blickte auf das Chronometer.

Dreiundvierzig Stunden von der gesetzten Frist waren abgelaufen. Ihm blieben noch fünf Stunden, die Aktion so zu erledigen, wie sie geplant war.

Er streifte einen Schutzanzug über und verringerte mithilfe des Fluggeräts den Schwerkraftwert, sodass er sich leichter bewegen konnte. Danach startete er den Shift. Als er eine Höhe von etwa zweihundert Metern gewonnen hatte, schaltete er auf Autopiloten um und beschleunigte auf den Höchstwert.

Danach schloss er sich erneut an den Medoroboter an, um den eingetretenen Mangelzustand seines Körpers analysieren und sich anhand des Ergebnisses Aufbauinjektionen zusammenstellen zu lassen. Die nachfolgende Behandlung war nur kurz, weil Tekener sie bald abbrechen musste, da er sich seinem Ziel näherte, doch sie war wirksam. Er fühlte sich besser. Er war sich klar darüber, dass er noch weit davon entfernt war, die Krankheit überwunden zu haben. Ihm genügte es jedoch, dass er sich für einige Stunden auf den Beinen halten konnte.

Als er in die Kanzel zurückkehrte, war er nur noch wenige

Kilometer vom Stützpunkt der Raumpiraten entfernt. Das Wetter hatte sich ein wenig gebessert. Es regnete zwar noch immer, doch weitete sich die Sicht nun auf etwa zweihundert Meter aus.

Tekener umflog den Stützpunkt in weitem Bogen. Dabei entdeckte er ein großes Gewässer, das er zunächst für einen See hielt. Dann jedoch bemerkte er, dass eine starke Strömung vorhanden war. Überrascht folgte er ihr bis hin zu einem Loch, das einen Durchmesser von etwa einhundert Metern hatte. Hier verschwanden die Wassermassen brodelnd und gischtend in der Tiefe. Kaum hundert Meter weiter lag der Stützpunkt der Piraten.

Schlagartig wurde Tekener klar, warum diese auf ein thermonukleares Kraftwerk verzichten konnten. Das Wasser stürzte durch einen Schacht mit ungeheurer Wucht in die Tiefe, um seinen Weg irgendwo weit unter der Oberfläche des Planeten fortzusetzen. Die Piraten hatten sich diese Energien zunutze gemacht. Dabei hatten sie einen außerordentlich hohen Arbeitsaufwand in Kauf genommen und auf diese Weise erreicht, dass der Stützpunkt nicht schon aus großer Entfernung geortet werden konnte.

Tekener setzte die Suche nach der Stelle fort, an der der Fluss wieder zutage trat. Er entdeckte sie sieben Kilometer vom Stützpunkt entfernt. Hier schoss ein breiter Wasserstrom aus einer Felswand hervor in einen See, der sich in der Ferne im Nebel verlor. Tekener verfolgte ihn nicht weiter, sondern bereitete sich auf seine eigentliche Aufgabe vor.

Er war entschlossen, den Stützpunkt der Raumpiraten zu vernichten.

11.

Tekener versteckte den Shift wiederum etwa einen Kilometer vom Stützpunkt entfernt. Er verließ die Maschine und näherte sich der Schlucht, in der sich die Raumpiraten verbargen, in einem Raumanzug. In den Taschen des Raumanzugs transportierte er eine Reihe von Spezialgeräten, die er für seinen Einsatz benötigte. Er war sich jedoch klar darüber, dass er sich im Stützpunkt nicht im Raumanzug bewegen konnte, weil er darin viel zu unbeweglich war.

Für ihn war selbstverständlich, dass er in den Stützpunkt eindringen und sich darin umsehen musste. Bis jetzt war durch nichts bewiesen, dass die Besatzungen der entführten Handelsraumschiffe getötet worden waren. Das war nur eine Annahme. Solange die Möglichkeit bestand, dass sich auch nur ein einziger Unschuldiger im Stützpunkt als Gefangener befand, durfte er diesen nicht mit massiven Mitteln zerstören.

Tekener glitt in seinem Raumanzug lautlos durch die Büsche, bis er den Stützpunkt sehen konnte. Erschreckt fuhr er zurück. Er entdeckte einige Gestalten in Raumanzügen, die aus den Wolken herabschwebten. Sie näherten sich dem Stützpunkt und verschwanden durch die Tür im Felsen. Einige von ihnen führten verschiedene Gegenstände mit sich, die er nicht identifizieren konnte.

Tekener zögerte.

Offensichtlich gab es nur eine einzige Möglichkeit, in den Stützpunkt zu gelangen. Er musste durch die Tür gehen. Dort aber bestand die Gefahr, dass er von Wachen abgefangen und getötet wurde.

Plötzlich bemerkte er einen Nachzügler, der aus den Wolken herab kam. Tekener beschleunigte. Er raste wie ein Geschoss durch die Büsche, bis er sich dem Piraten von hinten nähern konnte. Als er nahe genug heran war, paralysierte er ihn. Dann flog er an ihn heran, öffnete seinen Raumhelm und blickte in das bärtige Gesicht eines Terraners. Er drückte dem Mann die Lider zu, damit die Augäpfel nicht austrockneten. Dann schleppte er ihn über die Felsen davon bis zu einem Hügel, der etwa zehn Kilometer vom Stützpunkt entfernt war.

Hier setzte er den Mann ab, streifte ihm den Raumanzug ab und ließ ihn allein, nachdem er ihm das Armbandfunkgerät abgenommen hatte, sodass er die anderen Piraten im Stützpunkt nicht benachrichtigen konnte. Der Raumanzug des Piraten unterschied sich in wesentlichen Merkmalen von seinem. Daher tauschte er die beiden Anzüge aus und kehrte zum Stützpunkt zurück.

Er legte seine Hand gegen den Öffnungskontakt der Tür und betrat den Stützpunkt. Kaum hatte sich die Tür hinter ihm geschlossen, als eine Desinfektionsdusche über ihm herabging. Er blieb stehen und wartete ab, bis sich die Dusche wieder ausschaltete. Eine Tür öffnete sich, und er betrat eine Ausstattungskammer, die dahinter lag. In Spezialgestellen hingen die Raumanzüge der anderen Piraten, die vor ihm die Station betreten hatten. Er streifte seinen Anzug ab und verstaute seine Ausrüstung in Taschen an seinem Gürtel. Danach musste er eine Pause einlegen, um einen Schwächeanfall zu überwinden.

Er blickte auf sein Chronometer.

Noch drei Stunden.

Entschlossen ging er zu der nächsten Tür und öffnete sie. Vor ihm lag eine weite Halle, auf deren Grund sich eine Reihe von Maschinen erhob. Das Dröhnen mächtiger Turbinen klang zu ihm herauf. Er befand sich auf einer Plattform, die etwa hundert Meter über dem Boden der Halle lag. Eine Antigravröhre führte nach unten. Tekener bemerkte zahlreiche Gestalten, die sich zwischen den Maschinen bewegten.

Er zog sich bis an die Antigravröhre zurück und blickte darin nach unten. Niemand hielt sich darin auf. Mit einem Schalter neben der Röhre konnte das Antigravfeld eingeschaltet und aufwärts oder abwärts gepolt werden. Er betätigte den Schalter und stieg in die Röhre. Das Antigravfeld trug ihn nach unten.

Tekener umklammerte den Kolben seines Kombistrahlers, als er sich der unteren Öffnung näherte. Seine Chancen waren nur gering, wenn in diesem Moment jemand zu ihm herblickte. Doch er hatte Glück. Niemand hielt sich in der Nähe auf. Er konnte den Antigravschacht verlassen und hinter einer Maschine in Deckung gehen.

Er zweifelte nicht daran, dass er die Maschinerie gefunden hatte, mit der Schiffsprogrammierungen während der Transition verändert wurden, sodass die Handelsschiffe exakt dort ankamen, wo die Raumpiraten auf sie warteten.

Er vermutete, dass er es mit einem modifizierten Hyperfunksender zu tun hatte, der mit einem Hochleistungs-Ortungsgerät gekoppelt war. Nur so war zu erklären, dass die Raumpiraten auf der einen Seite den Flug der Handelsraumer exakt verfolgen und dann mit Hochenergiefeldern in die Schiffscomputer eingreifen konnten.

Tekener entdeckte etwa fünfzig Meter von ihm entfernt einige Räume, die durch eine transparente Wand von der Halle abgetrennt waren. In ihnen bewegten sich einige Männer.

Er duckte sich und eilte zu einer anderen Maschine. In deren Schutz arbeitete er sich an die transparente Wand heran. Unmittelbar neben ihm öffnete sich eine Tür. Er sprang hinter einen Pfeiler und presste sich mit dem Rücken an einen Generator. Er sah einen Arkoniden, der aus einem Materialraum kam, aus dem er Ersatzteile geholt hatte. Der Raumpirat entfernte sich in entgegengesetzter Richtung.

Tekener eilte zur Tür des Materialraums, öffnete sie und schlüpfte hindurch. Leuchtende Deckenplatten spendeten ausreichendes Licht. Er sah sich um. Auf zahlreichen Regalen stapelten sich Ersatzteile aller Art. Aber nicht das interessierte ihn, sondern eine Tür aus durchsichtigem Kunststoff, die zu den abgetrennten Räumen führte. Die Tür war nur angelehnt. Tekener hörte Stimmen. Er schob die Tür weiter auf und glitt durch den Spalt auf einen Gang hinaus. Als er einige Schritte gegangen war, konnte er in einen großen Raum sehen, der als Messe diente. Etwa fünfzig Männer und Frauen saßen an Tischen zusammen und aßen. An einem Tisch in der Nähe des unverschlossenen Eingangs speisten Temmerthan und Moran zusammen mit zwei Frauen, die Tekener nicht kannte. Direkt neben ihnen in der Wand befand sich ein Belüftungsgitter, das jedoch nicht zu einem Belüftungsschacht gehörte, sondern einen Durchbruch in der Wand bedeckte. Tekener ging an der offenen Tür vorbei. Niemand bemerkte ihn. Am Belüftungsgitter blieb er stehen. Er war völlig ungedeckt, und der Erste, der auf den Gang hinauskam, musste ihn sehen. Doch das störte ihn nicht. Er wollte wissen, was Moran und Temmerthan zu besprechen hatten.

Schon die ersten Worte, die er vernahm, machten deutlich, dass die beiden Arkoniden um die Macht über die Organisation der Raumpiraten gekämpft hatten. Jetzt hatten sie den Kampf gegeneinander eingestellt und sich geeinigt. Vergessen schien der Streit jedoch noch nicht zu sein, denn Tekener hörte, dass Moran Temmerthan heftige Vorwürfe machte, weil er allzu sehr mit seinem Reichtum geprotzt und vor allem, weil er Traumkäfer als Gewinne ausgesetzt und dadurch auf Lashat aufmerksam gemacht hatte.

»Das wäre nicht notwendig gewesen«, sagte Moran zwischen zwei Bissen.

»Die Terraner wagen es nicht, Lashat anzugreifen«, erwiderte Temmerthan gelassen. »Hier. Sieh selbst.«

Er schob eine beschriftete Folie über den Tisch. Moran, der so schmutzig und verkommen aussah wie immer, las. Dann lächelte er bewundernd.

»Arkon stellt Lashat vorübergehend unter seinen besonderen Schutz?«, fragte er. »Wie hast du das geschafft?«

»Mit Geld erreicht man viel«, erwiderte Temmerthan, und er fügte hinzu: »Und mit Einigkeit.«

»Ist ja schon gut«, sagte Moran und winkte ab. »Ich werde dir keine Schwierigkeiten mehr machen. Im Grunde genommen ging alles auf die bösartigen Intrigen dieses jungen Terraners zurück. Er hat mich auf den Gedanken gebracht, etwas gegen dich zu unternehmen. Aber das sagte ich ja schon.«

»Lassen wir das«, entgegnete Temmerthan. »In dieser Stunde treffen wenigstens fünf arkonidische Kriegsschiffe im Lashat-System ein. Die da oben werden es unter diesen Umständen nicht wagen, uns anzugreifen.«

Er deutete mit der Hand nach oben. Seine Worte zeigten an, dass er über die Anwesenheit des terranischen Schlachtschiffs informiert war.

»Die Frage ist«, fuhr er fort, »ob wir unter diesen Umständen den terranischen Handelsraumer MIDWAY entführen sollen.«

»Die MIDWAY hat den Bauch voller Howalgonium«, stellte Moran fest. »So etwas können wir uns nicht entgehen lassen. Wann erwischen wir denn schon mal eine derartige Beute?«

»Die Hyperfunkimpulse, mit denen wir die Schiffsprogrammierung ändern, werden unweigerlich von dem Schlachtschiff des Solaren Imperiums aufgefangen«, sagte Temmerthan. »Damit hätte die USO endlich einen klaren Beweis dafür, dass unsere Operationen von hier aus geführt werden. Ich halte es für unklug, unter diesen Umständen anzugreifen. Ich weiß den Wert des Howalgoniums zu schätzen, aber wir dürfen uns nicht blenden lassen. Damit würden wir unsere eigene Grube graben.«

Ronald Tekener hörte Schritte, die sich ihm von hinten näherten. Er drehte sich um, ohne daran zu denken, dass sein Gesicht von roten Pockenbeulen entstellt war. Fünf Meter von ihm entfernt blieb ein blondes Mädchen stehen. Es blickte aus entsetzt geweiteten Augen auf ihn.

Er rannte auf sie zu und presste ihr die Hand auf den Mund.

»Kein Wort«, flüsterte er. »Oder ich bringe dich um.«

Er schleppte sie zu einer Tür und schob sie in einen Raum, der offenbar als Konstruktionsbüro diente. Hier gab er ihren Mund frei. Das Mädchen war leichenblass.

»Sie haben die Pocken«, sagte er stammelnd.

»Allerdings«, erwiderte er. »Und jetzt habe ich Sie infiziert. Aber das bedeutet nichts. Ich werde diesen Stützpunkt verlassen und in wenigen Minuten bei meinen Freunden von der USO sein. Dort gibt es ein Serum, das absolut zuverlässig gegen die Lashat-Pocken wirkt. Wenn Sie die Wahrheit sagen, werde ich Sie mitnehmen und dafür sorgen, dass Sie die Impfung bekommen. Danach wird Ihnen nichts passieren.«

»Was wollen Sie wissen?« Ihre Stimme war so schwach, dass er sie kaum verstehen konnte.

»Was geschieht mit den Besatzungen der Handelsraumschiffe, die von der Organisation entführt werden.«

Sie zögerte mit der Antwort. Als er versuchte, sie erneut zu berühren, fuhr sie entsetzt zurück. Er verfolgte sie, bis sie mit dem Rücken an die Wand stieß und ihm nicht mehr ausweichen konnte.

»Was geschieht mit ihnen?«, fragte er erneut.

»Sie werden getötet«, erwiderte sie mit stockender Stimme. »Sobald sie an dem von uns bestimmten Ziel erscheinen, werden sie mithilfe einer Neutronenwaffe umgebracht. Gefangene machen wir grundsätzlich nicht.«

»Ihnen scheint das nichts auszumachen.«

»Ich war nie dabei«, erklärte sie trotzig. »Ich habe nichts damit zu tun. Ich habe nicht einen einzigen Menschen umgebracht.«

Ihr war offenbar nicht bewusst, dass ihre Mitarbeit in der Organisation bedeutete, dass sie automatisch mitschuldig war.

Er schürzte verächtlich die Lippen, drehte sich um und verließ den Raum. Sie stürmte hinter ihm her.

»He, was ist?«, fragte sie flüsternd. »Ich will geimpft werden.«

»Bleib da drinnen«, erwiderte er. »Ich hole dich.«

»Du lügst. Ich glaube dir kein Wort.«

»Du kannst dich auf mich verlassen.«

»Ich schreie«, drohte sie.

»Dann bringt man mich vielleicht um. Dich tötet man mit absoluter Sicherheit, weil du dich infiziert hast. Man kann es sich nicht leisten, dich leben zu lassen.«

Das sah sie ein. Sie zog sich in den Raum zurück. Er sah ihr an, dass sie nachdachte, aber zu keinem Entschluss kommen konnte.

In diesem Moment öffnete sich die Tür, durch die sie gekommen war, erneut. Vier Männer traten ein. Sie blieben stehen und blickten Tekener überrascht an. Einer von ihnen begann zu schreien.

Der Spezialist griff in eine seiner Taschen und holte eine kleine Kugel daraus hervor, während er eilig zurückwich. Die vier Männer waren unbewaffnet, und sie scheuten sich offensichtlich davor, ihn mit bloßen Händen anzugreifen.

Er rannte an dem offenen Eingang zur Messe vorbei. Die Blicke aller Männer und Frauen, die sich darin befanden, richteten sich auf ihn. Temmerthan schrie voller Entsetzen auf, als er ihn sah. Tekener war sich dessen sicher, dass der Arkonide ihn nicht erkannt hatte und dass es allein sein Aussehen war, was ihn derart erschreckte.

»Tötet ihn«, brüllte Moran aufspringend. »Bringt ihn um. Schnell. Bevor die Viren sich im ganzen Stützpunkt verbreiten.«

Tekener beugte sich nach vorn und schleuderte die Kugel über den Boden. In ihr war ein Mikrogravitator enthalten. Die Kugel rollte unter den Tisch, an dem Temmerthan saß. Mit einem Druck auf einen Knopf an seinem Armbandkombigerät strahlte Tekener einen Funkimpuls ab. Dieser aktivierte den Mikrogravitator, und Temmerthan, Moran und die beiden Frauen wurden von der plötzlich erhöhten Schwerkraft, die auf einen Wert von annähernd 5 g stieg, zu Boden gerissen.

Die vier Männer, die ihn entdeckt hatten, stürmten auf ihn zu. Einer von ihnen hatte sich eine Stahlstange verschafft. Diese hob er über den Kopf.

Tekener paralysierte ihn und seine Begleiter mit seinem Kombistrahler. Dann fuhr er herum und rannte in den Materialraum zurück. Hier prallte er mit einem stämmigen Akonen zusammen, der instinktiv nach ihm griff, ihn jedoch augenblicklich wieder losließ, als er ihm ins Gesicht blickte.

Tekener streckte ihn mit einem Fausthieb zu Boden. Er sprang über den Bewusstlosen hinweg und rannte in die Maschinenhalle. Hier hatte noch niemand etwas bemerkt. Doch der Terraner war noch keine zehn Meter weit gelaufen, als die Alarmpfeifen aufheulten. Gleichzeitig traten mehrere Männer auf den Gang hinaus, auf dem er sich befand. Sie bemerkten ihn und blieben zögernd stehen.

Die Stimme Temmerthans ertönte aus mehreren Lautsprechern.

»Ein Fremder ist in den Stützpunkt eingedrungen!«, schrie der arkonidische Handelsherr. »Er hat sich mit Lashat-Pocken-Viren infiziert. Tötet ihn mit Energiestrahlern. Zerstrahlt ihn zu Asche. Nur so könnt ihr verhindern, dass wir alle Opfer der Seuche werden. Zerstrahlt ihn! Beeilt euch. Es muss schnell geschehen.«

Temmerthan wiederholte seine Worte immer wieder, während Tekener auf den Antigravschacht zu eilte. Die Männer, die ihm im Wege standen, flüchteten vor ihm. Keiner von ihnen trug eine Waffe.

Unmittelbar bevor Tekener den Zugang zum Schacht erreichte, blieb er stehen und holte eine nukleare Haftzeitbombe unter seiner Kleidung hervor. Die Waffe war nur etwa zwanzig Zentimeter lang, zehn Zentimeter breit und zwei Zentimeter dick, entwickelte aber eine Sprengwirkung von mehr als 100.000 Tonnen TNT. Er presste die Bombe gegen eine Maschine und stellte den Zeitzünder auf eine Stunde ein. Dann rannte er weiter.

Er schaltete das Antigravfeld ein und ließ sich nach oben tragen. Da er nicht schnell genug vorankam, nahm er eine Kugel mit Mikrogravitator aus der Tasche, stellte diesen ein und aktivierte ihn per Funkimpuls. Jetzt stieg er doppelt so schnell auf. Kurz bevor er das obere Ende des Schachtes erreichte, warf er die Kugel weg.

Einige Piraten schossen mit Energiestrahlern auf ihn, doch die Reichweite der Waffen war zu gering. Immerhin genügte der Beschuss, ihn in eine Hitzeglocke zu hüllen, die ihn dazu zwang, seine Flucht augenblicklich fortzusetzen. Tekener blickte über die Schulter zurück und sah, dass einer der Arkoniden die Haftbombe gefunden hatte, herabnahm und entschärfte.

Seine Bemühungen waren umsonst gewesen.

Tekener fuhr herum. Er schützte sein Gesicht vor der siedend heißen Luft, indem er den linken Arm dagegen presste. Doch das half nicht viel. Er hatte das Gefühl, dass die Haut platzte. Das Gesicht brannte, als habe er es geradewegs ins Feuer gehalten.

Er richtete seinen Energiestrahler gegen die Schaltung des Antigravschachts und zerstörte sie mit einem Schuss. Das bedeutete nicht, dass der Gravitator am Fuß des Schachtes ausgefallen war. Die Piraten konnten das Feld nur nicht mehr so schnell und exakt aussteuern wie zuvor. Sie mussten erst eine Ersatzschaltung anschließen, und das brauchte seine Zeit.

Im Hintergrund der Halle stiegen mehrere Gestalten in Raumanzügen auf. Sie waren mit Fluggeräten und schweren Energiestrahlern ausgerüstet.

Tekener flüchtete in den Vorraum, wo er in aller Hast einen Raumanzug anlegte, der mit einem Fluggerät bestückt war. Danach eilte er durch die Desinfektionsschleuse hinaus. Er stieg sofort auf und flog zu seinem Shift.

Hin und wieder blickte er zurück. Er sah, dass ihm etwa zwanzig Männer in Raumanzügen folgten. Sie holten langsam, aber stetig auf. Er spürte, dass die Schwäche zurückkehrte. Er hatte Mühe, sich zu konzentrieren. Hin und wieder fielen ihm die Augen zu. Jedes Mal, nachdem er sie wieder geöffnet hatte, brauchte er einige Sekunden, um sich zurechtzufinden. Dadurch verlor er kostbare Zeit, und die Verfolger rückten immer näher. Als er den Shift endlich erreicht hatte, waren sie nur noch etwa zweihundert Meter von ihm entfernt.

Er prallte mit dem Kopf gegen den Rahmen der Schleuse. Überraschenderweise betäubte ihn der Schlag nicht. Der Schmerz ließ ihn vielmehr hellwach werden. Ihm wurde plötzlich klar, dass er nur noch Minuten hatte, seine Aufgabe zu erfüllen.

Er raste mit letzter Kraft in die Kanzel hoch und startete. Steil jagte der Shift in die Höhe. Die Raumpiraten feuerten und erzielten mehrere Treffer am Heck, ohne den Shift jedoch in seiner Flugfähigkeit einzuschränken.

Ronald Tekener zog die Maschine herum und beschleunigte auf Höchstgeschwindigkeit. Er sah, dass weitere Männer aus dem Stützpunkt hervorkamen. Einige von ihnen transportierten ein schweres Energiegeschütz auf einer Antigravplattform. Andere folgten mit einer Hochleistungsbatterie, aus der es gespeist werden sollte.

Für ihn war klar erkennbar, dass sie versuchten, damit den Stützpunkt gegen Angriffe aus der Luft abzuschirmen.

Tekener lächelte geringschätzig.

Er dachte gar nicht daran, den Stützpunkt in dieser Weise anzugreifen. Er flog weiter bis zum Strom, der in den Felsen verschwand. Direkt über dem Loch, das die Wassermassen in sich aufnahm, verharrte er. Durch die Transparentkuppel des Shifts beobachtete er einige Raumpiraten, die sich ihm näherten. Sie trugen schwere Energiestrahlgewehre, mit denen sie ihm durchaus gefährlich werden konnten. Tekener ließ sich jedoch nicht aus der Ruhe bringen.

Er stieg in den Laderaum hinunter und öffnete ein versteckt angebrachtes Fach. Daraus holte er eine kugelförmige Bombe hervor, die mit einem Funkimpulszünder versehen war. Er stellte den Zünder ein und schleppte die Bombe danach zur Schleuse.

Er kam nur langsam voran, weil die Bombe zu schwer für ihn war. Schließlich kroch er auf allen vieren über den Boden und rollte die Bombe vor sich her bis zur Schleuse.

Als er die Schleuse geöffnet hatte, warf ihn ein Schwächeanfall zu Boden. Er sank über die Bombe und war zunächst unfähig, sich wieder aufzurichten. Keuchend drehte er das Gesicht zur Seite. Er sah, dass die Verfolger bereits bis auf etwa einhundert Meter heran waren. Sie hoben die Strahlgewehre.

Er schrie wütend auf und stieß die Bombe von sich. Sie rollte über die Kettenabdeckung des Allzweckpanzers und stürzte in die Tiefe. Tekener kroch noch ein Stück vor, bis er nach unten sehen konnte. Er sah, wie die Bombe in dem weiß schäumenden Wasser verschwand.

Mühsam richtete Tekener sich auf und kämpfte sich in das Innere des Shifts zurück. Das Schleusenschott rastete hinter ihm ein. Tekener richtete sich auf. Vor seinen Augen flimmerte es, aber er gab nicht nach. Sprosse für Sprosse arbeitete er sich hoch, bis er die Kanzel erreichte. Dann warf er sich nach vorn und gab den entscheidenden Funkimpuls.

Er spürte den donnernden Schlag der Explosion. Eine Druckwelle schleuderte den Shift in die Höhe. Die Energiestrahlen aus den Gewehren der Angreifer strichen an der Maschine vorbei. Wassermassen schossen schäumend in die Höhe.

Tekener blickte auf die Bildschirme. Er konnte kaum etwas erkennen, weil vor seinen Augen feurige Ringe tanzten. Immerhin sah er, dass tief unter ihm ein gigantischer Trichter entstanden war, in den die Wassermassen hineinstürzten.

Er riss den Shift herum, fing ihn ab und flog in die Gegend zurück, in der sich der Stützpunkt der Raumpiraten befand. Nach seinen Berechnungen musste die Bombe ungefähr dort explodiert sein, wo Temmerthan das Kraftwerk hatte errichten lassen.

Als Tekener die Schlucht erreichte, in der der Stützpunkt gewesen war, stockte ihm der Atem.

Vom Stützpunkt der Raumpiraten waren nur noch Trümmer geblieben. Die Atomexplosion hatte das Kraftwerk zerrissen und einen Teil der Wassermassen umgeleitet. Sie waren mit kaum vorstellbarer Wucht in den Stützpunkt eingedrungen und hatte ihn förmlich zerfetzt. Noch in diesen Sekunden stieg der Wasserspiegel an. Dabei brodelte und schäumte das Wasser und wirbelte ständig Trümmerstücke in die Höhe. Schon jetzt war abzusehen, dass sich in der Schlucht ein See bilden würde, der auch für die nächsten Jahrzehnte oder vielleicht gar Jahrhunderte bestehen bleiben würde.

Das Nest der Raumpiraten war vernichtet. Die Macht der Organisation war zerschlagen.

Ronald Tekener schaltete den Hyperkom ein, deckte jedoch das Objektiv der Kamera ab. Er strahlte den Kode ab. Sekunden darauf erhellte sich der Bildschirm.

Gorman Hendrix, der Verbindungsoffizier, meldete sich von Bord des USO-Raumschiffs, das sich im Lashat-System befand.

»Hier spricht Leutnant Tekener«, sagte der USO-Spezialist mühsam. »Auftrag erfüllt.«

»Ich verstehe Sie, aber ich kann Sie nicht sehen«, antwortete der Verbindungsoffizier.

»Das ist auch gut so«, sagte Tekener. »Ich biete keinen besonders angenehmen Anblick. Die Lashat-Pocken haben mich erwischt.«

»Wir holen Sie ab«, erwiderte Hendrix. »Sie werden einen geschlossenen Raumanzug tragen, wenn wir eintreffen. Sie werden den Anzug erst öffnen, wenn Sie die Isolierstation erreicht haben.«

»Verstanden.«

Tekener schaltete ab und flog zum Camp der Gestrandeten zurück. Er blickte zu einigen Raumpiraten hinüber, die in ihren Schutzanzügen über die Bäume am Rand der Schlucht hinwegtrieben. Sie hatten keine Möglichkeit mehr, Lashat zu verlassen. Doch das störte ihn nicht. Niemand in der USO würde sich verpflichtet fühlen, diese Männer und Frauen abzuholen. Sie hatten Lashat als Unterschlupf und als Ausgangspunkt für ihre mörderischen Aktionen gewählt. Jetzt konnten sie froh sein, dass sie dem Vernichtungsschlag entgangen waren. Sie mussten auf dem verseuchten Planeten bleiben und sich mit ihm auseinandersetzen. Früher oder später mussten sie ihre Raumanzüge öffnen und die Luft dieses Planeten atmen. Was dann aus ihnen wurde, stand in den Sternen.

Als Tekener mit dem Shift landete, waren Antoine und die anderen im Camp. Es war trocken, und die Sonne schien.

Der Spezialist winkte seinen Gefährten zu. Dann rutschte er aus dem Sessel und verlor das Bewusstsein.

»Wach endlich auf«, schrie ihm jemand zu und rüttelte ihn so heftig, dass er glaubte, die Wirbelsäule werde ihm gebrochen. »Aufwachen.«

Ronald Tekener schlug die Augen auf. Verwirrt blickte er sich um. In den ersten Sekunden wusste er nicht, wo er war. Dann erkannte er, dass er sich in der Kanzel des Shifts befand. Um ihn herum standen Antoine, Marco, Audy, Giancarlo und Robert.

»Wir müssen weg hier«, rief ihm Antoine zu. »Sie kommen. Sie werden uns abknallen, wenn wir nicht endlich verschwinden.«

Ronald Tekener richtete sich auf. In diesem Moment begriff er, was der Abenteurer meinte. Aus der Richtung des vernichteten Stützpunkts näherten sich ihnen mehrere Gestalten in Raumanzügen. Sie flogen in einer Höhe von etwa einhundert Metern und waren nur noch etwa hundertfünfzig Meter entfernt.

Einer von ihnen schoss. Der Energiestrahl streifte die transparente Kuppel über der Kanzel und verursachte so starke Spannungen im Material, dass sich mehrere Risse bildeten.

»Starte doch endlich«, brüllte Marco. »Die bringen uns um.«

Er war mit dem Shift gelandet, hatte das Triebwerk jedoch nicht ausgeschaltet. Ein Tastendruck genügte, um die Maschine und damit sie alle in Sicherheit zu bringen. Antoine und seine Freunde wussten jedoch nicht, wie der Shift geflogen wurde. Vielleicht glaubten sie auch, dass er durch den Individualtaster noch immer gegen fremde Eingriffe gesperrt war.

Ronald Tekener beugte sich vor, drückte die Taste und beschleunigte. Das Triebwerk heulte auf. Der Shift raste steil in die Höhe. Er ließ die Verfolger hinter sich.

»Meine Güte«, sagte Giancarlo stöhnend. »Das wurde Zeit.«

Tekener ging zum horizontalen Flug über. Dann erhob er sich und trank ein stärkendes Mittel, das schnell vom Blutkreislauf aufgenommen wurde.

»Du hast den Stützpunkt vernichtet«, sagte Giancarlo. »Wir haben die Explosion gehört. Der Boden hat unter unseren Füßen gezittert.«

»Du hast eine Atombombe eingesetzt«, bemerkte Antoine.

»Ja, das stimmt«, gab Tekener zu.

»Dann bist du nicht hierher gekommen, um Traumkäfer zu finden, sondern um den Stützpunkt dieser Leute in die Luft zu jagen«, stellte Marco fest.

»Nicht in die Luft«, verbesserte ihn Tekener. »Ins Wasser.«

»Du bist ein USO-Spezialist«, sagte Antoine. »Oder einer von der SolAb. Es muss so sein, denn sonst hättest du keine Atombombe gehabt.«

Tekener lehnte sich gegen einen Ausrüstungsschrank. Er kreuzte die Arme vor der Brust.

»In wenigen Minuten werden meine Freunde hier sein«, erklärte er. »Sie werden mich abholen und zur Erde bringen. Das ist eine Chance für euch. Wenn ihr wollt, könnt ihr mich begleiten.«

Giancarlo senkte den Kopf.

»Ihr könnt gehen«, sagte er mit stockender Stimme. »Ich darf Lashat nicht verlassen. Es wäre mein Tod.«

Tekener stellte keine Fragen. Er wusste, was Giancarlo damit meinte. Er war irgendwo im Bereich des Solaren Imperiums zum Tode verurteilt worden.

»Was ist mit euch?« Er blickte die anderen an.

»Ich komme mit«, antwortete Antoine.

»Ich auch«, erklärten Marco und Robert wie aus einem Mund.

»Ich bleibe bei Giancarlo«, sagte Audy. »Lässt du uns den Shift hier? Und schaltest du den Individualtaster aus? Ich meine, du könntest, deinen Leuten auseinandersetzen, dass der Shift zerstört worden ist. Ich will gar nicht darauf hinweisen, dass du uns auch etwas schuldest. Dein Leben zum Beispiel.«

Tekener lächelte.

»Ist schon genehmigt, Audy«, sagte er. »Der Shift bleibt hier. Vielleicht findet ihr doch noch Traumkäfer. Ich würde euch nur raten, euch so weit wie möglich aus dieser Gegend zurückzuziehen. Ich gehe jede Wette ein, dass die Leute vom Stützpunkt jeden von euch umbringen werden, den sie erwischen.«

Ein Raumschiff senkte sich aus den Wolken herab. Es war eine Space Jet. Sie flog parallel zum Shift. Tekener setzte sich ans Steuer und lenkte den Shift in die Hauptschleuse der Jet.

»Raumanzüge anziehen«, befahl er. »Die Anzüge dürfen erst geöffnet werden, wenn die Ärzte uns die Genehmigung dazu erteilen.«

Ihm fiel auf, dass Antoine ihn grinsend anblickte.

»Was ist los?«, fragte er.

»Du bist ein Spieler«, sagte Antoine bewundernd. »Du hast verdammt hoch gespielt, aber du hast gewonnen.«

Sie verabschiedeten sich von Giancarlo und Audy, streiften sich die Raumanzüge über und verließen den Shift, nachdem Tekener den Individualtaster ausgeschaltet hatte. Giancarlo startete sofort wieder. Er flog nicht besonders geschickt und schrammte am Schleusenschott entlang. Als er jedoch erst einmal draußen war, fand er sich besser mit der Maschine zurecht. Er entfernte sich schnell. Die Schleuse schloss sich.

Eine Tür öffnete sich. Zwei Männer in Raumanzügen kamen herein. Sie trugen flaschenförmige Behälter bei sich und sprühten Tekener und seine Begleiter mit einer Desinfektionsflüssigkeit ab. Danach säuberten sie auch den Hangar, in dem sie sich befanden.

Tekener merkte, dass die Jet stark beschleunigte. Der Boden vibrierte leicht unter seinen Füßen.

Als das Desinfektionskommando ihnen durch ein Handzeichen zu verstehen gab, dass alles in Ordnung war, kam die Jet schon wieder zur Ruhe. Tekener wusste, dass sie von einem größeren Raumschiff eingeschleust worden war.

Die Schleuse öffnete sich. Er blickte in einen Hangar, in dem sich nur eine Gestalt im Raumanzug aufhielt. Sie winkte ihnen zu.

»Tekener, hören Sie mich?«, klang eine Stimme in seinen Helmlautsprechern auf.

»Ich höre Sie, Sir.«

»Folgen Sie dem Arzt in die Isolierstation. Wer sind die Männer, die Sie begleiten?«

Tekener erklärte es dem Offizier mit knappen Worten.

»Die Männer kommen ebenfalls in die Isolierstation. Wir müssen klären, ob sie eine Ansteckungsgefahr für uns darstellen.«

Tekener gab seinen Begleitern ein Zeichen. Sie verließen die Jet und folgten dem Arzt in die Isolierstation.

»Sie können den Schutzanzug ablegen«, sagte der Arzt und blickte Tekener gespannt an.

Gelassen streifte Tekener den Anzug ab. Er bemerkte, dass der Arzt erbleichte. Er lächelte.

»Keine Angst«, sagte er. »Ich bin über den Berg. Und um Ihr hübsches Gesicht brauchen Sie sich auch keine Sorgen zu machen. Sie werden es behalten.«

Der Arzt schluckte krampfhaft.

»Entschuldigen Sie«, sagte er mühsam. »Niemand hier an Bord hat auch nur geahnt, dass es Sie so schlimm erwischt hat.«

»Schon gut. Lassen Sie uns allein. Ich benötige zunächst einmal Ruhe.«

»Legen Sie sich hin, und schließen Sie sich an den Medorobot an, damit ich die notwendigen Informationen für die Diagnose bekomme«, ordnete der Arzt an. »Danach sehen wir weiter.«

Er verließ den Raum. Das Rufzeichen am Videoschirm blinkte. Tekener ging hin und schaltete das Gerät ein. Erschrocken zuckte er zusammen, als er das Gesicht Sharon Bartons auf dem Bildschirm sah.

Sie lächelte so unbefangen, als könne sie ihn nicht sehen.

»Hallo, Ronald«, sagte sie. »Man kann nicht gerade behaupten, dass du alles gut überstanden hast, aber du hast es immerhin überstanden. War es schlimm?«

Die vertrauliche Art, in der sie redete, überraschte ihn, und sie gefiel ihm. Sie war ein klares Bekenntnis zu ihm.

Er fuhr sich vorsichtig tastend über das von Pockenbeulen entstellte Gesicht.

»Du hast mich also doch noch erkannt«, erwiderte er und versuchte, sich gelassen zu geben. »Wie sehe ich aus mit Lashat-Pocken?«

»Verheerend«, antwortete sie. »Und abgrundhässlich. Aber das geht vorbei. Die Pocken heilen ab – und dann kann ich mir vorstellen, dass du recht interessant aussehen wirst. Die Lashat-Narben wirst du behalten. Sie werden deinen Feinden auf den ersten Blick anzeigen, mit wem sie es zu tun haben. Das allein wird genügen, die meisten in die Flucht zu jagen.«

»Dich werden die Narben nicht stören, Sharon?«

»Überhaupt nicht, Tek. Im Gegenteil. Eigentlich hat mich bisher nur dein Milchgesicht gestört.«

Er lachte. Er wusste, dass sie übertrieb. Sie blickte zur Seite, nickte ihm dann kurz zu und stand auf. Atlan nahm ihren Platz ein.

Tekener war überrascht. Er hatte nicht damit gerechnet, den Lordadmiral hier zu sehen. Er richtete sich auf und setzte zu einer exakt formulierten Erfolgsmeldung an, doch der Arkonide unterbrach ihn schon nach den ersten Worten.

»Lassen wir das«, sagte er. »Ich weiß Bescheid. Die Organisation ist zerschlagen. Ihre führenden Persönlichkeiten sind auf Lashat geblieben. Sie werden uns keine Sorgen mehr machen. Inzwischen ist auch restlos geklärt, mit welcher Technik man unsere Handelsraumer entführt hat und wie wir uns in Zukunft gegen solche Manipulationen schützen können.«

Wieder hatte Ronald Tekener das Gefühl, dass er nur am Rand des großen Spiels agiert hatte, nicht aber in dessen Mittelpunkt gestanden hatte. Und das, obwohl er den Stützpunkt der Raumpiraten vernichtet hatte.

»Sharon hat es schon gesagt«, fuhr Atlan fort. »Sie werden Narben zurückbehalten. Doch das ist kein Problem. Mit kosmetisch-chirurgischen Mitteln lassen sie sich beseitigen, sodass Sie wieder so aussehen werden wie früher. Wenn Sie wollen.«

»Ich weiß nicht, ob ich will«, antwortete Tekener.

Atlan blickte ihn forschend an. Er lächelte.

»Warten wir erst einmal ab«, sagte er. »Vielleicht sind Sie mit Ihrem neuen Gesicht durchaus zufrieden. Wer weiß?«

»Ich habe das Gefühl, dass Sie es ganz gern sehen würden, wenn ich mich nicht operieren lasse.«

Das Lächeln auf dem Gesicht des Arkoniden vertiefte sich.

»Ein von Lashat-Narben gezeichnetes Gesicht ist wie ein Markenzeichen«, erklärte er. »Sharon hat vollkommen recht. Wer auch immer es mit Ihnen zu tun haben wird, der weiß von vornherein, dass er sich vorsehen muss. Wir werden dafür sorgen, dass Ihr Einsatz auf Lashat bekannt wird. Man wird im Solaren Imperium – und vielleicht auch noch darüber hinaus – von Ihnen sprechen. Man wird von dem Mann sprechen, der es gewagt hat, gegen einen der raffiniertesten Spieler, gegen Temmerthan, zu spielen. Man wird sagen, dass auch Ihr Einsatz auf Lashat ein Spiel war, in dem Sie es mit den Lashat-Pocken aufgenommen haben.«

»Sie übertreiben, Lordadmiral.«

Atlan lehnte sich schmunzelnd in seinem Sessel zurück.

»Warum?«, fragte er. »Vielleicht wird man Sie morgen schon den *Galaktischen Spieler* nennen? Und wir werden uns zu überlegen haben, wo wir Sie besonders erfolgversprechend einsetzen können.«

Er merkte, dass Tekeners Kräfte nachließen, und brach das Gespräch ab.

»Melden Sie sich bei mir, wenn Sie wieder gesund sind«, sagte er und schaltete das Videogerät aus.

Tekener sank erschöpft in seinem Sessel zusammen.

ENDE

Nachwort

Am 5. Februar 1967 klingelte bei Karl-Herbert Scheer, seinerzeit Exposéautor der PERRY RHODAN-Serie, das Telefon. Es war Kurt Bernhardt, der seinerzeitige Chefredakteur, und es ging um die Besprechung der Romane ab Band 300, insbesondere die Einführung von Roi Danton. Das weitere Geschehen schildert Scheer im PERRY RHODAN-Werkstattband von 1986 (Seite 59) so:

»In mir erwachte der Argwohn. Anschließend ließ unser ›Macher‹ – und das war er in der Tat – seine Bombe los:

›Ich glaube aber, daß der Säbelschwinger in etwa so gut ist wie seinerzeit Atlan. Für den wird es daher Zeit, daß er in einer separaten Serie noch mehr herausgestellt wird. Sie machen mir also ab sofort die ATLAN-Serie. Ich spüre, daß wir einen zweiten Erfolg haben werden. Wöchentliche Erscheinungsfolge, Ausstattung wie Rhodan. Fragen Sie bei den Teamautoren an, wer mitschreiben möchte. Ich verschicke dazu noch ein Rundschreiben. Die Exposés liefern Sie wie üblich.‹

›Unmöglich! Die PR-Termine …‹

›… überziehen Sie sowieso. Erfinden Sie ein paar gute Figuren für die ATLAN-Serie. Die Handlungen möchte ich ungefähr so haben wie in Ihren ZBV-Romanen. Utopische Abenteuer mit leichten Krimi-Aspekten, also Geheimdienstarbeit. Da sehe ich noch eine Marktlücke im SF-Zirkus.‹

Auf diese Art entstand die ATLAN-Serie. Ich entwickelte den mächtigen USO-Stützpunkt QUINTO-CENTER, wozu ich einen Himmelskörper von 62 Kilometer Durchmesser aushöhlte und ihn anschließend ausbaute. Als Hauptfiguren neben Atlan entstanden Sinclair Marout Kennon und ›Der Lächelnde mit den Lashat-Pocken: Ronald Tekener‹.

Kennons Robotkörper wurde von einem lebenden Gehirn gesteuert. Als Material für den Körper mixte ich die ›Synthoplastexotische Verbundlegierung mit partikularer Beschussverdichtung‹, genannt Atronital-Compositum.

Der USO-Spezialist Ronald Tekener wurde als geheimnisvolle, galaktische Persönlichkeit dargestellt.«

So weit Karl-Herbert Scheer.

Am 5. Oktober 1969 (also erst zweieinhalb Jahre nach dem oben beschriebenen Telefonat) kam Band 1 der neuen, anfangs entgegen Kurt Bernhardts Willen zuerst vierwöchentlich erscheinenden Serie in den Handel: »Das galaktische Syndikat« von K.H. Scheer. In dem im Jahr 2406 n. Chr. spielenden Auftakt eines insgesamt 43 Bänden umfassenden Zyklus um die geheimnisvolle Verbrecherorganisation CONDOS VASAC wird Tekener bei seiner Einführung so beschrieben (Seite 17):

»Oberstleutnant Spezialist Ronald Tekener, der Mann, den man *Den Lächelnden* nannte, besaß mehrere merkwürdige Leidenschaften. Eine davon war seine Waffensammlung. Sie galt als eine der besten der bekannten Galaxis, wurde jedoch im Unterschied zu anderen Sammlungen dieser Art oftmals bei USO-Einsätzen aktiv benutzt.

Tekener war unter anderem der Auffassung, der individuell aufgeladene Schutzschirm eines Antis ließe sich mit einer historischen Vorderlauf-Schrotflinte terranischer Fertigung besser durchschießen als mit einem modernen Strahler. Tatsächlich hatte es dieser Spezialist mit seinen Pistolen- und Gewehrmonstren mehr als einmal geschafft, sich angesichts modernster Waffen mit Nachdruck durchzusetzen.

Solche Späße konnte sich jedoch nur ein Mann erlauben, der unter den intelligenten Völkern der Milchstraße einen Ruf genoss, der die Handhabung und den Besitz kostspieliger und ausgefallener Museumsstücke auch rechtfertigte. Andere USO-Spezialisten hätten beispielsweise niemals auf fremden Welten erscheinen können, um dort mit provozierender Lässigkeit Gegenstände auszupacken und sie auch anzuwenden, ohne sofort Argwohn erregt zu haben.

›The Smiler‹ konnte es.

Er gehörte zu den geheimnisvollsten Männern der Galaxis;

umgeben von Skandalgeschichten, die man sich flüsternd erzählte.

Tekener galt als undurchsichtige Erscheinung mit ungeheuren Geldmitteln. Seine dunklen Verbindungen zu Großbanken, Finanziers, wichtigen Politikern, Wirtschaftsführern und Untergrundbewegungen waren seit Jahren Gegenstand intensiver Betrachtungen verschiedenster Geheimdienste.

Nur die USO und die Solare Abwehr gehörten nicht zu den Organisationen, die Tekeners aufwendiges Leben näher beleuchteten, denn dort wußte man, wer dieser geniale Mann war.

Geheimdienstchefs wie Atlan und Allan D. Mercant hielten es für selbstverständlich, einen Tekener-Scheck in Höhe von fünf Millionen Solar einzulösen. Dies geschah über getarnte Geldinstitute, die von der USO unterhalten wurden.

Man wunderte sich auch nicht, wenn Tekener in ein undurchsichtiges Geschäft einstieg, das jeden anderen Spezialisten das Leben gekostet hätte.

Wichtigstes Erscheinungsmerkmal für Ronald Tekener war seine angebliche Spielleidenschaft. Fremde Intelligenzen, die sich mit ihm in den Kasinos der Galaxis maßen, ahnten nicht entfernt, daß dieser USO-Oberstleutnant eine zwölfjährige Spezialschulung absolviert hatte. Sie ahnten auch nicht, daß er infolge eines einzigartigen Gedächtnisses in der Lage war, bei Kartenspielen aller Art nach dem einmaligen Umlauf der Karten jedes einzelne Exemplar an winzigsten Unterscheidungsmerkmalen exakt identifizieren zu können.«

So weit erneut K.H. Scheer. Tekeners Einführung nimmt noch weitere Seiten ein, die unter anderem detailliert auf die Lashat-Narben eingehen.

Uns soll dies aber hier einstweilen genügen – im Nachwort zum zweiten Roman dieses Bandes gehen wir auf die weitere Entwicklung des USO-Superagenten in den Serien der PR-Redaktion ein.

Einen kleinen Hinweis auf die laufende Produktion der AT-

LAN-Serie findet sich übrigens (dokumentiert von Heiko Langhans in »Karl-Herbert Scheer: Konstrukteur der Zukunft«, Seite 135) in Band 355 der Heftromanserie (»Der Doppelagent von Rumal« von William Voltz, Juli 1968). In einem fiktivhistorischen Kommentar zu einem Agenten namens Vito Batabano heißt es: »Hätte er wirklich jene Qualitäten besessen, die ihm die Autoren unterstellten, hätte man von ihm (wie z. B. von Melbar Kasom, Ronald Tekener usw.) noch an anderer Stelle lesen müssen.«

Natürlich hatte zu diesem Zeitpunkt auch bisher niemand von Ronald Tekener gelesen … Aber an dieser Stelle sieht man sehr gut, wie lange sich die Ausarbeitung der neuen Serie hinzog.

Zuerst aber wollen wir uns mit der Prämisse der beiden hier nachgedruckten Bände beschäftigen. Scheers Tekener, die »geheimnisvolle, galaktische Persönlichkeit« im Stile eines James Bond, erscheint voll ausgeformt auf der galaktischen Szene des Jahres 2406. Scheer gibt uns einige Rückblenden in sein früheres Leben, doch sind diese kurz. In Band 1 einer neuen Serie soll ja in erster Linie die Handlung vorangetrieben werden, und wir brauchen nur eine erste Einführung in die Helden. Scheers Held ist und bleibt geheimnisvoll.

In den späten siebziger Jahren dachte sich der PERRY RHODAN-Autor H. G. Francis (1936 – 2009), dass es an der Zeit sei, die Geheimnisse zu lüften, die den USO-Spezialisten umgaben. Und so konzipierte Francis eine insgesamt neun Taschenbücher umfassende Reihe, in der er beschreibt, wie Tekener zu jenem wurde, als der er uns in ATLAN 1 präsentiert wird. All diese Romane sind in den Jahren 2395 bis 2397 angesiedelt, können also in Ruhe die Grundlagen für den »Über-Tekener« des Jahres 2406 legen.

Die ersten beiden Bände dieser Reihe drucken wir hier nach. Die Handlungen sind abgeschlossen – Francis liefert uns spannende SF-Geheimdienstromane in genau der Art, wie Kurt Bernhardt sie im Februar 1967 forderte. Für Leser der PERRY

RHODAN- oder ATLAN-Serie, die den »späten« Tekener kennen, bieten sie natürlich einen zusätzlichen Reiz: Sie können zusehen, wie aus einem jungen USO-Spezialisten, der zwar intelligent und talentiert ist, aber bei Weitem kein Ausnahmekönner, jener legendäre Tekener wird, der ab 1967 die Leser begeistert hat.

In den beiden vorliegenden Romanen deckt H. G. Francis die drei wichtigen Merkmale Tekeners ab, die bislang zur Sprache kamen: seine Verunstaltung durch die Lashat-Pocken, eine Sammelleidenschaft für Waffen und seine Künste im Glücksspiel (wobei sich gerade »Der galaktische Spieler« wie eine Hommage auf die James-Bond-Filme der Zeit liest).

In den späteren Romanen (die wir sicherlich noch neu herausbringen werden) kommen dann weitere Elemente der »Tekener-Saga« ins Spiel – nicht zuletzt sein (Originalton Scheer) »Psychopartner« Sinclair Marout Kennon, das menschliche Gehirn im Robotkörper. Mit ihm werden wir uns allerdings erst beschäftigen, wenn er im dritten Roman der Reihe auftaucht – Kennon führt uns ganz tief in die Windungen und Wendungen der ATLAN-Serie …

Vorerst aber wünschen wir den Lesern viel Spaß mit den ersten beiden Romanen um den jungen Tekener!

Rainer Nagel

H. G. Francis

Der Galaktische Spieler

Schach dem Usurpator von Thalkat

Offene militärische Aktionen verboten sich unter diesen Umständen von selbst, da jede Demonstration der Stärke neue Machtballungen unter den Gegnern des Solaren Imperiums hätte provozieren können. Kam es zu bedrohlichen Konflikten unter den verschiedenen Völkern der Galaxis, dann mussten sie auf unauffällige Weise bereinigt werden.

Die Agenten der SolAb und die Spezialisten der USO befanden sich in ständiger Alarmbereitschaft. Ständig trafen Informationen aus allen Teilen der Milchstraße auf der Erde ein und wurden in die verschiedenen Kanäle der Abwehrorganisationen und Geheimdienste gelenkt. So konnte oftmals schon eine Gefahr ermittelt und behoben werden, bevor sie der breiten Öffentlichkeit bekannt wurde.

Viele zur Macht Strebende aber wussten, wie aufmerksam SolAb und USO waren. Und eingedenk dessen trafen sie ihre Vorbereitungen.

Nicht immer gingen diese Gefahren von den erkannten Gegnern des Solaren Imperiums aus: den Akonen, den Antis, abtrünnigen Arkoniden, Piratengruppen oder aus »neutralen« Systemen heraus operierenden Verbrechersyndikaten. Nicht selten waren die Feinde des Imperiums seine eigenen Angehörigen. Sorgfältig abgesichert durch die liberalen terranischen Gesetze und offiziell sicher im Schutz ihrer Rechtsanwälte, entfalteten sie fast nach Belieben ihre Machenschaften. Oftmals verbargen sie ihre illegalen Aktivitäten unter juristisch grenzwertigen Deckmänteln.

Die weit über Gebühr beanspruchte terranische Justiz sah sich kaum in der Lage, all diesen Problemen nachzugehen. Und wenn sie es tat, gelang es den Anwälten ihrer Gegner häufig, sie durch rechtliche Winkelzüge über Jahre hinaus zu blockieren. Derweil litt das Ansehen Terras in der Milchstraße: Die Aktivitäten der Gegner Terras wurden wahrgenommen, als gingen sie von Terra selbst aus. Die Zustände wurden unhaltbar.

Terras Staatsanwälte waren fähig, und in der Regel gelang es ihnen, solche Machenschaften letztlich zu durchkreuzen. Die Gegner Terras wussten dies allerdings auch, und so legten sie ihre Verbrechen in der Regel derart kurzfristig an, dass die Operationen bereits beendet waren – und der Schaden angerichtet –, wenn die Gerichte zu einem Ergebnis gelangt waren. In dieser Zeit waren den terranischen Geheimdiensten, die sich an die gleichen liberalen Gesetze halten mussten, die Hände gebunden.

Nicht aber den unabhängig operierenden Spezialisten der United Stars Organisation …

(Aus: Meeca Netreok: »Zahlen, Zenturien, Ziele und Zeugnisse – aus der Arbeit des USO-Historischen Korps.« Sonderdruck, Powder City, Mars/Sol 4; V. Kapitel: Die Situation in der Galaxis vor dem Kontakt mit den Meistern der Insel)

1.

Das Kreischen der Grantinzy-Affen hallte durch die Schlucht. Tausendfach brachen sich die Schreie an den steil aufsteigenden Felswänden und hallten von den gegenüberliegenden Wänden wider, sodass sich eine endlos erscheinende Kette von Echos ergab.

Giustino Fomasi schob sich vorsichtig voran. Er trug eine Kombination aus einem synthetischen Stoff, der sich den wechselnden Farbbedingungen seiner Umgebung anpasste. Als er über eine Felsplatte lief, färbte sich die Kombination vorübergehend graubraun, nahm aber wieder eine grüne Färbung an, als er in ein Gebüsch vordrang.

Fomasi hielt ein Stahlkatapult in den Händen. Mit dieser Waffe hoffte er, die halbintelligenten Affen überwinden zu können.

Neben einem Wasserfall verharrte er, als er die Grantinzy-Affen endlich sah. Sie turnten ausgelassen auf einigen Bäumen herum, die sie weitgehend kahl gefressen hatten, sodass nur noch das weiße Holz geblieben war.

Fomasi fuhr sich mit dem Handrücken über die Lippen.

Der Anblick der Herde war überwältigend. Er schätzte, dass sich etwa zweihundert Affen auf dem Plateau vor ihm befanden. Das waren mehr, als er in seinem ganzen Leben zu Gesicht bekommen hatte.

Der Wert dieser Herde war in Geld gar nicht auszudrücken.

Fomasi zog sich einige Schritte weit zurück und kauerte sich hinter einem Busch auf den Boden. Dann holte er aus seiner Tasche eine Reihe von Stahlbolzen. Sie waren kurz und dick und an ihrem Ende mit einem Dorn versehen. Sie töteten hauptsächlich durch die Aufschlagswucht und den Schock, den sie dabei auslösten.

Fomasi hob das Katapult und legte einen Bolzen in das Zugband. Doch dann ließ er die Waffe noch einmal sinken. Er drehte sich langsam um sich selbst, wobei er seine Umgebung sorgfältig absuchte. Er hatte den Grund einer Schlucht erreicht, die etwa zweihundert Meter tief und einhundert Meter breit war. Sie zog sich über mehr als zweihundert Kilometer hin und erlaubte nur an wenigen Stellen den Abstieg. Die Felswände waren so steil und glatt, dass selbst die Affen sie nicht überall erklimmen konnten.

Wo sich Einbrüche, Spalten oder Vorsprünge gebildet hatten, wucherten tropische Pflanzen. Doch für sie interessierte sich der Terraner nicht. Er wollte wissen, ob er wirklich allein war oder ob sich irgendwo ein Beobachter verbarg.

Etwa zehn Minuten verstrichen. Dann war sich Fomasi sicher, dass er nichts zu befürchten hatte.

Er spannte das Katapult und zielte auf einen besonders großen Affen, der auf einem weit ausladenden Ast hockte. Das halbintelligente Wesen hatte einen hellblau schimmernden Pelz, das durch eine leuchtend gelbe Halskrause unterbrochen wurde. Rote Kreise umrahmten die dunklen Augen, und über die fliehende Stirn erhoben sich gelbe und rote Haarbüschel, die wie Federn aussahen. Der Grantinzy-Affe war etwa einen Meter groß, aber außerordentlich kräftig. Fomasi wusste, dass er ohne Weiteres in der Lage war, einen erwachsenen Terraner zu Boden zu werfen und mit seinem gewaltigen Gebiss zu zerreißen. Doch Grantinzy-Affen kämpften so gut wie nie. Es waren friedliche Geschöpfe, die fast immer nur die Flucht ergriffen, wenn Gefahr drohte.

Fomasi spannte das Katapult, das mit einer Zielvorrichtung versehen war. Lautlos raste der Stahlbolzen durch die Luft. Er traf den Affen in den Nacken und schleuderte ihn vom Ast. Aus einer Höhe von etwa drei Metern stürzte er zu Boden und blieb bewegungslos liegen.

Das Spiel der anderen Grantinzy-Affen endete schlagartig. Sie blickten auf das tote Männchen herab.

Fomasi zielte erneut und schoss.

Ein zweiter Affe stürzte tot vom Baum. Jetzt erhob sich ein

wildes Geschrei. Die halbintelligenten Wesen erfassten, dass etwas Ungeheuerliches geschehen war, erkannten die Gefahr jedoch noch nicht. Sie kletterten zu den toten Affen herab, wobei Fomasi ein drittes Opfer erwischte.

Plötzlich schoss ein tentakelförmiger Arm über seine Schulter hinweg und packte das Katapult.

Fomasi sprang auf und wirbelte herum. Etwas Dunkles raste auf ihn zu und warf sich auf ihn. Bewusstlos stürzte er zu Boden.

Giustino Fomasi brauchte Stunden, bis sich seine Sinne wieder klärten. Als er allmählich wieder zu sich kam, wusste er nicht, wo er war. Der Boden unter ihm schwankte und bebte, sodass ihm schlecht wurde. Er versuchte, die Augen zu öffnen, aber das gelang ihm zunächst nicht. Je mehr er sich anstrengte, desto geringer war der Erfolg, und er wurde immer wieder bewusstlos.

Als es ihm endlich gelang, die Augen zu öffnen, erkannte er, dass er auf dem Rücken eines Dradas saß, eines jener Tiere, die den Oktanern als Haupttransportmittel dienten.

Die Erkenntnis traf ihn wie ein Schock.

Er richtete sich kerzengerade auf.

Vor ihm ritt ein Oktaner auf einem anderen Drada. Von seinem Sattel aus führten stählerne Bänder zu ihm hin.

Fomasi blickte auf seine Hände herab. Sie waren gefesselt. Wütend zerrte er an den Stahlbändern, jedoch ohne den geringsten Erfolg. Sie schnitten schmerzhaft tief in die Handgelenke.

Der Terraner drehte sich um. Er sah, dass sich hinter ihm niemand mehr befand. Endlos weit dehnte sich die Wüste. Einige gescheckte Aasfresser folgten ihnen im Abstand von etwa hundert Metern. Am Horizont erhoben sich die Berge, in denen er gejagt hatte.

Vor ihnen befand sich grünes Land. Es erstreckte sich wie ein endloses grünes Band vom Westen bis zum Osten. Der Oktaner und er ritten auf einer ausgetretenen Piste, die sich in scheinbar sinnlosen Windungen durch die Wüste schlängelte. Fomasi wusste jedoch, dass dieser Pfad in Jahrtausenden entstanden war und dass es lebensgefährlich gewesen wäre, ihn zu verlassen. Nur wenige Schritte neben dem sicheren Grund befanden sich Treibsandnester, in denen ein Mensch in wenigen Sekunden versank.

»Nein!«, schrie der Terraner. »Nein – anhalten!«

Er riss an den Stahlbändern und warf sich zurück, sodass der Oktaner vor ihm den Zug spürte. Tatsächlich zügelte er sein Drada und drehte sich zu ihm um.

Er hatte ein humanoides Äußeres, jedoch wuchsen aus seinen Schultern armdicke Tentakel hervor, die eine Länge von etwa zwei Metern erreichten. Er hatte sie nach hinten gestellt und mit den Enden auf den Sattel gelegt. Auf diese Weise pflegten sich Oktaner gegen Angriffe von hinten zu sichern. Ein Speer oder auch ein Geschoss, das von einem Katapult abgefeuert wurde, konnte die Muskelstränge nicht durchdringen.

Daneben hatte der Oktaner zwei Arme und zwei Beine mit ähnlich situierten Gelenken wie der Terraner. Er hatte vier Finger und einen Daumen an jeder Hand. Sein Kopf hatte jedoch nur noch eine entfernt humanoide Form. Er sah aus wie ein grauer, vielfach zerfurchter Stein, den man aus einer Tropfsteinhöhle herausgebrochen hatte. Er besaß so viele Auswüchse, Dornen, Ausbuchtungen, Furchen und Auffaltungen, dass dabei die beiden Augen, die Wahrnehmungsorgane und der Mund kaum zu erkennen waren. Fomasi wusste, dass diese Unregelmäßigkeiten sich über den ganzen Körper erstreckten. Er konnte sie jedoch nicht erkennen, weil der Oktaner sich in weite Gewänder kleidete, die seinen ganzen Körper umhüllten. Hinzu kamen mehrere weiße und lindgrüne Umhänge von unterschiedlicher Länge sowie breite Schärpen, die seine Hüften umspannten.

»Was schreist du, Terraner?«, fragte der Oktaner.

»Binde mich los«, forderte Fomasi. »Sofort! Löse die Fesseln!«

»Ich habe gesehen, dass du die Affen getötet hast«, erwiderte der Oktaner, als sei damit alles erklärt. Er drehte sich wieder um und trieb sein Reittier an.

Giustino Fomasi brüllte ihm immer wieder Befehle zu und forderte ihn auf, anzuhalten, doch der Oktaner reagierte nicht. Als der Terraner versuchte, sein Drada anzuhalten, begann der Oktaner zu pfeifen. Von diesem Moment an reagierte das Tier nicht mehr auf die Befehle des Jägers. Es trabte unverdrossen weiter, sodass er bald resignierte.

Etwa eine halbe Stunde verstrich. Während dieser Zeit überlegte der Terraner fieberhaft, wie er sich retten könnte. Er legte sich zahlreiche Pläne zurecht, verwarf sie wieder und entwickelte neue. Als sie schließlich einen ausgedehnten See erreichten, hatte er sich noch immer nicht entschlossen.

Der Oktaner führte sein Reittier auf eine geflochtene Matte aus vertrockneten Pflanzen. Sie war etwa vier Meter breit und zwanzig Zentimeter dick. Sie führte scheinbar endlos in den See hinein, durchschnitt in etwa zwei Kilometer Entfernung eine Insel und schien danach bis zum Horizont und noch darüber hinaus zu reichen. Sie wurde zu beiden Seiten durch Holzpflöcke abgesichert, die die Inselbewohner in den morastigen Boden des Sees getrieben hatten.

Als Fomasi über die schwankende Brücke ritt, sah er, dass der See nur wenige Zentimeter tief war. Darunter begann ein Morast, der unergründlich zu sein schien. Der Terraner hatte davon gehört, und er glaubte ohne Weiteres, dass jeder verloren war, der die Brücke verließ.

Er hatte jedoch auch gehört, dass jeder verloren war, der die Brücke als Gefangener betreten hatte. Wiederum versuchte er, sich von den Fesseln zu befreien, und abermals scheiterte er. Der Oktaner führte ihn über die schwimmende Brücke auf die Insel.

Hier sah Fomasi, dass die Brücke die Insel in der Tat überquerte und zu weiteren Inseln führte. Bereits die erste Insel war das Ziel des Oktaners, der ihn gefangen genommen hatte.

Unter hohen Bäumen mit weit ausladenden Ästen erhoben

sich zahlreiche Hütten, die aus dem gleichen Strohgeflecht bestanden wie die Brücke. Sie standen teils auf festem Boden, teils auf Matten, die mit Stricken an Baumstämmen befestigt waren.

Männer, Frauen und Kinder kamen aus den Hütten und umringten den Gefangenen. Neugierig blickten sie ihn an. Sie schwatzten aufgeregt miteinander. Fomasi versuchte, den positronischen Translator einzuschalten, der auf seiner Brust hing, doch er erreichte ihn nicht.

Der Oktaner stieg ab und kam zu ihm. Er half ihm aus dem Sattel.

»Und was geschieht jetzt?«, fragte der Terraner.

»Was fragst du?«, entgegnete der Oktaner. »Du weißt es doch. Wer Grantinzy-Affen tötet, spricht mit dem Hüter des Schwertes. Er wird noch heute kommen.«

Er gab den anderen Männern des Dorfes ein Zeichen mit einem seiner Tentakel, den er dabei zur Hälfte aufrollte und dann in Richtung eines Baumes ausstreckte. Die Männer ergriffen den Terraner und schleppten ihn zum Baum. Sie fesselten ihn an den Stamm. Danach wandten sich alle von dem Gefangenen ab und taten, als sei dieser nicht mehr vorhanden.

Einige Stunden vergingen. Die rote Sonne von Okta neigte sich dem Horizont zu. Als sie genau über der Mattenbrücke stand, erschienen zwei Lichter in der Wüste.

Die Männer des Dorfes kamen aus ihren Hütten. Sie hatten sich mit farbenprächtigen Gewändern geschmückt. Viele trugen goldene Ketten an den Armen. Und alle waren bewaffnet. Sie bestiegen die Dradas und ritten über die Brücke. Giustino Fomasi konnte sie sehen. Er beobachtete, dass sich die Reiter am Ende der Brücke zu beiden Seiten hin verteilten.

Auf der Brücke standen zwei Männer mit Blasinstrumenten, die aus Hörnern gefertigt waren. Sie spielten eine Melodie, die den Terraner eigenartig berührte.

Die Lichter erreichten die Brücke. Fomasi hörte das Tuckern eines Explosionsmotors. Ein vierrädriges Fahrzeug rollte auf die

Brücke. Es erinnerte den Terraner an die Autos, die es vor Jahrhunderten auch auf der Erde gegeben hatte. Unter einem Sonnensegel saß ein Oktaner und lenkte das Fahrzeug. Er trug violette Kleider, die im Fahrtwind flatterten.

Die Reiter zogen Messer aus den Schärpen, die sie um die Hüften geschlungen hatten, und streckten sie in den Himmel. Die Bläser gingen zu schrillen, enervierenden Tönen über.

Der Hüter des Schwertes fuhr auf die Insel und hielt vor der größten Hütte. Aus der Nähe sah Giustino Fomasi, dass der Wagen eine Reihe von modernen Geräten enthielt, die nicht in diese Welt zu passen schienen. Er wusste jedoch, dass auf Okta hoch entwickelte Zivilisationen bestanden, zwischen denen es teils enge Kontakte, teils überhaupt keine Verbindungen gab.

Der Hüter des Schwertes stieg aus und verschwand zusammen mit mehreren Männern in der Hütte, die etwa zwanzig Meter lang, sieben Meter breit und drei Meter hoch war. Zum ersten Mal sah Fomasi eines der Sertagi-Schwerter, von denen er schon so viel gehört hatte. Die Oktaner glaubten, dass ihre Götter in diesen etwa anderthalb Meter langen Schwertern wohnten. Da sie nur 42 Götter kannten, gab es auch stets nur 42 Sertagi-Schwerter auf Okta. Einige der Götter pflegten sich jedoch nach dem Glauben der Oktaner für bestimmte Jahreszeiten in ihr geheimnisvolles Reich zurückzuziehen. Sobald das geschah, musste das Schwert sie begleiten, das ihnen entsprach. Vor Jahren schon hatte ein Oktaner dem Terraner erklärt, dass dieses Schwert dann im Meer versenkt wurde.

Die Meister der Sertagi-Schwerter fertigten Monate oder Wochen später ein neues Schwert oder auch mehrere, sodass für jeden zurückkehrenden Gott ein Schwert zur Verfügung stand. Und nur die Hüter der Schwerter waren berechtigt, ein Schwert zu tragen. Es war nicht nur Symbol ihrer Macht, sondern auch ihrer religiösen Bedeutung.

Giustino Fomasi, der schon mehrere Male auf Okta zur Jagd gewesen war, wusste, dass man den Hütern der Schwerter geradezu fantastische Fähigkeiten im Schwertkampf nachsagte. Es hieß, dass sie das Schwert schneller aus der Scheide ziehen und einsetzen konnten, als das menschliche Auge es wahrnahm.

Der Terraner zweifelte daran, dass es tatsächlich so war. Er glaubte auch nicht, dass die Meister der Schwerter die Schärfe der Stahlklinge dadurch prüften, dass sie eine Feder in die Luft warfen und sie mit dem Schwert zerteilten.

Ein Oktaner kam zu ihm und löste schweigend seine Fesseln. Dann zeigte er auf die Hütte, in der sich der Hüter des Schwertes befand. Fomasi wusste, dass ein Fluchtversuch von vornherein zum Scheitern verurteilt und sinnlos gewesen wäre. Deshalb ging er mit.

Er hoffte immer noch, dass er sich retten konnte.

Immerhin hatte er den Oktanern etwas zu bieten. Sein Raumschiff, mit dem er in den Bergen gelandet war, stellte einen erheblichen Wert dar, obwohl es schon über fünfzig Jahre alt war. An Bord befanden sich Waffen, die für die verschiedenen politischen Gruppen auf Okta von höchster Bedeutung sein konnten.

Außerdem war er ein Terraner. Somit glaubte er, über besondere Rechte zu verfügen. Er konnte sich nicht vorstellen, dass die Oktaner einen Terraner ebenso hart bestrafen würden wie einen ihrer eigenen Leute.

Er betrat die Hütte.

Der Hüter des Schwertes hockte mit untergeschlagenen Beinen auf dem Boden vor einem Feuer, das in einem Stahlkessel brannte. Das leicht gekrümmte Schwert hing an seiner Seite in einer goldverzierten Lederscheide.

»Setz dich«, befahl der Oktaner, der Fomasi in die Hütte geführt hatte.

Der Terraner gehorchte. Er ließ sich dem Hüter des Schwertes gegenüber auf den Boden sinken. Das Feuer befand sich zwischen ihnen. Die Flammen erzeugten ein seltsames Schattenspiel auf dem Gesicht des Oktaners, das Fomasi nun noch fremdartiger und undurchdringlicher erschien.

»Du kennst unsere Gesetze?«, fragte der Hüter.

»Einige. Nicht alle«, erwiderte der Terraner.

»Ich spreche von den Jagdgesetzen«, erklärte der Oktaner in freundlichem Ton. Er schien keinerlei feindselige Gefühle gegen den Terraner zu hegen.

»Sie sind mir bekannt.«

»Dann weißt du, dass es verboten ist, Grantinzy-Affen zu töten.«

»Ich habe davon gehört.«

»Es ist verboten. Wer einen Grantinzy-Affen tötet, wird nach dem Gesetz der Väter bestraft.«

»Was besagt dieses Gesetz?«, fragte Fomasi.

»Ihm widerfährt das Gleiche wie dem Affen. Er wird getötet.«

Der Terraner erschrak. Tatsächlich war ihm bekannt gewesen, dass die oktanischen Affen unter Naturschutz gestellt worden waren, um sie vor dem Aussterben zu bewahren. Von der Todesstrafe hatte er nichts gewusst.

»Seit Jahrzehnten kommen die Terraner nach Okta, um Grantinzy-Affen zu jagen«, sagte der Hüter des Schwertes. »Warum? Welchen Wert haben die Affen für euch?«

Giustino Fomasi hielt überrascht den Atem an.

»Ihr wisst es nicht?«, fragte er. »Aber das kann doch nicht sein. Wir können doch nicht schon seit so langer Zeit Affen auf Okta jagen, ohne dass ihr erfahrt, warum das geschieht.«

»Niemand hat es uns bisher gesagt.«

Der Terraner beugte sich nach vorn.

»Ich will es euch erklären«, versprach er. »Ich erwarte jedoch eine Gegenleistung – beispielsweise Milde.«

»Du bekommst diese Gegenleistung«, erwiderte der Oktaner.

»Ist das sicher?«

Der Hüter richtete sich stolz auf.

»Es ist sicher«, sagte er in verweisendem Ton.

»Nun gut. Dann will ich versuchen, euch die Zusammenhänge zu erklären«, entgegnete Fomasi. »Vielleicht habt ihr schon mal von Gordon Grosvenor gehört. Er ist der größte Hotelier und Gastronom des Solaren Imperiums. Hartnäckig verfolgt er das Ziel, auf jedem Planeten des Imperiums wenigstens ein Hotel zu haben. Er hat Häuser, die über Spezialeinrichtungen für exotische und nichthumanoide Gäste verfügen und die allen nur erdenklichen Anforderungen gerecht werden. Er besitzt Hotels, in denen mehr als zehntausend Menschen übernachten können, aber auf unbedeutenden Planeten auch Häuser, die nur über acht oder neun Zimmer verfügen.«

Die Oktaner hörten schweigend zu. Sie saßen still und unbeweglich auf dem Boden und verrieten durch keine Reaktion, was sie dachten oder empfanden.

»Wie viele große Männer, so hat auch Grosvenor seinen Tick«, fuhr der Terraner fort. »Als er sein erstes Hotel erwarb, stellte er in der Hotelhalle einen Pelzmantel aus Grantinzy-Fellen aus. Das war sein Glücksbringer, eine ausgesprochene Kostbarkeit, die Gordon Grosvenor von Okta mitgebracht hatte. Pelze von exotischen Planeten stehen überall im Imperium hoch im Kurs. Zu den kostbarsten Fellen aber zählen die Grantinzy-Felle.«

Auch jetzt unterbrachen die Oktaner ihn nicht mit Fragen.

»Mit diesem …«, Fomasi räusperte sich, »… Gag hatte Grosvenor einen überwältigenden Erfolg. Man sprach von seinem neuen Hotel, und es dauerte nicht lange, bis er sich weitere Hotels kaufen konnte. Das Unternehmen florierte. Und jedes Mal, wenn Grosvenor ein neues Hotel eröffnete, stellte er irgendetwas aus, was aus Grantinzy-Fellen hergestellt war. Grantinzy-Felle sind zu einem Wahrzeichen der Grosvenor-Hotelkette geworden. Nun weiß man mittlerweile, dass die Grantinzy-Affen unter Naturschutz gestellt worden sind, aber Grosvenor verlangt dennoch neue Felle. Er will sein Imperium erweitern. Mit aller Macht. Grosvenor wird nicht ruhen, bis er auch den letzten Grantinzy-Affen geholt hat, der noch auf Okta lebt.«

Der Hüter des Schwertes senkte den Kopf. Niemand sprach. Nur das Feuer schien noch zu leben. Die Flammen stiegen höher auf als zuvor, sodass Fomasi befürchtete, das staubtrockene Stroh der Hütte werde sich entzünden.

Etwa eine halbe Stunde verstrich. Während dieser Zeit wuchs die Zuversicht des Terraners. Mehr und mehr glaubte er daran, dass er den Planeten Okta lebend verlassen würde. Endlich hob der Hüter den Kopf.

»Viele Jahre lang hat niemand von uns bemerkt, was in den Bergen geschah«, erklärte er. »Niemand auf Okta hat gewusst, dass die Terraner Grantinzy-Affen jagen, um ihnen die Felle zu nehmen. Sie flogen mit ihren Maschinen in die Einsamkeit der Berge, wo niemand sehen konnte, was sie taten. Und als wir erfuhren, dass sie die Affen töteten, wollten wir es nicht glauben.«

»Haben die Affen denn eine so große Bedeutung für euch?«, fragte Fomasi.

»In ihnen leben unsere Ahnen«, erwiderte der Oktaner.

Der Jäger zuckte zusammen.

Er war ein moderner Mann, der nicht viel von religiösen Dingen hielt. Er selbst glaubte nicht daran, dass der Geist der Ahnen in irgendeinem Wesen leben konnte, in welcher Art auch immer. Er hielt solche Dinge für Unsinn.

Das änderte jedoch nichts daran, dass er den Glauben anderer respektierte und dass er sehr wohl wusste, welche Bedeutung er für andere haben konnte.

Er erfasste, dass er die Krise keineswegs überstanden hatte, sondern sich noch immer in tödlicher Gefahr befand.

»Das tut mir leid«, sagte er mühsam. »Das habe ich nicht gewusst.«

»Es ist ein unerträglicher Gedanke für uns, dass die Felle der Affen bei euch dazu dienen, eure Frauen zu schmücken«, erklärte der Hüter des Schwertes.

Er verschränkte die Arme vor dem Körper, sodass sich seine linke Hand auf den rechten Oberschenkel legte, während die rechte Hand den Griff des Schwertes umschloss. Der Terraner sah die Hand am Schwertgriff, maß dieser Geste jedoch keine

Bedeutung bei. Der Hüter des Schwertes hockte auf dem Boden. In dieser Haltung, so meinte Fomasi, konnte er das Schwert nicht ziehen und erst recht nicht einsetzen.

»Ich verstehe jetzt, dass ich ein schweres Verbrechen begangen habe«, sagte der Terraner. »Ich habe dir jedoch auch geholfen und dir freiwillig Informationen gegeben. Dafür hast du mir Milde versprochen.«

»Ich werde Milde walten lassen.«

»Dann wirst du mich nicht töten?«, fragte der Terraner hoffnungsvoll.

»Doch«, antwortete der Oktaner, »aber du wirst es nicht bemerken. Und nun erzähle mir mehr von Grosvenor und seinen Hotels.«

Giustino Fomasi wurde die Kehle eng. Er brachte einige unverständliche Laute hervor und setzte zu weiteren Worten an. Er beobachtete den Hüter des Schwertes durch die Flammen. Er sah, dass der Oktaner sich nach vorn beugte.

Alles andere bemerkte er nicht.

Der Hüter des Schwertes zog die Klinge blitzschnell aus der Scheide und ließ sie bogenförmig nach vorn fliegen. Sie durchschnitt die Flammen und erreichte den Terraner, der noch nicht einmal blinzelte.

Der Hüter richtete Fomasi, ohne dass es ihm bewusst wurde.

2.

Ronald Tekener betrat das Büro Lordadmiral Atlans, der hinter seinem Arbeitstisch saß und einige Fotos auswertete. Der Arkonide schob die Aufnahmen zur Seite, als er Tekener sah, und bot ihm Platz an.

»Nun, Ronald?«, fragte er. »Hat sich etwas Neues ergeben?«

»Allerdings«, erwiderte der USO-Spezialist. Sein Gesicht war von frisch verheilten Lashat-Narben entstellt. Tekener war dreiundzwanzig Jahre alt, hatte aber bereits einige Einsätze für die USO hinter sich, bei denen er seine hohe Qualifikation bewiesen hatte. »Gordon Grosvenor ist nur auf den ersten Blick ein wirtschaftlicher Gigant. Er will ganz offensichtlich mehr als nur wirtschaftlichen Einfluss. Er sucht die politische Macht. Ein deutliches Anzeichen dafür ist die politische Aktivität, die er auf den Außenringwelten entwickelt.«

»Das ist also das, was wir bereits vermutet haben«, entgegnete Atlan.

»Grosvenor ist es gelungen, einige Welten unter seinen Einfluss zu bringen. Es ist ein offenes Geheimnis, dass er auf wenigstens fünf Planeten Regierungen eingesetzt hat, die Exekutive seines Willens sind. Dabei handelt es sich größtenteils um Handelswelten, auf denen sich der Bau von Hotels lohnt. In zunehmendem Maße interessiert sich Grosvenor jedoch auch für andere Wirtschaftszweige.«

»Das alles ist nicht verboten«, stellte der Arkonide fest.

»Nein«, erwiderte Tekener. »Die Aktivitäten Grosvenors werden jedoch von anderen Sternenvölkern mit größter Aufmerksamkeit verfolgt. Man befürchtet, dass Grosvenor ein politischer und militärischer Machtfaktor werden könnte, wobei mit besonderem Unwillen beobachtet wird, dass Grosvenor ein Terraner ist.«

»Wir werden ihn im Auge behalten«, erklärte Atlan. »Mit einer solchen Entwicklung müssen wir in der derzeitigen Situation rechnen. Vielleicht genügt es, ihn in die Schranken zu verweisen. Jetzt aber etwas anderes.«

Der Arkonide schob Tekener die Fotos hin.

»Onxytaur, einer der mächtigsten und angesehensten Führer auf dem Planeten Okta im Möura-System, wird in einigen Tagen hier auf der Erde zu einem Staatsbesuch eintreffen. Okta ist ein kleiner und im Grunde genommen unwichtiger Planet. Er birgt jedoch gefährlichen Konfliktstoff in sich, und dabei sind wir schon wieder bei Grosvenor.«

»Die Grantinzy-Felle«, bemerkte Tekener.

»Richtig. Wir wissen inzwischen, dass die Grantinzy-Affen unter Naturschutz gestellt worden sind. Dennoch haben in den letzten Wochen und Monaten zahlreiche Abenteurer und Glücksjäger versucht, Affenfelle von Okta zu holen. Sie sind alle gefasst und hingerichtet worden. Die sogenannten Hüter der Schwerter räumen gnadenlos auf. Dennoch wagen es immer wieder Terraner, die Jagd aufzunehmen. Sie gehen mit immer größerem technischen Aufwand vor. Der Letzte von ihnen ist in einem Kampfanzug auf die Jagd gegangen, sodass er für die Oktaner unangreifbar war.«

»Onxytaur kommt also zur Erde, um diesen Zuständen ein Ende zu bereiten«, stellte Tekener fest.

»Unter anderem«, antwortete der Aktivatorträger. »Die Oktaner haben mit gewaltigen wirtschaftlichen Problemen zu kämpfen. Sie benötigen die Hilfe Terras, um eine exportfähige Wirtschaft aufbauen zu können. Ich vermute, dass Grosvenor die Gelegenheit ergreift, mit Onxytaur zu sprechen. Er wird ihm Verhandlungen anbieten und vermutlich versuchen, ihn zu übervorteilen.«

»Dabei haben wir keinen Grund, einzugreifen«, sagte Tekener. »Solange Grosvenor nicht gegen Gesetze verstößt, können wir nichts tun.«

»Das ist richtig«, bestätigte der Arkonide. »Ihre Aufgabe wird es daher zunächst nur sein, den Oktaner zu überwachen. Nehmen Sie notfalls Verbindung mit ihm auf. Grosvenor wird inzwischen ein Schreiben der Regierung erhalten, in dem ihm angeraten wird, anstelle der Grantinzy-Felle Imitationen auszustellen. Ich bezweifle allerdings, dass er darauf eingeht, obwohl diese nur von wenigen Experten als Nachahmungen erkannt werden können.«

Er schob Tekener eine Folie zu.

»Hier sind einige weitere Unterlagen über Grosvenor. Wir haben keinerlei Beweise. Einige Spezialisten halten jedoch für möglich, dass Grosvenors Sicherheitseinheit, die für ihn eine Art Geheimpolizei darstellt, auch vor einem Mord nicht zurückschreckt.«

Tekener nickte nur. Er nahm die Papiere an sich und verließ das Büro.

Melvin Scherba drückte eine Taste auf dem Schaltpult, an dem er saß. Ein Bildschirm erhellte sich. Auf gelbem Untergrund zeichnete sich das plastische Bild eines Grantinzy-Affen ab.

»Mr. Grosvenor, bitte«, sagte Scherba.

Einige Sekunden verstrichen, dann entgegnete eine dunkle, angenehm klingende Stimme: »Melvin, was wünschen Sie?«

»Sir, Onxytaur, den man mit einigen Einschränkungen als Herrscher von Okta bezeichnen kann, hat das Möura-System verlassen. Er ist auf dem Weg zur Erde, wo er mit der Regierung verhandeln will.«

»Ausgezeichnet«, erwiderte Grosvenor. »Wir rechnen damit, dass Onxytaur keinen Erfolg haben wird. Der Planet Okta hat dem Solaren Imperium zu wenig zu bieten. Man wird dem Hüter des Schwertes einige Angebote machen, jedoch wird sich kurzfristig für Okta nichts ändern.«

»Nach den vorliegenden Informationen wird Onxytaur auf dem Rückflug nach Okta Zwischenstation auf dem Planeten Flachat im Torre-System machen und auch dort verhandeln.«

»Ausgezeichnet«, sagte Grosvenor. »Ihre Aufgabe wird es sein, Melvin, dafür zu sorgen, dass Onxytaur in unserem Hotel auf

Flachat Quartier bezieht. Wie Sie wissen, gibt es dort ein Spielcasino, sodass wir die Gunst der Stunde nutzen und Onxytaur zu einem Spiel einladen können. Daraus ergibt sich dann alles Weitere. Ich vertraue Ihnen, Melvin.«

»Danke, Sir.«

Melvin Scherba lehnte sich in seinem Sessel zurück. Er wusste, dass er mithilfe einer Kamera ständig beobachtet wurde. Im Lauf der Jahre hatte er sich daran gewöhnt.

Gordon Grosvenor hatte er noch nie gesehen, obwohl er schon unzählige Male mit ihm gesprochen hatte.

Melvin Scherba, der einer der engsten Mitarbeiter im Außendienst des Grosvenor-Konzerns war, wusste, dass Grosvenor einige Male in der Öffentlichkeit aufgetreten war. Er hatte jedoch nicht zugelassen, dass bei derartigen Gelegenheiten Fotos gemacht worden waren. Grosvenor hatte die Stille seiner Hotelsuite nur verlassen, um irgendwo in einem Spielsalon einem besonders erfolgreichen Spieler zu begegnen. Grosvenor galt als leidenschaftlicher Spieler. Von ihm hieß es, dass er im Spiel noch niemals Verlust gemacht hatte.

In den Augen Scherbas war Grosvenor ein Genie, das er bedingungslos verehrte. Scherba war einer jener wenigen Männer, die wussten, wie groß die Macht Grosvenors wirklich war. Scherba hatte im Auftrag seines Chefs zahllose Spielcasinos in allen Teilen der Galaxis eingerichtet. Er wusste, dass Grosvenor absoluter Herrscher über viele Planeten war, und auf allen stellten seine Spielcasinos außerordentlich lohnende Geldquellen dar. Grosvenor erteilte sich auf zahlreichen Welten selbst die Konzession, ein Spielcasino zu betreiben, da er kraft seines Geldes und seines Einflusses der tatsächliche Herrscher auf diesen Planeten war. Das hatte zur Folge, dass er die anfallenden Gewinne zu 100 Prozent einstreichen konnte. Staatliche Abgaben akzeptierte er nur dort, wo es gar nicht anders möglich war. Beispielsweise auf der Erde.

Melvin Scherba wartete.

Grosvenor hatte das Gespräch noch nicht als beendet erklärt. Daher konnten noch weitere Anweisungen folgen.

»Wir haben einen Brief vom Solaren Imperium erhalten«, fuhr der Hotelkönig fort, nachdem fast zwanzig Minuten verstrichen waren. »Man empfiehlt uns, zu Imitationen überzugehen.«

Melvin Scherba lächelte. Er wusste, dass so etwas für Grosvenor überhaupt nicht infrage kam.

»Wir brauchen darüber nicht näher zu sprechen«, erklärte Grosvenor. »Wir werden sehen, was sich mit Onxytaur machen lässt.«

»Auf jeden Fall müssen wir mehr noch als bisher damit rechnen, dass sich SolAb und USO einschalten«, bemerkte Scherba.

»Das ist richtig«, bestätigte Grosvenor. »Wir haben uns darauf längst vorbereitet. Unsere Abwehrorganisation steht, und ein Agent des Solaren Imperiums wird es schwer haben, gegen uns zu bestehen.«

Der Bildschirm erlosch.

Melvin Scherba erhob sich. Er war es gewohnt, dass Gordon Grosvenor das Gespräch beendete, ohne sich zu verabschieden.

Einige Tage später saß Melvin Scherba erneut vor dem Kommunikationsgerät und nahm Verbindung mit Gordon Grosvenor auf. Dieser meldete sich so schnell, als habe er nur auf den Anruf gewartet.

»Nun, Melvin?«, fragte er. »Was gibt es?«

»Onxytaur hat die Erde verlassen und ist soeben auf Flachat gelandet«, teilte ihm der Vertraute mit. »Die Verhandlungen auf der Erde sind praktisch ergebnislos verlaufen. Der Hüter des Schwertes kehrt mit leeren Händen nach Okta zurück, wenn es ihm nicht noch gelingt, auf Flachat Geschäfte zu machen.«

»Wie sind die Aussichten?«

»Leider sehr gut«, erwiderte Scherba. »Der neue Wirtschaftsminister hat ein ganzes Bündel von Vorschlägen, die er Onxytaur unterbreiten will.«

Grosvenor schwieg einige Minuten lang.

»Das Problem muss in unserem Sinn gelöst werden«, erklärte er dann. »Liegen Informationen über den neuen Wirtschaftsminister vor? Hat er Schwächen? Gibt es dunkle Punkte in seiner Vergangenheit, über die wir ihn stolpern lassen können?«

»Wir haben bereits alles überprüft«, antwortete Scherba. »Da ist nichts zu machen.«

»Lässt sich der Mann kaufen?«

»Auch das haben wir bereits versucht. Ergebnislos.«

Grosvenor schwieg für einen kurzen Moment, dann befahl er: »Lösen Sie das Problem so, dass es keine Folgeprobleme gibt, Melvin. Nach den Informationen, die mir vorliegen, befindet sich das Verkehrssystem auf Flachat noch im Aufbau. Ein Verkehrsunfall bietet sich also an.«

»Ich habe verstanden, Sir. Ich werde alles Notwendige veranlassen.«

»Bereiten Sie Verhandlungen zwischen dem Oktaner und mir vor. Onxytaur kann es sich schwerlich leisten, mit leeren Händen nach Okta zurückzukehren. Je ungünstiger die Situation auf Flachat für ihn ist, desto eher wird er bereit sein, sich auf ein Spielchen einzulassen.«

»Um was werden Sie spielen, Sir?«

»Mit einem Oktaner seines Ranges kann man nur um eines spielen: um eine Jagdlizenz. Ich will die Rechte, für sämtliche Hotels Felle zu beziehen – und das in Mengen, die ich festlege.«

Gordon Grosvenor schaltete ab und Melvin Scherba erhob sich.

Er war fest davon überzeugt, dass Grosvenor sein Ziel erreichen würde. Früher oder später würde er mit Onxytaur am Spieltisch sitzen. Gelang es ihm nicht, den Oktaner allein durch sein spielerisches Genie zu überwinden, dann würde er dafür sorgen, dass das Spiel manipuliert wurde.

»Wir landen dort auf dem Plateau«, befahl Scherba einige Tage später, als sich ein Kugelraumer aus der Handelsflotte Gordon Grosvenors in die Atmosphäre von Okta senkte.

Er befand sich in der Hauptleitzentrale dieses Raumschiffs, das einen Durchmesser von hundert Metern hatte.

Auf dem Hauptbildschirm der Zentrale zeichnete sich das Bild einer Schlucht ab, die einige Hundert Kilometer lang war.

»In dieser Schlucht finden wir die meisten Affen«, erklärte der Vertraute des Hotelkönigs.

Der Kommandant des Raumers lenkte das Schiff zu einer Hochebene, welche die Schlucht im Nordosten begrenzte. Das Plateau war baum- und strauchlos, sodass sich niemand dem Schiff ungesehen nähern konnte.

Blinkzeichen auf dem Kontrollpult vor dem Funker leuchteten auf.

»Die Oktaner melden sich«, sagte er. »Wünschen Sie mit ihnen zu sprechen, Sir?«

»Noch nicht«, erwiderte Melvin Scherba. »Das heben wir uns für später auf.«

Das Raumschiff landete. Staub schoss unter dem Druck der aufgewirbelten Luftmassen zu den Seiten weg.

Scherba schaltete den Interkom ein.

»Wir sind gelandet, meine Herren«, verkündete er. »Beginnen Sie mit Ihrer Arbeit. Alle erlegten Affen werden sofort ins Schiff gebracht.«

»Verstanden. Wir starten«, antwortete der Führer der Jagdstaffel.

Scherba blickte zum Hauptbildschirm hoch. Er sah, dass sich fünf Shifts vom Raumschiff entfernten. Er erhob sich.

»Bis später«, sagte er zum Kommandanten und verließ die Hauptleitzentrale.

Wenig später erreichte er eine Schleuse, in der ein sechster Shift auf ihn wartete. Ein blonder Mann stand in der Mannschleuse.

»Wir sind so weit, Cal«, sagte Scherba.

Er stieg zusammen mit dem Blonden in die Zentrale des Shifts. Cal Stol setzte sich ans Steuer. Er lenkte den Shift aus der Schleuse. Die anderen Flugpanzer hatten einen Vorsprung von mehr als tausend Metern. Sie glitten bereits in die Schlucht.

Cal Stol beschleunigte mit Höchstwerten. Der Abstand zu den anderen Maschinen schmolz zusammen.

»Ich bin gespannt, wann die ersten Oktaner hier auftauchen«, sagte Scherba.

»Sie werden versuchen, uns die Hölle heißzumachen.«

»Vermutlich. Aber das ändert nichts an den Tatsachen. Onxytaur hat im Spiel gegen Grosvenor alles verloren. Grosvenor besitzt die Jagdrechte für Okta. Er kann so viele Grantinzy-Affen schießen und abtransportieren, wie er will, und wenn er sie dabei ausrottet. Er hat die Rechte.«

Cal Stol schüttelte den Kopf.

»Ich verstehe Onxytaur nicht«, sagte er. »Wie war es nur möglich, dass er sich auf ein derartiges Spiel eingelassen hat?«

»Grosvenor hat ihn in die Enge getrieben. Okta braucht den Export, hat aber nur eine veraltete Positronik anzubieten, die niemand haben will. Daher sind alle Verhandlungen mit der Erde und mit Flachat gescheitert, wobei wir nicht ganz unschuldig sind. Und dann hat sich Grosvenor direkt eingeschaltet. Onxytaur wusste nicht mehr weiter. Daher kam ihm das Angebot Grosvenors gerade recht.«

»Was hat der Chef ihm angeboten?«, fragte der Blonde. Der Shift hatte die Schlucht erreicht. Die anderen Flugpanzer waren nur noch etwa hundert Meter von ihnen entfernt.

»Er hat zunächst nur der Unterhaltung wegen mit dem Oktaner gespielt. Dabei hat er ihn gewinnen lassen. Später hat er ihm das Gefühl vermittelt, ein so großartiger Spieler zu sein, dass er gegen Grosvenor jedes Spiel macht. Zu diesem Zeitpunkt hat Grosvenor ihm angeboten, ihm Jahr für Jahr die gesamte Produktion positronischer Güter abzukaufen.«

»Das wäre für Okta ein Milliardengeschäft geworden, wenn Onxytaur gewonnen hätte.«

»Eben. Deshalb hat er sich auch darauf eingelassen. Natürlich hat Grosvenor dieses Spiel gewonnen, und jetzt können wir uns hier holen, was immer wir wollen, ohne den Oktanern eine Gegenleistung dafür erbringen zu müssen.«

»Das werden sie sich nicht gefallen lassen.«

Melvin Scherba lachte.

»Natürlich nicht. Aber das ist nicht unser Problem. Wir sahnen heute ab. Sehen Sie, Cal.«

Der Vertraute Grosvenors zeigte nach vorn. »Sie setzen die Paralysestrahler ein. Die Affen können nicht mehr fliehen. Wir brauchen sie nur noch einzusammeln.«

Die Shifts schwärmten aus und bildeten eine Linie quer über die Schlucht. Cal reihte sich in diese Front ein. Mit mäßiger Geschwindigkeit flogen die Panzer durch die Schlucht. Im Grün unter ihnen sah Melvin Scherba zahllose Grantinzy-Affen, die vor ihnen flüchteten.

Er löste die Paralysestrahler der Maschine aus, und die Halbintelligenzen brachen zusammen.

»Onxytaur wird Mühe haben, den Oktanern zu erklären, was er getan hat«, stellte Scherba belustigt fest. »Es wird nicht leicht, vielleicht sogar unmöglich für ihn sein angesichts der Bedeutung, die diese Affen für die Oktaner haben.«

Melvin Scherba empfand nicht das geringste Mitleid mit den Oktanern oder den halbintelligenten Affen. Er bewunderte Grosvenor, der es geschafft hatte, den Hüter des Schwertes zu einem Spiel um alles oder nichts zu verleiten, obwohl die Oktaner im Grunde genommen keine Spieler waren.

Für Scherba war Gordon Grosvenor eines der größten Genies, die die Menschheit der Erde je hervorgebracht hatte.

»Wie werden die Affen getötet?«, fragte Cal Stol.

»Ein Schlag ins Genick genügt«, antwortete Scherba. »Gehäutet werden sie oben auf der Ebene. Hoffentlich sind wir damit fertig, bevor die Oktaner kommen.«

Er deutete auf einen See, an dem sich weit über hundert Grantinzy-Affen tummelten. Sie errichteten aus Holz und Moos eine

Art Hütte. Cal Stol schwenkte die Projektoren der Lähmstrahler herum und schoss. Dann lachte er laut auf.

»Es sieht verblüffend aus, wenn sie alle zugleich umfallen«, sagte er.

Melvin Scherba beugte sich vor. Er schaltete ein Funkgerät ein.

»Wir kehren um«, erklärte er. »Das reicht für unseren Frachtraum. Fliegen Sie weiter, bis auch sie genügend Affen haben.«

Cal Stol landete neben dem See. Die beiden Männer stiegen aus. Die halbintelligenten Wesen lagen mit weit geöffneten Augen auf dem Boden. Während der Blonde das Schott zum Frachtraum des Shifts öffnete, begann Scherba mit der Bergungsarbeit. Er ergriff einen der Affen und schlug ihm die Handkante ins Genick. Dann warf er ihn in den Frachtraum und hob den nächsten auf. Stol half ihm. Sie arbeiteten schnell und präzise. Nur Minuten vergingen, bis sie alle Affen geborgen hatten. Cal Stol stieg ein und flog etwa zweihundert Meter weiter zur nächsten Herde. Melvin Scherba ging die Strecke zu Fuß. Dabei sammelte er einige Affen auf, die unter Büschen verborgen lagen.

Er hatte keine Gewissensbisse, da er überzeugt davon war, dass sich der Bestand der Affen rasch wieder erholen würde. Der Beutezug des heutigen Tages reichte aus für etwa fünfzig Neueröffnungen. Das war etwa das Programm, das sich Grosvenor für die nächsten Monate vorgenommen hatte.

Als der Frachtraum voll war, flog Cal Stol allein zum Raumschiff zurück. Er landete auf dem Plateau und überließ es einigen Robotern, den Frachtraum zu entleeren. Roboter enthäuteten die Affen. Sie warfen die Felle in ein Antigravfeld, in dem sie nach oben getragen wurden.

Die Roboter arbeiteten mit atemberaubender Geschwindigkeit. Cal Stol, der so etwas noch nicht gesehen hatte, sah ihnen kopfschüttelnd zu. Nach nur wenigen Minuten Aufenthalt beim Raumschiff konnte er schon wieder starten und zur Schlucht zurückkehren. Von dort kamen die anderen Shifts, um ihre Beute zum Abhäuten abzuliefern.

Als Cal Stol in der Schlucht landete, hatte Melvin Scherba bereits mehrere Hundert Grantinzy-Affen zusammengetragen.

»Warum haben wir das nicht schon früher so gemacht?«, fragte der Blonde. »Diese Art Jagd ist doch kinderleicht. Wieso wurden die Affen sonst immer geschossen oder mit Bolzen erlegt?«

Scherba verzog den Mund.

»Es gibt so etwas wie eine Jägerehre«, antwortete er. »Schon davon gehört?«

»Nein, noch nie.«

»Sie verlangt, dass dem gejagten Wild eine gewisse Chance eingeräumt wird«, erklärte Scherba. »So etwas kommt für uns nicht infrage. Wir sind nicht hier, um einem Jagdtrieb zu frönen, sondern eine Arbeit zu erledigen, die einfach getan werden muss. Wir halten uns nicht mit Kleinigkeiten auf.«

Einer der anderen Shifts landete in der Nähe. Der Pilot stieg aus und kam zu Scherba.

»Wir haben die ganze Schlucht abgesucht«, berichtete er. »Es gibt keine Affenherden mehr. Falls welche von den Affen überlebt haben sollten, sind es Einzeltiere, die irgendwo unter den Felsen oder den Büschen versteckt liegen.«

»Es sind keine Tiere«, wandte Cal Stol ein. »Es heißt, dass es Halbintelligenzen sind.«

»Von mir aus. Jedenfalls gibt es so gut wie keine mehr in der Schlucht.« Der Pilot wandte sich um, kehrte zu seinem Shift zurück und startete.

»Na schön«, sagte Melvin Scherba zufrieden. »Vielleicht gelingt es uns, von hier zu verschwinden, bevor die Oktaner überhaupt merken, was los ist.«

Er hatte kaum zu Ende gesprochen, als ein fernes Donnern erklang. Die beiden Männer richteten sich auf. Sie vernahmen ein schrilles Pfeifen, das rasch näher kam.

»Sie schießen Raketen auf uns ab«, rief Scherba.

Er packte mehrere Affen, obwohl er sie noch nicht getötet hatte, und schleuderte sie in die Frachtkammer des Shifts. Dann trieb er Cal Stol in den Flugpanzer. Der Pilot schloss die Schotte, startete und schaltete die Schutzschirmprojektoren ein.

»So halten die also ihre Verträge«, rief Stol. »Das hätten wir von Anfang an wissen müssen.«

Melvin Scherba grinste.

»Was spielt das jetzt noch für eine Rolle?«, fragte er. »Wir haben, was wir wollten.«

Der Shift erreichte die Hochebene. Mehrere Raketen schlugen vor ihnen ein und rissen tiefe Krater in das Gestein. Eine von ihnen explodierte im Schutzschirm des Kugelraumers, ohne Schaden anzurichten.

Scherba gab seinem Begleiter das Zeichen, weiterzufliegen. Der Blonde gehorchte. Als er sich dem Raumschiff genügend genähert hatte, öffnete sich eine Strukturlücke vor ihm im Energieschirm und ließ den Flugpanzer durch.

»Landen«, befahl Scherba. »Die Roboter sollen die letzten Affen enthäuten.«

Er stieg wenig später aus und ließ sich von einem Antigravfeld nach oben tragen.

Als er die Hauptleitzentrale betrat, stellte er fest, dass die Oktaner den Beschuss eingestellt hatten.

»Sie sind zur Vernunft gekommen«, sagte der Kommandant. »Sie haben eingesehen, dass sie gegen uns doch nichts ausrichten.«

Der Funker machte darauf aufmerksam, dass die Oktaner sich um Funkkontakt bemühten.

»Schalten Sie ein«, befahl Scherba.

Die Bildschirme erhellten sich. Der bizarr geformte Kopf eines Oktaners erschien im Projektionsfeld.

»Wir sind angegriffen worden«, erklärte Melvin Scherba. »Man hat widerrechtlich mit Raketen auf uns geschossen. Dadurch wird unsere Jagd empfindlich gestört. Würden Sie uns freundlicherweise erklären, was das alles zu bedeuten hat?«

»Ich komme zu Ihnen«, erwiderte der Oktaner. »Ich lehne es ab, auf diesem Weg mit Ihnen zu verhandeln. Nur das direkte Gespräch zählt.«

Scherba lächelte entgegenkommend.

»Das ist mir recht«, sagte er. »Wissen Sie, auch ich bin für direkte Kontakte, weil auf diese Weise viel weniger Missverständnisse entstehen. Sie sind mir willkommen.«

»Ich bin in einigen Minuten bei Ihnen.«

»Verzeihen Sie mir noch eine Frage«, sagte der Terraner. »Wer sind Sie?«

»Ich bin der Hüter des Schwertes Arantrat, Herr der Wüsten Sezpha«, antwortete der Oktaner. Danach schaltete er ab.

Melvin Scherba pfiff durch die Zähne.

»Immerhin«, sagte er. »Nach Onxytaur der mächtigste Mann auf Okta. Wir werden ihn so empfangen, wie es ein Mann seines Ranges erwarten kann.«

Er kehrte zum Kommandanten zurück.

»Treffen Sie die entsprechenden Vorbereitungen«, befahl er. »Und präparieren Sie das Schiff so, dass Arantrat an einen Volltreffer glauben muss.«

3.

»Er kommt«, meldete der Kommandant.

Melvin Scherba verließ seine Kabine, in der er die letzten Stunden verbracht hatte. Arantrat hatte sein Wort nicht gehalten. Er war nicht innerhalb weniger Minuten auf die Ebene gekommen, sondern er traf erst nach Ablauf von fast drei Stunden ein.

Scherba wusste, dass das nicht an fehlenden Transportmaschinen lag. Der Hüter des Schwertes hätte ohne Weiteres einen Gleiter nehmen können. Doch das tat Arantrat nicht. Er ließ sich Zeit und kam so, wie es der Tradition seines Stammes entsprach.

Als Scherba die Hauptleitzentrale betrat, sah er den Hüter des Schwertes auf dem Hauptbildschirm. Arantrat näherte sich dem Raumschiff mit einem vierrädrigen Automobil, das sich mühsam in dem unwegsamen Gelände voranbewegte. Etwa einhundert Oktaner begleiteten ihn auf hochbeinigen Dradas.

»Ein Zug wie aus dem Mittelalter«, sagte der Kommandant. »Wenn man das sieht, glaubt man nicht, dass es auf diesem Planeten eine gut entwickelte Industrie und eine moderne Positronik gibt.«

»Die der Zeit um mehr als fünfzig Jahre hinterherhinkt«, ergänzte Scherba.

»Mag sein. Sie passt jedoch nicht zu diesem Bild.« Der Kommandant blickte Scherba an. Er deutete auf den Hauptcomputer. »Ich habe mich inzwischen über Arantrat erkundigt. Er ist Top-Manager eines Konzerns in einer Stadt im Norden, der hauptsächlich Lenksysteme für Antigravgleiter herstellt. Außerdem ist er in der Politik tätig. Er vertritt die Aschan-Parteien der Radikaltraditionalisten.«

Der Kommandant blickte den Vertrauten Grosvenors besorgt an.

»Außerdem gilt der Hüter des Schwertes als Meister seines Faches. Er gehört zu jenen Männern, die das Schwert so schnell ziehen können, dass sie einen Gegner köpfen können, bevor dieser merkt, was geschieht. Er greift mit der rechten Hand zur linken Hüfte und reißt das Schwert heraus. Während er den Arm streckt, schleudert er die Klinge bogenförmig herum. Eine Abwehrmöglichkeit besteht nicht.«

Melvin Scherba nickte. Er legte die Hand an den Kragen und zog ihn etwas herunter.

»Ich habe mich vorbereitet«, erwiderte er.

»Wieso?«, fragte der Kommandant.

»Die Tarnung ist perfekt«, sagte Scherba lächelnd. »Ich habe mir eine Manschette aus hoch verdichtetem Stahlkunststoff anlegen lassen. Wenn Sie sie nicht erkennen, wird Arantrat sie erst recht nicht sehen.«

Er klopfte sich mit den Knöcheln gegen den Hals.

»Er wird sich sein Schwert daran zerschlagen, falls er es einsetzt. Mir wird nichts geschehen.«

Melvin Scherba verließ die Hauptleitzentrale. Einige Männer aus seiner Leibwache schlossen sich ihm an. In einem Antigravfeld sanken sie auf den staubigen Boden der Ebene hinab.

Scherba entfernte sich etwa hundert Meter von dem Raumschiff. Dann drehte er sich um und blickte zurück. Etwa fünfzig Meter über ihm klaffte ein großes Loch in der Schiffshülle. Es sah aus, als ob an dieser Stelle ein Explosionsgeschoss eingedrungen sei. Dabei schien das Geschoss einige Stahlplatten der Hülle herausgerissen und davongeschleudert zu haben. Darunter war eine Schrift sichtbar geworden: »...lares Imperi...«

Mehrere Roboter waren dabei, die Schrift zu verdecken. Sie gingen programmgemäß so langsam vor, dass Arantrat die Schrift mittlerweile gesehen haben musste. Der Hüter des Schwertes hatte sein Fahrzeug auf einer kleinen Anhöhe angehalten. Jetzt saß er auf einem Teppich, den seine Begleiter auf dem Boden ausgebreitet hatten. Vor ihm brannte ein Feuer in einem Stahlkessel.

Melvin Scherba und seine Begleiter gingen zu dem Oktaner. Der Vertraute Grosvenors setzte sich ihm gegenüber. Er wusste, dass er den Hüter des Schwertes bei derartigen Gesprächen nur durch die Flammen ansehen durfte.

»Sie haben die bestehenden Gesetze gebrochen«, eröffnete Arantrat das Gespräch.

Melvin Scherba versuchte herauszufinden, wo die Augen des Oktaners waren und wohin sie blickten. Es gelang ihm nicht.

Er griff in die Innentasche seiner Jacke und holte eine Folie daraus hervor. Er hob sie hoch und breitete sie vor Arantrat aus.

»Das ist ein Vertrag«, erklärte er. »Er ist von Onxytaur unterzeichnet. Darin verleiht Onxytaur uns das unumschränkte Jagdrecht auf Grantinzy-Affen. Wir können so viele Exemplare schießen, wie wir benötigen. Nicht mehr und nicht weniger haben wir heute getan. Ihr aber habt uns dafür mit Raketenwaffen angegriffen.«

Scherba zeigte über die Schulter hinweg auf das Raumschiff.

»Und ihr habt getroffen.«

Arantrat hob den rechten Arm und zeigte auf das Raumschiff.

»Das ist ein Raumer des Solaren Imperiums«, erklärte er.

Melvin Scherba schüttelte den Kopf.

»Nein, nein«, erwiderte er. »Das ist ein Irrtum. Dieses Schiff gehört Gordon Grosvenor, dem Hotelkönig. Weshalb sollte Rhodan an Fellen von Affen interessiert sein? Was hätte das Solare Imperium davon, wenn der Hüter des Schwertes Onxytaur einen derartigen Vertrag unterzeichnet?«

Arantrat schwieg. Seine linke Hand stützte sich auf den rechten Oberschenkel, die rechte glitt zur linken Hüfte. Scherba konnte nicht sehen, dass sie den Griff des Schwertes umspannte, aber er vermutete es.

Durch die Flammen beobachtete er den Hüter des Schwertes. Er ahnte, was in seinem Kopf vorging.

»Onxytaur ist als Gesandter von Okta zur Erde geflogen, um dort mit Rhodan zu verhandeln. Heute ist er zurückgekehrt und hat erklärt, dass die Gespräche mit Rhodan ohne jeden Erfolg geblieben sind. Das Solare Imperium ist entschlossen, Okta in eine wirtschaftliche Krise zu stürzen, um sich diese Welt später um so leichter einverleiben zu können. Berichte Rhodan, dass er sich vergebliche Hoffnungen macht. Wir Oktaner werden sich seiner Gewalt nicht beugen. Wir werden nicht dem Solaren Imperium beitreten. Wir werden unsere Freiheit bewahren, auch wenn wir dafür mit Armut bezahlen müssen.«

Arantrat senkte den Kopf.

»Ihr habt Hunderte von Affen getötet«, fuhr er mit leiser Stimme fort. »Ihr habt das schwerste Verbrechen begangen, das je auf Okta bekannt geworden ist. Ihr habt es im Namen des Solaren Imperiums begangen.«

Melvin Scherba sah, dass Arantrat sich bewegte. Und dann schlug auch schon das Schwert krachend gegen seinen Hals. Er spürte, dass die Stahlplastikhülle an seinem Hals platzte, der plötzlich brannte, als habe Arantrat ihn mit einem glühenden Stab berührt.

Jetzt erst sah der Terraner, dass der Hüter sich halb aufgerichtet hatte und das Schwert in der ausgestreckten Hand hielt. Die Klinge hatte die Manschette aufgebrochen und sich darin verklemmt.

Arantrat schrie gellend auf.

Mit einem Ruck riss er das Schwert zurück. Scherba verlor den Halt. Er schlug mit dem Kopf gegen den Stahlkessel und stieß ihn um. Dann stürzten sich seine Wächter auf ihn, packten ihn und zerrten ihn vom Feuer weg. Sie bedrohten die Oktaner mit ihren Energiestrahlern.

Der Hüter des Schwertes wich vor ihnen zurück. Er hielt das Schwert mit beiden Händen. Die Terraner glaubten zu erkennen, dass er es fassungslos anblickte.

»Ins Schiff!«, befahl Scherba keuchend. »Schnell.«

Das Schwert hatte ihn verletzt. Er blutete heftig. Seine Begleiter hoben ihn hoch und eilten im Laufschritt auf das Raumschiff zu. Von dorther raste ein Antigravgleiter heran. Er nahm die Männer auf und brachte sie zum Raumer.

Der Hüter des Schwertes schob seine Waffe in die Scheide zurück. Er stieg in seinen vierrädrigen Karren, startete den Motor und wendete. Dann fuhr er gemächlich davon. Er schien nicht zu befürchten, dass die Terraner mit Bordkanonen auf ihn schossen.

Eine Stunde später begann der zentrale Hyperkomsender von Okta zu senden. Er verbreitete die Nachricht über die Galaxis, dass Perry Rhodan im Namen des Solaren Imperiums versucht hatte, ein kleines, unbedeutendes Volk in den Abgrund zu stürzen, um es dann um so leichter einem neuen Imperium einverleiben zu können.

Die Oktaner schilderten die Betrugsmanöver, deren Opfer Onxytaur geworden war, gaben die Schuld jedoch nicht ihm oder Gordon Grosvenor, sondern Perry Rhodan und dem Solaren Imperium. Sie eröffneten den Völkern der Galaxis, mit welcher Brutalität sich die Terraner über oktanisches Recht hinweggesetzt hatten. Sie erklärten, diese Flucht in die galaktische Öffentlichkeit sei die einzige Möglichkeit, die sie noch hatten, sich vor dem terranischen Zugriff zu retten.

Die Nachrichten von Okta lösten in der Galaxis Empörung und Unruhe aus. Kaum verheilte Wunden brachen wieder auf. Damit geschah gerade das, was Rhodan unter allen Umständen hatte verhindern wollen.

Einige Tage später summte der Türmelder an der Kabinentür Tekeners. Der Narbengesichtige öffnete. Vor der Tür stand eine junge Frau.

»Ein Gespräch von der Erde für Sie«, berichtete sie. »Würden Sie bitte die Hyperkomzentrale aufsuchen?«

»Danke«, erwiderte er. »Ich bin schon unterwegs.«

Er verließ die Kabine, in der er die letzten Tage zugebracht hatte. Ronald Tekener befand sich auf der Reise nach Flachat im

Torre-System, jener Welt, die auch der Oktaner Onxytaur aufgesucht hatte. Er flog in einem Handels- und Passagierraumer und war in der Passagierliste als Pumpeningenieur ausgewiesen. Dem Kommandanten gegenüber hatte er durchblicken lassen, dass er den Auftrag hatte, für die auf Flachat entwickelten Raumschiffstriebwerke Treibstoffpumpen zu konstruieren.

Er betrat die Hyperkomzentrale, die sich in fünf Einzelkabinen aufteilte. Ein grünes Licht zeigte ihm an, welche Kabine er aufsuchen sollte. Er schloss die Tür hinter sich, setzte sich und drückte eine Taste unter dem Bildschirm. Als sich dieser erhellte, schob er eine Code-Folie in einen Schlitz unter dem Bildschirm. Damit ermöglichte er die Entschlüsselung der erwarteten Hyperkomsendung.

Das Bild Atlans erschien auf dem Bildschirm.

»Die Ereignisse der letzten Tage machen einen Einsatz auf Okta notwendig«, erklärte der Arkonide nach kurzer Begrüßung. »Sie haben überall in der Galaxis Unruhe ausgelöst. Nahezu ununterbrochen treffen Gesandte aus allen Bereichen der Milchstraße auf der Erde ein, um gegen das Verhalten Terras zu protestieren, und kaum jemand glaubt uns, dass wir mit den Vorfällen auf Okta nichts zu tun haben. Für uns besteht kein Zweifel, dass Gordon Grosvenor der Drahtzieher der ganzen Geschichte war. Unklar ist noch, aus welchem Motiv er gehandelt hat. Auf keinen Fall kann es ihm nur um die Affenfelle gehen. Er hat uns ein Hypergramm geschickt, in dem er erklärt, dass er ab sofort nur noch Imitationen ausstellen wird. Natürlich glauben wir ihm kein Wort.«

»Beweise fehlen«, sagte Tekener, »sonst wären Sie längst gegen Grosvenor vorgegangen.«

»Allerdings«, bestätigte Atlan. »Wir vermuten, dass Grosvenor den Wirbel nur veranstaltet hat, um Rhodan zu noch größerer politischer und militärischer Vorsicht zu zwingen. Es gibt Anzeichen dafür, dass Grosvenor ein eigenes Imperium errichten will. Damit könnte er sich unserer Gerichtsbarkeit endgültig entziehen. Gegen den Privatmann Grosvenor können wir vorgehen, falls er gesetzwidrig handelt, gegen den Imperator Grosvenor nicht, weil ein Angriff auf ihn die anderen Völker der Galaxis dazu provozieren könnte, gegen uns gerichtete politisch-militärische Gemeinschaften zu bilden.«

»Grosvenor spielt hoch«, bemerkte Tekener.

»Er ist ein Spieler«, stellte Atlan fest. »Eine solche Strategie, wie er sie verfolgt, entspricht der Mentalität eines Spielers. Es ist klar, dass wir verhindern müssen, dass er dieses Spiel gewinnt. Es darf kein Grosvenor-Imperium als politisches Gebilde entstehen. Wir müssen ihn vorher stoppen.«

»Was habe ich zu tun?«, fragte Tekener.

»Sie müssen klären, was auf Okta wirklich geschehen ist. Sie müssen Beweise sammeln, die es uns ermöglichen, gegen Grosvenor vorzugehen. Deshalb werden Sie nach Okta fliegen.«

Ronald Tekener blickte den Arkoniden überrascht an.

»Ich habe gehört, dass die Oktaner alle Fremden von ihrem Planeten verweisen. In den Nachrichten hieß es, dass der letzte Terraner Okta bereits vor zwanzig Stunden verlassen hat. Zur Zeit gilt Okta als für alle Fremden gesperrte Welt.«

»Ich weiß«, erwiderte der Unsterbliche gelassen. »Dennoch werden Sie dorthin fliegen. Ohne Risiko geht es nun mal nicht. Hören Sie sich erst einmal an, welchen Vorschlag ich Ihnen zu machen habe. Danach haben Sie selbstverständlich das Recht, den Auftrag abzulehnen, wenn er Ihnen als zu gefährlich erscheint.«

»Ich höre«, sagte Tekener.

Der Arkonide entwickelte den Plan und sprach ihn in allen Einzelheiten mit dem von Lashat-Narben gezeichneten USO-Spezialisten durch.

»Ich bin einverstanden«, erklärte Tekener schließlich. »Ich hoffe, dass es so geht.«

»Ich habe erfahren, dass Sie Waffenliebhaber sind«, sagte Atlan.

»Das ist richtig«, bestätigte Tekener.

»Nun, vielleicht gelingt es Ihnen, ein Sertagi-Schwert von Okta mitzubringen«, sagte der Arkonide lächelnd. »Es wäre das Kostbarste, was ein Nicht-Oktaner von dort mitnehmen kann.«

Tekener lächelte ebenfalls. Er schüttelte den Kopf.

»Das halte ich für völlig aussichtslos«, entgegnete er. »Noch niemals in der Geschichte der Sertagi-Hüter hat ein Schwert diese Welt verlassen. Vergessen Sie nicht: Diese Schwerter gelten als die Wohnstätten der Götter!«

»Ihr Gesicht ist Ausweis genug«, sagte der Mann, der Tekener außerhalb der Hauptstadt des Planeten Flachat empfing. Er war weißhaarig und hatte dichtes, stark gekräuseltes Haar. »Sie sind Ronald Tekener. Die Lashat-Narben lassen keinen Zweifel daran.«

»Trevor Gould«, entgegnete Tekener.

Sein Gegenüber nickte und zeigte ihm eine Plakette, die ihn als USO-Spezialisten auswies.

»Es ist alles vorbereitet«, erklärte Gould. »Sie können in einer Stunde starten, wenn Sie wollen.«

Die beiden Männer standen vor einem Kuppelbau, der sich in einem kaum erschlossenen Gebirgstal erhob. Obwohl er eine Höhe von mehr als dreihundert Metern erreichte, wirkte er gegen die steil aufsteigenden Berge zu beiden Seiten klein.

»Kommen Sie«, sagte Gould und führte Tekener in den Kuppelbau. Sie durchquerten eine Empfangshalle und mehrere Verwaltungsbüros, bis sie in eine Halle kamen, in der ein kugelförmiges Raumschiff stand. Es hatte einen Durchmesser von sechzig Metern und sah aus, als ob es in einen Meteoritenschauer geraten sei.

»Das ist ein Wrack«, stellte Tekener fest. »War es notwendig, derartig zu übertreiben?«

»Sie müssen immerhin damit rechnen, dass Sie einem anderen Schiff begegnen oder gar aufgebracht werden. Dann müssen Sie schon ein Wrack vorweisen können, das Ihren Aussagen annähernd entspricht«, erwiderte Gould. »Tatsächlich dürfte dieser Kasten nicht in der Lage sein, mehr als die bevorstehende Reise zu überstehen. Aber das ist auch gar nicht notwendig. Sie werden ihn mit einem Drei-Mann-Zerstörer verlassen, sobald Sie das Möura-System erreicht haben. Wir gehen davon aus, dass Arantrat die Landegenehmigung erteilen wird. Danach sind Sie auf sich allein angewiesen.«

»Arantrat hat sich also durchgesetzt«, bemerkte Tekener.

»Er gilt als der zur Zeit mächtigste Hüter«, bestätigte Gould. »Er hat sich allerdings gegen mehrere Parteien zu behaupten, die noch radikaler sind als er, und die Aschan-Partei. Die radikalsten Oktaner vereinigen sich zur Zeit in der Klerta-Partei. Ihre Hochburg liegt auf der nördlichen Halbkugel des Planeten Okta in einer der größten Städte des Planeten. Ihr Wahrzeichen ist das Sertagi-Schwert.«

»Das ist es bei den anderen Parteien auch«, entgegnete der Narbengesichtige.

»Schon«, bestätigte Gould. »Sie unterstreichen die Bedeutung, die sie dem Schwert und den Traditionen beimessen, dadurch, dass sie Nachahmungen der Schwerter auf Türmen über ihren Häusern aufstellen. Und da werden Sie ansetzen.«

Die beiden Männer betraten das Raumschiff. Gould erläuterte Tekener die technischen Einrichtungen, die so verändert worden waren, dass Tekener es allein fliegen konnte.

Dabei sah das Raumschiff auch innerlich so aus, als habe es irgendwo auf einer Dschungelwelt einige Jahre ungeschützt in der Wildnis gelegen.

Der Drei-Mann-Zerstörer sah kaum besser aus. Alle Waffen waren entfernt worden.

»Maschinen dieser Art werden gern von wohlhabenden Privatleuten gekauft, sobald sie militärisch ausrangiert worden sind«, erläuterte Gould. »Sie sind vor allem für private Kurierdienste, für Kleintransporte von wertmäßig hochstehenden Gütern und für planetarische Personenbeförderungen interessant. Es fällt also nicht auf, wenn Sie das Wrack in einer derartigen Maschine verlassen.«

Tekener setzte sich in die Flugkanzel des Zerstörers und prüfte die Maschine durch. Alle technischen Einrichtungen waren in Ordnung.

»Es ist klar, dass die Oktaner versuchen werden, den Zerstörer auseinanderzunehmen«, sagte Gould. »Das ist genau das, was wir beabsichtigen. Sie werden als Positronikexperte auftreten. Die Oktaner werden überrascht feststellen, dass sie mit ihrer Technik doch nicht so weit hinter dem Mond zurück sind, wie sie glauben. Das wird Ihnen hoffentlich die Möglichkeit zu einigen intensiven Gesprächen geben und Sie aus der nachteiligen Stellung des Bittenden heben.«

Die beiden USO-Spezialisten wechselten in die Hauptleitzentrale des Raumschiffs über und trafen die letzten Vorbereitungen für den Start nach Okta.

4.

Das Raumschiff fiel auf Lichtgeschwindigkeit zurück, als es die äußeren Bereiche des Möura-Systems erreichte. Ronald Tekener drückte die Taste des Hyperkoms. Einige Sekunden verstrichen, dann erhellte sich der Bildschirm. Das Symbol von Okta erschien in der Projektionsfläche. Es war ein neues Symbol, das im intergalaktischen Identifikationscode noch nicht enthalten war. Es zeigte einen blau bepelzten Affen, der über einem gekrümmten Schwert schwebte.

Das Bild wechselte nach einigen Sekunden, und der bizarr geformte Kopf eines Oktaners erschien.

»Helfen Sie mir«, sagte Tekener hastig. »Mein Raumer bricht auseinander.«

»Identifizieren Sie sich«, forderte der Oktaner.

»Dafür ist keine Zeit«, erwiderte der Terraner. »Hören Sie doch.« Er steuerte die Mikrofone weiter aus. Tatsächlich knackte und knisterte es im Raumschiff, als löse es sich bereits auf.

»Identifizieren Sie sich«, wiederholte der Oktaner.

»BASIC 47 36 29 von Flachat im Torre-System nach Uhrtuk vom Stelza-System unterwegs. Linearflug musste abgebrochen werden, weil der Raumer den Belastungen nicht mehr gewachsen war. Mir bleiben nur noch Minuten. Ich muss auf ein Beiboot, einen ausrangierten Drei-Mann-Zerstörer, umsteigen, wenn ich meine Haut noch retten will. Bitte, geben Sie mir Landeerlaubnis auf Okta.«

»Abgelehnt«, erklärte der Oktaner. »Fremde werden zurzeit nicht bei uns geduldet. Versuchen Sie nicht, dennoch bei uns zu landen. Wir würden Sie vorher abschießen.«

Der Bildschirm erlosch. Ronald Tekener schüttelte seufzend den Kopf. Im ersten Anlauf war er gescheitert. Das bedeutete jedoch nicht, dass er bereits aufgab.

Er erhob sich und schaltete die Zeitkontrolle auf vier Minuten. Dann verließ er die Hauptleitzentrale und rannte zum

Haupthangar, in dem der Drei-Mann-Zerstörer stand. Die Maschine war startbereit. Eine erneute Überprüfung war nicht notwendig. Tekener stieg in die Kanzel und schloss sie. Dann öffnete er die Hangarschleuse und ließ die Luft aus dem Hangar entweichen. Auf unsichtbaren Antigravfeldern schwebte die Maschine durch die Schleuse.

Die BASIC befand sich zwischen ihr und Okta.

Tekener blickte auf das Chronometer. Die letzten Sekunden bis zur Zerstörung des Schiffes liefen rasend schnell ab.

Zehn Sekunden vor der geplanten Katastrophe schaltete er den Hyperkom ein.

»Okta, melden Sie sich«, schrie er. »Melden Sie sich.«

Die verbleibende Zeit schien sich in nichts aufzulösen. Dann aber erhellte sich der Bildschirm. Das bizarre Gesicht des Oktaners zeichnete sich darauf ab.

»Hören Sie«, rief Tekener. »Ich habe das Schiff verlassen. Es bricht ...«

Er schrie auf und schloss seinen Raumhelm. Durch die Panzerplasthaube des Zerstörers sah er, wie die BASIC sich auflöste. Sie zerbrach in zahllose Fragmente unterschiedlicher Größe.

»Sie löst sich auf«, fuhr Tekener fort. »Die BASIC bricht auseinander. Helfen Sie mir.«

»Wo sind Sie?«

»Ich bin in dem Drei-Mann-Zerstörer. Jetzt entferne ich mich von den Trümmern.«

»Ein Drei-Mann-Zerstörer erreicht die Lichtgeschwindigkeit. Sie können also in fünf bis sechs Jahren im benachbarten Östross-System sein.«

Tekener lachte zornig auf.

»Machen Sie sich nicht über mich lustig«, sagte er. »Mann, ich habe Verpflegung für sieben Tage an Bord. Dann ist es aus mit mir. Außerdem ist dies kein Hochleistungszerstörer der Solaren Flotte, sondern ein ausrangiertes Wrack, das gerade dazu ausreicht, auf einem Planeten zu landen.«

»Dieser Planet wird nicht Okta sein.«

»Einen anderen erreiche ich nicht mehr.«

Tekener drückte eine Taste. Der Zerstörer war etwa zehn Kilometer von dem Wrack der BASIC entfernt. Funkimpulse eilten zu den Resten des Raumschiffs und lösten eine Reihe von Explosionen aus.

»Mit dem Zerstörer ist es nicht mehr weit her. Ich werde versuchen, auf Okta zu landen.«

»Das käme einem Selbstmord gleich.«

»Wenig erfreulich, was Sie mir da zu sagen haben«, entgegnete der Terraner. »Wenn ich nicht auf Okta zu landen versuche, ist es ebenfalls aus mit mir. Oder haben Sie sonst noch was anzubieten?«

Tekener nahm eine leichte Kurskorrektur vor. Das Raumschiff raste auf Okta, einen türkisfarbenen Planeten, zu. Der Terraner bereitete sich auf eine Landung auf der nördlichen Halbkugel vor. Deutlich konnte er die Kontinente erkennen.

»Warten Sie«, sagte der Oktaner. »Sie hören von mir.«

»Das ist wenigstens etwas«, erwiderte der USO-Spezialist. »Aber lassen Sie mich nicht zu lange warten, sonst bricht der Zerstörer auch noch auseinander.«

Der Oktaner wollte ausschalten, doch dann zögerte er und hob eine Hand.

»Ich muss den Vorfall melden«, erklärte er. »Dazu muss ich noch etwas wissen. Wer sind Sie, und was wollen Sie auf Okta?«

»Mein Name ist Ronald Tekener«, antwortete der Terraner. Er lächelte. »Und auf Okta will ich überhaupt nichts. Ich hatte vor, weit am Möura-System vorbeizufliegen. Ich hatte eine ziemlich wertvolle Fracht für Uhrtuk an Bord. Die ist jetzt zum Teufel.«

»Was für eine Fracht?«

Tekener seufzte.

»Melden Sie lieber, dass ich in Not bin«, sagte er. »Und fragen Sie mir später Löcher in den Bauch, dann bin ich weniger nervös als jetzt, wo es für mich um Kopf und Kragen geht.«

»Was für eine Fracht?«, wiederholte der Oktaner.

»Positronische Geräte«, antwortete der Terraner und gab sich ungehalten. »Allerlei modernes Zeug. Was man neuerdings in der vollpositronischen Steuerung von Industrieanlagen einsetzt.«

»Für welches Unternehmen führen Sie den Transport durch?«

»Für mein eigenes«, erklärte Tekener. »Noch was?«

»Nein – das genügt vorläufig.«

Der Oktaner schaltete ab, und Tekener legte sich zufrieden lächelnd zurück. Er glaubte, überzeugend gewirkt zu haben.

Er wartete noch einige Sekunden ab, dann verzögerte er und brachte den Drei-Mann-Zerstörer auf Landekurs, der ihn nach etwa einer Minute in die obersten Schichten der oktanischen Lufthülle brachte.

Der Bildschirm erhellte sich.

»Wir erteilen Landeerlaubnis«, sagte der Oktaner. »Gehen Sie auf den angegebenen Kurs und stellen Sie Computerdialog mit dem Autopiloten her.«

»Ich wollte, es wäre so einfach«, erwiderte Tekener. »Leider ist an Bord so ziemlich alles zerstört, was man zu einer sauberen Landung benötigt.«

»Sagten Sie nicht, dass Sie so etwas wie ein Positronikexperte sind?«

»Schon richtig«, antwortete der Terraner. »Damit aber konnte ich die Schäden nicht verhindern. Ich hatte einen totalen Ausfall der Schutzschirmsysteme. Danach folgte ein Zusammenprall mit interstellarer Materie. Sie hat die BASIC in ein Sieb verwandelt. Die Trümmerstücke folgen mir. Sie werden fraglos in die Atmosphäre von Okta stürzen, aber keine Sorge. Die Trümmerstücke sind so klein, dass sie beim Absturz verbrennen werden. Eine Gefahr für die Bevölkerung besteht nicht.«

Ronald Tekener merkte, dass es ihm gelungen war, den Oktaner ausreichend abzulenken.

»Versuchen Sie, auf der nördlichen Halbkugel zu landen«, befahl der Extraterrestrier. »Bleiben Sie in der Maschine, wenn Sie gelandet sind. Wir holen Sie heraus.«

»Einverstanden«, erwiderte Tekener. »Vorausgesetzt, es besteht keine Explosionsgefahr.«

Er drückte die Nase des Drei-Mann-Zerstörers weiter nach unten. Das Raumschiff raste in die dichteren Luftschichten des Planeten. Es schüttelte und stieß, sodass Tekener in den Polstern hin und her geworfen wurde. Er verzögerte, als er sah, dass die Spitze des Zerstörers und die vorderen Kanten der Tragflächen zu glühen begannen.

Die Maschine fiel steil ab. Auf den Ortungsschirmen machte der USO-Spezialist eine ausgedehnte Stadt aus. Zahlreiche herausragende Wärmequellen zeigten an, dass es hier Industrieanlagen gab.

»Es wird kritisch«, sagte Tekener.

»Sie müssen stärker verzögern«, rief ihm der Oktaner zu. »Sie fliegen viel zu schnell.«

»Schön wär's, wenn ich könnte«, antwortete der Narbengesichtige. Seine Lippen verzogen sich zu einem Lächeln. Es war ein eigenartiges Lächeln. Es drückte keine Freude aus. Eine schwer bestimmbare Drohung ging von ihm aus. »Die Antigravs bocken. Ich habe die Maschine kaum noch in der Gewalt.«

Tekener sprengte einen Teil der Tragflächen weg. Auf den Ortungsschirmen der Oktaner musste es so aussehen, als breche der Zerstörer auseinander.

»Steigen Sie aus«, rief ihm der Oktaner zu.

Tekener schüttelte den Kopf.

»Das kommt nicht infrage«, erwiderte er. »Dann stürzt die Maschine mitten in die Stadt da vorn. Ich schaffe es schon. Verlassen Sie sich darauf.«

Der Oktaner setzte zu einer Entgegnung an, schwieg dann jedoch.

Tekener wartete einige Sekunden. Dann trennten ihn nur noch etwa fünf Kilometer von den ersten Häusern der Stadt. Er blieb auf dem einmal angelegten Kurs, der ihn mitten in die Stadt zwischen hoch aufragende Gebäude bringen musste. Einige der

Bauten erreichten eine Höhe von mehr als zweihundert Metern. Die Architektur war fremdartig und aufwendig.

Kein einziges Haus war in rationeller Kasten- oder Halbkugelform gebaut worden. Die Häuser sahen vielmehr ebenso bizarr aus wie die Oktaner. Einige glichen riesigen Talgkerzen, deren Dächer unter dem Einfluss großer Hitze zu unförmigen Klumpen geschmolzen waren. Das glutflüssige Material schien an ihnen herabgeflossen und auf halbem Wege zu fester Materie erstarrt zu sein. Doch dieser Eindruck täuschte. Tekener wusste, dass dieses Aussehen bewusst herbeigeführt worden war, um der Stadt ein möglichst vielseitiges Bild zu verleihen.

Andere Häuser hatten scheinbar ins Leere führende Auswüchse, die wie die Fühler von terranischen Schnecken oder die ins Gigantische vergrößerten Sinnesorgane von Insekten aussahen. Wiederum andere Bauten schienen gewachsene Kristalle oder blumenartige Korallen zu sein.

Tekener schaltete den gut funktionierenden Antigrav ein und fing die Maschine ab.

Die Geschwindigkeit des Zerstörers verringerte sich bis auf die einfache Schallgeschwindigkeit. Er jagte heulend zwischen die Hochhäuser der Stadt, von deren Dächern sich die gekrümmten Schwerter als Symbole der radikalen Klerta-Partei erhoben.

»Sie müssen langsamer werden!«, schrie der Oktaner ihm zu. »Sie sind noch immer viel zu schnell.«

»Keine Angst«, antwortete Tekener. »Ich schaffe es schon.«

Vor ihm tauchte ein Haus auf, das wie eine blumenartige Koralle aussah. Von seinem Dach ragte ein etwa fünf Meter hohes Schwert empor.

Tekener ließ die Maschine leicht zur Seite kippen und noch etwas absinken.

»Verdammt!«, rief er keuchend.

Dann war es auch schon so weit. Die linke Tragfläche prallte gegen das Schwert und rasierte es ab.

Der Oktaner schrie entsetzt auf.

»Was tun Sie denn?«, fragte er. »Haben Sie den Verstand verloren?«

Tekener verzögerte mit aller Kraft.

»Glauben Sie, das tue ich absichtlich?«, entgegnete er und fuhr sich mit dem Handrücken über die Stirn. »Mann, ich wäre froh, wenn ich …«

Er peilte ein zweites Klerta-Symbol auf einem etwa fünfzig Meter hohen Haus an. Die Maschine sackte durch. Dieses Mal nahm Tekener die rechte Tragfläche. Unter der Wucht des Aufpralls platzte sie weg, als bestünde sie aus Papier. Aber auch das Schwert zerbrach in zahllose Einzelteile.

Tekener zog die Maschine etwas in die Höhe, verzögerte noch weiter, ließ sie wiederum absacken und setzte auf einem flachen, etwa hundert Meter langen Haus zur Landung an. Er prallte mit einigen Schornsteinen, Antennen, Trockengerüsten und einem weiteren Schwert zusammen. Die Maschine rutschte dröhnend und kreischend über das Dach des Gebäudes, das am Rand eines Marktplatzes stand. Hier hielten sich Tausende von Oktanern inmitten einer fast unübersehbaren Menge von Nahrungsmitteln aller Art auf.

Tekener ließ den Zerstörer auf dem Dach tanzen. Er warf ihn mal zur einen, mal zur anderen Seite, ließ ihn kippen, sodass auch die linke Tragfläche sich in Trümmern auflöste, verzögerte mithilfe des Antigravs und stoppte die Maschine, als sie das Ende des Daches erreichte. Er ließ sie mit der Nase über die Dachkante hinausrutschen, sodass für die Oktaner auf dem Markt der Eindruck entstand, sie werden vornüberkippen. Dann beendete er das Spektakel und aktivierte eine Sonderschaltung, mit deren Hilfe einige Teile des Antigravs zerstört wurden.

Für die oktanischen Experten, die die Maschine untersuchen würden, musste es so aussehen, als sei das Antigravtriebwerk von Anfang an so schwer beschädigt gewesen, dass Tekener eine Kontrolle unmöglich gewesen war.

Unter den Besuchern des Marktes brach eine Panik aus. Die

Oktaner flüchteten schreiend vor der Maschine, merkten jedoch recht bald, dass keine Gefahr für sie mehr bestand, da der Zerstörer nicht vom Dach kippte.

Jetzt schlug die Stimmung um.

Die Oktaner, die eben noch in panikartiger Furcht geflohen waren, stürmten auf die Maschine zu. Ronald Tekener blieb in der Kanzel. Er ließ die Transparentkuppel geschlossen.

»Ich bin unten«, sagte er ruhig zu dem Oktaner am Bildschirm. »Es sieht jedoch nicht so aus, als wäre ich hier willkommen.«

»Warten Sie auf uns«, erwiderte der Oktaner. »Wir tun, was wir können.«

Damit schaltete er ab.

Einige Steine prallten dröhnend gegen die Panzerplasthaube der Flugkanzel. Die Oktaner drängten sich zwischen den Obst- und Gemüseständen unter Tekener zusammen. Drohend erhoben sie ihre Fäuste. Einige in grüne und gelbe Gewänder gekleidete Männer erschienen wenig später auf dem Dach. Die Männer unterschieden sich deutlich von den Frauen durch die graubraune Färbung ihrer Haut. Die Frauen sahen rötlich aus.

Die Männer schwangen Stahlstangen und Gartengeräte in den Händen. Sie stürmten auf den Drei-Mann-Zerstörer zu.

Tekener blickte ihnen gelassen entgegen. Er wusste, dass ihm nichts passieren konnte, solange er in der Maschine saß. Deshalb legte er sich in den Polstern zurück und sah ruhig zu, wie die Oktaner versuchten, die Panzerplasthaube zu zertrümmern. Er hatte sie so verriegelt, dass es ihnen nicht gelang, sie von außen zu öffnen.

Kurz darauf tauchte ein hochgewachsener Oktaner zwischen den anderen auf. Er hielt eine etwa einen Meter lange Schusswaffe in den Händen. Am Ende eines in Holz gebetteten Stahlrohrs befand sich eine kugelförmige Munitionskammer. Tekener sah auf den ersten Blick, dass die Waffe Projektile abfeuerte.

Er veränderte seine Haltung nicht.

Der Oktaner schoss. Die Kugel prallte von der Panzerplasthaube ab und flog als Querschläger weiter. Sie verletzte einen der Männer am Arm. Jetzt drängten die Männer den Schützen zurück, da sie erkannten, dass sie den Terraner auch mit einer Schusswaffe nicht gefährden konnten. Sie berieten miteinander und eilten dann zum Heck des Zerstörers.

Tekener richtete sich etwas auf. Er sah, dass die Oktaner einige Holzbalken heranschleppten, und er erfasste ihren Plan. Sie wollten einen Hebel am Heck ansetzen und die Maschine vom Dach stürzen.

Jetzt wurde es gefährlich für ihn. Er durfte den Antigrav nicht einsetzen, mit dem er sich hätte retten können. Das wäre allzu verräterisch gewesen. Die nach vorn gerichteten Triebwerke standen ihm nicht mehr zur Verfügung. Sie waren mit den Tragflächen abgebrochen.

Tekener schloss seinen Kampfanzug und bereitete sich darauf vor, sich aus der Kanzel zu katapultieren.

Die Oktaner setzten die Hebel an. Die Maschine schwang auf und ab. Sie rutschte einige Zentimeter weit nach vorn.

Der Terraner legte seine Hand auf den Schaltknopf seines Katapultsitzes.

In diesem Moment stürmten etwa zwanzig Männer auf das Dach. Sie trugen lindgrüne Uniformen und waren mit schweren Energiestrahlern bewaffnet. Mehrere Kampfgleiter näherten sich und landeten auf dem Dach. Auch aus ihnen kamen Uniformierte hervor. Sie drängten die Zivilisten zur Seite.

Einer der Soldaten kam zu Tekener. Er bedeutete ihm mit der Waffe, dass er aussteigen sollte.

Der Terraner nickte. Er klappte den Helm seines Kampfanzugs wieder zurück und öffnete die Flugkanzel. Erst jetzt hörte er das wütende Geschrei der Menge, die sich mittlerweile auf dem Marktplatz und auf den benachbarten Dächern versammelt hatte.

»Sie können von Glück reden, dass Sie noch leben«, sagte der Uniformierte. »Wenn wir Sie den Fanatikern überlassen würden, was wir eigentlich tun sollten, dann wäre es aus mit Ihnen. Man würde Sie in Stücke reißen.«

Tekener nickte erneut.

Er war sich dessen bewusst, dass er ein hohes Risiko eingegangen war. Aber er war mit der Entwicklung zufrieden. Der Plan war aufgegangen. Die Regierung von Okta hatte wie erhofft reagiert. Sie nahm ihn in Schutzhaft. Das war es, was Tekener hatte erreichen wollen. Er war jetzt nicht irgendwo auf dem Planeten inmitten von Oktanern, wo man ihn als Fremden auf den ersten Blick erkennen und verfolgen würde. Er brauchte sich nicht erst mühsam zu jenen vorzutasten, die für ihn wichtig waren. Die Verhaftung führte ihn zwangsläufig in ihre Nähe. Er konnte die Fäden ziehen und bei den Verhören, die kommen würden, die Entwicklung in die von ihm gewünschten Bahnen lenken.

Die uniformierten Oktaner flogen mit Tekener an den Rand der Stadt. Sie landeten in einem parkähnlichen Gelände, das von einigen halbkreisförmigen Häusern eingeschlossen war, und sie führten ihn in einen Keller. Über eine Reihe von Gängen, deren Wände mit fremdartigen Reliefs versehen waren, brachten sie ihn in einen Computerraum.

»Setzen Sie sich in einen der Sessel«, forderte einer der Oktaner ihn auf. »Wir lassen Sie jetzt allein.«

»Was haben Sie vor?«, fragte Tekener.

»Das werden Sie erfahren«, erwiderte der Offizier.

Die Oktaner verließen den Raum. Die Tür schloss sich hinter ihnen. Ronald Tekener war mit dem Computer allein. Ein Bildschirm erhellte sich vor ihm, nahm jedoch lediglich eine leuchtend grüne Farbe an.

»Sagen Sie mir, wie Sie heißen«, sagte eine fremdartig klingende Stimme, die aus einem Lautsprecher an der Decke kam.

Tekener gehorchte.

»Und nun geben Sie mir einige weitere Informationen über sich«, bat die Stimme. »Ich möchte wissen, wann Sie geboren sind und wo. Welche Ausbildung haben Sie genossen? Was haben Sie in Ihrem bisherigen Leben getan? Wie sind Sie zu Ihrem Raumschiff gekommen? Oder war es gar nicht Ihr Schiff? Wem gehörte es dann, und wie kam dieser andere dazu, Ihnen den Raumer anzuvertrauen? Wem gehörte die Fracht? Woraus bestand sie?«

Als Tekener nicht antwortete, fuhr der Computer fort: »Sind Sie nicht in der Lage, die Fragen der Reihe nach zu beantworten? Habe ich zu viele Fragen auf einmal gestellt?«

»Durchaus nicht«, erwiderte der Terraner. »Ich habe nur noch einmal alle Fragen für mich wiederholt, um keine zu vergessen.«

Dann begann er damit, die Fragen der Reihe nach zu beantworten, ohne allerdings die Wahrheit zu sagen. Er blieb bei einem eintrainierten Programm, das hieb- und stichfest war. Er hatte es in Zusammenarbeit mit den hoch entwickelten Computern der USO eingeübt und war auf alle Fangfragen und Tricks vorbereitet. Der Computer stellte weitere Fragen, und Tekener ließ sich absichtlich in einige scheinbare Widersprüche verwickeln, um sie wenig später mit ergänzenden Angaben um so eleganter wieder zu lösen.

Er streute jedoch auch einige Bemerkungen ein, die der Computer als unwahre Aussagen erkannte.

»Dabei geht es um emotionelle Dinge«, erläuterte der Terraner. »Es fällt mir schwer, darüber zu reden. Und ich denke, es tut auch nichts zur Sache.«

»Sie meinen, es geht uns Oktaner nichts an, mit welchem weiblichen Wesen Sie freundschaftliche Verbindungen pflegen oder nicht?«

»Ganz genauso ist es«, erklärte Tekener.

»Nun gut. Wir wollen das akzeptieren«, entgegnete der Computer. »Kommen wir zum eigentlichen Thema. Was verstehen Sie unter Dialogbetrieb?«

Tekener lehnte sich in seinem Sessel zurück und schlug die Beine übereinander.

»Aha, ich verstehe«, sagte er. »Das ist das Thema. Sie wollen wissen, was ich von Computern und von Positronik verstehe. Nun gut. Fangen wir beim Dialogbetrieb an. Wir verstehen darunter eine Betriebsart, die den direkten Informationsfluss zwischen Mensch und Computer über ein Dialoggerät ermöglicht.«

»Ich sehe, Sie haben mich verstanden. Erklären Sie mir, wie ein Dialoggerät funktioniert. Mich interessiert in erster Linie, welche positronischen Mikroprozessoren dabei eingesetzt werden.«

Tekener richtete sich auf.

»Ich denke, ich habe klargemacht, dass ich zwar eine ganze Menge von diesen Dingen verstehe. Dennoch bin ich kein Experte.«

»Ich warte.«

Tekener ließ sich wieder in die Polster sinken.

»Nun gut.« Er erläuterte, wie ein Dialoggerät funktionierte und welche positronischen Mikroprozessoren dabei eingesetzt wurden. Die besondere Schwierigkeit für ihn war, dass er sein aktuelles Wissen nicht preisgeben durfte, sondern Informationen geben musste, die sich auf Geräte bezogen, die den oktanischen Geräten überlegen waren. Dabei durfte die Überlegenheit nicht allzu deutlich sein, sondern lediglich dem nächsten technischen Entwicklungsschritt entsprechen, der den oktanischen Wissenschaftlern bevorstand.

Jetzt erforderte das Verhör noch mehr Konzentration als zuvor. Tekener musste sich jedes Wort überlegen. Ein einziger Fehler konnte ihn bereits als Experten der untersten Basis erscheinen lassen.

Er antwortete etwa drei Stunden lang, ohne einen Fehler zu machen oder sich zu widersprechen. Dann erhob er sich.

»Das war die letzte Frage, die ich von Ihnen akzeptiert habe«, eröffnete er dem Computer. »Von jetzt an werde ich nur noch mit den Oktanern selbst sprechen, nicht aber mit einem Computer.«

»Sie haben keine Bedingungen zu stellen«, erwiderte der Computer. »Muss ich Sie darauf hinweisen, dass Sie mit Ihrer Bruchlandung eine weltweite Empörung ausgelöst haben? Sie haben schwere Zerstörungen angerichtet und die Symbole der Klerta zerschlagen. Damit haben Sie die Regierung in äußerste Schwierigkeiten gestürzt. Zur Zeit finden überall auf dieser Welt Massendemonstrationen statt. Das Volk verlangt, dass Sie einem Hüter des Schwertes vor dem Feuer begegnen.«

»Was bedeutet das?«

»Das Volk will, dass Sie durch das Sertagi-Schwert gerichtet werden. Sie sind der einzige Nicht-Oktaner auf diesem Planeten. Auf Sie vereinigt sich der ganze Hass.«

»Um so wichtiger ist es, dass ich endlich mit einem Oktaner sprechen kann. Sie sollten mittlerweile erkannt haben, dass ich die Wahrheit gesagt habe. Von oktanischer Positronik habe ich noch nichts gehört. Das kann für mich nur bedeuten, dass es damit nicht weit her ist. Und das wiederum heißt für mich, dass ich Ihnen einige interessante Angebote machen kann. Sie wissen das längst. Also sorgen Sie endlich dafür, dass ich mit jemandem reden kann.«

»Ich werde sehen, was sich machen lässt.«

Tekener lachte leise.

»Wie freundlich von Ihnen, Computer«, sagte er ironisch.

5.

Die Tür des Raumes öffnete sich, und drei uniformierte Oktaner traten ein. Sie trugen dunkelbraune Kombinationen, die weit und locker anlagen. An ihren Hüften hingen moderne Kombistrahler.

»Kommen Sie«, sagte einer von ihnen. Er zeichnete sich durch ein Schwert-Symbol auf seiner Brust aus.

»Wohin?«, fragte Tekener, während er den Oktanern folgte.

»Warten Sie es ab.«

Tekener erkannte, dass er keine Antwort erhalten würde, und verzichtete auf weitere Fragen. Die Oktaner führten ihn zum Dach des Gebäudes. Dort stand ein großer Militärgleiter. Sie setzten ihn hinein und starteten. Die Maschine flog nach Westen in die untergehende Sonne.

Nach etwa einer Stunde Flug, als die Sonne untergegangen war, erreichte der Gleiter die Küste eines Meeres. Tekener sah einige palastartige Gebäude, die sich auf den Klippen über dem Wasser erhoben. Die Maschine landete auf einem versteckt angelegten Platz zwischen hohen Bäumen.

Ein betäubender Duft schlug Tekener entgegen, als er mit den Oktanern durch einen Hain zum Palast ging. In den Bäumen und Büschen verborgene Lampen leuchteten auf und erhellten den Weg, der zu einer Treppe aus einem grünlich schimmernden Stein führte.

Die Treppe schwang sich in weitem Bogen hoch zu den drei Hauptgebäuden des Palasts, der aus einem rötlichen Material errichtet war. Die drei Zentralbauten glichen den bogenförmig aufsteigenden Klingen von Schwertern, deren Spitzen sich in den Himmel richteten. Zahlreiche Brücken verbanden die schlanken Türme miteinander.

Der Terraner betrat das mittlere Gebäude durch ein gewaltiges Tor, das aus Holz und korallenartigen Steinen bestand. Durch einen gewölbten Gang führten ihn die Oktaner bis in eine Halle, deren Wände aus edlen Metallen bestanden. Zahllose winzige Scheinwerfer bestrahlten die Wände. Das Metall und eine unabsehbare Zahl von Edelsteinen funkelten und strahlten in ständig wechselndem Licht. Es war so hell, dass Tekener geblendet die Augen schloss.

In der Mitte der Halle hockte ein Oktaner auf dem Boden. Tekener sah sofort, dass er ein Sertagi-Schwert an der Seite trug. Vor ihm brannte in einem metallenen Kessel ein Feuer.

Unwillkürlich blieb Tekener stehen.

Er war sich darüber klar, dass er einen der zweiundvierzig Hüter vor sich hatte, und er fragte sich, ob dieser ihn hinrichten wollte. Alles deutete darauf hin. Der Hüter trug das Schwert, er kauerte tief in Gedanken versunken auf dem Boden, und vor ihm brannte das Feuer in einem Kessel.

Die Oktaner legten Tekener die Hand auf die Schulter und gaben ihm damit zu verstehen, dass er weitergehen sollte. Er gehorchte. Sie führten ihn bis zu dem Hüter und befahlen ihm, sich vor dem Kessel auf den Boden zu setzen.

Jetzt zweifelte Tekener nicht mehr daran, dass der Hüter ihn töten wollte.

Er überlegte, was er falsch gemacht hatte. Der Computer musste einen Fehler entdeckt haben, der so schwerwiegend war, dass die Oktaner auf alle sich bietenden Vorteile verzichten wollten.

Fieberhaft überlegte der Terraner, was er tun konnte. Er hatte davon gehört, dass die Hüter das Schwert so schnell ziehen und einsetzen konnten, dass der Delinquent es nicht bemerkte. Und er glaubte, dass es so war. Deshalb war er sich darüber klar, dass er den Tötungsentschluss des Hüters aufheben musste. Er konnte sich nur retten, wenn es ihm gelang, den Hüter davon zu überzeugen, dass sein Tod unabsehbare Schäden für Okta nach sich ziehen würde.

Er setzte sich und blickte den Hüter des Schwertes durch die Flammen an.

»Ich verstehe Ihren Zorn«, sagte er.

Rasch hob der Hüter des Schwertes die Hand.

»Kein Wort«, befahl er. »Sie sind nicht hier, weil wir miteinander reden wollen. Das haben Sie zur Genüge mit dem Computer getan.«

Tekener erschrak.

»Wollen Sie mir nicht einmal die Chance geben, mich zu verteidigen?«, fragte er.

Er sah, dass die rechte Hand des Oktaners zur linken Hüfte glitt, während die linke Hand sich auf den rechten Oberschenkel stützte. Der Hüter des Schwertes beugte sich leicht nach vorn.

In diesem Augenblick der höchsten Gefahr für den jungen USO-Spezialisten ertönte ein Gongschlag.

Der Hüter des Schwertes fuhr zurück, und Tekener sah, dass er das Schwert bereits bis zur Hälfte aus der Scheide gezogen hatte. Ihm lief es kalt über den Rücken, als er begriff, dass ihn nur Bruchteile von Sekunden vor dem Tod getrennt hatten.

Der Hüter blickte zur Seite.

Tekener hörte eilige Schritte. Dann trat der größte Oktaner, den er je gesehen hatte, in die Halle. Der Mann war etwa zweieinhalb Meter groß und außerordentlich breitschultrig. Er trug weiße Gewänder, die durch einen blauen Stoffgurt an den Hüften zusammengehalten wurden.

»Das Feuer ist erloschen«, meldete er.

Der Hüter des Schwertes erhob sich und ging langsam auf den Riesen zu. Dabei zog er das Sertagi-Schwert aus der Scheide. Tekener dachte, dass die beiden Männer miteinander kämpfen wollten, doch er irrte sich. Als der Hüter des Schwertes noch etwa drei Schritte von dem anderen entfernt war, kniete er nieder und legte das Schwert quer vor sich auf den Boden. Der andere kniete ebenfalls nieder und nahm es auf. Dann erhob er sich, drehte sich um und verließ die Halle.

Der Hüter des Schwertes kehrte zu Tekener zurück, der neben dem Feuer stand.

»Sie haben Glück gehabt«, eröffnete er dem Terraner. »Die

Götter haben entschieden. Sie werden noch einige Zeit leben, bis ein anderes Schwert für Sie bereit ist.«

Tekener begriff.

Der Hüter des Schwertes hatte das Schwert abgegeben. Das konnte er nur getan haben, weil der Gott, der nach seinem Glauben in dem Schwert wohnte, die Waffe verlassen hatte. Nur diese Bedeutung konnten die Worte des riesenhaften Oktaners gehabt haben.

»Führt ihn ab«, rief der Hüter des Schwertes.

»Wollen Sie mir nicht wenigstens sagen, warum Sie mich töten wollten?«, fragte der Terraner, doch sein Gegenüber wandte sich ab und ging schweigend davon. Trotz aller Fremdartigkeit glaubte Tekener erkennen zu können, dass er tief betroffen darüber war, dass er das Schwert hatte abgeben müssen.

Die Soldaten, die ihn hereingeführt hatten, brachten ihn über Flure und Treppen in ein in den Fels geschlagenes Gewölbe und fesselten ihn mit Eisenketten an die Wand. Auch hier zeigte sich wieder eine kaum fassbare Mischung aus modernster Technik und altertümlichen Bräuchen. Das Gewölbe wurde mit einem Stahlschott verschlossen, das mit einem positronischen Schloss versehen war, an den Wänden aber blakten Fackeln.

Tekener ließ sich auf den Boden sinken.

Erst jetzt, da er Zeit und Ruhe hatte, über das Geschehene nachzudenken, erfasste ihn tödlicher Schrecken. Immer wieder versuchte er, im Geist die Situation zu rekonstruieren, in der der Hüter des Schwertes zu seiner Hinrichtung angesetzt hatte. Vergeblich bemühte er sich, sich an irgendein Anzeichen dafür zu erinnern, dass der Hüter das Schwert gezogen hatte. Er hatte nichts bemerkt, und das war es, was ihn am meisten entsetzte.

Jeder Gefahr kann man begegnen, sofern man sie bemerkt. Einer Gefahr, die man nicht bemerkt, kann man nicht mehr ausweichen. Es bleibt keine Zeit für eine Reaktion.

Er musste an Bilder denken, die er von einer Schlange gesehen hatte, die ein Kaninchen angreift. Auch hier erfolgten der Angriff und der tödliche Biss so schnell, dass dem Kaninchen die Gefahr nicht bewusst wurde.

Als USO-Spezialist wusste er, wie viel Übung hinter einer solchen Aktion steckte. Die Hüter des Schwertes waren Meister in der Anwendung ihrer Waffe, die sie jedoch nur so wirkungsvoll einsetzen konnten, weil sie gekrümmt war. Ein Schwert mit gerader Klinge verlangte eine ganz andere Technik.

Tekener erfasste, dass es nur eine Möglichkeit gab, einem Hüter zu begegnen. Man musste den Hals mit einem undurchdringlichen Panzer schützen. Doch das konnte er nicht, da ihm das nötige Material fehlte.

Er legte eine Meditationsübung ein, um sich zur Ruhe zu zwingen. Danach konnte er klarer und nüchterner denken.

Er wurde sich dessen bewusst, dass er sich geirrt hatte. Er durfte einem Hüter keine Gewalt entgegensetzen, ganz gleich, wie diese geartet war. Nur geistige Waffen konnten ihn retten.

Die Stunden verstrichen, ohne dass etwas geschah. Die Oktaner schienen Tekener vergessen zu haben.

Der Terraner überlegte immer wieder, wie er mithilfe seiner positronischen Kenntnisse weiterkommen könnte. Er kam zu dem Schluss, dass er den Oktanern mehr offenbaren musste, als er bisher getan hatte. Dabei ging es weniger um positronische Technik und hyperpositronische Physik, als vielmehr darum, mit welcher Fertigungstechnik die mikroskopisch kleinen Bauteile der modernen terranischen Positronik hergestellt werden konnten.

Das war das Kernproblem.

Die Oktaner hatten galaxisweite Verbindungen. Sie wussten, dass die Technik des Solaren Imperiums gerade auf dem Gebiet der Positronik führend war. Sie konnten sich positronische Geräte auf dem freien Markt kaufen, aber damit waren ihre Informationsmöglichkeiten auch schon erschöpft, da sie derartige Geräte nicht nachbauen konnten. Die Fertigungstechnik blieb geheim.

Tekener kannte das Problem sehr wohl. Er wusste, dass viele Völker in der Galaxis fieberhaft daran arbeiteten, Fertigungstechniken zu erstellen, mit denen diese Positroniken nachgebaut werden konnten. Das erforderte einen jahrelangen Forschungseinsatz – und brachte am Ende doch nur eine überholte Technik hervor, da sich die terranische Technik mittlerweile weiterentwickelt hatte.

Wollten die Oktaner ihn dazu verleiten, Fertigungsgeheimnisse zu verraten?

Hatten sie überhaupt die Absicht gehabt, ihn hinzurichten, oder hatten sie geblufft, um ihn bis in die Grundfesten seiner Persönlichkeit zu erschüttern?

Tekener fluchte.

Er konnte und durfte es nicht auf einen Versuch ankommen lassen. Es durfte zu keiner zweiten Begegnung mit einem Hüter kommen.

Schritte näherten sich dem Gewölbe. Die Tür öffnete sich. Der riesenhafte Oktaner trat ein. Er eilte zu Tekener und trennte die eisernen Fesseln mit einem Desintegratormesser durch.

»Schnell«, flüsterte er. »Wir haben nicht viel Zeit.«

»Wo bringen Sie mich hin?«, fragte der Terraner.

»Aufs Meer«, antwortete der Oktaner. »Weg von diesen Fanatikern.«

Er kehrte zur Tür zurück. Hier blieb er stehen und drehte sich zu dem USO-Spezialisten um, der nicht von der Stelle gewichen war.

»Seien Sie kein Narr, Tekener«, sagte er. »Ich versuche, Ihnen zu helfen. Dies ist Ihre letzte Chance. Man hat bereits einen anderen Hüter bestellt, der Sie töten soll.«

»Warum will man mich töten?«

»Diese Fanatiker glauben, dass sie sich von den anderen Völkern der Galaxis abkapseln können. Sie wollen in der Isolation leben. Sie sagen, das haben die Oktaner seit Jahrtausenden getan, und sie können es ganz gut für weitere Jahrtausende tun, ohne daran zugrunde zu gehen. Sie sind der einzige Nicht-Oktaner auf dieser Welt. Es liegt auf der Hand, dass man Sie umbringen will.«

»Oder ist dies ein weiterer Bluff?«

Der Oktaner kehrte zu Tekener zurück.

»Ach«, sagte er, »Sie glauben, ich hätte die Hinrichtung unterbrochen, um Sie unter Druck zu setzen? Da irren Sie gewaltig. Ich bin ein Meister des Schwertes und daher stets verpflichtet, die Wahrheit zu sagen. Schon eine Notlüge oder eine kleine Schwindelei, wie Sie es nennen würden, ist mir verboten und wäre unvereinbar mit der Ehre meines Berufsstands. Wenn ich aber fälschlicherweise behaupten wollte, ein Gott sei von uns gegangen, dann wäre das ein Frevel, der nur mit dem Tode zu sühnen wäre.«

»Warum wollen Sie mir helfen?«, fragte Tekener.

»Weil Oktaner nach dem Prinzip der unbedingten Vertragstreue leben«, erwiderte der Meister. »Ich erkläre es Ihnen später. Wenn Sie noch länger warten, kann ich nichts mehr für Sie tun.«

»Ich komme«, sagte Tekener.

Zusammen mit dem riesenhaften Oktaner eilte er aus dem Gewölbe und floh über die Treppen nach oben. Der Meister kannte sich in dem Palast gut aus. Tekener beobachtete ihn genau, und er stellte fest, dass der Oktaner zu jeder Zeit wusste, wohin sie sich wenden mussten.

Auf dem Weg nach oben begegneten sie keinem anderen Oktaner. Erst als sie ins Freie kamen, sah Tekener einige andere Männer. Sie standen an einem etwa zwanzig Meter langen Kajütboot, das am Ufer vertäut war.

Der Meister drängte ihn dorthin, und Tekener ging an Bord. Unmittelbar darauf lösten die Oktaner die Taue. Lautlos trieb das Boot an der Felsküste entlang, wobei es sich mehr und mehr vom Ufer entfernte. Aber erst als es etwa einen Kilometer zurückgelegt hatte, sprangen die Motoren an. Das Boot beschleunigte spürbar, hob sich aus dem Wasser und glitt auf Stelzen über die Wellen.

Ronald Tekener befand sich im Bug in einer gläsernen Kabine.

Er sah, wie das Meer leuchtete. Große Fische schnellten sich aus den Fluten und flüchteten vor dem Boot.

Die Oktaner hielten sich im Heck des Schiffes auf. Tekener erwartete, dass sie zu ihm kommen würden, doch niemand kümmerte sich um ihn. Schließlich legte er sich auf eine Bank und schlief ein. Er fühlte sich sicher.

Die Töne einer fremdartigen Melodie weckten ihn. Der neue Tag brach an. Die Sonne stand blassrot über dem Horizont. Das Boot wiegte sich auf einer langen Dünung.

Tekener richtete sich auf.

Er sah, dass die Oktaner mittschiffs an der Reling standen. Der Meister des Schwertes überragte die anderen Männer deutlich. Er streckte beide Arme der Sonne entgegen. Er sang.

Tekener versuchte, die Tür seines gläsernen Verlieses zu öffnen. Zu seiner Überraschung gelang es ihm. Sie schwang auf. Langsam näherte er sich den Oktanern.

Das Sertagi-Schwert lag auf einem grünen Kissen an der Reling. Es schimmerte und glänzte im Licht der Sonne.

Der Meister nahm es in beide Hände und hob es hoch über den Kopf. Einige Minuten verstrichen, in denen er etwas in einer Sprache vortrug, die Tekener unbekannt war. Da er seinen Translator nicht mehr hatte, verstand er nichts. Die Oktaner hatten ihm das Übersetzungsgerät abgenommen. Er vermutete, dass sie es wegen der positronischen Technik haben wollten.

Plötzlich schleuderte der riesige Oktaner das Schwert in die Luft. Es wirbelte hoch und schien in der Sonne zu verschwinden. Geblendet kniff Tekener die Augen zusammen. Er sah die Waffe nicht mehr. Ebenso erging es den Oktanern.

Dann tauchte das Schwert aus dem Licht der Sonne auf und stürzte ins Wasser. Es fiel mit der Spitze voran und verursachte kaum Spritzer.

Der Meister stieß einen schrillen Schrei aus. Langsam ließ er die Arme sinken und drehte sich um. Auch die anderen Männer erwachten aus ihrer Starre. Erregt sprachen sie miteinander. Einige entfernten sich von der Gruppe, und kurz darauf nahm das Boot wieder Fahrt auf.

Der Meister des Schwertes bemerkte, dass Tekener seine Kabine verlassen hatte. Er kam zu ihm.

»Sie waren Zeuge eines großen Ereignisses«, sagte er. »Das Schwert ist zu den Göttern zurückgekehrt. Nun wird es meine Aufgabe sein, ein neues herzustellen.«

»Sie betonen das so, als sei das eine außerordentlich schwierige Aufgabe.«

»Das ist es auch«, erklärte der Oktaner. »Ich arbeite an einem Schwert länger als ein halbes Jahr. Das mag überraschend für Sie sein, aber es ist die Wahrheit. Die Götter verlangen ein Werk absoluter Vollkommenheit. Das rechtfertigt den Aufwand.«

Er legte Tekener die Hand auf die Schulter und deutete auf die große Kajüte am Heck des Schiffes.

»Kommen Sie«, sagte er. »Sie werden hungrig sein.«

Er führte Tekener in die Kajüte, in der die anderen Männer den Tisch gedeckt hatten. Der Meister zeigte auf einige Früchte und auf helles Fleisch, das auf einem gesonderten Teller lag.

»Das ist für Sie«, sagte er. »Sie können unbesorgt essen. Auch brauchen Sie keine Bedenken bei den Getränken zu haben. Wir wissen, was ein terranischer Magen verträgt.«

Der USO-Spezialist bedankte sich und nahm Platz.

»Ich habe allerdings Hunger«, bemerkte er. »Seit ich auf Okta bin, habe ich noch nichts gegessen und getrunken.«

»Dann wird es höchste Zeit, dass Sie versorgt werden.« Der Meister streckte ihm die Hand entgegen. »Nennen Sie mich Goras.«

Der Terraner ergriff die Hand. Die anderen Oktaner setzten sich an den Tisch, und ein unverbindliches Gespräch entwickelte sich, bei dem es um Verkehrsprobleme ging. Tekener wollte wissen, weshalb die Oktaner mit einem Tragflächenboot fuhren, wo es doch komfortabler und zeitsparender gewesen wäre, einen Antigravgleiter zu benutzen.

»Wir sind umweltbewusst«, erwiderte Goras. »Wir haben festgestellt, dass gewisse Krebsarten und Muscheln empfindlich auf die veränderten Schwerefelder reagieren, die Antigravgleiter begleiten. Viele gehen ein. Deshalb beschränken wir den Gleiterverkehr über den Meeren auf ein Mindestmaß.«

Tekener erwartete, dass die Oktaner früher oder später auf Positroniken zu sprechen kommen würden, doch das taten sie nicht. Es schien vielmehr, als wichen sie gerade diesem Thema aus.

Einige Stunden vergingen. Die Oktaner taten so, als sei nichts geschehen, was die Beziehungen zwischen Okta und Terra trüben könnte. Das Boot näherte sich einer Felsenküste.

Goras erhob sich und entschuldigte sich.

»Ich muss mit dem Kommandanten sprechen«, sagte er und verließ die Kajüte.

Tekener wandte sich den anderen Oktanern zu, von denen er mittlerweile wusste, dass sie die Helfer des Meisters waren. Ihre Aufgabe war es vor allem, die für das Schwert notwendigen Materialien zu beschaffen, was offenbar nicht leicht war.

Auf Okta gab es sieben Machtbereiche, die von jeweils einem Hüter des Schwertes beherrscht wurden, aber auch innerhalb dieser Bereiche gab es politische Spannungen, da die anderen fünfunddreißig Hüter ebenfalls zur Macht drängten. Der zur Zeit mächtigste Hüter war Arantrat, der Herr der Wüsten Sezpha. Sein Herrschaftsbereich umfasste etwa ein Drittel des Planeten. Er befand sich in ständigen Machtkämpfen mit den anderen Hütern. Offene Kriege gab es jedoch nicht.

Goras hatte Tekener zu verstehen gegeben, dass er mit diesen Verhältnissen nicht einverstanden war, aber auch nicht bereit war, daran etwas zu ändern. Zunächst hatte der Terraner geglaubt, dass der Schwertschmied ihn in einen Machtkampf einspannen wollte, doch er musste erkennen, dass dies nicht seine Absicht war. Goras wollte ihm lediglich erklären, wie die Verhältnisse auf Okta waren.

Doch bald erfuhr Tekener, dass man ihm nicht alles gesagt hatte.

Das Schiff glitt in einen Fjord und legte in einer felsigen Bucht an. Goras führte den Terraner von Bord in eine Wohnanlage, die in die Felsen getrieben war. Kostbare Schmiedearbeiten verzierten den Eingang.

Auch die Inneneinrichtung verriet, dass der Meister ein wohlhabender Mann war. Tekener interessierte sich besonders für die fremdartigen Waffen, mit denen die Wände geschmückt waren. Der Meister beobachtete ihn.

Dabei gab er seinen Dienern eine Reihe von Anweisungen, die der Terraner nicht verstand. Schließlich wandte er sich dem USO-Spezialisten wieder zu.

Er eröffnete das Gespräch mit einer Bemerkung, die Tekener nicht erwartet hatte.

»Wie viel Zeit hat Lordadmiral Atlan Ihnen gegeben?«

»Wie meinen Sie das?«, fragte der Terraner.

»Ich bin sicher, dass Sie ein USO-Spezialist sind.«

Tekener hatte sich in der Gewalt. Ihm war nicht anzusehen, wie überrascht er war. Er blickte zur Decke hoch, die makellos weiß war. Er erwartete, die Linsen von Kameras zu sehen, entdeckte jedoch keine.

»Warum sagen Sie das?«, fragte er.

»Weil ich möchte, dass zwischen uns alles klar ist, und damit Sie verstehen, weshalb ich Sie befreit habe.«

»Das zu verstehen, fällt mir allerdings nicht leicht.«

»Wenn ich Sie nicht aus dem Gewölbe geholt hätte, wären Sie jetzt schon tot«, eröffnete ihm der Oktaner. »Zwei andere Hüter waren unterwegs zu Ihnen, um das Urteil zu vollstrecken. Doch daran war mir nicht gelegen.«

»Warum nicht?«

»Weil die oktanischen Völker vor einer Katastrophe stehen«, erwiderte Goras. »Onxytaur, als mächtigster Hüter der Vorgänger von Arantrat, hat Okta in seiner grenzenlosen Naivität verraten und verkauft. Er hat sich mit dem Erzfeind der Oktaner eingelassen und sich zu einem Spiel verführen lassen.«

»Er hat um Jagdlizenzen gespielt und verloren«, stellte Tekener fest. »Nun vertrug es sich nicht mit der Ehre der Oktaner, das vor aller Öffentlichkeit zuzugeben. Daher entschloss man sich, das Solare Imperium verantwortlich zu machen und es zu verleumden.«

»Ich gebe zu, dass das der Fall ist«, sagte der Oktaner. »Auch das ist etwas, was mir nicht gefällt. Es ist aber nicht richtig, dass Onxytaur nur die Jagdlizenzen verspielt hat. Es geht um noch mehr. Onxytaur hat auch die Rechte an Edelsteinfeldern verloren, die in den Wüsten Sezpha liegen. Edelsteine aus diesem Gebiet gelten als besonders rein und wertvoll. Damit hat Grosvenor eine nahezu unerschöpfliche Geldquelle gewonnen, mit der er den Aufbau eines Imperiums finanzieren kann.«

Tekener lächelte.

»Verträge kann man brechen, kündigen, anfechten oder beenden«, entgegnete er. »Wenn Onxytaur diese Rechte am Spieltisch verloren hat, dann kann er darauf bestehen, dass eine neutrale Macht die näheren Umstände des Spiels untersucht. Ich bin überzeugt davon, dass er betrogen worden ist.«

»Das sind wir alle, doch das ändert nichts daran, dass Oktaner Verträge nicht zu brechen pflegen«, erklärte der Meister. »So etwas widerspricht unserer Ehrauffassung. Onxytaur hat den Vertrag gebrochen. Er hat das Raumschiff mit den Affenjägern angegriffen. Natürlich hat er nichts ausgerichtet. Die Männer Grosvenors haben mit einem Trick versucht, die Verantwortung für die Jagd auf das Solare Imperium abzuwälzen, doch uns haben sie nicht täuschen können.«

»Was ist mit Onxytaur geschehen?«

»Er hat sein ehrloses Verhalten mit dem Leben bezahlt. Arantrat hat ihn gerichtet.«

Tekener nickte. Er hatte nichts anderes erwartet. Es passte zu dem Bild, das er sich von Okta gemacht hatte, dass Konflikte auf diese Art und Weise bereinigt wurden. Ein Hüter, der einen so schwerwiegenden Fehler machte, musste damit rechnen, dass seine Konkurrenten im Kampf um die Macht sofort zuschlugen.

»Wir Oktaner haben nur zwei Möglichkeiten«, fuhr Goras fort. »Wir könnten den Vertrag akzeptieren und dulden, dass die uns heiligen Grantinzy-Affen ausgerottet und die Edelsteinfelder geplündert werden. Das alles würde unter den Augen der Öffentlichkeit geschehen und damit katastrophale Folgen haben, zumal wir gleichzeitig in die Isolation gehen und uns gegen andere Sternenvölker abschirmen. Wir könnten aber auch kämpfen.«

»Ich glaube, ich verstehe Sie«, sagte der Terraner.

»Wirklich? Wenn da so ist, dann wissen Sie, dass wir Oktaner nicht direkt gegen Grosvenor kämpfen dürfen.«

»Sie wollen, dass ich für Sie kämpfe«, erwiderte Tekener. »Sie wollen, dass ich die Macht Grosvenors breche. Wenn Grosvenor stürzt oder gar stirbt, wird der Vertrag gegenstandslos.«

»Sie haben mich tatsächlich verstanden.« Goras bot Tekener Platz in weich gepolsterten Sesseln an. »Für mich war es unter den gegebenen Umständen nur logisch, dass ein Mann wie Sie auf Okta erscheinen würde. Ich habe mich intensiv mit den Methoden der SolAb und der USO befasst und alles der Öffentlichkeit zugängliche Material studiert. Daher bin ich sicher, dass Sie der USO angehören.«

»Ich gebe zu, dass es mir schmeichelt, dass Sie so etwas von mir glauben«, erwiderte Tekener.

»Lassen wir das«, sagte der Meister. »Ich bin ein hohes Risiko eingegangen, als ich Sie befreit habe. Besonders unangenehm für mich ist, dass der Verdacht auf mich fallen muss. Wer sonst hätte Sie befreien können? Ich muss also mit Konsequenzen rechnen.«

»Der Begegnung mit einem Hüter?«

»Das nicht«, erklärte Goras. »Kein Hüter kann es sich leisten, einem Meister mit dem Schwert zu drohen. Die Herstellung eines Sertagi-Schwertes ist eine Kunst, eine heilige Handlung. Wir Meister genießen ein noch höheres Ansehen als die Hüter, wenngleich wir keine Macht haben. Dennoch können wir nicht tun und lassen, was wir wollen. Aber das ist nicht Ihr Problem.«

»Was schlagen Sie mir vor?«

»Ich möchte, dass Sie den direkten Kampf gegen Grosvenor aufnehmen und ihn vernichten.«

»Wissen Sie, dass Grosvenor eine Reihe von ehemaligen Agenten der SolAb und Spezialisten von der USO um sich schart? Sie bilden seine Leibwache und Kampfgruppe. Es ist so gut wie unmöglich, zu ihm vorzudringen.«

»Dennoch sollen Sie es versuchen.«

»Was hätte ich davon?«, fragte Tekener.

»Ich würde Sie den Hütern nicht ausliefern.«

»Sie haben keine Garantie dafür, dass ich es tatsächlich versuche, sobald ich Okta verlassen habe.«

Der Meister des Schwertes erhob sich und verließ den Raum. Nach einigen Minuten kehrte er zurück. Er trug ein Sertagi-Schwert in den Händen. Es blitzte und schimmerte, als sei es von Leben erfüllt. Er legte es vor.

»Noch niemals in der Geschichte unserer Völker hat jemand ein Sertagi-Schwert gehabt, der nicht Hüter oder Meister war. Noch niemals hat ein Sertagi-Schwert diesen Planeten verlassen. Wenn Sie Grosvenor vernichten, gehört Ihnen ein Schwert.«

Tekener verschlug es den Atem. Das Angebot des Meisters war geradezu unglaublich. Goras verstieß gegen sämtliche Traditionen seines Volkes. Er setzte sich über alle religiösen Bedenken hinweg.

»Ich kann nicht einfach hingehen und Grosvenor töten«, erwiderte der Terraner. »Ich benötige Beweise.«

»Welche?«

»Beispielsweise die Verträge, die er mit Onxytaur geschlossen hat. Die Kopien würden bereits genügen.«

»Die beschaffe ich Ihnen.« Goras streckte Tekener beide Hände entgegen. »Darüber hinaus halte ich Sie für einen Ehrenmann. Wenn Sie Ihr Wort geben, dann halten Sie es auch.«

»Nun gut«, sagte der Terraner. »Wenn Sie mir die Verträge oder die Kopien davon verschaffen, dann werde ich kämpfen.«

6.

Einige Tage vergingen. Ronald Tekener war allein mit der Dienerschaft im Haus, doch keiner der Bediensteten sprach Interkosmo, und ein Translator stand nicht zur Verfügung. Im Haus gab es mehrere Fernsehgeräte, doch sie vermittelten ihm nur wenige Informationen. Immerhin erhielt er einige Einblicke in die industrielle Welt von Okta, und er erfuhr, dass die Hüter fast alle hohe Posten in der Wirtschaft bekleideten.

Von ihm war in keiner Sendung die Rede. Er schien für die Öffentlichkeit nicht existent zu sein.

Dann kehrte Goras zurück. Tekener erkannte ihn an der riesenhaften Gestalt.

Goras überreichte ihm einige Papiere. Der Terraner wollte sie durchsehen, doch der Oktaner bat ihn, vorläufig darauf zu verzichten.

»Es ist das, was Sie verlangt haben«, erklärte er. »Doch jetzt bleibt keine Zeit mehr, sie zu überprüfen.«

»Warum nicht?«

»Weil die Verfolger mir auf den Fersen sitzen. Sie werden bald hier sein.«

Er bat Tekener, ihm zu folgen, und rief seinen Dienern einige Befehle zu. Sie eilten aus dem Haus.

»Es ist, wie ich befürchtet habe«, berichtete Goras, während sie zum Hafen liefen. »Niemand zweifelt noch daran, dass ich Sie befreit habe. Der Hass der Bevölkerung richtet sich zurzeit gegen mich. Arantrat, als weltliches und geistliches Oberhaupt dieser Region, hat mich zum heiligen Feind erklärt und mir damit alle Privilegien genommen. Dennoch hat er noch nicht gewonnen. Das wird erst der Fall sein, wenn Sie in meinem Hause gefunden werden.«

Im Privathafen des Schwertmeisters lag ein U-Boot. Es hatte einen lang gestreckten Tauchkörper, über dem sich eine halbkugelförmige Kuppel erhob.

»Steigen Sie ein«, befahl Goras. »Wir dürfen keine Minute länger hierbleiben.«

»Sie begleiten mich?«

»Auf jeden Fall.«

Die beiden Männer folgten mehreren anderen, die das U-Boot bereits betreten hatten. Sie stiegen über eine Leiter in den Schiffskörper. Goras schloss die Kuppel und führte Tekener in den Leitstand. Dieser war erstaunlich geräumig und erinnerte in vielen Teilen an die Zentrale eines Raumschiffs. Der Antrieb sprang an. Das Boot setzte sich in Bewegung.

Auf mehreren Bildschirmen konnte Tekener die Umgebung des Bootes sehen. Es fuhr aus dem fjordartigen Hafen bis ins offene Meer. Dann tauchte es weg. Auch jetzt blieben die optischen Systeme eingeschaltet. Das Wasser war klar und sauber, sodass Tekener die zahllosen Fische sehen konnte, die das Boot begleiteten. »Wir sind ihnen entkommen«, sagte Goras. »Niemand weiß, dass ich so ein Boot habe. Seit Generationen werden solche Boote schon nicht mehr gebaut.«

»Arantrat und seine Anhänger werden uns mit Gleitern verfolgen«, bemerkte der Terraner. »Aus der Luft lässt sich ein U-Boot leicht verfolgen.«

»Sie vergessen, dass Arantrat der Herr der radikalen Aschan-Partei ist. Sie tritt unter anderem für eine Erhaltung der Natur ein, so auch für ein absolutes Gleiterverbot über den Meeren. Nein, wenn Arantrat uns jagt, dann nicht mit Gleitern, sondern mit schnellen Booten. Glücklicherweise hat er keine Tauchboote.«

»Hoffentlich irren Sie sich nicht«, entgegnete Tekener.

Doch der Meister des Schwertes war sich seiner Sache völlig sicher.

»Sehen Sie sich jetzt die Kopien der Verträge an«, bat er.

Tekener zog sich in einen anderen Raum zurück, in dem ein Oktaner über einigen Seekarten saß und Berechnungen anstellte. Er setzte sich in einen Sessel und las die Verträge durch, die Goras ihm gegeben hatte.

Aus ihnen ging eindeutig hervor, dass der Oktaner Onxytaur gegen Grosvenor gespielt und verloren hatte.

Die Verträge verpflichteten die Oktaner zu Leistungen, die noch weit über das Jagdrecht und die Edelsteinlieferungen hinausgingen. Sie knebelten die Völker von Okta auf Jahrzehnte hinaus und räumten Grosvenor das Recht ein, auf Okta Fabriken zu errichten, in denen oktanische Arbeitskräfte unter Bedingungen eingesetzt werden konnten, die an Sklaverei grenzten.

»Jedes Gericht des Solaren Imperiums erklärt diesen Vertrag für sittenwidrig und damit für ungültig«, sagte Tekener, als er zu Goras zurückkehrte.

»Kein Oktaner wird sich bereitfinden, einen Vertrag vor einem nichtoktanischen Gericht anzufechten«, erwiderte der Meister des Schwertes. »Diese Blöße würde sich niemand geben. Ich habe ihnen den einzigen Weg aufgezeigt, der für uns gangbar ist. Eine andere Möglichkeit gibt es nicht.«

Tekener nickte. Er begriff, dass er die Einstellung der Oktaner zu akzeptieren hatte. Es war sinnlos, noch länger mit Goras darüber zu diskutieren.

Er steckte die Papiere ein.

»Ich gebe Ihnen mein Wort, dass ich alles tun werde, was in meiner Macht steht«, sagte er.

»Ich danke Ihnen«, erwiderte Goras. »Wenn Sie gewonnen haben, werde ich Ihnen das Schwert geben.«

»Werden Sie dann noch leben?«

Goras klatschte die Hände belustigt zusammen.

»Lieber Freund«, erwiderte er. »Sobald Sie Okta verlassen haben, bin ich außer Gefahr.«

»Sie wissen also, wo ein Raumschiff steht, das ich nehmen kann«, stellte der Narbengesichtige fest.

»Allerdings. Der Affenjäger Giustino Fomasi musste sein Raumschiff auf Okta lassen. Es wartet auf Sie.«

Der Meister des Schwertes zeigte auf die Bildschirme. Auf ihnen waren Fischschwärme zu sehen, die das U-Boot begleiteten. Die Fische waren fremdartig und von exotischer Schönheit. Ihre Farbenpracht ließ die beiden Männer verstummen. Im Hintergrund tauchte ein Fisch mit vielfach gezackter Rückenflosse auf, der wesentlich größer war als das U-Boot. Er schwamm etwa zehn Minuten lang parallel zu ihm und verschwand dann wieder im durchsichtigen Grün des Wassers.

»Seltsam, dass so viele Fische uns begleiten«, sagte Tekener.

»Finden Sie?«

Der Terraner blickte ihn überrascht an. Dann erfasste er, was geschah.

»Sie haben Ihre Geheimnisse«, bemerkte er. »Inwieweit können Sie die Fische beeinflussen?«

»Lassen Sie es mein Geheimnis bleiben«, bat der Oktaner.

»Ich verstehe«, sagte Tekener. »Sie locken die Fische an und veranlassen sie, uns zu begleiten. Wahrscheinlich befinden wir uns mitten in einem riesigen Schwarm. Er macht es unseren Verfolgern unmöglich, uns zu orten.«

»So ist es«, bestätigte der Meister und wandte sich Tekener zu. Vergeblich versuchte dieser, in dem bizarr geformten Gesicht die Augen auszumachen.

»Sicherlich könnten die Terraner uns mit ihren Hochleistungsortungsgeräten dennoch erfassen. Mit oktanischen Geräten ist das nicht möglich.«

»Auch nicht mit Infrarotortung?«

»Auch damit nicht. Unter den Fischen gibt es genügend Warmblüter. Sie bilden zum Teil so intensive Wärmequellen, dass kein oktanischer Orter uns unter ihnen herausfinden würde.«

Die Fahrt mit dem U-Boot dauerte zwei Tage. Dann tauchte Goras auf. Das Boot befand sich in einem Fjord, dessen Felswände mehrere Kilometer hoch nahezu senkrecht aufstiegen. Kein anderes Boot hielt sich in ihrer Nähe auf.

Der Meister des Schwertes zeigte auf einen Felsspalt.

»Dort geht es weiter«, sagte er.

Das Boot glitt in den Spalt und legte wenig später in einer tiefen Einbuchtung an.

»Das letzte Stück müssen wir gehen«, sagte Goras.

Der Weg führte durch eine enge Felsspalte nach oben. Die Oktaner erwiesen sich als geschickte Kletterer. Sie waren Tekener überlegen und überwanden mühelos selbst schwierigste Abschnitte. Sie halfen dem Terraner, wenn dieser nicht allein weiterkam.

Als sie etwa hundert Meter hoch gestiegen waren, erreichten sie eine Mulde, in der eine Space Jet stand. Das Raumschiff war alt und sah wenig vertrauenerweckend aus.

»Es ist in Ordnung«, sagte Goras. »Damit können Sie das nächste Sonnensystem erreichen.«

Er rollte seine Tentakel aus und legte Tekener die Enden an die Schultern.

»Ich vertraue Ihnen«, fuhr er fort. »Und ich weiß, dass Sie zurückkommen werden.«

Er zuckte zusammen.

»Schnell!«, schrie er. »Starten Sie.«

Tekener hörte erst jetzt das schrille Pfeifen, das sich ihnen näherte. Er wirbelte herum und rannte zur Space Jet. Als er nur noch wenige Schritte von ihr entfernt war, schlug etwa fünfhundert Meter von ihm entfernt eine Rakete ein. Er warf sich auf den Boden. Es blitzte sonnenhell auf, und eine Druckwelle fegte über ihn hinweg. Sie schleuderte ihn zur Seite. Tekener sprang wieder auf und stürmte weiter. Glücklicherweise war die Rakete in ein Tal gestürzt, sodass die freiwerdenden Energien den Terraner und die Space Jet nicht voll erfassten.

In der Schleuse drehte Tekener sich um. Er sah, dass Goras und seine Männer in die Felsspalte flüchteten, in der sie zuvor aufgestiegen waren.

Der USO-Spezialist schloss das Außenschott und hastete zur Zentrale hoch. Das Raumschiff befand sich in einem äußerst schlechten Zustand. Es war schmutzig. Überall lagen Verpackungsreste herum. Die Wände waren mit Zeichnungen beschmiert. Reparaturen waren nachlässig durchgeführt worden, und überall fehlten Ausrüstungsgegenstände, die auf jedem anderen Raumschiff zum Inventar gehörten.

Doch das alles störte Tekener nicht. Ihm kam es nur darauf an, Okta zu verlassen, ohne die Hilfe der USO in Anspruch nehmen zu müssen.

Die Zentrale bot ein etwas besseres Bild. Giustino Fomasi, der auf Okta hingerichtete Eigentümer des Raumers, schien immerhin Wert darauf gelegt zu haben, dass die lebenswichtigen Einrichtungen des Schiffes intakt blieben. Ronald Tekener hätte die Jet gern gründlich durchgetestet, doch dazu hatte er keine Zeit. Er musste mit einem weiteren Raketenangriff rechnen. Daher führte er nur die unabdingbar notwendigen Prüfungen durch und startete. Die Jet reagierte unerwartet gut auf die Schaltungen des Terraners. Sie stieg auf.

Als sie eine Höhe von etwa hundert Metern erreicht hatte, schlug eine Rakete in einem benachbarten Tal ein. Tekener beschleunigte voll. Mithilfe der Ortungsgeräte erfasste er die nächste Rakete. Sie verfehlte ihn weit. Er sah sie in der Schlucht verschwinden, in der Goras mit seinem Unterseeboot angelegt hatte. Unmittelbar darauf schoss ein gigantischer Blitz aus der Schlucht, und die Felswände stürzten ein.

Die Jet stieg steil auf und erreichte die Wolken. Tekener konnte nicht mehr erkennen, was unter ihm war. Er wusste nicht, ob es Goras gelungen war, die Schlucht zu verlassen, oder ob er darin umgekommen war.

Ronald Tekener landete zwei Tage später auf dem größten Raumhafen des Planeten Flachat im Torre-System. Der Flugsicherungscomputer wies ihm einen Landeplatz in unmittelbarer Nähe des Hauptgebäudes zu.

Als Tekener die Maschine verließ, kam ihm ein Flachater entgegen. Er war humanoid. Von seinen Schultern erhob sich ein mächtiger Kopf, der Tekener an den Kopf eines Chamäleons erinnerte. Die Haut war tiefgrün und mit zahllosen Knötchen übersät. Die faustgroßen Augen saßen als Halbkugeln seitlich am Kopf. Sie konnten sich unabhängig voneinander bewegen. Der Flachater blickte Tekener mit dem einen Auge an, während er mit dem anderen die Space Jet betrachtete.

»Willkommen auf Flachat, falls Sie kein Terraner sind«, sagte der Flachater und streckte Tekener die Hand entgegen. »Hoffentlich sind Sie in der Lage, die Lande- und Wartungsgebühren zu bezahlen.«

»Danke«, entgegnete Tekener. »Ich bin kein Terraner. Ich komme von Okta im Möura-System. Terra habe ich nie gesehen.«

»Das ist gut. Und wie steht es mit dem Geld?«

Tekener griff in die Tasche und zeigte ihm ein Bündel Scheine, die er in der Space Jet gefunden hatte.

»Ich hoffe, das reicht«, sagte er.

Der Flachater übergab ihm eine Bescheinigung, ließ sich das Geld geben und zählte den geforderten Betrag ab. Er ließ Tekener nur noch einen Schein.

»Ihnen bleiben tausend Solar«, erklärte er. »Das ist viel Geld auf Flachat. Hier ist das Leben billig.«

Tekener steckte den Schein weg. Zusammen mit dem Flachater betrat er das Hauptgebäude. Von einer öffentlichen Videokabine aus führte er ein kurzes Gespräch mit dem Kontaktmann der USO. Zusammen mit ihm hatte er die letzten Vorbereitungen für den Flug nach Okta getroffen. Trevor Gould schien in den wenigen Tagen, die seitdem vergangen waren, um Jahre gealtert zu sein.

»Bleiben Sie, wo Sie sind«, sagte er. »Ich komme und hole Sie ab.«

»Was ist los?«, fragte Tekener.

»Die Hölle«, erwiderte Gould. »Überall auf Flachat finden Demonstrationen statt. Terraner sieht man nicht gern in diesen Tagen.«

Tekener verzichtete auf weitere Fragen, weil er nicht wusste, ob das Gespräch abgehört wurde. Er wartete. Trevor Gould kam nach etwa einer Stunde. Er hatte eine blutige Schramme an der Stirn.

»Das hatten Sie vorhin noch nicht«, sagte Tekener. »Was ist passiert?«

Sie befanden sich in der Halle des Raumhafengebäudes. Außer ihnen hielten sich nur noch einige Flachater in der Halle auf. Sie waren damit beschäftigt, Reklametafeln auszuwechseln.

Trevor Gould führte Tekener durch die Halle zu einer Antigravgleiterstation.

»Individualverkehr gibt es nicht auf Flachat«, erläuterte er. »Das hat zuweilen erhebliche Nachteile.«

Er zeigte auf die Schramme, während sie einen Großgleiter betraten und in den Sesseln Platz nahmen. Sie waren die einzigen Fahrgäste.

»Auf Flachat finden überall Demonstrationen statt. Agitatoren hetzen das Volk gegen Terra und das Solare Imperium auf. Die Vorfälle von Okta haben uns sehr geschadet. Unter diesen Umständen ist es nicht ungefährlich, sich in der Öffentlichkeit sehen zu lassen. Mich haben einige mit Messern bewaffnete Flachater angegriffen. Ich konnte sie abwehren.«

Tekener ahnte, dass sich hinter diesen nüchternen Worten noch viel mehr verbarg. Gould hatte um sein Leben gekämpft, und er hatte nur gewonnen, weil er durch die unerbittliche Schule der USO gegangen war.

Als sie eine halbe Stunde gewartet hatten, flog der Gleiter endlich los. Er stieg bis in eine Höhe von etwa zehn Metern auf und beschleunigte mit Höchstwerten. Er raste über flaches Land, das von vollrobotischen Maschinen bestellt wurde.

Bald tauchte eine Stadt vor ihnen auf, die auf einem riesigen Bergkegel errichtet war. Tekener wusste, dass der Kegel größer wirkte, als er tatsächlich war, weil in seinen unteren Bereichen nur kleine Häuser standen, während sich zur Spitze hin immer höhere Häuser erhoben.

»Der Gleiter hält etwa fünfzig Meter von meiner Wohnung entfernt«, erklärte Gould. »Wir werden uns nicht lange aufhalten, sondern so schnell wie möglich von der Straße verschwinden.«

Die Maschine überflog die ersten Häuser der Stadt. Niemand hielt sich auf den Straßen auf. Es schien, als sei die Stadt von ihren Bewohnern verlassen worden. Doch dieser Eindruck täuschte, wie Tekener merkte, als der Gleiter einer aufsteigenden Straße folgte. Hier drängten sich die Flachater zusammen. Viele von ihnen hielten Transparente oder brennende Puppen hoch.

»Ich erinnere mich daran, dass Gordon Grosvenor auf Flachat ein Hotel mit einem Spielcasino hat«, sagte Tekener.

»Er hat vier Hotels. Allerdings kann in nur einem gespielt werden. Dort sind die Umsätze dann allerdings um so höher.«

»Welche Vorteile hat Grosvenor, wenn er die Flachater gegen Terra aufhetzt? Er ist selbst Terraner.«

»Man sollte meinen, dass er sich ins eigene Fleisch schneidet. Doch so ist es nicht. Grosvenor weiß, was er tut. Er hetzt gegen das Solare Imperium und Perry Rhodan. Er verbreitet das Gerücht, Rhodan strebe die Macht über die Milchstraße an. Er behauptet, dass Rhodan die anderen Völker der Galaxis unterdrücken und ausbeuten will. Er warnt jedoch davor, den Hass auf alle Terraner auszudehnen. Sich selbst stellt er als den Retter der galaktischen Völker heraus. Er beschwört die Flachater, zusammen mit den benachbarten Völkern ein Imperium zu errichten, das stark genug ist, sich gegen alle Machtansprüche Rhodans zu behaupten.«

»Selbstverständlich will er an der Spitze dieses Imperiums stehen«, bemerkte Tekener.

»Selbstverständlich«, bestätigte Gould. »Dagegen haben die Flachater auch nicht das Geringste einzuwenden. Mit den Gewinnen aus dem Spielcasino unterstützt Grosvenor viele Projekte auf diesem Planeten. Er genießt hohes Ansehen und hat so gut wie keine Feinde. Deshalb ist es taktisch vielleicht nicht gerade klug, ausgerechnet hier gegen ihn vorzugehen.«

Tekener lächelte.

»Ich beginne hier«, erwiderte er gelassen. »Sie wissen, dass man Pläne nicht so ohne Weiteres umstoßen kann.«

»Sie müssen wissen, was Sie tun.«

»Das weiß ich auch.«

Der Gleiter landete am Rand eines Platzes, auf dem sich Tausende von Flachatern versammelt hatten. Sie achteten nicht auf die Maschine. Ihre Aufmerksamkeit richtete sich auf einen Redner, der auf einer Tribüne stand und über Gräueltaten berichtete, die Raumfahrer des Solaren Imperiums auf einem anderen Planeten begangen haben sollten.

»Kommen Sie«, flüsterte Gould Tekener zu. »Wir gehen zu dem Haus dort drüben.«

Die beiden Männer entfernten sich von der Menge, ohne dass jemand auf sie aufmerksam wurde. Sie verschwanden in einem einstöckigen Haus. Gould schloss die Tür. Er atmete auf.

»Sie müssen warten, bis die Menge abgezogen ist«, sagte er. »Vorher können Sie es nicht riskieren, zum Grosvenor-Hotel zu gehen. Es liegt genau gegenüber auf der anderen Seite des Platzes.«

»Werde ich dort überhaupt Spieler vorfinden?«, fragte Tekener. »Unter den gegebenen Umständen erscheint mir das nicht sehr wahrscheinlich.«

»Sie irren«, antwortete Gould. »Die Grosvenor-Hotels gelten als unantastbar. Und jeder Flachater weiß, wie wichtig das Casino für Flachat ist. Raumfahrer aus allen Teilen der Galaxis sind dort. Niemandem würde einfallen, sie am Spielen zu hindern. Auf diesen Gedanken kämen selbst die größten Fanatiker nicht. Wahrscheinlich würden sie sogar Perry Rhodan dort spielen lassen und hoffen, dass er einige Millionen verliert.«

»Also schön«, sagte Tekener. »Dann kann es losgehen. Ich benötige andere Sachen zum Anziehen. In diesen Lumpen kann ich mich nicht im Casino sehen lassen.«

7.

Die letzten Flachater verließen den Platz, als es dunkelte. Zerfetzte Transparente, Reste der verbrannten Puppen und Abfall blieben zurück. Roboter begannen unmittelbar nach dem Ende der Demonstration mit Säuberungsarbeiten.

Tekener verließ das Haus, das Gould bewohnte, und überquerte den Platz. Er erreichte das Grosvenor-Hotel ungehindert. An der Rezeption tippte er seine Unterkunftswünsche ein, zahlte dafür etwas weniger als fünfhundert Solar und brachte etwas Handgepäck auf sein Zimmer. Es enthielt einige Ausrüstungsgegenstände, die er für den Notfall dabeihaben wollte.

Danach suchte er das Casino auf, das die oberen Geschosse des Hochhauses einnahm. Es war gut besucht. Tekener sah Arkoniden, Akonen, Springer, Aras, Topsider, Ertruser, Epsaler, Terraner, Siganesen und Nichthumanoide. An den Spieltischen standen als Spielleiter Terraner. Tekener wusste, dass viele von ihnen aus den verschiedenen Ordnungsdiensten des Solaren Imperiums stammten. Die meisten von ihnen waren sich nicht darüber klar, dass sie von einem Mann bezahlt wurden, der an den Grenzen der Legalität arbeitete und diese oft genug bedenkenlos überschritt.

Tekener erregte keinerlei Aufsehen und wurde kaum beachtet. Im Casino war von dem Hass nichts zu spüren, der die Bevölkerung des Planeten erfüllte. Es schien, als betrete der Besucher durch die Tür einen anderen Planeten, der nichts mehr mit Flachat zu tun hatte.

Tekener interessierte sich nur für ein Glücksspiel, das als Planeten-Roulette bezeichnet wurde. Bei diesem Spiel schwebte ein mit einhundertfünfzig Waben versehener Ball in einer transparenten Hohlkugel. An der Innenseite dieser Hohlkugel raste ein kleiner Ball entlang, bis der Croupier die Schwerewerte des Wabenballs erhöhte. Das hatte zur Folge, dass sich die Kugel langsamer an der Innenwand des Transparentkörpers entlangbewegte und schließlich auf die Wabenkugel stürzte. Dabei gab es zahllose Gewinnchancen, die wie beim traditionellen Roulette Farben, Zahlengruppen und Zahlenblöcke umfassten. Die Chancen waren bei diesem Spiel jedoch wesentlich breiter gestreut, während die Chance auf den Höchstgewinn erheblich reduziert war. Dafür betrug der Höchstgewinn das Fünfhundertfache des Einsatzes.

Tekener beobachtete das Spiel etwa eine Stunde lang, bevor er den ersten Einsatz wagte. Ihm fiel auf, dass ein enger Zusammenhang zwischen der Zeit bestand, in der der Antigrav der Wabenkugel die Spielkugel an sich riss, und der Schaltung, die der Croupier vornahm. Er steuerte den Antigrav nicht gleichmäßig, sondern willkürlich aus, sodass die Spielkugel mal länger, mal kürzer an der Innenseite der Transparentkugel entlangraste.

Das war offenbar auch einigen anderen Spielern aufgefallen. Tekener beobachtete, dass sie mithilfe von Taschenrechnern das Ergebnis zu errechnen suchten. Dabei hatten sie jedoch nur geringe Erfolge. Sie kamen der Gewinnzahl nahe, trafen sie jedoch nicht ein einziges Mal.

Je länger Tekener beobachtete, desto mehr vertiefte sich in ihm die Überzeugung, dass die Croupiers die Spieler bewusst narrten. Er erkannte jedoch an, dass sie dabei äußerst geschickt vorgingen und dass es ihnen immer wieder gelang, Spannung aufkommen zu lassen. Die Spieler fieberten jedem neuen Wurf entgegen, und sie beobachteten den Lauf der kleinen Kugel an der Innenwand der großen mit glänzenden Augen. Sie ließen sich in einen Rausch versetzen, in dem sie nicht mehr Herr ihrer eigenen Entschlüsse waren.

Kühl lächelnd setzte der narbengesichtige Terraner sich an den Spieltisch. Er begann vorsichtig, aber kaum hatte er seine ersten Einsätze gemacht, als der Croupier auch schon versuchte, ihn ebenfalls in einen Spielrausch zu versetzen.

Er war ein kleiner, dunkelhäutiger Mann mit tief liegenden Augen und einer fliehenden Stirn. Ein Schild auf seiner Brust zeigte an, dass er Jonas Carras hieß.

Carras wurde unsicher, als er merkte, dass Tekener ein Störfaktor war. Er ließ sich zu einem Fehler verleiten und manipulierte das Spiel. Er steuerte die Kugel so, dass Tekener einige kleine Gewinne einstreichen konnte.

Erwartungsvoll blickte er ihn an. Tekener begegnete dem Blick, und ein drohendes Lächeln erschien auf seinen Lippen.

Tekener setzte den Höchsteinsatz auf Zahl. Er ließ den Croupier nicht aus den Augen. Die anderen Spieler am Tisch bemerkten nichts von der Auseinandersetzung der beiden Männer.

Tekener verlor.

Carras beobachtete ihn, doch der narbengesichtige Spieler ließ durch keine Reaktion erkennen, was er fühlte. Er schien den Verlust nicht bemerkt zu haben.

Tekener spielte weiter.

Und er verlor.

Die Chips in seiner Tasche schmolzen dahin. Tekener machte sich bereits mit dem Gedanken vertraut, dass er die erste Attacke auf Grosvenor abblasen musste, weil er kein Geld mehr hatte, als ihm der Zufall zur Hilfe kam.

Seine Zahl gewann. Der Croupier schob ihm Chips im Wert von tausend Solar zu.

Tekener setzte den Höchsteinsatz auf die gleiche Zahl und gewann erneut.

Der Croupier lächelte. Tekener konnte nicht feststellen, ob er abermals manipuliert und ihm den Gewinn zugespielt hatte. Er wusste jedoch, dass Carras den doppelten Gewinn begrüßte, weil er die Stimmung am Tisch wieder anheizte.

Tekener setzte die gleiche Zahl abermals mit dem höchstmöglichen Einsatz von tausend Solar und gewann zum dritten Mal hintereinander.

Jetzt verfügte er plötzlich über eine Spielsumme von einer Million Solar. Jeder andere Spieler am Tisch hätte nun versucht, wenigstens einen Teil dieser Summe in Sicherheit zu bringen, doch Tekener kam es nicht darauf an, irgendeinen Gewinn mit aus dem Casino zu nehmen. Er wollte einen aufsehenerregenden Gewinn.

Daher ging er nunmehr zu einer Strategie über, die er sich vorher sorgfältig zurechtgelegt hatte. Schon bei seinen ersten Spielzügen erkannten die anderen Spieler am Tisch, dass er aufs Ganze ging. Erregt verfolgten sie seine Einsätze. Ihre Einsatzbereitschaft steigerte sich. Auch von anderen Tischen kamen Spieler herbei, um zu beobachten, was geschah.

Der Croupier leitete das Geschehen mit unbewegter Miene. Tekener sah ihm an, dass er davon überzeugt war, das Geschehen fest im Griff zu haben.

Doch Carras irrte sich.

Tekener gelang es innerhalb weniger Minuten, seinen Gewinn zu verdoppeln und das Spiel erneut zu verschärfen, sodass es zu einem Duell gegen die Bank wurde.

Wiederum gelang ihm ein Höchstgewinn.

Carras ließ sich ablösen. An seine Stelle trat ein hellhäutiger, blonder Mann, der Tekener überhaupt nicht wahrzunehmen schien. Der narbengesichtige Terraner fühlte sich durchaus in der Lage, das Spiel fortzusetzen, und er war sicher, dass er weiterhin Gewinne machen würde. Doch er wollte es nicht auf einen offenen Schlagabtausch mit dem Croupier ankommen lassen. Er beendete das Spiel. Sein Gewinn bezifferte sich auf nahezu zwei Millionen Solar.

Zehn Prozent der Gewinnsumme spendierte er den Croupiers, so wie es üblich war. Dann zog er sich in die Bar des Casinos zurück und trank etwas. Zwei Springer suchten das Gespräch mit ihm. Er ließ sich auf eine Diskussion über Spielstrategien mit ihnen ein. Dabei bemerkte er, dass er von einigen Männern in der Bar beobachtet wurde.

Nach etwa einer Stunde kehrte er in den Spielsaal zurück, ging jedoch nicht zum Roulette, sondern zu einem Tisch, an dem Karten gespielt wurde, doch keiner der Spieler zeigte sich bereit, einen Platz für ihn zu räumen.

Da tippte ihm jemand auf die Schulter. Tekener drehte sich um. Vor ihm stand ein rothaariges Mädchen. Es blickte ihn lächelnd an.

»Sie scheinen sich zu langweilen«, sagte die junge Frau.

»Durchaus nicht«, erwiderte er. »Ich finde es ausgesprochen kurzweilig hier.«

»Das Casino hat ein Spiel anzubieten, das nur wenige beherrschen«, eröffnete sie ihm. »Haben Sie schon einmal etwas von einem Vier-Ebenen-Schach gehört?«

»Ich habe es schon ein- oder zweimal gespielt.«

»Würden Sie gegen mich antreten?« Sie streckte ihm ihre Hand entgegen. »Mein Name ist Maude Sharpe. Ich spiele im Auftrag des Hauses – allerdings nur für einen Einsatz ab einer Million.«

»Ich habe nichts anderes erwartet«, sagte er. »Das Spiel kann unter Umständen einige Tage dauern. Es wäre bei einem geringeren Einsatz nicht besonders reizvoll.«

»Sie sind ein guter Spieler«, stellte sie fest. In ihren grünen Augen blitzte es auf. »Ich habe Sie beobachtet. Sie lieben Spiele.«

»Spiele haben etwas von den Qualitäten eines Kunstwerks an sich«, erwiderte Tekener. »Das hat ein Terraner namens Aldous Huxley einmal gesagt. Mit seinen unzweideutigen Regeln ist ein Spiel immer so etwas wie eine Insel der Ordnung im unübersichtlichen Chaos unseres Erlebens. Wenn wir ein Spiel spielen, oder wenn wir auch nur dabei zusehen, gelingt es uns für eine Weile, aus der Unbegreiflichkeit des realen Universums in eine kleine reinliche, von Menschen gemachte Welt zu entkommen, in der alles klar ist, seinen Zweck hat und leicht zu verstehen ist. Der Wettkampfcharakter steigert seinen Reiz noch, den es an und für sich schon hat. Das Spiel wird erregend, und dieser erregende Reiz des Wettkampfs wird durch Wetten, einen Einsatz und hingerissene Zuschauer noch gesteigert.«

»Sie wollen Zuschauer?«

»Ich würde es mir nie verzeihen, mögliche Interessenten als Zuschauer von einem solchen Wettkampf ausgeschlossen zu haben.«

»Also schön. Wann beginnen wir? Noch heute, oder ziehen Sie es vor, die ersten Züge morgen nach dem Frühstück zu machen?«

»Schlafen wir erst einmal aus«, entgegnete er. »Ich stehe Ihnen ab neun Uhr zur Verfügung.«

Er deutete eine Verbeugung an, lächelte flüchtig und verließ das Casino. Er war sicher, dass es ihm gelingen würde, die Aufmerksamkeit Grosvenors zu erringen. Darauf kam es ihm an. Gewinne, gleich welcher Höhe, blieben uninteressant, solange er Grosvenor nicht aus seiner Reserve locken konnte. Grosvenor war ein leidenschaftlicher Spieler. Früher oder später würde er sich dem Kampf stellen, sofern er den Eindruck hatte, dass es sich lohnte.

Tekener ging auf sein Zimmer und forderte über den Hotelcomputer Informationen über Vier-Ebenen-Schach an. Er hatte es schon einmal gespielt, erinnerte sich jedoch nicht mehr genau daran, da er damals kaum älter als zehn Jahre gewesen war.

Kurz vor neun Uhr betrat Tekener am nächsten Morgen den großen Spielsaal des Casinos. Alles war vorbereitet. Fünf große Schachbretter lagen auf einem Tisch in der Mitte des Saales. Sie waren so angeordnet, dass vier Bretter das fünfte umschlossen und mit ihren schwarzen Steinen an diesem angrenzten.

Maude Sharpe kam Tekener entgegen, als sie ihn sah. Sie trug einen hauteng anliegenden Anzug aus einem golden schimmernden Material. Glitzernde Armbänder zierten ihre Handgelenke. Eine blonde Perücke ließ sie ganz anders aussehen als am Abend zuvor.

»Ich erkläre noch einmal die Regeln, bevor wir beginnen«, sagte sie, während die Zuschauer in den Saal strömten. Es waren hauptsächlich Hotelgäste. Tekener sah aber auch zahlreiche Flachater. Die Stimme des Mädchens hallte aus den Lautsprechern an der Decke, sodass jeder im Saal sie verstehen konnte.

»Tun Sie das«, erwiderte Tekener freundlich. »Mir kann das auch nicht schaden.«

Sie lachte silberhell, doch ihre Augen blieben kalt. Tekener sah ihr an, dass sie seine Bemerkung nicht recht einzuordnen wusste.

»Gespielt wird an allen vier Brettern gleichzeitig«, fuhr sie fort. »Jeder Spieler gibt vier Spielzüge gleichzeitig ab. Der Spieler mit den weißen Steinen ist der Angreifer. Er hat die Aufgabe, so viele Steine wie möglich durch die schwarzen Reihen auf das mittlere Brett zu bringen. Hier stehen dem Verteidiger, dem Spieler mit den schwarzen Steinen, sechzehn Figuren zur Verfügung. Mit ihnen soll er sich gegen alle weißen Steine behaupten, die bis ins Zentrum vorgedrungen sind. Jedes Ungleichgewicht zwischen Schwarz und Weiß verändert die Spielchancen. Je geringer das Ungleichgewicht, desto höher der Reiz des Spieles. Das Haus hat Mr. Tekener herausgefordert, wird also zuerst mit den weißen Steinen spielen.«

Sie fügte noch eine Reihe von weiteren Erläuterungen hinzu, die sich vor allem auf die zeitliche Einteilung des Spieles bezogen. Jedem Spieler standen pro Spielzug nur wenige Minuten zur Verfügung, damit das Spiel in einer für die Zuschauer noch interessanten Zeit abgewickelt werden konnte.

»Das Haus setzt eine Million Solar«, schloss Maude Sharpe. Dann streckte sie ihren Arm aus und zeigte einladend auf den Tisch. Tekener setzte sich. Sie nahm ihm gegenüber Platz.

Das Mädchen begann mit den ersten Zügen, als es still geworden war. Tekener antwortete augenblicklich. Sie zeigte wiederum bei den nächsten Zügen, dass sie das Spiel beherrschte und eine gute Übersicht hatte.

Der Terraner beobachtete sie, sobald er seine Züge gemacht hatte, mit denen er den Vormarsch der weißen Figuren blockierte. Dabei fiel ihm ein seltsamer Ausdruck ihrer Augen auf. Zunächst wusste er nichts damit anzufangen. Er zerbrach sich den Kopf darüber, was mit dem Mädchen nicht stimmte.

Darunter litt zwangsläufig seine Konzentration, bis er plötzlich merkte, dass sich seine Lage gefährlich verschlechterte. Während er mit einigen gewagten Zügen konterte, dämmerte es ihm.

Bevor Maude Sharpe setzte, horchte sie in sich hinein. Sie dachte nicht nach, jedenfalls nicht so intensiv wie er, oder wie es für eine Spielerin in ihrer Situation normal gewesen wäre.

Sie erhielt Spielanweisungen!

Ronald Tekener vermutete, dass sie ein winziges Hörgerät im Ohr hatte, über das man ihr mitteilte, welche Steine sie ziehen sollte. Der Terraner blickte zur Decke hoch, die mit einer Flut von schimmernden Leuchteinheiten in allen nur denkbaren Formen verziert war. Irgendwo zwischen ihnen verbargen sich die Objektive von Fernsehkameras, mit denen das Spiel beobachtet wurde.

Tekener vermutete, dass in einem anderen Raum des Hotels wenigstens vier versierte Schachspieler saßen, von denen jeder jeweils ein Brett spielte.

»Was ist los? Warum spielen Sie nicht weiter?«, fragte sie, als etwa vier Minuten verstrichen waren, ohne dass er einen Zug bekannt gegeben hatte.

Ein eigenartiges, drohendes Lächeln erschien auf seinen Lippen. Es verlieh seinem von Lashat-Narben bedeckten Gesicht einen Ausdruck, der sie erschreckte. Tekener sah, dass sie erbleichte.

Er ließ sie nicht aus den Augen, während er seine Züge nannte. Helfer am Rand des Tisches verschoben die Steine mithilfe von Magnetschiebern, die sich an der Unterseite der Bretter befanden, sodass Tekener oder das Mädchen keinen Stein zu berühren brauchten.

Sie wurde unsicher.

Sein Lächeln störte sie in ihrer Konzentration. Tekener war sich nun ganz sicher, dass er recht hatte. Sie horchte in sich hinein, um sich die richtigen Züge nennen zu lassen. Das konnte sie nur, wenn sie genau aufpasste. Sie konnte keine Fragen stellen, wenn sie eine Anweisung nicht verstanden hatte. Wenn ihr etwas entging, musste sie eigene Entscheidungen treffen, und Tekener glaubte nicht, dass sie dazu imstande war.

An ihren Augen glaubte er erkennen zu können, wann die Anweisungen kamen.

»Ich möchte den Einsatz erhöhen«, sagte er lauter als nötig, um sie möglichst nachhaltig zu stören.

»Jetzt?«, fragte sie verwirrt.

»Jetzt«, erwiderte er.

»Aber die Situation ist nicht günstig für Sie.« Ihre Lippen zuckten, und ihre Stirn krauste sich. Tekener sah ihr an, dass sie in sich hineinhorchte und sich die größte Mühe gab zu verstehen, was man ihr zuflüsterte.

»Gerade das sollte Ihre Bereitschaft steigern, den Einsatz entsprechend zu erhöhen«, fuhr er fort.

Ihr Gesicht entspannte sich. Das war für ihn ein deutliches Zeichen dafür, dass ihre Helfer schwiegen, um ihr Gelegenheit zu geben, auf sein Angebot zu antworten.

»Also gut«, sagte sie. »Ich erhöhe.«

Er lächelte.

»Warum überrascht Sie mein Angebot so?«, fragte er. »Glauben Sie, das Spiel schon gewonnen zu haben?«

»Ich diskutiere nicht über den Stand des Spiels«, erwiderte sie nervös. »Versuchen Sie nicht, mich in meiner Konzentration zu stören. Dadurch können Sie das Spiel nicht gewinnen.«

Eine Falte bildete sich auf ihrer Stirn. Tekener nahm sie als Zeichen dafür, dass die Helfer des Mädchens sich wieder meldeten.

»Ich schlage vor, wir verdoppeln den Einsatz«, sagte er. »Sind Sie damit einverstanden?«

Er blickte zur Uhr. Die Zeit, die ihr für ihre Züge zur Verfügung stand, lief ab. Darauf kam es ihm an. Er wollte sie in Zeitnot bringen, damit sie Fehler machte.

Es gelang.

»Also gut. Wir verdoppeln«, antwortete sie. Jetzt merkte sie, wie knapp die Zeit geworden war. Sie konzentrierte sich auf die Anweisungen.

»Ihre Zeit wird knapp«, sagte Tekener. »Es tut mir leid, dass ich Sie mit der Verdoppelung gestört habe.«

In ihrem Gesicht zeichnete sich ihre Verwirrung ab. Tekener sah ihr an, dass sie die Anweisungen nicht verstanden hatte. Doch jetzt blieb ihr keine andere Wahl mehr. Sie musste die Züge nennen. Kaum hatte sie das getan, als abermals eine Veränderung in ihrem Gesicht vorging. Sie zeigte dem Terraner an, dass man ihr die Fehler bewusst machte.

»Schweigen Sie«, rief sie ihm zornig zu. »Es verstößt gegen die Regeln, wenn Sie immer dann reden, wenn ich ziehen will.«

Tekener lächelte. Er lehnte sich in seinem Sessel zurück und blickte sie an.

»Wenn eine so attraktive Frau wie Sie in dieser Aufmachung am Spieltisch erscheint, geschieht das ja wohl in der Absicht, den Gegner zu irritieren«, antwortete er.

Überraschenderweise applaudierten die Zuschauer. Sie bestätigten damit die Aussage seiner Worte.

Tekeners Lächeln vertiefte sich. Es wirkte noch drohender, noch gefährlicher als zuvor auf das Mädchen.

Er nannte seine Züge, scheinbar ohne nachzudenken. Doch jetzt blockierte er den Vormarsch ihrer Steine außerordentlich wirksam. Maude Sharpe merkte, dass sie an drei Brettern Fehler gemacht hatte. Sie kosteten sie drei Offiziere.

Wiederum störte er die junge Frau, als er glaubte, dass ihre Helfer zu ihr sprachen, und abermals drängte er sie derart in die Enge, dass sie Fehler machte. Wenig später fegte er ihre Figuren an drei Brettern hinweg, sodass sie ihn nur noch von einem Brett her attackieren konnte. Jetzt aber war sie derart verunsichert, dass sie sich nicht mehr ausreichend konzentrieren konnte. Sie verlor das Spiel.

Der Spielleiter erschien und überreichte Tekener einen Scheck. Die Zuschauer belohnten seine Bemühungen mit kräftigem Beifall. Tekener ging zu Maude Sharpe und streckte ihr die Hand entgegen, doch sie wandte sich ab und eilte davon.

»Ich würde gern noch einmal spielen«, sagte Tekener zu dem Spielleiter.

»Selbstverständlich«, antwortete dieser. »Doch zuvor möchte ich Sie gern unter vier Augen sprechen. Kommen Sie.«

Tekener folgte ihm in ein Büro.

»Nun?«, fragte er. »Was gibt es?«

»Ich möchte Sie bitten, Flachat zu verlassen«, erwiderte der Spielleiter. Er war größer als Tekener und hatte seltsam farblose Augen.

»Sie sehen es nicht gern, wenn Ihre Gäste gewinnen, wie?«

»Alles hat seine Grenzen. Sie haben ein wenig zu viel gewonnen, Mr. Tekener. In einer Stunde haben Sie Flachat verlassen.«

»Und was ist, wenn ich nicht starte?«

»In einer Stunde beginnt eine Demonstration gegen das Solare Imperium«, erläuterte der Spielleiter. »Die Flachater sind zurzeit sehr erregt. Ich würde es sehr bedauern, wenn die Flachater Sie auf den Scheiterhaufen bringen würden.«

»Ich habe verstanden«, entgegnete Tekener. »Ich starte.«

Er ging zur Tür. Dort blieb er stehen und drehte sich um. Er legte seine Hand an die Brusttasche.

»Ich habe etwa vier Millionen bei mir«, sagte er. »Erwarten Sie, dass ich das Geld hierlasse?«

Der Spielleiter verzog verächtlich die Lippen.

»Was halten Sie von uns?«, erwiderte er, setzte sich an seinen Schreibtisch und vertiefte sich in die Lektüre eines Briefes.

Tekener lächelte, als er das Büro verließ.

Wenig später überquerte er den Platz vor dem Hotel. Er war menschenleer.

Tekener blieb an der Gleiterstation stehen. Wenig später gesellten sich einige Flachater zu ihm, die ebenfalls zum Raumhafen fliegen wollten. Sie beachteten ihn nicht. Kurz bevor der Großgleiter kam, erschien Trevor Gould bei ihm.

Der Kontaktmann schob ihm einen Zettel zu, als sie in den Gleiter stiegen.

8.

Ronald Tekener benötigte nur etwa zwei Stunden, um die Nachricht zu entschlüsseln, die Trevor Gould ihm zugesteckt hatte. Sie besagte, dass Gordon Grosvenor auf dem nur wenige Lichtjahre entfernten Planeten Thalkat vermutet wurde.

Tekener nahm sofort Kurs auf die grüne Sonne, deren dritter Planet Thalkat hieß. Da sein Raumschiff nicht die volle Leistung erreichte, traf er erst zwei Tage später dort ein. Doch der Zeitverlust war ihm nicht unlieb. Er nutzte die Spanne, um sich auf seinen Einsatz auf Thalkat vorzubereiten. Er ging davon aus, dass Grosvenors Helfer bereits von seinem Gewinn wussten.

Thalkat war eine kleine grüne Welt mit einer Schwerkraft von nur 0,76 g. Der Planet hatte zwei Kontinente, die etwa ein Drittel seiner Oberfläche einnahmen. Meadows, die Hauptstadt von Thalkat, lag auf dem nördlichen Kontinent. Sie war ein Handelszentrum, das besonders von den Springern stark frequentiert wurde. Hier stand eines der größten Hotels des Grosvenor-Imperiums.

Ronald Tekener suchte das Hotel sofort nach seiner Ankunft auf. Er mietete ein Luxusappartement mit sechs Zimmern, das ihm allen nur erdenklichen Komfort bot. Kaum hatte er sich über die Spielmöglichkeiten im Hotel informiert, als das Türvideogerät sich einschaltete. In dem Projektionsfeld zeichnete sich das kantige Gesicht eines etwa fünfzigjährigen Mannes ab.

»Was wünschen Sie?«, fragte der Terraner.

»Ich bin Serges Canti«, tönte es aus den Lautsprechern. »Ich muss Sie sprechen, Mr. Tekener.«

»In welcher Angelegenheit?«

»Es geht um Spiele.«

Tekener ging zur Tür und öffnete.

»Treten Sie ein«, sagte er.

Serges Canti war ein weißhaariger, untersetzter Mann mit auffallend großen Händen.

»Ich will es kurz machen«, sagte er. »Sie sollten wissen, dass das Haus es nur ungern sieht, wenn Sie das Spielcasino oder eine der anderen Spielanlagen betreten.«

»Soll das eine Warnung sein?«

»So könnte man es nennen, Mr. Tekener. Lassen Sie es nicht auf ein Spielverbot ankommen. Wir würden es nicht gern aussprechen.«

»Ich habe verstanden.« Tekener ging zur Tür und öffnete. Er blieb an der Tür stehen, bis sein Besucher das Appartement wieder verlassen hatte.

Tekener dachte nicht daran, sich vom Spielen abhalten zu lassen. Er war hier, weil er Gordon Grosvenor provozieren wollte. Der geheimnisvolle Konzernherr, der sich angeblich seit Jahren nicht mehr in der Öffentlichkeit hatte sehen lassen, sollte sich mit ihm an den Spieltisch setzen. Dort wollte Tekener ihm eine vernichtende Niederlage beibringen.

Eine Stunde später betrat er das Casino. Serges Canti kam ihm entgegen. Offensichtlich hatte er auf ihn gewartet.

»Sie lassen sich nicht dreinreden, Mr. Tekener«, sagte er. »Wir haben uns so etwas gedacht. Sie wollen spielen. Um jeden Preis?«

»Nicht um jeden Preis«, antwortete der narbengesichtige Terraner. »Nur um hohe Einsätze. Alles andere interessiert mich nicht.«

»Sie spielen um alles oder nichts?«

»Auch das.«

»Dann habe ich etwas für Sie. Kommen Sie.« Serges Canti lächelte.

Er führte Tekener in einen Raum, der etwa fünf Meter lang und vier Meter breit war. In der Mitte stand ein Polstersessel vor der Schalttafel eines Computers. An den Wänden erhoben sich die kastenförmigen Teileinheiten eines Großcomputers.

»Wenn Sie wollen, können Sie gegen einen der anderen Gäste oder gegen einen Spieler antreten, den das Haus stellt«, erklärte Canti. Er drückte auf einen Knopf. Lautlos glitt die Decke des

Raumes zur Seite und gab den Blick in eine Halle frei, deren Ausmaße Tekener nicht erkennen konnte, weil sie mit schwarzem Material ausgeschlagen war. »Das Spiel wurde erst kürzlich entwickelt. Es nennt sich Starfight. Von diesem Sessel aus können Sie eine Raumschlacht austragen. Ihnen stehen mehr als zwanzigtausend Raumschiffe und ein umfangreiches Arsenal an Waffen aller Art zur Verfügung. Ihr Gegner verfügt über die gleichen Mittel. Keiner ist dem anderen überlegen. Es kommt ausschließlich auf das strategische Talent, auf Fantasie und auf die Fähigkeit an, mit einem Computer dieser Art umzugehen. Das Spiel ist teuer. Die Mindestgebühr beträgt zehntausend Solar für ein Spiel. Darüber hinaus ist das Haus mit fünf Prozent an der Gewinnsumme beteiligt.«

»Außerordentlich reizvoll«, erwiderte Tekener. »Ich bin bereit. Stellen Sie mir einen Gegenspieler zur Verfügung.«

»Wir wollen die Sache abkürzen«, sagte Canti, hochmütig lächelnd. »Deshalb schlage ich Ihnen ein Spiel um alles oder nichts vor.«

»Einverstanden.«

»Sie haben nach unseren Informationen auf Flachat einen Gewinn von vier Millionen gemacht«, fuhr Canti fort. »Setzen wir sie ein.«

»Einverstanden.«

Die beiden Männer besprachen noch einige weitere Einzelheiten des Spiels. Sie einigten sich darauf, dass das Grosvenor-Hotel den Gegner für Tekener stellen sollte. Dann ließ Canti den narbengesichtigen Terraner allein. Tekener hatte eine Stunde Zeit, sich mit dem Computer und dem Spiel vertraut zu machen.

Er war optimistisch. An einer Raumschlacht hatte er noch nicht teilgenommen, wohl aber an strategischen Übungen. Er kannte sich mit Computern aus. Daher glaubte er, das Spiel zu gewinnen.

Doch als es begann, erkannte er, dass er sich getäuscht hatte. Über ihm entstand ein räumliches Bild des Weltalls. Zwei riesige

Raumflotten standen sich gegenüber. Beide warteten in halbkugelförmiger Formation, wobei die Öffnung der Halbkugel dem Gegner zugewandt war.

Doch kaum hatte das Spiel begonnen, als Tekeners Gegner die Formation änderte. In Sekundenschnelle zog sich die Flotte zusammen und bildete einen Keil. Danach griff sie mit vehementer Wucht an und sprengte Tekeners Flotte.

Der Terraner erkannte, dass sein Gegenspieler ein Mann war, der dieses Spiel schon häufig inszeniert hatte und der die Feinheiten besser kannte als er.

Tekener reagierte. Er zog seine Raumschiffe, von denen jedes nicht größer war als eine Fingerkuppe, zurück, um sie neu zu formieren. Dann nutzte er die vielfältigen Möglichkeiten, die ihm der Computer bot. Er zersplitterte seine Kräfte und führte zahlreiche Einzelgefechte durch, wobei er die kampfstärksten Raumschiffe des anderen attackierte. Auf diese Weise konnte er sie zwar nicht bezwingen, schaltete sie aber als Angriffsinstrumente zumindest vorübergehend aus.

Ihm gelang es, etwa zweihundert kleinere Einheiten zu vernichten. Dabei musste er jedoch ebenfalls kräftige Verluste hinnehmen, sodass sich am Ende dieser Kampfphase nur ein leichtes Übergewicht für ihn ergab.

Tekener erinnerte sich an verschiedene taktische Manöver, die er im Rahmen des allgemeinen USO-Trainings gelernt hatte. Er führte sie mit zunächst überzeugendem Erfolg aus, musste dann jedoch erleben, dass sein Gegner mit Schachzügen reagierte, die von den Übungsleitern der USO für diese Maßnahmen als einzige Abwehrwaffe erklärt worden waren.

Schlagartig wurde ihm klar, dass er es mit einem Gegenspieler zu tun hatte, der ebenfalls aus der USO kam und eine erstklassige Schulung genossen hatte. Zugleich wurde er sich dessen bewusst, dass er andere strategische Wege einschlagen musste, wenn er sich nicht als USO-Spezialist entlarven wollte.

Fieberhaft überlegte er, was er tun sollte. Dabei ging die Schlacht weiter. Ihm blieb keine Atempause. Der Gegner spürte, dass er zu einer Offensive nicht fähig war. Er schnürte ihn ein.

Dann aber wurde Tekener sich plötzlich dessen bewusst, dass er einen entscheidenden psychologischen Fehler gemacht hatte.

Er kämpfte mit allen nur erdenkbaren Finessen, aber er spielte nicht. Dies aber war ein Computerspiel, das von ihm nur zu gewinnen war, wenn er sich auf seine spielerischen Tugenden entsann.

Er reagierte, kaum dass er den Gedanken zu Ende gesponnen hatte. Mit einigen verblüffenden und scheinbar unsinnigen Manövern brachte er seinen Gegner aus dem Konzept. Er bluffte, opferte scheinbar sichere Positionen, ließ sich auf aussichtslos erscheinende Teilgefechte ein und öffnete sich damit, von dem anderen unbemerkt, die wirklich wichtigen Fronten.

Während seine eigene Flotte dem Untergang geweiht zu sein schien, griff er plötzlich die Kernmacht des Gegners an und zerschlug sie mit dem Einsatz aller ihm zur Verfügung stehender Waffen.

Alles Weitere ging blitzschnell.

Tekener gewann nicht nur die Schlacht, sondern vor allem das psychologische Duell mit dem ihm nicht bekannten Gegner.

Doch damit war das Spiel noch nicht zu Ende.

Die Szene wechselte.

Plötzlich hatte Tekener den Eindruck, aus dem Leerraum zwischen Andromeda und der heimatlichen Milchstraße auf die Galaxis zu sehen. Die Position der Erde und die einiger anderer wichtiger Planeten wurde durch farbige Lichter angezeigt. Riesige Flotten von Raumschiffen verteilten sich auf die verschiedenen Spiralarme der Galaxis.

»Sie haben die erste Schlacht gewonnen«, erklärte eine Stimme, die aus einem Lautsprecher neben Tekener kam. »Jetzt beweisen Sie, dass Sie im galaktischen Kampf bestehen können. Zeigen Sie, ob Sie ein galaktischer Spieler sind.«

Ronald Tekener ließ sich nicht anmerken, dass er über die Ausweitung des Spieles überrascht war. Niemand hatte ihm gesagt, dass der Kampf zwei Teile umfasste. Er hatte geglaubt, bereits gewonnen zu haben. Jetzt zeigte sich, dass sich Grosvenor so schnell nicht geschlagen gab.

Tekener erkannte, dass die Situation im Grunde genommen die gleiche war wie zuvor. Lediglich der Raum, in dem gekämpft wurde, war größer. Die Raumflotten setzten sich aus Millionen von Kampfeinheiten zusammen.

Eine derartige Schlacht war niemals in der Geschichte der Völker der Milchstraße ausgetragen worden.

Doch durch die Dimensionen änderte sich nichts.

Schon der erste Angriff des Gegenspielers zeigte, dass Tekener sich wiederum gegen die USO-Strategie behaupten musste.

Tekener lächelte.

Sein Gegner hatte nicht erkannt, mit welchen Mitteln er ihn geschlagen hatte. Er war unbeweglich und hielt starr an dem fest, was er bei der USO gelernt hatte.

Der narbengesichtige Terraner lehnte sich im Sessel zurück, während er die ersten Angriffe abwehrte. Dann begann er das gleiche Spiel wie zuvor. Er spielte leicht und vergnügt auf der Tastatur des Computers, täuschte, wo er nur konnte, opferte ganze Flotten, um gegnerische Kräfte zu binden, und führte den anderen schließlich in eine Reihe von Fallen, bis ein Licht über der Projektion der Milchstraße aufleuchtete, das ihn als »galaktischen Spieler« und damit als Gewinner bezeichnete.

Die Projektion verschwand. Beifall brandete auf, und erst jetzt sah Tekener, dass sich über ihm auf Tribünen Tausende von Zuschauern drängten.

Serges Canti betrat den Computerraum. Er lächelte und streckte Tekener beide Hände entgegen.

»Sie haben gewonnen«, rief er, und seine Stimme füllte die ganze Halle aus, sodass jeder der Zuschauer ihn verstehen konnte. »Ich gratuliere Ihnen. Niemals zuvor haben wir einen Spieler wie Sie auf Thalkat gehabt.«

Er streckte den rechten Arm hoch und zeigte den Zuschauern einen Scheck.

»Noch nie hat jemand in diesem Hause so viel Geld gewonnen wie Sie. Wir gratulieren von Herzen.«

Er schüttelte Tekener noch einmal die Hand, während er lachte, als freue er sich tatsächlich.

Seine Haltung änderte sich, als Tekener und er den Raum verlassen hatten. Sie waren allein auf einem Gang, der zur Hotelhalle führte.

»Ich habe Sie gewarnt«, sagte er. »Es wäre besser für Sie gewesen, wenn Sie dieses Spiel verloren hätten.«

»Finden Sie?« Tekener zeigte sein drohendes Lächeln.

»Ich weiß es. Heute haben Sie zum letzten Mal eines unserer Casinos betreten. Sie haben Hausverbot, Mr. Tekener.«

»Einfach so?«, fragte er. »Das ist nicht Ihr Ernst. Es gibt genügend Planeten, auf denen ein Hausverbot gesetzlich ausgeschlossen ist.«

»Was wollen Sie denn noch?« Serges Canti war ratlos. »Vor einigen Tagen hatten Sie nur noch ein oder zwei Solar in den Taschen. Heute sind Sie achtfacher Millionär. Reicht das immer noch nicht?«

»Ich bin Spieler, und ich spiele, solange ich eine Glückssträhne habe. Die kann Sie allerdings noch etliche Millionen kosten.«

»Also gut«, sagte Canti. »Ich bin befugt, Ihnen drei Millionen zu bieten, falls Sie sich vertraglich verpflichten, niemals wieder eines unserer Casinos zu betreten.«

Tekener lachte ihm ins Gesicht. Er nahm Canti den Scheck aus der Hand, schob den Vertreter Grosvenors zur Seite und ging durch die Hotelhalle ins Spielcasino. Die Spieler erhoben sich von ihren Plätzen und begrüßten ihn mit Beifall.

Tekener setzte sich an einen Roulettetisch.

Zwei Stunden später hatte er die Bank gesprengt. Serges Canti erklärte das Casino für geschlossen, als vor Tekener Spielmarken im Wert von fast fünfzehn Millionen lagen.

»Ich denke gar nicht daran, jetzt Schluss zu machen«, rief Tekener. Er zeigte auf die Chips. »Die Bank soll mir ein Angebot machen. Ich bin bereit, um alles zu spielen, was ich heute gewonnen habe.«

Serges Canti schüttelte den Kopf.

»Die Bank macht kein Angebot mehr, Mr. Tekener. Jetzt ist Schluss.«

»Ich weiß etwas, was die Bank setzen könnte«, sagte der narbengesichtige Terraner. »In der Hotelhalle steht eine Glasvitrine. Darin befindet sich ein Pelzmantel aus Grantinzy-Fellen. Wenn ich mich nicht irre, gilt dieser Pelzmantel als der Glücksbringer dieses Hotels. Ist es nicht in allen Hotels von Grosvenor so, dass ein Stück aus Grantinzy-Fellen Glücksbringer ist? Nun gut, Mr. Canti. Ich setze meinen gesamten Gewinn gegen diesen Pelzmantel. Die Bank soll spielen!«

Einige der anderen Gäste klatschten zustimmend in die Hände. Serges Canti aber wich erbleichend vor Tekener zurück.

»Sie haben den Verstand verloren«, sagte er. »Ein Grantinzy-Mantel kann niemals Einsatz sein.«

Tekener stopfte sich die Chips in die Taschen und schob einem der Gäste, der besonders viel verloren hatte, Marken im Wert von mehr als hunderttausend Solar zu. Dann verließ er das Casino.

Serges Canti, der Unheil ahnte, eilte hinter ihm her. Etwa zwanzig Spieler und Spielerinnen folgten ihm.

Ronald Tekener stürmte in die Hotelhalle, ohne sich von Canti aufhalten zu lassen. Er packte einen Sessel und schleuderte ihn gegen die Vitrine. Krachen zersplitterte das Glas.

Serges Canti schrie, als sei er getroffen worden. Von allen Seiten eilten Hotelangestellte herbei.

Tekener ergriff den Pelzmantel und warf ihn sich über die Schulter. Kalt lächelnd blickte er Serges Canti an.

»Nun?«, fragte er. »Wie sieht es aus, Mr. Canti? Wagen Sie das Spiel?«

»Auf keinen Fall.«

»Nun gut«, erwiderte Tekener. »Dann starte ich noch heute zur Erde. Sie wissen, dass es in Terrania City das größte Casino der Galaxis gibt. Nirgendwo kann man mehr Geld gewinnen als dort. Wenn Sie nicht um diesen Mantel mit mir spielen, dann werde ich das Casino in Terrania City plündern. Mittlerweile sollte Ihnen klar sein, dass ich dazu in der Lage bin.«

Aus der Menge löste sich ein braunhaariger Mann und trat auf Tekener zu. Er hielt einen Energiestrahler in der Hand.

»Geben Sie mir den Mantel, Mr. Tekener«, sagte er und streckte ihm die linke Hand entgegen, während er mit der rechten auf Tekener zielte. Ein Schildchen auf seiner Brust zeigte an, dass er Melvin Scherba hieß.

Tekener spürte instinktiv, dass dies der Mann war, gegen den er den galaktischen Kampf geführt hatte. Er erkannte zugleich, dass Melvin Scherba der gefährlichste Gegner war, dem er bisher bei seinem Kampf gegen Gordon Grosvenor begegnet war. Scherbas Auftreten war das erste Anzeichen dafür, dass Grosvenor beunruhigt war. Ließ er sich aus der Reserve locken?

Tekener glaubte, überzeugende Beweise dafür gegeben zu haben, dass er ein überragender Spieler war. Wenn Gordon Grosvenor tatsächlich der leidenschaftliche Spieler war, als der er galt, dann musste er sich herausgefordert fühlen.

Er überreichte Scherba den Mantel.

»Angesichts dieser Bedrohung muss ich wohl zurückstecken«, sagte er spöttisch. »Nun gut. Mein nächstes Spiel mache ich in Terrania City.«

»Sie werden keines unserer Casinos mehr betreten, Mr. Tekener«, antwortete Scherba. Er deutete auf die zerstörte Vitrine. »Wir können keine Gäste dulden, die derartige Gewalttaten begehen. Wir sind unseren anderen Gästen Schutz schuldig.«

Ronald Tekener zeigte sein drohendes Lächeln. Es beeindruckte selbst Scherba. Der Vertraute Grosvenors wich vor ihm zurück.

»Warten wir es ab«, sagte Tekener. »Ich spiele weiter. Das können Sie nicht verhindern. Hoffentlich gibt es Ihren Gästen zu denken, dass ein Spieler in dem Augenblick auf die Schwarze Liste kommt, in dem er Gewinne einstreicht.«

Tekener wandte sich ab und ging zum Lift. Die anderen Gäste machten ihm bereitwillig Platz.

Er zog sich in sein Appartement zurück.

Nach wie vor war er davon überzeugt, dass Gordon Grosvenor sich melden würde, um ihm ein Spiel anzubieten.

Doch er irrte sich.

Ronald Tekener wartete zwei Tage lang.

Grosvenor bot ihm nichts an. Er schien ihn zu ignorieren.

Er blieb jedoch nicht tatenlos, sondern entwickelte eine gefährliche Aktivität. Davon merkte Tekener zunächst jedoch nichts.

Ronald Tekener verließ das Hotel, um sich in Meadows ein wenig umzusehen. Von seinem Appartement aus hatte er beobachtet, dass in der Nähe des Hotels reges Treiben auf einem Markt herrschte. Dieser war in unmittelbarer Nähe des Regierungsviertels errichtet. Tekener hoffte, dort exotische Waffen vorzufinden.

Auf den Straßen vor dem Hotel herrschte starker Verkehr. Die Bewohner von Thalkat benutzten kaum Antigravgleiter, sondern stützten sich fast ausschließlich auf Elektrokarren, deren Betrieb billiger und energiesparender war als der von Gleitern. Die Thalkater waren große, schlanke Vogelwesen. Sie hatten lange Beine und einen ovalen Körper, der mit weißen und orangefarbenen Federn bedeckt war. Der Kopf war nicht zu erkennen. Tekener wusste, dass er nur aus einer flachen Ausbuchtung bestand. Zwei Stielaugen ragten aus dem Gefieder hervor.

Die Thalkater bewegten sich mit langen, raumgreifenden Schritten voran. Ab und zu breiteten sie die Flügel bis zu ihrer vollen Spanne von etwa zwei Metern aus, um noch schneller voranzukommen oder die Körperlage zu stabilisieren.

Als Tekener auf die Straße hinaustrat, wäre er fast gefallen. Er hatte vergessen, dass die Schwerkraft auf Thalkat geringer als 1 g war. Im Hotel sorgten Schwerkraftausgleicher dafür, dass terranische Gravitationsverhältnisse herrschten. Außerhalb des Hotels musste er sich umstellen.

Einige Springer, die ihm entgegenkamen, lachten.

»Eine Million zu gewinnen ist leichter«, rief ihm einer von ihnen zu.

Tekener lächelte nur.

Ein Thalkater kam zu ihm und bot ihm einen Elektrokarren an.

»Warum nicht?«, entgegnete der Terraner. »Das ist bequemer, als zu laufen.«

Er stieg in den offenen Karren und gab das Ziel an, nachdem er das Fahrtgeld entrichtet hatte. Er entlohnte den Thalkater weitaus reichlicher als notwendig. Das Vogelwesen dankte ihm auf überraschende Weise, nachdem er das Fahrgeld entgegengenommen hatte. Es streckte Tekener einen Arm hin, der bis dahin unter dem Flügel verborgen gewesen war.

»Wer so großzügig ist, sollte mit einem nicht weniger großzügigen Rat bedacht werden«, erklärte er. »Ich rate dir, im Hotel zu bleiben.«

»Nanu?«, fragte Tekener belustigt. »Das ist eine seltsame Art, mir zu danken. Du lehnst meine Beförderung ab?«

»Das ist es nicht«, antwortete der Thalkater. »In wenigen Minuten wird es jedoch für alle gefährlich, die draußen sind.«

Tekener horchte auf.

»Was willst du damit sagen?«, fragt er.

»Ich habe schon viel zu viel gesagt«, erwiderte das Vogelwesen. »Verlange nicht noch mehr von mir.«

Tekener überlegte kurz, dann entschied er sich dagegen, ins Hotel zurückzukehren.

»Bis zum Markt ist es nicht weit«, sagte er. »Fahre mich dorthin.«

Der Thalkater verzichtete auf weitere Ratschläge und startete.

Der Karren beschleunigte so stark, dass Tekener in die Polster seines Sitzes gedrückt wurde. Kaum zwei Minuten später war der Terraner am Markt. Intensiver Fischgeruch schlug ihm entgegen.

»Müssen wir unbedingt hier halten?«, fragte er.

»Ich fahre nicht weiter«, erklärte das Vogelwesen. »Steige aus.«

»Wie du willst.« Der USO-Spezialist war ein wenig enttäuscht über die Haltung des Fahrers, ließ sich jedoch auf keine Diskussion ein. Während er noch versuchte, sich auf die geringe Schwerkraft einzustellen, zog der Thalkater den Karren herum und jagte davon.

Plötzlich zerriss ein ohrenbetäubender Knall die Stille. Tekener fuhr herum. Er sah Springer und Einheimische aus den Ständen und Zelten des Marktes fliehen. Über dem Regierungsgebäude, einem verschnörkelten und mit zahlreichen turmartigen Verzierungen versehenen Bau, stieg eine grüne Rauchwolke auf. Flammen schlugen aus einigen Fenstern.

Eine Flotte von gepanzerten Gleitern raste im Tiefflug heran. Eine der Maschinen feuerte auf einen Vorbau, aus dem uniformierte Thalkater hervorkamen. Die Wachen starben in der Glut der Energiestrahlen.

Die Gleiter landeten. Springer, Terraner und Arkoniden sprangen aus den Maschinen und stürmten das Regierungsgebäude. Sie schossen auf alles, was sich ihnen in den Weg stellte.

Die Händler auf dem Markt suchten Schutz hinter ihren Ständen. Viele flüchteten blindlings in Richtung Grosvenor-Hotel.

Tekener begriff.

Gordon Grosvenor holte zum entscheidenden Schlag aus. Er wollte die Macht über Thalkat.

Weitere Gleiter nahten und landeten. Eine der Maschinen feuerte eine Rakete ab. Das Geschoss schlug weit von Tekener entfernt zwischen den Marktständen ein.

Ein Springer rannte auf Tekener zu. Er blutete aus einer Wunde an der Schulter.

»Verschwinden Sie«, brüllte er ihm zu. »Machen Sie, dass Sie ins Hotel kommen. Wenn sie die Thalkater nicht schlagen, werden wir massakriert.«

Er packte Tekener am Arm und riss ihn herum.

»Seien Sie vernünftig«, rief er. »Das geht Sie nichts an.«

»Wer sind die Angreifer?«, fragte Tekener, während er neben dem Springer herlief. Sie eilten in eine Gasse, die direkt zum Hotel führte.

»Sie gehören zur Galaktischen Befreiungsfront«, antwortete der Händler. Er lachte zornig. »Ausgerechnet sie sprechen von Freiheit.«

Die Thalkater schlossen die Fenster. Türen fielen krachend zu. An mehreren Stellen senkten sich stählerne Schutzgitter herab.

Tekener und der Springer überquerten einen kleinen Platz, als ein Schuss fiel. Ein Energiestrahl strich dicht an dem Terraner vorbei. Der Händler schrie auf und stürzte zu Boden. Tekener sah, dass der Glutstrahl ihn durchbohrt hatte. Ihm war nicht mehr zu helfen. Er rannte weiter, schnellte sich über einen umgestürzten Elektrokarren hinweg und erreichte das Hotel. Kaum hatte er es betreten, als sich die Panzerplasttüren hinter ihm schlossen.

»Sie haben Glück gehabt«, sagte ein Ara, der neben dem Eingang stand. »Wenn Sie etwas später gekommen wären, hätte man Sie nicht mehr hereingelassen.«

Tekener blickte zurück. Einige Thalkater versuchten, in das Hotel zu kommen, doch die Türen öffneten sich nicht mehr.

»Sie können ihnen nicht helfen«, erklärte der Ara, als der Terraner sich suchend umsah. »Die Türen werden von der Zentrale aus gesteuert, und wo die ist, wissen noch nicht einmal alle Hotelangestellten.«

Tekener eilte zum Lift und fuhr in sein Appartement hoch. Er schaltete das Videogerät ein, weil er hoffte, sich über das öffentliche Fernsehen informieren zu können, doch auf dem Bildschirm erschien nur ein Pausenzeichen. Dennoch schaltete er nicht aus. Er bestellte sich etwas zu trinken und setzte sich vor das Videogerät. Hin und wieder erhob er sich, ging zu einem der Fenster und blickte hinaus. Die Straßen in der Umgebung des Hotels waren wie leer gefegt. Im Regierungsviertel brannte es. Rauchwolken stiegen auf. Darüber hinaus deutete nichts darauf hin, dass in diesem Bereich der Stadt gekämpft wurde.

Als etwas mehr als eine Stunde verstrichen war, erschien plötzlich das Bild eines Arkoniden auf dem Bildschirm. Ein Teil seiner Stirn war schwärzlich verbrannt.

»Hier spricht die Galaktische Befreiungsfront«, sagte er. »Es ist gelungen. Wir haben Thalkat aus dem Einflussbereich des Solaren Imperiums befreit. Rhodans Terrorregime auf Thalkat ist zu Ende. Seine Schergen leben nicht mehr. Wir haben sie aus den Zentren der Macht vertrieben. Damit stehen wir am Beginn einer neuen geschichtlichen Epoche. Thalkat ist vollgültiges Mitglied des Galaktischen Freiheitsreichs, zu dem zu dieser Stunde siebenundzwanzig weitere Planeten in vierundzwanzig Sonnensystemen gezählt werden. Das Galaktische Freiheitsreich bildet eine Front gegen das Solare Imperium Perry Rhodans. Es ist gegründet worden, um Rhodan den Zugriff zu diesen achtundzwanzig Welten zu verwehren. Wir wollen nicht nur heute in Freiheit und Unabhängigkeit von Rhodan leben, sondern auch in Zukunft. Zur Stunde, meine Freunde, senden alle Hyperkomstationen auf den Welten des Freiheitsreichs die Nachricht in die Galaxis, dass wir uns zu einem freiheitlichen Imperium vereinigt haben. Unser Imperator sieht in diesem Schritt die einzige Möglichkeit, sich gegen die ungeheuerlichen Machtansprüche des Solaren Imperiums zu behaupten.«

9.

Das Türvideogerät meldete sich. Der Bildschirm leuchtete auf, und das Gesicht eines jungen Springers zeichnete sich darauf ab.

»Was gibt es?«, fragte Tekener.

»Ich muss Sie unbedingt sprechen, Mr. Tekener«, sagte der Junge. »Bitte, öffnen Sie.«

Tekener verstellte die Aufnahmeoptik, um sich davon zu überzeugen, dass sich außer dem Jungen niemand auf dem Flur vor dem Appartement aufhielt. Dann öffnete er. Nichts an ihm verriet, dass er unter höchster Anspannung stand und auf einen Angriff gefasst war.

Der Springer trat ein.

»Danke, Mr. Tekener«, sagte er, als sich die Tür wieder geschlossen hatte. »Erinnern Sie sich an den Mann, dem sie die Hunderttausend geschenkt haben?«

»Allerdings«, erwiderte der Terraner, obwohl er sich nur noch dunkel an den Spieler erinnerte, dem er einen Berg Spielchips zugeschoben hatte, weil er so viel verloren hatte. »Was ist mit ihm?«

»Er ist mein Vater«, erklärte der Junge und senkte den Kopf. »Ich soll Sie zu ihm bringen. Er … stirbt.«

Tekener blickte den Jungen forschend an. Er glaubte ihm, dass er die Wahrheit sprach.

»Weshalb soll ich zu ihm kommen?«, fragte er.

»Er hat Ihnen etwas mitzuteilen.«

»Also gut. Gehen wir.« Tekener öffnete die Tür und ließ dem Jungen den Vortritt. Mit dem Lift fuhren sie zwölf Stockwerke nach unten. Dann betraten sie einen Bereich des Hotels, der wesentlich weniger luxuriös war als jener, in dem Tekener wohnte.

Der Junge blieb stehen.

»Es ist das Zimmer 2436«, sagte er.

»Du willst nicht mit?«, fragte Tekener. »Warum nicht?«

»Mein Vater ist überfallen worden. Er glaubt, dass es einer von

Grosvenors Leuten war. Man hat ihm das letzte Geld geraubt. Jetzt will mein Vater, dass ich mich in Sicherheit bringe.«

Der Junge drehte sich um und eilte davon. Er flüchtete in die noch offene Liftkabine und fuhr ab, bevor Tekener ihn aufhalten konnte.

Der Terraner zögerte.

Er bedauerte, dass er keine Waffe eingesteckt hatte. Jetzt fühlte er sich, als sei er in eine Falle gelaufen. Doch er kehrte nicht zu seinem Appartement zurück, sondern ging weiter. Er war sich darüber klar, dass man ihn nicht in seine Räume lassen würde, falls man ihm tatsächlich eine Falle gestellt hatte.

Die Tür zum Zimmer 2436 war offen.

Tekener sah den Springer auf dem Bett liegen. Sein Gesicht war bleich und vom nahen Tode gezeichnet.

Der Terraner betrat das Zimmer und schloss die Tür hinter sich. Der Springer schlug die Augen auf, und Tekener sah sofort, dass er wirklich im Sterben lag. Er setzte sich zu ihm ans Bett.

»Ich bin gekommen«, sagte er. »Was gibt es?«

»Danke«, flüsterte der Sterbende. »Ich habe schon nicht mehr damit gerechnet.«

»Man hat Sie überfallen?«

»Das ist nicht ganz richtig. Ich habe versucht, Geld aus der Kasse zu nehmen. Ein wenig nur. Gerade so viel, dass es für die Heimreise reicht.«

»Sie haben viel verloren?«

»Alles, was ich hatte. Mehr als eine Million. Sie hätten mir wenigstens das Geld für die Reise geben können.«

»Sie haben es nicht getan. Wollen Sie es von mir?«

Der Springer schüttelte lächelnd den Kopf.

»Nein«, erwiderte er so leise, dass Tekener ihn kaum verstehen konnte. »Es ist zu spät. Sie haben mir ein Messer in den Rücken gerammt. Ich trete eine andere Reise an, eine Reise, die nichts kostet.«

Der Springer griff nach der Hand Tekeners.

»Sie waren freundlich zu mir«, sagte er. »Deshalb möchte ich Ihnen einen Gefallen tun. Vielleicht können Sie etwas damit anfangen.«

Er verstummte. Seine Kräfte erlahmten. Er schloss die Augen, und für einen kurzen Moment schien es, als sei schon alles Leben aus ihm gewichen. Dann schlug er die Augen wieder auf und blickte Tekener an.

»Ich habe etwas entdeckt«, flüsterte er und winkte den Terraner zu sich heran. »Für mich ist diese Information wertlos geworden, aber nicht für Sie.«

»Reden Sie«, bat Tekener drängend. Er fürchtete, dass der Springer starb, bevor er sein Geheimnis preisgeben konnte.

»Grosvenor ist tot«, sagte der Springer. »Er lebt seit über einem Jahr nicht mehr.«

»Das kann nicht sein«, erwiderte der USO-Spezialist. »Wissen Sie, was Sie da sagen?«

»Ich weiß es genau«, beteuerte der Sterbende. »Grosvenor ist tot. Ich habe seine Leiche gesehen. Einer seiner Manager gibt sich für ihn aus. Das ist auch der Grund dafür, dass man Grosvenor schon lange nicht mehr in der Öffentlichkeit gesehen hat.«

»Ist das wirklich wahr?«

»Ein Sterbender lügt nicht«, entgegnete der Springer. »Es ist wahr. Hier im Hotel könnten Sie den Beweis finden, wenn Grosvenors Nachfolger nicht dafür gesorgt hätte, dass niemand bei ihm eindringen kann. Ich habe es versucht.«

Der Springer lächelte.

»Einige Hundert Male war ich bei solchen Versuchen erfolgreich. Hier im Hotel war es unmöglich …«

Seine Stimme erstarb. Der Kopf sank zur Seite.

»Wo ist die Zentrale?«, fragte Tekener. »Wo haben Sie es versucht?«

»Unter uns«, erwiderte der Springer. Das waren seine letzten Worte. Er starb.

Tekener erhob sich und verließ das Zimmer.

Er hatte das Gefühl, vor einem Nichts zu stehen.

Grosvenor lebte nicht mehr. Der Unbekannte, der die Rolle Grosvenors spielte, hatte den entscheidenden Schritt zur Macht getan und sich zum Imperator erhoben. Damit hatte er sich der strafrechtlichen Verfolgung durch terranische Organisationen entzogen.

Die Nachrichten, die in den nächsten Stunden einliefen, bestätigten die Befürchtungen Tekeners.

Das Galaktische Freiheitsreich wurde von der Mehrheit der galaktischen Völker politisch anerkannt. Die Völker der Galaxis schienen sich förmlich darum zu reißen, dem neuen Machtgebilde den Mantel der Legalität umzuhängen und damit zu unterstreichen, dass sie jede gegen das Solare Imperium gerichtete Initiative begrüßten. Dabei schien es niemand für nötig anzusehen, sich über die Hintergründe des Ereignisses zu informieren. Niemand schien sich dafür zu interessieren, dass die »Revolution« eine Reihe von Regierungen beseitigt hatte, die kurz zuvor noch in hohem Ansehen gestanden hatten. Niemand schien zu sehen, dass Gordon Grosvenor ein Mann war, der keine Rücksicht kannte und mit seiner wirtschaftlichen Macht vielen Völkern seinen Willen aufzwang. Die gegen das Solare Imperium gerichtete Propaganda des Galaktischen Freiheitsreichs nutzte den Neid, die Missgunst, das Misstrauen und die Furcht vieler Völker und rief dazu auf, weitere Machtgebilde wie das Galaktische Freiheitsreich zu bilden, um ein Wiedererstarken des Solaren Imperiums zu verhindern. Sie unterstellte den Terranern bedingungslosen Eroberungswillen und ein galaxisweites Machtstreben.

Ronald Tekener schaltete das Videogerät aus, nachdem er die Propaganda und die Nachrichtenflut einige Stunden lang über sich hatte ergehen lassen.

Immer wieder fragte er sich, ob es noch eine Möglichkeit gab, jenen Mann aufzuhalten, der sich unter dem Namen Gordon Grosvenor verbarg.

Er dachte an Okta und den Meister des Schwertes, und er zweifelte nicht daran, dass der Imperator des Freiheitsreichs die Planeten seines Imperiums ebenso gnadenlos ausbeuten würde wie Okta. Ihm war klar, dass dieser Imperator sein Reich früher oder später ausdehnen würde. Das Rezept dafür war relativ einfach. Es genügte, auf den angestrebten Welten sogenannte Befreiungskommandos aufzustellen und sie zum Kampf gegen die Regierung antreten zu lassen.

Auf diese Weise ließen sich zahlreiche Welten von innen her aufbrechen und unterwerfen. Dabei genügte es, die Regierung für einige Stunden zu entmachten. Während dieser Zeit hatte die Raumflotte des Freiheitsreichs die Möglichkeit, auf der betreffenden Welt zu landen und dem »Befreiungskommando« militärische Hilfe zu leisten. Danach folgte eine »Säuberungsaktion«, und Grosvenors Propagandaabteilung erledigte den Rest. Die meisten Völker der Galaxis waren gegen derartige Angriffsaktionen nicht gerüstet. Da es auf zahllosen Planeten Grosvenor-Hotels gab, hatten die neuen Machthaber es leicht, herauszufinden, welche mit dem geringsten Aufwand übernommen werden konnten. Überall hatte der neue Imperator Informationsquellen. Es kam nur darauf an, sie richtig auszuwerten.

Tekener fühlte sich hilflos.

Er sah die Entwicklung voraus, wusste aber nicht, was er dagegen tun konnte. Er zweifelte daran, dass er allein den Imperator aufhalten konnte.

Der Sterbende hatte ihm mitgeteilt, dass er sich in unmittelbarer Nähe des neuen Machtzentrums befand. Der Mann, der sich unter dem Namen Grosvenor verbarg, hielt sich in diesem Hotel auf.

Tekener fragte sich, wie er diese Tatsache nutzen konnte.

Er begann damit, nach bewährtem USO-Muster einen gegen den Grosvenor-Imperator gerichteten Konterplan zu erstellen. An den Anfang setzte er das Stichwort: *Information.*

Daraus leitete er weitere Schritte ab. Je weiter er jedoch kam, desto deutlicher wurde, dass jede weitere Aktion von den Informationen abhing, die er über den Imperator einholen musste.

Schließlich erhob er sich.

Ihm blieb keine andere Wahl. Er musste in die Imperiumszentrale einbrechen, um sich die Informationen von dort zu holen. Nur so konnte er hoffen, eine wirksame Waffe gegen den Grosvenor-Doppelgänger zu finden.

Dazu benötigte er jedoch eine Ausrüstung. Ohne Hilfsmittel in die Zentrale vorzudringen, wäre aussichtslos gewesen.

Thalkat war kein bedeutender Planet, gehörte aber zu jenen Welten, die von der USO als beobachtungswert eingestuft worden waren. Das bedeutete, dass sich auf Thalkat wenigstens ein USO-Spezialist befand, der über eine umfangreiche Ausrüstung verfügte. Spezialisten dieser Art waren als *Schläfer* eingesetzt. Das bedeutete, dass sie so lange auf jegliche Aktivität verzichteten, bis irgendetwas auf ihrer Welt geschah, was ihren Einsatz erforderte.

Grosvenor hatte Thalkat an sich gerissen und seinem Imperium einverleibt. Das war ein Ereignis, das den *Schläfer* aus seiner Reserve locken konnte. Tekener rechnete jedoch damit, dass der *Schläfer weiterhin* passiv bleiben würde, weil er den Befehl dazu von der USO erhalten hatte. Atlan wusste, dass Tekener auf Thalkat war. Das konnte ein Grund für ihn sein, den *Schläfer* zurückzuhalten, um so Tekeners Chancen zu verbessern.

Atlan wusste, dass der narbengesichtige Spezialist eine Ausrüstung benötigte und dass er sich diese nur von dem *Schläfer* besorgen konnte. Daher konnte der *Schläfer* angewiesen worden sein, abzuwarten.

Tekener verließ das Hotel. Ein Thalkater fuhr ihn mit einem Elektrokarren zu einer Einkaufsstraße. Hier herrschte ein geschäftiges Treiben. Nichts deutete darauf hin, dass sich die politischen Verhältnisse grundlegend geändert hatten.

Er betrat ein Geschäft für positronische Unterhaltungsgeräte. Es war reich mit Waren ausgestattet. Zahlreiche Kunden ließen sich die Neuigkeiten vorführen. Tekener fiel nicht auf.

Nachdem er sich verschiedene Video- und Musikanlagen angesehen hatte, befasste er sich mit einem Hochleistungsfunkgerät, das sogar einem Amateur eine Verständigungsmöglichkeit über interplanetarische Entfernungen erlaubte. Nachdem er sich vergewissert hatte, dass er nicht beobachtet wurde, tippte er eine USO-Frequenz ein und strahlte einige Sekunden lang ein Signal ab. Dann löschte er den Befehl und wandte sich anderen Geräten zu, um auch hier das eine oder das andere auszuprobieren. Schließlich trat er wieder auf die Straße hinaus und ging weiter, bis er ein Restaurant fand. Hier setzte er sich an einen Tisch und ließ sich etwas zu trinken reichen. Ein jugendlicher Arkonide bediente ihn, nachdem er ihn auf die ungewöhnlich hohen Preise aufmerksam gemacht hatte.

»Wir haben keine Robotbedienung«, sagte der Junge. »Das muss bezahlt werden.«

»Deshalb bin ich hier«, erwiderte Tekener.

Er wartete ab. Als etwa eine halbe Stunde verstrichen war, leuchtete ein Licht an seinem Armbandfunkgerät auf. Er schaltete das Gerät ein und nannte den Code, den Lordadmiral Atlan ihm für diesen Einsatz zugeteilt hatte.

»In Ordnung«, antwortete eine tiefe Stimme und beschrieb ihm einen Platz in der Nähe, an dem er sich einfinden sollte.

Tekener bezahlte und verließ das Restaurant. Wenige Minuten später hatte er sein Ziel erreicht. Er befand sich auf einem Platz, auf dem mehrere Thalkater mit Desintegratormessern einen Felsblock bearbeiteten. Sie schälten das Bildnis mehrerer miteinander kämpfender Vogelwesen aus dem Gestein.

Tekener schaltete das Funkgerät wieder ein.

»In Ordnung«, ertönte die Stimme. »Ich sehe Sie. Sie sind mir beschrieben worden.«

Der Unbekannte bezeichnete Tekener ein Haus, das auf der anderen Seite des Platzes lag. Er umrundete den Platz, um nicht unnötig aufzufallen, und betrat das Haus. Er ging durch einen dunklen Flur in ein Zimmer. Feuchte Luft schlug ihm entgegen.

Verblüfft blickte der Terraner auf den USO-Spezialisten, der als *Schläfer* auf Thalkat fungierte.

Er kauerte in der Mitte des Zimmers im Morast. Er sah aus wie ein Frosch. Seine Haut war grün und gelb gefleckt und glänzte vor Feuchtigkeit. Er war etwa anderthalb Meter lang und einen halben Meter hoch. Der Kopf war breit. Die Augen quollen weit vor. Unter der Kinnlade wucherte ein blauer Bart. Dickfleischige Pflanzen umgaben den Morast, in dem der USO-Spezialist ruhte.

»Ich sehe, Sie sind überrascht«, sagte er mit abgrundtiefer Stimme. »Das befriedigt mich, zeigt es mir doch, dass ich relativ sicher vor Entdeckung bin.«

Das Froschwesen bewies Tekener, dass es tatsächlich ein USO-Spezialist war, bevor es dazu überging, mit dem Terraner die anstehenden Probleme zu besprechen. Danach stellten sie die Ausrüstung zusammen, die Tekener benötigte.

»Gehen Sie in einige Geschäfte, und kaufen Sie ein«, riet ihm der Frosch danach. »Lassen Sie sich alles ins Hotel schicken. Ich werde Ihnen auch die Ausrüstung senden. Niemand wird Verdacht schöpfen. Sie haben viel Geld gewonnen. Da ist es nur natürlich, dass Sie es auch ausgeben wollen.«

»Beeilen Sie sich«, bat Tekener.

»Sie können sich auf mich verlassen.«

»Danke«, sagte der Terraner. Er hob grüßend eine Hand. »Und schlafen Sie ruhig weiter.«

Kein Lift hielt im dreiundzwanzigsten Stockwerk des Grosvenor-Hotels. Das war für Tekener eine Bestätigung dafür, dass sich die Machtzentrale des Galaktischen Freiheitsreichs tatsächlich auf dieser Etage befand.

Mühelos verschaffte sich der USO-Spezialist den Belegungsplan der vierundzwanzigsten Etage und drang in ein unbesetztes Zimmer ein. Er brachte einige Horchgeräte an den Wänden und am Fußboden an, schloss sie an ein Aufzeichnungsgerät an und schaltete ein.

Ein schrilles Pfeifen drang aus den Lautsprechern.

Tekener ortete die unter ihm angebrachten Störsender, die ein Abhorchen unmöglich machen sollten. Er setzte einen positronischen Mikroprozessor ein, mit dem er die Störsender neutralisieren wollte, doch das Gerät versagte. Es war nicht in der Lage, die Impulsfolgen vorherzuberechnen.

Tekener erkannte, dass er es mit der modernsten Abwehranlage zu tun hatte, die es zurzeit gab.

Er war nicht sonderlich überrascht, da er mit derartigen Schwierigkeiten gerechnet hatte. Der Imperator des Freiheitsreichs war kein leichtfertiger Mann.

Ronald Tekener untersuchte den Fußboden nun mit einer Reihe von positronischen Geräten. Er hoffte, den Boden mit einem Desintegratornadler durchbohren zu können. Durch die dann entstehende winzige Öffnung wollte er eine Sonde nach unten lassen. Doch schon bald stellte er fest, dass der Grosvenor-Doppelgänger sich auch gegen derartige Versuche abgesichert hatte. Er ortete ein Lasernetz im Boden, das als Abwehrschirm wirkte. Zwischen den Laserstrahlen bestanden Magnetfelder, die er nicht durchstoßen konnte, ohne Alarm auszulösen.

Auch jetzt gab der USO-Spezialist noch nicht auf.

Er versuchte, einen Laserschirm in den Boden zu bringen, mit dem er einen Abfall der Magnetfelder verhindern konnte. Jetzt zeigte sich jedoch, dass der Grosvenor-Doppelgänger auch mit einem derartigen Angriff gerechnet hatte. Jenseits des Lasernetzes befanden sich Sensoren, die auf einen derartigen Laserschirm reagierten. Tekener ortete sie, bevor sie einen Alarm auslösen konnten.

Damit waren seine Versuche endgültig gescheitert, Abhörgeräte anzubringen.

Tekener packte seine Geräte ein und verließ das Zimmer. Er kehrte in sein Appartement zurück, um einen anderen Plan zu erarbeiten.

Er war kaum wieder in seinen Räumen, als Melvin Scherba

erschien. Tekener schätzte ihn mittlerweile als gefährlichsten Gegner ein. Er war überzeugt davon, dass Scherba ein ehemaliger USO-Spezialist war, der die Arbeitsmethoden der USO kannte und auf jeden Trick vorbereitet war.

Scherba hielt sich nicht lange auf.

»Ich habe den Auftrag, Ihnen mitzuteilen, dass die Liniendienste wieder aufgenommen werden, Mr. Tekener«, sagte er freundlich. »Sie können Thalkat bereits morgen verlassen und mit einem Linienraumer zur Erde fliegen.«

»Das kommt mir gelegen«, entgegnete der USO-Spezialist. Er lächelte spöttisch. »Es zieht mich mit aller Kraft zum Spielcasino in Terrania City.«

»Hoffentlich ist es Ihnen nicht unangenehm, wenn man Ihnen schon auf dem Parkplatz des Casinos sagt, dass Sie es nicht betreten dürfen.«

»Ich glaube nicht.«

»Sie sollen wissen, dass wir es ernst meinen, Mr. Tekener.« Scherba zog eine beschriftete Folie aus der Tasche und legte sie auf den Tisch. »Ihnen ist bekannt, dass Thalkat eine neue Regierung hat. Der Planet gehört jetzt zum Galaktischen Freiheitsreich. Daher können wir nicht mehr in gleicher Weise über das Geld verfügen, das auf den hiesigen Banken liegt, wie zuvor. Wir werden uns jedoch bemühen, Ihr Geld auf eines Ihrer Konten bei einer terranischen Bank zu überweisen, wenn Sie diesen Vertrag unterschreiben. Darin verpflichten Sie sich, niemals wieder ein Grosvenor-Casino zu betreten.«

Tekener zögerte keine Sekunde. Er war sich darüber klar, dass er nicht so ohne Weiteres auf die Millionen verzichten durfte, die er gewonnen hatte. Er unterzeichnete den Vertrag.

»Ich hatte gehofft, Sie würden mir eine Chance geben, das Geld auch wieder zu verlieren«, sagte er lächelnd, doch Scherba ging nicht auf den Scherz ein.

Tekener schrieb die Kontobezeichnung auf den Vertrag und gab ihn an Scherba zurück.

»Sie haben eine seltsame Narbe am Hals, Mr. Scherba«, sagte er. »Verraten Sie mir, woher Sie sie haben?«

Der Helfer Grosvenors verzog keine Miene. Wortlos ging er über die Bemerkung Tekeners hinweg und verließ das Zimmer. Tekener lächelte. Er wusste, woher Scherba die Narbe hatte. Der Meister des Schwertes hatte ihm gesagt, dass Arantrat, der Hüter des Schwertes, versucht hatte, einen Terraner zu töten. Er war an einer Panzerung gescheitert, die dieser Terraner angelegt hatte. Später hatte Arantrat sich bei Goras beschwert, weil er der Ansicht war, das Schwert hätte schärfer sein müssen.

Zehn Minuten verstrichen. Dann erhielt Tekener über Video Bescheid, dass sein Geld nach Terrania City überwiesen und dort auf seinem Konto verzeichnet worden war.

Tekener buchte den Rückflug zur Erde für den nächsten Tag, nachdem er festgestellt hatte, dass ein Revolutionskommando sein Raumschiff beschlagnahmt hatte.

Er verließ das Hotel, um sich einige Ausrüstungsgegenstände zu besorgen, die er für seine nächsten Schritte benötigte. Inzwischen war alles eingetroffen, was er eingekauft und vom *Schläfer* angefordert hatte.

Tekener war bereit, den nächsten Angriff auf die Machtzentrale des Galaktischen Freiheitsreichs vorzutragen.

10.

Tekener öffnete die Tür zum Liftschacht, indem er die positronische Sicherung mit einem Impulsgerät entriegelte. Die Tür glitt zur Seite. Vor ihm lag der offene Schacht. Die Liftkabine befand sich so tief unter ihm, dass er sie nicht sehen konnte. Sie wurde mithilfe eines Antigravitators bewegt, hing aber an einem stählernen Sicherheitsseil. An dem Seil sah Tekener, dass die Kabine mit atemberaubender Geschwindigkeit in die Tiefe stürzte.

Er wartete, bis das Seil stillstand. Dann sprang er nach vorn. Er trug klobig aussehende Handschuhe aus einem hitzebeständigen Kunststoff. Er klammerte sich mit beiden Händen an das Seil. Während sich die Tür hinter ihm wieder schloss, fiel er am Seil entlang. Er sicherte sich mit beiden Händen.

Eine Lampe, die er über der Stirn befestigt hatte, beleuchtete die Schachtwand. An der Innenseite der Türen zeigten Zahlen die Stockwerke an. Als er sich dem dreiundzwanzigsten Stockwerk näherte, presste er die Hände zusammen. Ein Stahlschloss schnappte ein und zog die Hände fest zusammen. Das Kunststoffmaterial leuchtete auf. Es schien zu brennen. Doch das war nicht der Fall. Es veränderte seine chemische Struktur und bremste Tekener ab.

An der Tür zum vierundzwanzigsten Stockwerk endete der Sturz. Tekener zog die Hände aus den Handschuhen und hangelte sich nach unten. Ihm blieben nur Sekunden. Wenn die Liftkabine nach oben stieg, war es zu spät, und er musste den Versuch abbrechen.

Er presste ein winziges Horchgerät an die Lifttür zum dreiundzwanzigsten Stockwerk. Hier behinderte ihn kein Störschirm. Er stellte fest, dass sich niemand auf dem Flur hinter der Tür aufhielt. Er hörte weder Schritte noch Atemgeräusche. Mithilfe des positronischen Impulsgebers öffnete er die Lifttür und trat auf den Flur hinaus. Im gleichen Augenblick setzte sich der Lift in Bewegung. Er stieg auf.

Tekener schloss die Tür und eilte über den Flur.

Die Anordnung der Räume war hier ähnlich wie auf dem Stockwerk, in dem Tekener das Appartement hatte. Der Liftturm befand sich in der Mitte. Von hier aus musste er zu den Räumen vordringen, von denen aus das Galaktische Freiheitsreich gelenkt wurde.

Tekener ging davon aus, dass die Raumaufteilung jener auf seinem Stockwerk entsprach. Daher wandte er sich nach rechts. Er wollte den Liftturm umrunden. Als er sich der Ecke näherte, hörte er Stimmen. Er fuhr herum und rannte den Gang zurück, um den Liftturm in anderer Richtung zu umgehen.

Als er um die Ecke bog, sah er Maude Sharpe. Das Mädchen ging einige Schritte vor ihm. Sie führte ein Videogespräch über ihr Armbandgerät und achtete nicht auf das, was um sie herum geschah.

Tekener blieb stehen. Er atmete flach und ruhig, um so wenige Geräusche wie möglich zu verursachen. Er wusste, dass er verloren war, wenn das Mädchen sich umdrehte.

Doch Maude Sharpe merkte nichts. Sie verschwand hinter der nächsten Ecke und betrat eines der Zimmer. Tekener hörte, wie die Tür ging. Er eilte weiter und blickte vorsichtig um die Ecke. Ein leerer Gang lag vor ihm. Von ihm gingen drei Türen ab. Tekener vermutete, dass hier die größten Räume lagen. Zugleich war er davon überzeugt, dass der Imperator einen dieser Räume für sich beanspruchte.

Wiederum hörte er, dass sich ihm Stimmen näherten. Ihm blieb keine andere Wahl. Er musste weitergehen. Doch schon wenig später hörte er, dass ihm auch aus der entgegengesetzten Richtung jemand entgegenkam.

Ihm blieb keine andere Wahl. Er musste einen der Räume betreten. Er entschloss sich, die nächste Tür zu öffnen. Dahinter lag ein kleiner, mit technischen Geräten gefüllter Raum. Niemand hielt sich darin auf. Tekener zog die Tür hinter sich zu.

Er stellte fest, dass einige der Geräte nur hier aufbewahrt wurden, während zwei kleinere Computer in Betrieb waren. Er blickte in einige Schränke. Schriftliche Dokumente aller Art lagen in ihnen. Während er sie noch durchblätterte, öffnete sich die Tür hinter ihm. Er fuhr herum.

Maude Sharpe stand in der Tür, blickte jedoch nicht zu ihm herein, sondern nach draußen zum Flur.

»Widerstand dulden wir nicht«, sagte sie zu jemandem, der sich dort aufhielt. »Wenn sich das Gremium nicht unserem Willen beugt, greifen wir mit aller Härte durch.«

»Heißt das – mit Waffengewalt?«, fragte ihr Gesprächspartner. Tekener erkannte die Stimme von Melvin Scherba.

Er stieg in einen Schrank und zog die Tür hinter sich zu. Er konnte sie nicht ganz schließen, da sie innen keinen Griff hatte. Durch den verbleibenden Spalt sah er das Mädchen. Es betrat den Raum und ging zu einem der Computer. Sie tippte einige Zahlen ein und forderte eine Reihe von Daten ab, die für Tekener ohne Aussage waren. Dann ging sie zu dem Schrank neben Tekener und nahm einige Papiere heraus. Tekener richtete den winzigen Paralysator auf sie, den er bis dahin im Ärmel verborgen gehabt hatte.

Es schien, als wolle sie auch die Tür öffnen, hinter der er stand. Doch jetzt betrat Melvin Scherba den Raum.

»Es geht los«, sagte er. »Kommen Sie.«

Zusammen mit dem Mädchen ging er hinaus.

Tekener verließ sein Versteck und wandte sich den Computern zu. Er brauchte nur wenige Minuten, bis er wusste, wie er ihm wichtige Informationen entnehmen konnte. Bevor er jedoch damit begann, wollte er wissen, was Melvin Scherba gemeint hatte. Er hörte, dass sich im Nebenraum mehrere Personen aufhielten. Daher untersuchte er die trennende Wand. Er stellte fest, dass sie keinerlei Abhörsicherungen enthielt. Daher setzte er den Desintegratornadler an und bohrte ein winziges Loch durch die Wand. Danach schob er eine Lasersonde durch die Öffnung und schloss sie an sein Armbandvideo an. Auf dem

Bildschirm an seinem Handgelenk erschien das Bild des benachbarten Raumes.

Tekener sah zehn Männer und fünf Frauen an den Schmalseiten eines langen Tisches sitzen. Der Platz an der Stirnseite war noch frei. Tekener zweifelte nicht daran, dass er dem Imperator des Galaktischen Freiheitsreichs vorbehalten war. Von den Männern und Frauen am Tisch kannte er nur Melvin Scherba und Maude Sharpe. Alles waren Terraner.

Melvin Scherba sprach. Er fasste die Ereignisse der letzten Tage zusammen und schilderte, wie der Widerstand gebrochen wurde, der auf einigen Welten gegen das neue Imperium geleistet worden war.

Der USO-Spezialist blickte zu den Computern hinüber. Er konnte es sich nicht leisten, die gesamte Konferenz zu verfolgen und später an den Computern zu arbeiten. Er musste beides gleichzeitig erledigen. Er löste das Videogerät von seinem Arm und schloss es an ein winziges Aufzeichnungsgerät an, das er an seinem Gürtel trug. Dieses Aufzeichnungsgerät hatte er ursprünglich mitgenommen, um damit Computer anzapfen zu können.

Dann wandte er sich den Dokumenten in den Schränken zu. Er blickte sie durch und fotografierte, was er für wichtig hielt. Als er den Vertrag entdeckte, in dem er sich verpflichtet hatte, die Grosvenor-Casinos nicht mehr zu betreten, steckte er ihn lächelnd ein.

Als er etwa zehn Minuten lang an den Dokumenten gearbeitet hatte, glaubte er genügend Informationen aus ihnen gewonnen zu haben. Er setzte sich an einen der Computer und tippte einige Fragen ein. Sie bezogen sich auf Gordon Grosvenor und seinen Nachfolger, auf Melvin Scherba, Maude Sharpe, die verschiedenen Imperiumswelten, Okta und die Mitarbeiter Grosvenors, die aus dem Bereich der USO und der SolAb stammten.

Die Antworten waren enttäuschend und bei Weitem nicht so informativ wie die Durchsicht der Dokumente. Immerhin erfuhr

Tekener, dass nur vier Helfer Grosvenors früher für einige Zeit bei der USO oder der SolAb gewesen waren. Dazu gehörte Melvin Scherba. Er war USO-Spezialist gewesen, war jedoch von der USO entlassen worden. Der Grund dafür wurde nicht ausgewiesen. Überraschend war für Tekener, dass Maude Sharpe SolAb-Agentin gewesen war und sogar einen hohen Rang bekleidet hatte. Informationen darüber, weshalb sie ausgeschieden war, lagen nicht vor.

Tekener merkte, dass es im Konferenzraum unruhig wurde. Er fuhr auf. Ein Blick auf sein Chronometer zeigte ihm, dass mehr als zwei Stunden verstrichen waren. Damit hatte er die Zeit, die er für den Einsatz kalkuliert hatte, weit überschritten.

Er beseitigte alle Spuren, die er hinterlassen hatte, nahm das Video- und das Aufzeichnungsgerät an sich und verließ den Informationsraum. Lautes Stimmengewirr verriet, dass die Konferenzteilnehmer sich von ihren Plätzen erhoben und den Raum verlassen wollten. Tekener eilte über den Flur. Als er die nächste Ecke erreichte, öffnete sich die Tür des Konferenzraums. Mehrere Männer und Frauen kamen heraus.

Der Terraner eilte weiter. Er erreichte die Lifttür. Stimmen näherten sich ihm. Er setzte den Impulsgeber an. Die Tür öffnete sich. Er sprang in den Schacht und klammerte sich an das Sicherungsseil. Die Lifttür schloss sich.

Tekener atmete auf.

Er hatte Glück gehabt. Während seines Sprunges war er sich nicht darüber klar gewesen, ob sich der Lift im Schacht bewegte oder nicht. Erst als er das Drahtseil berührt hatte, war er sicher gewesen, dass keine Gefahr bestand.

In aller Eile holte er aus einer Tasche, die er am Gürtel trug, zwei Kunststoffhandschuhe. Er streifte sie über und befestigte einen am Seil. Dann zog er Klammern aus den Sohlen seiner Stiefel und legte sie ebenfalls um das Seil. Kaum hatte er das getan, als das Seil anruckte. Die Liftkabine schoss mit rasender Beschleunigung in die Höhe. Er hatte das Gefühl, dass ihm die

Arme aus den Gelenken gerissen wurden. Er schrie schmerzerfüllt auf und klammerte sich mit aller Kraft fest.

Glücklicherweise stieg die Liftkabine nur einige Stockwerke hoch. Dann blieb sie stehen. Tekener neigte sich zur Seite und presste den Impulsgeber gegen die Lifttür neben sich. Sie öffnete sich. Er löste die Stiefelklammern vom Seil und sprang aus dem Schacht.

Vor ihm stand eine ältere Frau, die ihn verblüfft anblickte.

»Warten Sie lieber, bis der Lift kommt«, sagte er lächelnd. »Das ist bequemer für Sie.«

Er ging an ihr vorbei und eilte über den Flur davon.

Als Ronald Tekener dabei war, die nun überflüssig gewordene Spezialausrüstung zu vernichten, klopfte es ans Fenster.

Der Terraner fuhr herum. Zu keiner Zeit seines Einsatzes erschrak er derart wie in diesem Augenblick. Dann aber sah er, dass ein junger Thalkater auf dem schmalen Sims vor seinem Fenster kauerte. Aus dem Gefieder streckte sich ihm eine winzige Hand entgegen, die einen metallisch schimmernden Streifen hielt.

Tekener konnte das Fenster nicht öffnen. Daher schnitt er mit dem Desintegratornadler ein kleines Loch in das Glas. Das Vogelwesen schob den Streifen hindurch, winkte ihm zu und ließ sich fallen. Es breitete die Flügel aus und segelte in weitem Bogen in die Tiefe.

Tekener schüttelte verblüfft den Kopf. Vorher hatte er nicht einen einzigen Thalkater fliegen gesehen. Er hatte nicht einmal gewusst, dass sie fliegen konnten.

Er verschloss das Loch im Glas mit einem Klebestreifen. Dann schob er das Magnetband in sein Armvideo. Der Bildschirm erhellte sich. Das breite Gesicht des Froschwesens zeichnete sich darauf ab.

»Ich will mich kurzfassen«, sagte der *Schläfer* mit abgrundtiefer Stimme. »Die Sicherheitskräfte des neuen Reiches haben bemerkt, dass sie Besuch hatten. Man ist hellwach geworden. Alle Reisenden werden genau durchsucht. Man ist rücksichtslos und setzt sich über alle Proteste hinweg. Das eben ist der Unterschied. Vorher ging es gegen einen Privatmann, jetzt gegen einen Staat.«

Damit endete die Botschaft, doch sie genügte Tekener. Er hatte verstanden. Der neue Imperator wusste nicht, wer die Machtzentrale durchsucht hatte, aber er hatte bemerkt, dass jemand da gewesen war.

Siedendheiß wurde Tekener sich dessen bewusst, dass er einen schweren Fehler gemacht hatte, als er den Vertrag mitgenommen hatte, der die Casinobesuche betraf. Sobald der Imperator des Freiheitsreichs entdeckte, dass dieser Vertrag fehlte, wusste er, wer bei ihm eingebrochen hatte.

Tekener blickte auf sein Chronometer.

Der neue Tag war angebrochen. In vier Stunden startete das Linienraumschiff, das ihn zur Erde bringen sollte. Vier Stunden blieben dem Imperator noch.

Tekener vernichtete nun mit einem breit gefächerten Desintegratorstrahl, was ihn verraten konnte. Am Ende blieben nur noch ein Fotostreifen und die Aufzeichnung von der Konferenz. Auf die Fotos von den Dokumenten konnte er auf keinen Fall verzichten. Sie lieferten ihm die Waffen, die er für den Sturz des Galaktischen Freiheitsimperiums benötigte. Die Aufzeichnung der Konferenz war dagegen nicht ganz so wichtig. Doch er wollte sie nicht beseitigen, ohne sie zunächst gesehen zu haben.

Er schloss das Aufzeichnungsgerät an sein Armbandvideo an und ließ den Film ablaufen. Die Männer und Frauen am Tisch diskutierten eine Reihe von organisatorischen Fragen, die für ihn von untergeordneter Bedeutung waren. Da Tekener unter Zeitdruck stand, wollte er das Band schon stoppen, als Melvin Scherba plötzlich sagte: »Wir sind jetzt an einem Punkt angekommen, an dem Gordon Grosvenor nicht länger vor der Öffentlichkeit verborgen leben darf. Er ist der Imperator des Galaktischen

Freiheitsreichs. Seine Macht kann er nur erhalten, wenn er vor die Öffentlichkeit tritt und sich zu erkennen gibt.«

Mehrere Männer und Frauen nickten zustimmend.

Maude Sharpe erhob sich.

»Sie haben recht«, entgegnete sie. »Es ist an der Zeit, die Maske fallen zu lassen.«

Sie ging zum Ende des Tisches und setzte sich in den freien Prunksessel, der dem Imperator vorbehalten war. Die anderen sprangen erregt auf.

»Haben Sie den Verstand verloren, Maude?«, rief einer. »Dafür wird Grosvenor Sie umbringen.«

Kein Muskel zuckte in ihrem Gesicht. Ihre grünen Augen schienen aufzuglühen.

»Gordon Grosvenor ist seit mehr als einem Jahr tot«, erklärte sie. »Seit dieser Zeit bin ich Gordon Grosvenor. Alle Befehle, die Sie seitdem bekommen haben, kamen von mir.«

»Maude, wie können Sie so reden«, sagte Scherba stammelnd. »Ich habe oft genug mit Grosvenor gesprochen. Ich kenne seine Stimme.«

Sie griff in eine Tasche, nahm ein blitzendes Oval daraus hervor und schob es sich in den Mund.

»Ich weiß«, sagte sie mit markanter männlicher Stimme. »Mit Positronik lässt sich so gut wie alles erreichen. Das sollten Sie doch am besten wissen, Melvin.«

Sie nahm die Kapsel wieder aus dem Mund und ließ sie in der Tasche verschwinden. Gelassen lehnte sie sich zurück.

»Ich bin sicher, dass jeder von Ihnen mir auch unter diesen Umständen die Treue halten wird«, fuhr sie fort. »Wer jedoch ausscheiden will, soll es sagen.«

»Für mich hat sich nichts geändert«, erwiderte Melvin Scherba. Er lächelte flüchtig. »Ich bin ein wenig überrascht. Das ist alles. Ansonsten geht alles weiter wie bisher.«

Einer nach dem anderen bestätigte, dass er auch weiterhin mit dem Mädchen zusammenarbeiten wollte. Tekener verfolgte jedoch nicht mehr die Aussagen aller, da der Film plötzlich endete. Jetzt wusste er, was die Unruhe im Konferenzraum ausgelöst hatte, die ihm das Ende der Besprechung angezeigt hatte.

Er vernichtete die Aufzeichnung und ließ den Staub, der davon blieb, im Müllschacht verschwinden. Er war nicht weniger überrascht, als Scherba es gewesen war. Zu keiner Zeit hatte er vermutet, dass Maude Sharpe die Rolle Grosvenors übernommen hatte. Er hatte an jemanden aus dem Kreis der höchsten Manager des Konzerns gedacht, den er bisher noch nicht gesehen hatte. Die Männer und Frauen im Konferenzraum gehörten nicht zur Verwaltungsspitze des wirtschaftlichen Konzerns.

Tekener legte den Fotostreifen in eine Plastikschachtel und schluckte sie herunter. Er hoffte, dass man ihn am Raumhafen nicht radioaktiv bestrahlte, um auf diese Weise verborgene Fotos zu vernichten.

Er bezahlte einige noch ausstehende Posten und verließ das Hotel.

Zwei Stunden blieben ihm noch bis zum Start.

Tekener mietete einen Elektrokarren und ließ sich von einem Thalkater zum Raumhafen fahren. Das Leben auf Thalkat hatte sich weitgehend normalisiert. Auf den Straßen waren nur selten einmal uniformierte Terraner zu sehen.

Sie alle waren Abkömmlinge von Menschen, die die Erde verlassen und sich irgendwo in der Galaxis angesiedelt hatten. Das war die Voraussetzung dafür, dass sie im Galaktischen Freiheitsreich geduldet wurden.

Als Tekener den Raumhafen erreichte, sah er, dass mehr als tausend Reisende auf die Abfertigung warteten. Es waren ausschließlich Terraner, wie er bald herausfand, als er sich in die Menge begab und das Gespräch mit einigen Männern aufnahm.

»Die werden sich wundern«, sagte ein rothaariger Mann, der fünf Jahre lang als Entwicklungshelfer auf Thalkat gearbeitet hatte. »Schon jetzt bricht vieles zusammen. Wenn keiner von uns mehr hier ist, funktioniert bald überhaupt nichts mehr.«

»Dieser verfluchte Grosvenor weiß vielleicht, wie man ein Hotelimperium verwaltet und wie man mit Spielcasinos Geld macht«, fügte ein schwergewichtiger Ingenieur hinzu, »aber von Politik hat er keine Ahnung. Er hat den Mund zu voll genommen. Er wird sich verschlucken.«

»Ich verstehe das nicht«, bemerkte eine weißhaarige Frau, die auf ihrem Koffer saß. »Ich hatte wirklich gute Beziehungen zu der thalkatischen Regierung. Bei der Verbesserung der Infrastruktur haben wir fantastische Fortschritte gemacht. Niemand hat mehr geholfen als wir Terraner. Und jetzt kommt dieser Grosvenor daher und zerschlägt alles.«

Sie blickte Tekener Hilfe suchend an.

»Ich habe der neuen Regierung meine Zusammenarbeit angeboten. Ich habe versucht, ihr klarzumachen, dass die Arbeit gerade in den tropischen Gebieten nicht ruhen darf, weil die Natur sonst in kürzester Zeit alles zerstört, was wir aufgebaut haben. Es war sinnlos. Man hat mich nicht einmal angehört.«

Tekener lächelte.

»Man wird seine Gründe haben.«

Er ging weiter. Am liebsten hätte er diesen verzweifelten und enttäuschten Menschen gesagt, dass der neue Imperator sie alle vertrieb, weil er Angst vor ihnen hatte, weil er in jedem von ihnen einen USO-Spezialisten oder einen SolAb-Agenten vermutete. Doch er schwieg, weil er nicht wissen konnte, ob Maude Sharpe ihrerseits Agenten unter die Wartenden geschickt hatte, um diejenigen herauszufinden, die ihr gefährlich werden konnten.

Er sprach noch mit einigen anderen Männern und Frauen und erhielt überall ähnliche Antworten. Schließlich setzte er sich auf einen der beiden Gepäckboxen, die er mitgenommen hatte, und wartete ab. Er war überzeugt davon, dass der Linienraumer erst viel später wieder starten würde. Doch er irrte sich.

Plötzlich begannen die Kontrollen. Dabei zeigte sich, dass die Zahl der Helfer Maude Sharpes außerordentlich groß war. Dutzende von Männern und Frauen errichteten Untersuchungsschranken und schleusten die Reisenden durch. Dabei gingen sie mit außerordentlicher Härte vor. Wer sich nicht untersuchen lassen wollte, geriet in die stählernen Fänge eines Roboters, während ein zweiter Roboter ihm die Kleider vom Leib riss.

Tekener musste an die Worte des Froschwesens denken.

In aller Deutlichkeit zeigte sich, warum Maude Sharpe sich zum Imperator mit politischer Macht aufgeschwungen hatte. Als wirtschaftliche Größe hätte sie sich Derartiges niemals leisten können. So aber waren die Terraner ihrer Willkür machtlos ausgesetzt.

Schon wenige Minuten nach Beginn der Aktion stand Tekener vor zwei Männern. Beide waren terranischer Abkunft, hatten aber arkonidisches Blut in den Adern, wie das auffallend helle Haar und die rötliche Färbung ihrer Augen verrieten.

Wortlos zog der USO-Spezialist sich aus. Er ließ die Untersuchung über sich ergehen, und er protestierte auch nicht, als die beiden Männer ihm nur ein Gepäckstück genehmigten. Sie begründeten die Beschlagnahme des anderen mit neuen Ausfuhrbestimmungen. Tekener war jedoch davon überzeugt, dass es ihnen lediglich darauf ankam, Beute zu machen. Sie wussten, dass die Reisenden hilflos waren, und sie nutzten die Gelegenheit zum Plündern. Tekener wunderte sich darüber, dass sie ihm nicht beide Gepäckstücke wegnahmen.

»Sie können passieren«, sagte einer der beiden.

Tekener zog sich an, nahm seine Gepäckbox und ging weiter. Zehn Minuten später befand er sich an Bord des Linienraumers. Danach vergingen noch einmal fast dreißig Minuten, bis der Start erfolgte.

Der USO-Spezialist lehnte sich in seinen Polstern zurück und lächelte.

Er gestand sich ein, dass er Angst gehabt hatte.

Er befand sich in einem kleinen Unterhaltungsraum, in dem sich außer ihm niemand aufhielt. Da der Videofilm, den die Schiffsführung abspielte, ihn nicht sonderlich interessierte, verließ er den Raum und wechselte zum großen Aufenthaltsraum über. Er hoffte, hier weitere Informationen von den anderen Reisenden zu bekommen.

Verblüfft blieb er am Eingang stehen.

Er hatte erwartet, einige Hundert Passagiere zu sehen, doch nur etwa neunzig hielten sich in dem großen Raum auf.

Tekener ging zu zwei Männern, die an einem der Tische saßen.

»Was ist los?«, fragte er. »Wo sind die anderen?«

Die beiden blickten ihn verwundert an.

»Wissen Sie es wirklich nicht?«, fragte einer von ihnen. Er war weißhaarig, und sein Gesicht war von tiefen Furchen gezeichnet.

»Ich habe nicht die geringste Ahnung.«

»Imperator Grosvenor hat sie zurückgehalten«, erklärte der Mann. »Nur etwa hundertfünfzig Männer und Frauen sind durch die Kontrollen gekommen. Danach war Schluss. Alle anderen sind auf Thalkat zurückgeblieben.«

»Als Geiseln«, fügte der andere hinzu.

11.

Zwei Tage später betrat Tekener das Büro Lordadmiral Atlans. Der Arkonide erhob sich, als er ihn sah, und kam ihm entgegen.

»Ich habe schon auf Sie gewartet, Tek«, sagte er. »Sie haben Glück gehabt, dass Sie noch rechtzeitig herausgekommen sind.«

Er bot dem jungen Spezialisten Platz an.

»Das Galaktische Freiheitsreich hat sich kurzfristig entschlossen, so viele terranische Geiseln wie möglich zurückzuhalten«, fuhr der Arkonide fort, nachdem Tekener sich gesetzt hatte. »Zur Zeit befinden sich nahezu elftausend Männer, Frauen und Kinder in seiner Gewalt.«

»Ich verstehe nicht, dass Maude Sharpe sich dazu entschlossen hat«, entgegnete Tekener. »Welchen Grund haben wir ihr gegeben?«

Der Arkonide lächelte. Tekener hatte inzwischen einen schriftlichen Bericht abgegeben und das Fotomaterial zur Auswertung weitergereicht, sodass Atlan über alles informiert war, was auf Okta, Flachat und Thalkat geschehen war.

»Wir haben inzwischen ermittelt, dass Maude Sharpe die Tochter von Gordon Grosvenor ist«, erklärte Atlan. »Sie war also durchaus berechtigt, sein Erbe anzutreten. Ihr fehlt jedoch das Genie, das ihn ausgezeichnet hat. Sie wollte das Hotel- und Casinoimperium so weit wie nur irgend möglich über die Galaxis ausbreiten und ist dabei erhebliche finanzielle Risiken eingegangen. Die Bilanz ihres wirtschaftlichen Imperiums ist bei Weitem nicht so gut, wie allgemein angenommen wird. Das ist auch der Grund dafür, dass sie mit allen Mitteln versucht, Finanzquellen zu öffnen. Daraus resultiert ihr Interesse für die Edelsteinvorkommen auf Okta und für hochwertige Rohstoffe auf vielen anderen Planeten. Sie hat sich finanziell übernommen. Die Geschäfte in den Casinos gehen zurück, nachdem ruchbar geworden ist, dass in einigen Casinos falschgespielt wurde. Der politische Schachzug kam also nicht von ungefähr. Maude Sharpe wollte sich damit nicht nur gegen uns abschirmen, sondern die Ausbeutung einiger Sternenvölker legalisieren.«

»Der Coup ist ihr geglückt«, sagte Tekener.

»So sieht es aus«, entgegnete der Arkonide. »Mittlerweile hat sie sich auf den Welten des Galaktischen Freiheitsreiches als neuer Herrscher zu erkennen gegeben. Sie ist damit allen Gerüchten entgegengetreten, dass Gordon Grosvenor der Imperator ist. Von allen Welten ihres Reiches liegen Meldungen vor, dass sie die Lage in der Hand hat. Vereinzelte Gegenrevolten wurden niedergeschlagen.«

Tekener zeigte auf die Akte, die auf dem Tisch lag.

»Ich habe Fotos von Dokumenten mitgebracht, mit denen wir ihr einen Strick drehen können«, sagte er.

»Kommen wir zum Wesentlichen zurück«, erwiderte Atlan. »Ihre Achillesferse ist die Finanzstruktur. Ihre Macht basiert auf Krediten, die sie bei den Banken des Solaren Imperiums aufgenommen hat. Sie ist darauf angewiesen, dass die Gelder auch weiterhin fließen. Und weil wir uns erlaubt haben, ihr den Geldhahn abzudrehen, hat sie mit der Geiselnahme gekontert.«

»Dann kommt es also darauf an, wer länger durchhält.«

Der Arkonide schüttelte den Kopf. Sein Lächeln vertiefte sich.

»Maude Sharpe hat keine Zeit. Sie braucht eine schnelle Entscheidung. Zurzeit versucht sie, bei den Arkoniden Geld aufzutreiben, aber wir sind uns mit ihnen darüber einig geworden, dass sie nicht für uns einspringen werden. Auch die Springer, die Antis, die Epsaler oder sonst jemand werden das nicht tun. Maude Sharpe kann nur mit uns verhandeln. Um ihr das deutlich zu machen, haben wir alle Hotels und Casinos schließen lassen, die auf den Planeten unseres Einflussbereichs liegen. Es sind über tausend.«

Jetzt legte der Arkonide die Hand auf die Akte. Er blickte Tekener durchdringend an.

»Maude Sharpe hat nicht damit gerechnet, dass wir den anderen Sternenvölkern beweisen können, dass ein unmittelbarer

Zusammenhang zwischen dem Grosvenor-Konzern und dem Galaktischen Freiheitsreich besteht. Die Dokumente, die Sie fotografiert haben, waren überzeugende Beweise. Daher verpufft die gegen das Solare Imperium gerichtete Propaganda zur Zeit wirkungslos. Niemand protestiert dagegen, dass wir die Hotels und Casinos schließen lassen. Maude Sharpe steht allein mit ihrem Freiheitsreich da.«

»Was werden Sie tun, um die Geiseln zu befreien?«

»Das weiß ich noch nicht«, erwiderte der Unsterbliche. »Maude Sharpe hat etwas von ihrem Vater geerbt – die Spielleidenschaft. Das müssen wir einkalkulieren. Sie sieht die Auseinandersetzung mit dem Solaren Imperium wahrscheinlich als Spiel, bei dem es um alles oder nichts geht. Die Frage ist jetzt, wer von uns beiden der bessere Spieler ist. Zur Zeit sind wir beide damit beschäftigt, dem anderen unsere Stärke zu demonstrieren und ein wenig zu bluffen.«

»Maude Sharpe ist gefährlich«, stellte Tekener fest. »Bei den von ihr befohlenen Revolten sind Tausende getötet worden. Sie kennt keine Skrupel. Das könnten auch die Geiseln zu spüren bekommen.«

»Ich bin mir darüber klar.«

Atlan ließ sich nun in allen Einzelheiten berichten, wie der Einsatz Tekeners verlaufen war. Er wollte sich so gut wie nur möglich über Maude Sharpe und ihre Methoden informieren.

»Ich sehe zur Zeit nur eine Möglichkeit«, sagte Atlan, als Tekener seinen Bericht beendet hatte. »Wir müssen auf Maude Sharpe eingehen. Wir müssen spielen.«

»Zu einem Spiel bin ich immer bereit«, erwiderte Tekener. »Wo soll es stattfinden?«

Atlan lächelte.

»Es beginnt im Spielcasino von Haydon«, erklärte er. »Haydon ist ein relativ unwichtiger Planet, der sich in der Grauzone zwischen dem Solaren Imperium und dem Galaktischen Freiheitsreich befindet. Überraschend an Haydon ist eigentlich nur, dass

Maude Sharpe sich diesen Planeten nicht gleich mit einverleibt hat. Vielleicht hat sie sich davor gescheut, weil die Springer diesen Planeten als Umschlag- und Lagerplatz für ihre Waren benutzen.«

»Und was soll da passieren?«, fragte der Spezialist.

»Sie werden einen Fernsehauftritt haben«, antwortete Tekener.

Drei Tage später landete Tekener mit einem Gleiter vor dem Grosvenor-Gebäude, das im Zentrum der Stadt Patrion stand. Patrion war die Hauptstadt des Planeten Haydon.

Tekener blieb einige Minuten lang im Gleiter sitzen und blickte zu dem Hotel hinüber. In den beiden unteren Etagen befand sich das Spielcasino.

Vor dem Casinoeingang parkte ein großer Gleiter, der mit topsidischen Lettern beschriftet war. Der Terraner konnte die Schrift nicht lesen, aber er wusste auch so, was sie aussagte: Topsid-Videophon. Eine von der USO bestellte Gruppe von Topsidern machte Fernsehaufnahmen im Casino. Dem Grosvenor-Management gegenüber hatten die Topsider erklärt, man bemühe sich in der Eastside der Galaxis, das Leben der Völker in diesem Teil der Milchstraße darzustellen, wobei die von den Terranern geprägte Kultur im Vordergrund stünde. Das Grosvenor-Management hatte die Filmerlaubnis umgehend erteilt. Offensichtlich versprach man sich einen guten Werbeeffekt davon, wenn ein Film über den Spielbetrieb in einem Casino bei den Topsidern ausgestrahlt wurde.

Tekener stieg aus und warf sich einen flammend roten Umhang um die Schultern. Er wollte sicher sein, dass er auffiel.

Er betrat das Hotel und ging an der Rezeption vorbei, ohne beachtet zu werden.

Kaum hatte er jedoch die Tür zum Casino durchschritten, als sich ihm eine junge Frau näherte.

»Mr. Tekener«, sagte sie, freundlich lächelnd. »Es tut mir leid. Sie dürfen nicht spielen.«

»Wir sind auf Haydon«, erwiderte er. »Und hier muss das Haus Grosvenors die Gesetze dieser Welt akzeptieren und einhalten. Ein Spielverbot darf nicht ausgesprochen werden.«

»Sie haben sich schriftlich verpflichtet, nicht mehr bei uns zu spielen.«

»Habe ich das? Dann zeigen Sie mir den Vertrag. Wenn Sie das können, werde ich gehen.« Tekener hatte so laut gesprochen, dass die Gäste aufmerksam wurden. An einigen Spieltischen erhoben sich Springer, Arkoniden und Akonen. Sie gehörten zur USO und sollten ihn unterstützen. Von der Kasse des Casinos kamen zwei breitschultrige Männer. Sie stellten sich neben die junge Frau.

»Sie verlassen das Casino auf der Stelle«, sagte sie.

»Ich denke gar nicht daran«, antwortete er. »Ich habe das Recht auf meiner Seite. Ich gehe nicht.«

Die Topsider schwenkten ihre Kameras herum und filmten die Szene, obwohl ein Casinoangestellter versuchte, es zu verhindern. Tekener wollte sich an der Frau vorbeischieben, als die beiden Wachen ihn packten. Darauf hatte er nur gewartet. Er riss sich los. Die beiden griffen nach, und plötzlich entstand eine Schlägerei. Tekener verhielt sich dabei so, dass er die meisten Schläge einsteckte. Dabei sorgte er dafür, dass er mehrfach am Kopf getroffen wurde. Er wollte, dass die Topsider schockierende Bilder machten.

Dann tauchte ein weiterer Casinoangestellter auf und stellte sich zwischen die Kämpfenden.

»Schluss«, rief er erregt. »So etwas wollen wir hier nicht haben.«

Er wandte sich an die beiden Wachen.

»Sie sind entlassen«, erklärte er.

Dann drehte er sich zu Tekener um. »Und Sie werden nicht erwarten, dass wir Sie nach diesem Zwischenfall noch länger in diesen Räumen dulden.«

»Ich bin angegriffen worden«, erwiderte Tekener so laut, dass jeder im Saal ihn hören konnte. »Dafür werden Sie bezahlen. Verlassen Sie sich darauf. Ich werde mich rächen.«

»Tun Sie das, Mr. Tekener«, sagte der Casinomanager hochnäsig.

Tekener tupfte sich das Blut ab.

»Sie werden sich noch wundern«, fuhr er fort und tat, als habe er Mühe, sich zu beherrschen. Dann fuhr er herum und eilte aus dem Casino.

Als Ronald Tekener sieben Tage später mit einem Drei-Mann-Zerstörer auf dem Planeten Thalkat landete, waren die Wunden in seinem Gesicht verheilt. Der USO-Spezialist wich der Radarkontrolle des einzigen Raumhafens aus und landete in der Wildnis weitab der Hauptstadt Meadows. Er ließ die Maschine auf einer Lichtung im Urwald stehen und flog auf einer Antigravplattform weiter. Als er die Hauptstadt erreichte, ging die Sonne unter. Er wartete, bis es dunkel war, dann flog er bis ins Zentrum. Er landete auf einem kleinen Platz, ohne bemerkt zu werden.

Wenig später stand er dem froschähnlichen Wesen gegenüber.

»Wo sind die Geiseln?«, fragte er.

»Am südlichen Stadtrand«, antwortete der *Schläfer*. »Sie sind in einem gut bewachten Camp untergebracht. Es wird von einem Energiezaun umschlossen.«

»Ich benötige Ihre Hilfe«, sagte Tekener und erläuterte seinen Plan.

»Die Stimmung hier ist schlecht«, erklärte der *Schläfer*. »Das neue Regime ist verhasst. Die Thalkater würden es lieber heute als morgen zum Teufel jagen, doch sie sind keine Kämpfer. Sie beugen sich der Gewalt und hoffen, dass sich das neue Regime irgendwann von selbst erledigt. Anders ist es jedoch, wenn man ihnen den Kampf abnimmt.«

»Das habe ich vor. Die Thalkater sollen mir lediglich helfen, ins Camp zu kommen.«

»Das werden sie tun. Ich übernehme es, das zu organisieren.«

Das froschähnliche Wesen kroch ächzend und schnaubend

aus dem Sumpf hervor und führte eine Reihe von Videogesprächen.

»Es ist so, wie Sie vermutet haben«, sagte es danach. »Sie können den Energiezaun nicht mit der Transportplatte überfliegen. Die Wachen würden sie sofort abknallen. Sie überwachen den Luftraum mit Ortungsgeräten. Wenn Sie allerdings …«

Er machte Tekener einen verblüffenden Vorschlag.

Eine Stunde später stand Tekener auf dem Dach eines Hochhauses. Von hier aus konnte er das Camp mit den Gefangenen sehen. Es war etwa tausend Meter von ihm entfernt. Der Energiezaun leuchtete wie ein Feuerring.

Zehn Thalkater umringten Tekener und seine Ausrüstung. Schweigend befestigten sie Seile an seinem Gürtel. Das froschähnliche Wesen hatte die Thalkater als Helfer angeworben. Alle waren sofort bereit gewesen, Tekener in seinem Kampf zu unterstützen. Sie hatten ihm auch zu verstehen gegeben, dass sie bei den Folgeaktionen eingreifen würden.

»Wir können nicht gut fliegen«, sagte einer von ihnen, nachdem er dem Terraner das Startzeichen gegeben hatte. »Hilf uns so gut du kannst mit deinem Antigravgürtel.«

»Ihr könnt euch auf mich verlassen«, erwiderte Tekener. Er warf sich das Ausrüstungsbündel über den Rücken. Es enthielt einen schweren Desintegratorstrahler als wichtigste Waffe.

Die Thalkater hüpften auf dem Dach und schlugen mit den Flügeln. Schwerfällig erhoben sie sich. Jeder von ihnen war durch ein Seil mit Tekener verbunden. Als sie aufstiegen, strafften sich die Seile, die alle unterschiedlich lang waren, sodass jeder Thalkater genügend Bewegungsraum für sich hatte.

Tekener schaltete den Antigravgürtel ein und schwebte sanft in die Höhe. Die Thalkater zogen ihn über die Dachkante hinaus und segelten in die Tiefe. Jetzt schlug keiner von ihnen mit den Flügeln. Lautlos glitten sie dahin. Als sie sich etwa hundert Meter vom Hochhaus entfernt hatten, ließen sie sich vom Aufwind in die Höhe treiben.

Tekener schaltete den Antigrav aus.

Ein Stöhnen ging durch die Gruppe der Thalkater über ihm. Er spürte, wie sie unter der Belastung litten. Einige schlugen nervös mit den Flügeln, doch dann beruhigten sich die Vogelwesen wieder. Tekener blickte nach unten.

Lautlos glitten sie auf das Camp zu. Dabei verloren sie schnell an Höhe. Er sah eine Wache, die sich in der Umgebung des Camps aufhielt. Sie bemerkte nicht, was über ihrem Kopf geschah. Die Ortungsgeräte sprachen nicht an. Niemand war auf einen derartigen Angriff vorbereitet. Die anderen Wachen hielten sich in Kuppelzelten auf.

Die Thalkater trugen Tekener über den Energiezaun hinweg und stürzten sich mit ihm in die Tiefe. Wenige Meter über dem Boden schaltete er den Antigrav wieder ein. Er landete sanft, riss sich den Gürtel vom Leib und blickte den Thalkatern nach, die lautlos in der Dunkelheit verschwanden.

Selbst die Gefangenen im Camp hatten nicht bemerkt, dass er ins Lager gekommen war. Sie lagen auf dem Boden und schliefen. Einige Männer saßen etwa zwanzig Meter von Tekener entfernt an einem Feuer und sprachen leise miteinander.

Er ging zu ihnen hin. Erschreckt fuhren sie auf, als er in den Lichtkreis des Feuers trat.

»Wo kommen Sie her?«, fragte einer von ihnen. Tekener erkannte in ihm einen jener Männer wieder, mit denen er vor seinem Start am Raumhafen gesprochen hatte. Er setzte sein Ausrüstungsbündel ab und ließ sich auf den Boden sinken.

»Ich habe vor, Sie zu befreien«, erklärte er.

»Sind Sie von der terranischen Regierung?«, fragte einer der anderen, nachdem er sich als Erik Andersen vorgestellt hatte. Er war blond und hatte einen gekrümmten Rücken.

»Nein«, erwiderte Tekener. »Ich habe vor, mich zu rächen.«

Er schilderte, was im Casino von Haydon geschehen war.

»Deshalb bin ich nach Thalkat gekommen«, schloss er seinen Bericht. »Ich kenne die Situation auf Thalkat besser als auf jedem anderen Planeten. Das neue Regime steht noch auf wackeligen Beinen. Ich habe vor, es zu stürzen, und Sie sollen mir dabei helfen.«

»Wir kommen hier nicht raus«, entgegnete Andersen.

»Deshalb bin ich ja hier«, erwiderte Tekener. Er zog eine Zeichnung aus der Tasche. »Keine zwanzig Meter vom Camp entfernt führt ein Abwassertunnel vorbei. Dorthin werden wir uns vorarbeiten. Ich habe einen schweren Desintegratorstrahler dabei, mit dem wir einen Tunnel bohren.«

Andersen schüttelte den Kopf.

»Warum so umständlich? Warum haben Sie den Tunnel nicht von außen zu uns hereingetrieben?«

»Weil die Wachen den Desintegratorstrahler orten können, sobald ich mit ihm in ihre Nähe komme. Wenn ich den Energiezaun unterquere, wird es gefährlich. Dann benötige ich Ihre Hilfe.«

»Was sollen wir tun?«, fragte ein dunkelhäutiger Mann, der neben Erik Andersen saß.

»Sie werden lärmen und mit Steinen nach den Wachen werfen. Sie werden alles tun, was nur möglich ist, um sie abzulenken. Dann werden wir es schon schaffen.«

»Einverstanden«, sagte Andersen. »Wie steht es mit Waffen für uns?«

»Einige Paralysatorstrahler habe ich dabei. Sobald wir draußen sind, werden Sie mit allem versorgt, was Sie benötigen. Ein Freund wartet im Tunnel auf uns.«

»Wir sind dabei«, erklärte Andersen. »Sie können sich gar nicht vorstellen, was wir mitgemacht haben. Man gibt uns noch nicht einmal ausreichend zu essen und zu trinken.«

»Wo ist der Tunnel?«, fragte der Dunkelhäutige.

Tekener zeigte zu der Seite, an der sich der Abwassertunnel befand.

»Das ist günstig«, bemerkte Andersen. »Da drüben liegen einige Felsen, sodass Sie Deckung haben, wenn Sie beginnen.«

Er führte Tekener zu der Stelle, die er meinte. Sie stellte tat sächlich einen günstigen Ausgangspunkt dar. Tekener packte den Desintegratorstrahler aus seiner Schutzhülle und setzte ihn ein. Der steinige Boden löste sich zu Staub auf. Er stürzte förmlich in sich zusammen, sodass sich rasch eine Vertiefung bildete.

Erik Andersen entfernte sich mit seinen Freunden, um die anderen Lagerinsassen zu wecken und zu verständigen. Dabei ging er so behutsam vor, dass alles ruhig blieb. Immer mehr Neugierige erschienen bei Tekener, um ihm bei seiner Arbeit zuzusehen. Als er sich bis in eine Tiefe von etwas mehr als zwei Metern vorgearbeitet hatte, begann er damit, einen Tunnel zu schaffen. Er kam schnell voran.

Als er etwa fünf Meter weit vorgedrungen war, kam Andersen zu ihm.

»Wann sollen wir beginnen?«, fragte er.

»Jetzt«, erwiderte Tekener, während er das Gestein mit dem grünen Desintegratorstrahl auflöste. »Fangen Sie ganz langsam an. Verlangen Sie Wasser und Brot. Lassen Sie die Kinder lärmen. Danach sollen die Leute gegen die Lagerbedingungen protestieren. Der Krach soll sich allmählich ausweiten. Zünden Sie Feuer an, damit man Sie sehen kann. Steine sollen erst ganz zum Schluss fliegen, wenn die Wachen den Eindruck haben, dass Ihnen die Nerven durchgehen.«

»Ich habe verstanden«, erwiderte Andersen. »Sie können sich auf mich verlassen.«

»Die Hauptgruppe Ihrer Leute soll sich nicht allzu weit von hier entfernen. Höchstens dreißig Meter nach links oder rechts. Sie sollen auf keinen Fall ans entgegengesetzte Ende gehen. Das könnte die Wachen auf den Gedanken bringen, dass hier auf der ruhigen Seite etwas nicht in Ordnung ist – womit sie dann ja auch recht hätten.«

Andersen grinste und beteuerte abermals, dass er alles so durchführen würde, wie Tekener ihm gesagt hatte. Dann ließ er den Spieler allein und stieg wieder nach oben.

Wenig später begann ein Kind im Camp zu weinen. Eine Mutter schrie. Ihre Rufe hallten durch die Nacht, veranlassten die Wachen jedoch nicht, ihre Kuppelzelte aus Metallplastik zu verlassen. Sie ließen sich auch dann noch nicht sehen, als einige weitere Frauen in das Protestgeschrei der Mutter einstimmten.

Mehrere Feuer flackerten auf.

Die Männer erhoben sich von ihren Schlafstätten. Sie gesellten sich zu Erik Andersen, der am Energiezaun stand.

»He, Wache!«, rief er. »Wache! Wir müssen mit Ihnen reden.«

Bei den Zelten rührte sich nichts. Die Soldaten des Galaktischen Freiheitsreichs ignorierten die Rufe.

Andersen nahm einen Stein und schleuderte ihn über den Zaun. Das Wurfgeschoss prallte gegen ein Kuppelzelt. Unmittelbar darauf trat ein vierschrötiger Mann ins Freie. Er drohte Andersen mit erhobener Faust.

»Die Kinder haben Hunger und Durst«, schrie Andersen. »Wollen Sie uns etwa umbringen?«

Die Wache machte eine abfällige Gebärde und kehrte ins Zelt zurück.

»Besser hätte es gar nicht kommen können«, sagte Andersen. »Jetzt gibt es Zunder. Werft Steine. Macht Lärm. Holt sie ,raus aus ihren Zelten.«

Die Lagerinsassen liefen zu ihm. Sie protestierten lauthals gegen die Behandlung durch die Wachen. Ein Steinhagel ging über den Zelten nieder. Einige Minuten verstrichen, ohne dass etwas geschah, dann aber stürmten die Wachen heraus. Sie hielten Energiestrahler in den Händen, doch damit konnten sie niemanden beeindrucken. Die Lagerinsassen wussten, dass sie nicht durch den Energiezaun schießen konnten.

Der verantwortliche Offizier hob Ruhe gebietend den Arm. Er war klein und zog das rechte Bein etwas nach. Sein Gesicht war von Narben entstellt.

»Hört auf mit dem Lärm!«, schrie er.

»Wir haben Hunger und Durst«, brüllte Andersen zurück. »Wollt ihr uns umbringen?«

»Wir werden dafür sorgen, dass ihr alles bekommt, was ihr braucht«, antwortete der Offizier. »Sobald es hell wird, bringt ein Gleiter Nahrungsmittel und Getränke.«

»Wir wollen jetzt etwas«, erwiderte Andersen. »Wenn wir noch einige Stunden warten müssen, sterben die Kinder. Bringen Sie uns sofort etwas.«

»Scheren Sie sich zum Teufel«, rief der Offizier. »Sie warten.«

Andersen nahm einen Stein auf und schleuderte ihn auf den Offizier. Er verfehlte ihn nur knapp. Auch die anderen Männer griffen nach Steinen. Der Offizier erkannte, dass er sich nicht rechtzeitig in Sicherheit bringen konnte.

»Warten Sie«, schrie er. »Sie haben recht. Sie sollen sofort etwas bekommen.«

»Nicht werfen«, befahl Andersen. »Lasst ihn ausreden.«

Ein Junge kam zu ihm und zupfte ihn am Ärmel.

»Mr. Tekener ist durch«, flüsterte er ihm zu. »Ich soll Ihnen sagen, dass Sie Schluss machen können.«

»Danke«, erwiderte Andersen ebenso leise.

»Ich schicke einen Gleiter in die Stadt«, versprach der Offizier. »In spätestens einer Stunde haben Sie alles, was Sie benötigen.«

»Der lügt wie gedruckt«, sagte der Mann neben Andersen. »Er schickt uns höchstens einen Gleiter, der uns von oben paralysiert.«

»Lass ihn«, entgegnete Andersen. »In einer Stunde sind wir alle weg.«

»In Ordnung«, rief er laut. »Wir warten.«

Er wies die Männer und Frauen an, sich allmählich zurückzuziehen und die Feuer zu löschen. Im Lager kehrte Ruhe ein. Andersen stieg in den Tunnel. Helfer hatten Späne in die Tunnelwände gesteckt und angezündet, sodass er genügend sehen konnte. Der Tunnel führte zunächst schräg in die Tiefe und stieg dann wieder etwas an. Ronald Tekener wartete an seinem Ende auf ihn. Ein froschähnliches Wesen war bei ihm. Es kauerte im Abwässerstrom, wo es sich wohlzufühlen schien. Neben ihm standen mehrere große Behälter mit Waffen und anderen Ausrüstungsgegenständen.

»Holen Sie Ihre Leute aus dem Camp«, befahl Tekener. »Es geht los.«

12.

Am Ende des Tunnels parkte ein Gleiter. Es war eine kleine Maschine, die nur vier Personen Platz bot.

»Wollen Sie damit angreifen?«, fragte Andersen.

»Das habe ich vor«, erwiderte Tekener gelassen. »Maude Sharpe zieht seit einigen Tagen um. Sie bringt alles, was für die Regierungsarbeit wichtig ist, vom Grosvenor-Hotel in das alte Regierungszentrum der Thalkater. Auch heute Nacht sind einige Transporte unterwegs. Wir werden uns ihrer annehmen.«

Er stieg in die Maschine und setzte sich hinter das Steuer. Andersen nahm neben ihm Platz. Zwei weitere Männer aus dem Camp belegten die hinteren Plätze.

Tekener startete, ohne die Scheinwerfer einzuschalten, während das froschähnliche Wesen es übernahm, die befreiten Terraner aus dem Camp ins Regierungsviertel zu führen.

Nach einigen Minuten ließ Tekener den Gleiter an der Flanke eines Hochhauses aufsteigen. Er lenkte ihn auf das Dach und setzte dort ab. Das Grosvenor-Hotel war nur noch etwa einen Kilometer von ihnen entfernt. Mehrere Kampfgleiter parkten auf dem Dach des Hotels. Sie waren trotz der Dunkelheit gut zu erkennen.

»Wir warten, bis ein Gleiter startet«, erläuterte der USO-Spezialist. »Wahrscheinlich wird es nicht lange dauern.«

»Hoffentlich merken Sharpes Leute inzwischen nicht, dass wir das Camp geräumt haben«, sagte Andersen. »Das würde unsere Lage erheblich erschweren.«

Tekener lächelte.

»Seien Sie nicht so pessimistisch«, entgegnete er. »In dieser Nacht kommen die Thalkater aus ihrer Reserve. Hunderttausende nähern sich dem Regierungsviertel. Sie werden Maude Sharpe und ihre Helfer beschäftigen.«

»Ein Gleiter startet«, meldete einer der beiden Männer, die hinten saßen.

Tekener beugte sich nach vorn und wartete. Der Gleiter näherte sich ihnen und flog über sie hinweg. Im gleichen Augenblick ließ Tekener die Maschine ebenfalls aufsteigen. Sie beschleunigte rasch, wobei sie unter dem Kampfgleiter blieb.

»Jetzt«, befahl der Spezialist und fuhr das Schiebedach zurück.

Erik Andersen richtete einen schweren Paralysator nach oben und löste ihn aus. Durch nichts zeigte sich, ob er die beabsichtigte Wirkung erzielt hatte, doch Tekener zweifelte nicht daran, dass alles nach Plan verlief.

Er führte den Gleiter nach oben und lenkte ihn auf die rechte Seite des Kampfgleiters.

»Wir haben es geschafft!«, sagte Andersen erregt.

Tekener flog in nur wenigen Zentimetern Abstand neben der anderen Maschine her. Er fuhr das Seitenfenster herunter und feuerte mit einem Desintegratorstrahler auf den Türverschluss neben sich. Dann beugte er sich aus dem Fenster und zog die Tür der anderen Maschine vorsichtig auf, bis er sicher war, dass der Mann auf dem Nebensitz nicht herausfallen würde. Dann stieg er durch das Fenster und wechselte zum anderen Gleiter über.

Er zog die beiden Uniformierten aus den Sesseln und kippte sie nach hinten auf eine leere Sitzbank. Danach half er Andersen und den beiden anderen herüber. Mit einem Funkbefehl schickte er den kleinen Gleiter nach unten. Die Maschine fiel steil ab und landete zwischen den Häusern der Stadt.

Tekener blickte auf das Chronometer am Armaturenbrett. Der Überfall hatte kaum zwei Minuten gedauert.

Rasend schnell näherten sie sich dem Regierungsgebäude. Tekener verzögerte und landete neben anderen Kampfgleitern auf dem Dach des Hauses.

»Los jetzt!«, befahl er. »Wir dürfen keine Zeit verlieren.«

Zwei Uniformierte näherten sich ihnen. Sie waren ahnungslos. Tekener paralysierte sie. Dann stürmte er mit Andersen und den beiden anderen Terranern über das Dach zu einem Abhang hin, der unbewacht war.

Der USO-Spezialist öffnete die Tür und sah sich etwa zwanzig Uniformierten gegenüber, die an einer Großpositronik arbeiteten. Alle waren bewaffnet. Tekener gab ihnen keine Chance. Er überschüttete sie mit lähmenden Energiestrahlen. Sie brachen zusammen, bevor sie sich wehren oder Alarm auslösen konnten.

Tekener sicherte eine Treppe, die nach unten führte. Niemand hielt sich hier auf. Er schaltete sein Funkgerät ein und gab das verabredete Signal. Keine Minute später landeten vier Thalkater auf dem Parkdach des Regierungsgebäudes. Schweigend kamen sie zu Tekener. Sie hatten ein stumpfgraues Gefieder, welches ein deutliches Anzeichen für ihr hohes Alter war.

»Alles ist vorbereitet«, erklärte Tekener. »Bitte, zeigen Sie mir den Weg zu den Räumen, in denen sich die Regierungsmitglieder wahrscheinlich aufhalten.«

Die vier Thalkater eilten an ihm vorbei, als sei er gar nicht vorhanden. Es waren ehemalige Regierungsmitglieder, die von Maude Sharpe und ihren Helfern aus diesem Gebäude vertrieben worden waren.

Sie führten Tekener und seine Begleiter nach unten. Einige Male stießen sie auf Wachen, doch diese reagierten stets zu spät. Niemand schien mit einem Angriff zu rechnen. Dabei wurde es auf den Straßen in der Nähe des Regierungsgebäudes allmählich laut. Die Bewohner der Stadt demonstrierten gegen die Regierung des Galaktischen Freiheitsreichs. Je näher sie dabei dem Regierungsgebäude kamen, desto lauter erhoben sie ihre Stimmen. Tekener vernahm bereits einige Aufrufe, die aus Lautsprechern hallten.

Plötzlich blieben die vier Thalkater stehen. Einer von ihnen wandte sich zu Tekener um. Seine Augen schoben sich aus dem Gefieder, und mit einer Hand zeigte er auf eine große Tür, die nur noch wenige Schritte von ihnen entfernt war.

»Dahinter liegt eine Halle«, erläuterte er. »Sie ist bestimmt mit Wachen besetzt. Wir müssen sie durchqueren, um zum großen

Sitzungssaal zu kommen. Dort sind die Regierungsmitglieder, falls sie überhaupt im Gebäude sind.«

»Ich habe mir von Freunden sagen lassen, dass sie hier sind«, erwiderte der Terraner. Er ging an den Thalkatern vorbei zur Tür und drückte ein Horchgerät dagegen. Die angeschlossene Positronik wies aus, dass sich vier Wachen in der Halle aufhielten.

Andersen und die beiden anderen Männer aus dem Camp kamen zu ihm. Sie hoben ihre Lähmstrahler. Tekener riss die Tür auf. Zusammen mit den anderen stürmte er in die Halle. Zwei Uniformierte saßen an einem Arbeitstisch neben der Tür. Sie stürzten paralysiert zu Boden. Die anderen beiden standen vor der Tür zum Sitzungssaal. Sie griffen zu ihren Waffen und versuchten gleichzeitig, durch eine Seitentür zu entkommen. Tekener fing sie mit dem Paralysator ab. Sie fielen gegen eine Statue und stürzten sie um. Krachend prallte sie auf den Boden und zerbrach in mehrere Teile.

Tekener rannte durch die Halle und stieß die Tür zum Sitzungssaal auf.

An einem langen Tisch saßen die vierundzwanzig Regierungsmitglieder des Galaktischen Freiheitsreichs. Maude Sharpe stand am Ende des Tisches vor einer Sternenkarte, auf der die von ihr beherrschten Sonnensysteme als golden leuchtende Punkte eingelassen waren.

»Was fällt Ihnen ein?«, rief sie empört, als sie Tekener erkannte. »Dies ist kein Spielcasino.«

»Da haben Sie recht«, erwiderte der USO-Spezialist, und ein drohendes Lächeln erschien auf seinem von Lashat-Narben gezeichneten Gesicht. Er schaltete sein Armbandfunkgerät ein und strahlte eine vereinbarte Botschaft ab. »Mich überrascht lediglich, dass Ihnen das nicht schon vorher aufgegangen ist.«

»Was fällt Ihnen ein!«, sagte sie zornbebend. Sie kam um den Tisch herum und ging auf ihn zu. »Ich werde dafür sorgen, dass Sie sich vor einem Gericht zu verantworten haben.«

»Vor einem hiesigen Gericht wird das nicht mehr möglich sein«, bemerkte er, während die vier Thalkater den Raum betraten. »Draußen sind Hunderttausende von Thalkatern versammelt. Sie protestieren dagegen, dass Sie ihnen die Freiheit geraubt haben. Nicht ein Einziger von ihnen ist bereit, Ihnen zu bescheinigen, dass sich Thalkat freiwillig dem Galaktischen Freiheitsreich angegliedert hat. Und hier sind vier ehemalige Regierungsmitglieder, die gekommen sind, um Ihnen zu sagen, dass Sie möglichst schnell von Thalkat verschwinden sollen.«

»Sie sind ein Narr, Tekener. Glauben Sie wirklich, dass Sie mich von hier vertreiben können? Ich habe die Macht in Händen, und ich gebe sie nicht wieder her.«

Tekener ging zu einem Videogerät und schaltete es ein. Im Projektionsfeld erschien das Bild eines Thalkaters.

»Was hat das zu bedeuten?«, fragte Maude Sharpe, die nicht verstand, was der Thalkater sagte, da er Thalkatisch sprach.

»Wir haben alle strategisch wichtigen Stellen auf Thalkat besetzt«, erklärte der Spieler. »Das Regierungszentrum, die Fernsehstationen, der Raumhafen und die Kraftwerke sind in unserer Hand. Die Rede, die dieser thalkatische Politiker hält, wird simultan über Hyperkom in die Galaxis abgestrahlt. Der Thalkater verkündet den Völkern der Galaxis, dass man mit brutaler Gewalt gezwungen wurde, dem Galaktischen Freiheitsreich beizutreten, und dass man sich nun von ihm losgesagt habe. Der Thalkater fordert Beobachter von den Sternenvölkern an, die sich an Ort und Stelle davon überzeugen sollen, dass Thalkat seine Unabhängigkeit wiedererlangt hat.«

Tekener lächelte erneut.

»Nebenbei, Miss Sharpe, zurzeit landet gerade ein Raumschiff mit mehreren Beobachtern an Bord. Wir haben Zeugen dafür, dass sich das thalkatische Volk gegen Ihre Herrschaft auflehnt, eine Herrschaft, die nun wohl zu Ende sein dürfte.«

»Sie sind ein terranischer Agent«, sagte sie hasserfüllt.

»Ich bin ein Privatmann«, erklärte er. »Sie wollten mich aus

Ihren Casinos verjagen. Das gefiel mir nicht. Ich habe das Spiel angenommen, das Sie mir angeboten haben. Um alles oder nichts. Nun – ich habe gewonnen. Sie stehen vor dem Nichts. Oder glauben Sie ernsthaft, dass Sie den Zusammenbruch Ihres Reiches jetzt noch verhindern können?«

Maude Sharpe senkte den Kopf. Sie wusste, dass sie verloren hatte. Resignierend wandte sie sich ab.

»Die terranische Gerichtsbarkeit wird sich mit Ihnen befassen«, sagte Tekener.

Ronald Tekener entfernte sich etwas weiter als hundert Meter von der Space Jet, mit der er nach Okta gekommen war. Er setzte sich auf einen Stein. Er befand sich in einem einsamen Tal, das dicht bewaldet war. Von seinem Platz aus konnte er es gut übersehen. Mehrere Bäche zerschnitten das Grün der Wälder. Sie flossen in einen Fjord, der sich dem Tal anschloss. Große Tierherden ästen an den Ufern der Bäche.

Aus einem der Waldstücke näherte sich ihm ein Oktaner. Er war auffallend groß. Er trug weiße Gewänder, die durch einen blauen Stoffgurt zusammengehalten wurden. An seiner Seite blitzte ein Sertagi-Schwert.

Tekener vermutete, dass es Goras, der Meister des Schwertes, war. An seinem Gesicht konnte er ihn nicht erkennen.

Der Oktaner blieb kurz vor Tekener stehen.

»Ich bin Goras«, eröffnete er ihm. »Der Meister des Schwertes. Ich wusste, dass Sie zurückkommen würden, Tekener.«

Er setzte sich ebenfalls auf einen Stein.

»Ich habe das Funksignal empfangen und bin so schnell gekommen, wie mir möglich war«, fuhr er fort. »Was ist geschehen?«

Tekener griff in seine Jackentasche und holte ein Papier daraus hervor. Er reichte es dem Oktaner.

»Das ist der Vertrag«, erklärte er. »Er besteht nicht mehr. Niemand wird auf Okta Affen jagen, wenn die Oktaner es nicht wollen. Niemand wird irgendetwas von diesem Planeten holen, wenn es ihm nicht zuvor ausdrücklich genehmigt wurde.«

Goras nahm den Vertrag an sich und las ihn durch. Dann steckte er ihn ein.

»Ich habe gewusst, dass Sie es schaffen«, sagte er dann. Seine rechte Hand glitt zum Schwertgriff.

»Das Galaktische Freiheitsreich besteht nicht mehr. Die Sternenvölker, die ihm angeschlossen waren, haben ihre Unabhängigkeit erklärt. Das Grosvenor-Imperium ist zusammengebrochen. Maude Sharpe, die Eigentümerin, ist zur Erde geflohen, um der Rache der Sternenvölker zu entgehen.«

Goras zog das Schwert und fasste es mit beiden Händen. Er hielt es Tekener hin.

»Ich bin nicht gekommen, um das Schwert zu holen«, sagte der Terraner, »sondern um Ihnen den Vertrag zu bringen.«

»Ich weiß. Dennoch schenke ich Ihnen das Schwert.«

»Das dürfen Sie nicht tun. Oktaner glauben, dass die Sertagi-Schwerter die Heimstätten der Götter sind.«

»Das glauben sie«, bestätigte Goras. »Dies ist jedoch ein Schwert, das von seinem Gott verlassen wurde. Ich habe es vom Grund des Meeres heraufgeholt. Niemand wird es vermissen. Falls doch noch ein Gott in ihm wohnen sollte, so spielt es für diesen keine Rolle, ob er auf dem Grund des Meeres ruht oder irgendwo auf einer fernen Welt im Meer der Sterne.«

Tekener zögerte noch immer.

»Nehmen Sie es«, bat Goras. »Sie haben es sich verdient. Niemals zuvor habe ich jemandem ein Schwert so gern gegeben wie Ihnen.«

Der Terraner nahm das Schwert. Behutsam, als sei es aus zerbrechlichem Glas, legte er es über seine Knie.

»Werden Sie keine Schwierigkeiten dadurch bekommen?«, fragte er.

»Niemand weiß es«, erwiderte der Meister. »Und Sie können schweigen.«

Er erhob sich, legte die Hände grüßend aneinander, drehte sich um und ging davon.

Nachdenklich kehrte der Terraner zur Space Jet zurück.

Er wäre gern noch länger auf Okta geblieben. Er war davon überzeugt, dass zahllose Geheimnisse diese Welt umgaben. Er hatte nur einen verschwindend kleinen Teil von ihnen kennengelernt.

ENDE

Im ersten der beiden »Tekener-Nachwörter« haben wir uns mit der literarischen Entstehung der Figur des Ronald Tekener sowie seinem ersten Auftauchen in den Heftromanen beschäftigt. Hier nun soll es um die weitere Entwicklung der Figur in der ATLAN- als auch in der PERRY RHODAN-Serie gehen.

Zusammen mit Sinclair Marout Kennon (der erst im ATLAN-Band 2 seinen Robotkörper erhält) trägt Tekener den Großteil der ATLAN-Serie bis Heft 175. Die ersten 43 Bände (Handlungszeit 2406 bis Ende 2408) sieht unsere Helden im Kampf gegen die CONDOS VASAC, die in Band 43 (»Das letzte Versteck« von Hans Kneifel, November 1971) endgültig besiegt wird.

Die fehlenden Romane zum ersten Jubiläumsband überbrückt der sechsbändige Minizyklus »Der Zellaktivator«. In ihm geschieht etwas, das für die PERRY RHODAN-Serie seinerzeit revolutionär war: Außerhalb der Hauptserie erhält eine Figur, die nicht einmal für die Hauptserie erschaffen worden war, einen Zellaktivator! Tekener findet ihn in Band 49, »Jäger der Unsterblichkeit« von William Voltz (Februar 1972). Es handelt sich um eines der 2326 von ES ausgestreuten Exemplare (siehe PR 150), die bislang noch nicht gefunden worden sind.

Im Gegensatz zu früheren USO-Spezialisten (siehe die PR-Bände 150 bis 156) ist Tekener nicht bereit, diesen Zellaktivator der Regierung des Solaren Imperiums zu überlassen. Stattdessen hält er sich so lange auf dem Fundplaneten verborgen, bis sich das Gerät auf seine Zellimpulse eingestellt hat und eine Trennung unweigerlich zum Tode geführt hätte. Deshalb verzichtet Atlan darauf, ihm den Zellaktivator wieder abzunehmen.

Voltz schildert die für Tekener entscheidende Szene in einem inneren Monolog sehr eindringlich (Seite 47 bis 48):

»Ich öffne die Hand und umschließe den eiförmigen Gegenstand. Er fühlt sich warm an und pulsiert in meiner Hand. Von diesem Augenblick an bin ich ein anderer.

Ich weiß, daß ich dieses Gerät freiwillig nicht mehr abgeben werde.«

Später lässt Voltz Tekener sinnieren (Seite 63):

»Denn nicht ich, sondern andere haben das Vorrecht der Unsterblichkeit. Ein paar Auserwählte, die für die Menschheit wichtig sind.

Ich stoße eine Verwünschung aus.

Schließlich bin ich nicht weniger wert als die anderen. Vor dem Gesetz, daß sich die Menschheit selbst gegeben hat, sind alle intelligenten Wesen gleich. Es dürfen keine Unterschiede gemacht werden.

Graue Theorie!«

Zu diesem Zeitpunkt hatte die PERRY RHODAN-Serie längst den gerade erst im Nachwort zu Band 39 dieser Reihe erwähnten »Tausendjahressprung« hinter sich, und es bestanden Bestrebungen, sich Tekener für PERRY RHODAN »warmzuhalten«. Dazu musste er aber entweder unsterblich werden oder den Sprung in die neue Handlungszeit auf andere Art und Weise schaffen. Man entschied sich für den Zellaktivator – was auch die Chance eröffnete, die Bände der ATLAN-Serie ab Nummer 50 als »Brückenromane« einzusetzen, die während der eintausend (genau ja 993) Jahre angesiedelt waren, die man in der PR-Serie ausgelassen hatte.

Mit ATLAN 50 sehen wir Tekener und Kennon im Jahre 2840 in einer neuen Rolle wieder, als Chefs der »Unabhängigen Hilfsorganisation für Bedrängte« (UHB) – die natürlich von der USO gestützt wird. Die Handlung besteht aus einer Reihe kurzer Unterzyklen, von denen insbesondere »Der letzte MdI« Bekanntheit erlangt hat – im Nachwort zu Band 40 war das Thema, als es um Comden Partan ging.

Mit 18 Bänden ist dieser Zyklus der längste in jener Phase der Serie. In diese Zeit (Heft 81, April 1973) fällt auch der Wechsel in der ATLAN-Exposé-Redaktion von Scheer zu Voltz.

Ab Band 88 teilt sich der Oberzyklus »Im Auftrag der Mensch

heit« die Serie mit den »Atlan exclusiv«-Bänden, die den eigenständigen Zyklus »Der Held von Arkon« bilden, der Atlans Jugendzeit behandelt. Zunächst alle vier Ausgaben und ab Band 120 vierzehntäglich erscheint anstelle eines regulären Hefts des »Im Auftrag der Menschheit«-Zyklus ein »Atlan exclusiv«-Band.

Dies zieht sich bis Band 175 (»Die wandernde Seele« von Hans Kneifel, Februar 1975); danach steigt ATLAN vollständig auf »Atlan exclusiv« um. Kennon wird durch einen literarischen Kunstgriff in seiner Form vor dem Robotkörper in »Atlan exclusiv« übernommen, für Tekener bleibt die PERRY RHODAN-Serie.

Dort sehen wir ihn zum ersten Mal gegen Ende des Konzilszyklus, in Band 680 (»Strafplanet der Eroberer« von H. G. Francis, September 1974). Er nimmt an einigen Aktionen gegen die Laren teil und wird schließlich, als im Jahre 3500 das Neue Einsteinsche Imperium gegründet wird, Stellvertreter des NEI-Prätendenten (zuerst Atlan, später Julian Tifflor). Bis zum Abzug des Konzils der Sieben aus der Milchstraße arbeitet er in verschiedenen Funktionen gegen die Besatzer.

Um 3583 verliebt sich Tekener in die Gäanerin Jennifer Thyron. Diese erhält im Zuge der Bestrebungen der Laren, mit dem Gen-Kode-Destruktionsfeld die in der Milchstraße befindlichen Zellaktivatoren zu vernichten, ihr eigenes lebensverlängerndes Gerät; Tekener und Thyron überleben die Vernichtungsstrahlung der Laren im Leerraum jenseits der Milchstraße.

Nach der Gründung der Kosmischen Hanse ist Tekener als einer der 34 Hanse-Sprecher eine der wichtigsten Stützen Perry Rhodans beim Aufbau der Handelsorganisation. Auch im Kampf gegen die negative Superintelligenz Seth-Apophis kann der Spieler seine Talente zum Einsatz bringen. Im Jahre 1 NGZ heiraten Tekener und Thyron; sie wird ebenfalls zur Hanse-Sprecherin.

Als sich um Band 1250 die Serie von der Auseinandersetzung zwischen Kosmokraten und Chaotarchen löst und zu den farbigen Weltraumabenteuern in den Galaxien der Mächtigkeitsballung ESTARTU übergeht, gehören Ronald Tekener und Jennifer Thyron zu den Charakteren, die im Zuge dieses Umschwungs der Serie neu definiert werden. Wie andere Handlungsträger (beispielsweise Reginald Bull, Roi Danton, Demeter oder Irmina Kotschistowa) fühlen sie das Fernweh und brechen mit einem Virenschiff (bezeichnenderweise nennt Tekener es LASHAT) zu diesen neuen Ufern auf. Dort geraten sie sehr schnell in Konflikt mit den Ewigen Kriegern und treten den Gängern des Netzes bei.

Die Ereignisse dieser Auseinandersetzung führen dazu, dass Tekener erst wieder die Milchstraße erreicht, als diese bereits von den Cantaro abgeschottet worden ist; Details hierzu verrät uns aber erst Kurt Mahr im Planetenroman 315 (»Duell der Querionen« vom Juli 1989). Derart ausgesperrt macht der »Lächelnde« sich zusammen mit Roi Danton an die Gründung der neuen Freihändler. Diese sind als Widerstandsorganisation gegen die Herren der Milchstraße gedacht (siehe Band 1423, »Wer ist Advok?« von K.H. Scheer, November 1988). Im Folgeband (»Revolte auf Phönix« von Kurt Mahr) kommt es zum Zusammentreffen mit Atlan und damit dem Zusammenlegen der Kräfte.

Kurze Zeit später stiehlt ein Unbekannter Jennifer Thyrons Zellaktivator. Die Metabio-Gruppiererin Irmina Kotschistowa kann Tekeners Gattin dank ihrer parapsychischen Fähigkeiten zwar noch eine Zeit lang am Leben erhalten, doch in Heft 1478 (»Planet der Sammler« von Marianne Sydow, Dezember 1989) muss sie sich aus der Handlung verabschieden.

Während Tekeners von den Autoren durchaus einfühlsam beschriebener Zeit der Trauer um Jennifer Thyron kommt er der Kartanin Dao-Lin-H'ay immer näher. Schließlich gestehen sie einander im Jahre 1179 NGZ auf dem Planeten Hollerdass in Hangay ihre Liebe. Die Beziehung zwischen den beiden ist eines der großen Völker verständigenden Elemente der PERRY RHODAN-Serie – und ein durchaus mutiger Schritt der seinerzeitigen Autorenschaft.

Nach gemeinsamen Erlebnissen in Ardustaar halten sich Dao und Tekener ab 1290 NGZ auf dem Generationenraumschiff SOL auf, um die Geheimnisse THOREGONS zu lösen. Ab 1325 teilen sich die beiden Unsterblichen den Befehl über Schiff und Mission. Während dieser Mission naht auch das (für den Leser eher abrupte und unschöne) Ende ihrer Beziehung, als sich im Jahre 1331 NGZ Dao-Lin-H'ay in den Kartanin Ron-Sha-R'itt verliebt und Tekener verlässt. Dieser akzeptiert die Trennung erst nach einigen Monaten. Selbst nach dem Ende der eher kurzlebigen neuen Beziehung lebt die Liebe zu Tekener nicht wieder auf.

Auch während der Auseinandersetzung mit der Terminalen Kolonne TRAITOR hält sich Ronald Tekener an Bord der SOL auf.

Nach dem Abzug TRAITORS übernimmt der »Lächler« den Posten des Stellvertreters des Lordadmirals der Neuen USO. Dabei beschäftigt er sich mit den Hinterlassenschaften der Kolonne, den sogenannten TRAITOR-Marodeuren und wird in die Auseinandersetzung um einen verborgenen Polyport-Hof gezogen, kann das Problem aber im Sinne des Galaktikums lösen.

Ein späterer Einsatz führt ihn ins Akonsystem, in dem Fanatiker die Einweihung des »Akon-Fanals« in eine Katastrophe verwandeln möchten, durch die sich Akon in eine Nova verwandeln soll. Auch hier bleibt der galaktische Spieler aber erfolgreich – und rettet das System.

Nach dem Verschwinden des Solsystems im September 1469 NGZ ist Ronald Tekener zunächst als Agent der USO auf dem Planeten Maharani im Plejaden-Sektor unterwegs. Dort verhindert er ein Attentat während einer Konferenz, auf der ein neuer, kommissarischer Erster Terraner gewählt werden soll.

Im Anschluss an die Konferenz auf Maharani wird Tekener zum Expeditionsleiter auf der JULES VERNE bestimmt. In dieser Rolle muss er die Aktivitäten der Wissenschaftler an Bord koordinieren und trifft dabei mit Sichu Dorksteiger zusammen.

In der Folge entwickelt sich zwischen Sichu und ihm eine zwiespältige Beziehung, da sie auf der einen Seite immer wieder aneinandergeraten, sich andererseits aber eindeutig vom jeweils anderen angezogen fühlen. Das Thema wird allerdings nie weiter ausgebaut.

Mit dem Auftauchen des Atopischen Tribunals in der Milchstraße dient Tekener seit August 1514 NGZ als persönlicher Leibwächter von Bostich I., der von den Atopen gesucht wird. Im September greift das tefrodische Mutantenkorps deshalb Bostich und Tekener mehrfach in Istanbul an. Am 15. September wird Ronald Tekener in Band 2722 (»Altin Magara« von Michael Marcus Thurner, Oktober 2013) von dem Tefroder Satafar getötet. Um 18 Uhr Istanbul-Ortszeit breitet sich das Abbild einer Spiralgalaxis über der Stadt aus. Im Folgeband (»Nur 62 Stunden«) des gleichen Autors wird seine Leiche geborgen und von Perry Rhodan betrauert.

Und so endet nach 44 Jahren die literarische Existenz einer der schillerndsten und auch bei den Lesern beliebtesten Figuren des Perryversums.

Grund genug, hier noch einmal die Ursprünge des Charakters wieder aufleben zu lassen.

Rainer Nagel

VORSCHAU

Die frühe Geschichte der Menschheit schildert, wie sie sich in der Galaxis ausbreitet. Dabei verläuft nicht immer alles nach Plan. Manchmal werden Terraner durch unvorhergesehene Umstände in weit entfernte Teile des Universums geschleudert – ohne Aussicht auf Heimkehr.

So geschieht es den 42 Männern und Frauen der JUMPING KANGAROO: Als sie aus dem Transitionsschock erwachen, befinden sie sich in einem fremden Sternennebel, den noch kein Mensch vor ihnen erreicht hat. In dieser fremden und feindlichen Umgebung können sie nur überleben, wenn sie ihre irdischen Körper aufgeben …

Im zweiten Band treffen wir die Verschollenen der JUMPING KANGAROO wieder – zehn Jahre nach ihrem Unfall. Mit einem kosmischen Nebelwesen gelingt dreien von ihnen die Rückkehr zur Erde – doch als sie in Terrania landen, werden sie unter Feuer genommen …

Diese beiden Klassiker der PERRY RHODAN-Serie wurden von Hans Kneifel geschrieben. Sie tragen folgende Titel:

AM RAND DES BLAUEN NEBELS
und
DIE GOLDENEN MENSCHEN